# 소녀가
# 사라지던 밤
## 1

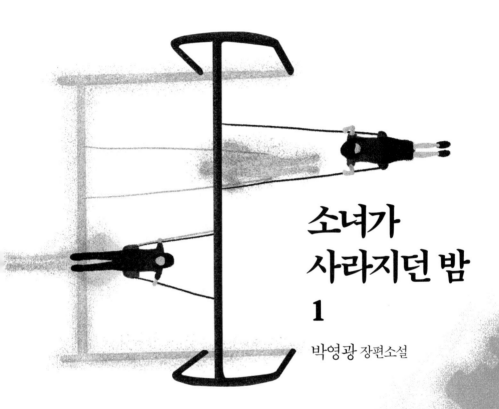

# 소녀가
# 사라지던 밤
# 1

박영광 장편소설

매드픽션

# 차례

## | 1권 |

의뢰

# COLD CASE 1

**일시 및 장소**
2012. 9. 12. 04:13 경기도 구리시 안약동 스타빌라 반지하 1층

**피해자**
김주은(38세, 여) 오영태(5세, 남) 오미주(3세, 여) 모두 사망

**용의자**
강영식(40세, 남, 폭력 등 전과 4범)

**개요**
불상의 화재로 인하여 어머니와 자녀 등 세 명 모두 질식사로
사망. 피해자들 모두 체내에서 수면성분 검출. 보험금을 노린
남편 강영식의 방화살인이 의심되나 증거불충분으로 범죄혐의점
발견하지 못함

**특이점**
사전구속영장 신청했으나 기각됨. 용의자 보험금 십억 원 수령

**종결**
2012. 11월 사건 종결

**담당경찰서 및 검찰청**
구리경찰서, 의정부지검

# 1

가을비가 내리는 서울은 붉게 물들어 있었다. 빗물을 먹은 낙엽들이 바닥에 나뒹굴며 도로를 빨갛게 물들이더니 배수구로 흘러들어 지하까지 물들였다. 세상은 온통 붉은색이다.

비가 와서 그런지 로펌까지 오는 데 시간이 너무 오래 걸렸다. 밤에는 이렇게 시간이 걸리지 않았는데. 비에 젖은 바퀴가 지하주차장 바닥에 밀리며 끼이익 비명소리를 냈다. 차에서 내리는 남자의 얼굴은 일그러져 있었다. 주차장 입구를 찾지 못해 빌딩을 세 바퀴나 돌아야 했고 자리도 없어 구석에 댈 수밖에 없었다. 거기다 좁은 주차 칸에 문을 제대로 열지 못해 빠져나오기도 힘들었다. 짜증 섞인 얼굴이 엘리베이터 거울에 비쳤다. 남자는 바지 주머니를 뒤져 명함을 꺼내 변호사의 이름을 다시 확인했다. 여기까지 찾아와 도움을 구하게 될 줄은 생각도 못 했다. 그건 싸가지 없는 경찰 놈들 때문이었다. 멋대로 생각하고 윽박지르기만 하는 저질형사들은 드라마나 영화 속 허구가 아니었다. 남자가 증거를 제시하라고 항변해도 정황만 설명할 뿐 자신들이 정의구현을 하고 있다는 소리만 늘어놓았다. 경찰서에 갈 때마다 여러 명의 형사들이 떼를 지어 그를 둘러싸고 돌아가며 조사를 했다. 모두 험상궂은 놈들뿐이었고 아무도 남자의 이야기를 귀담아들으려 하지도 않았다. 사랑하는 아내와 아이들을 잃었는데 그게 모두 남자가 저지른 것이라고 형사들은 계속해서 세뇌하듯 같은 소리를 해댔다.

사람들이 말했다. 이대로 있다가는 경찰이 기획한 대로 끌려갈 것이고 결국 가족을 불에 태워 죽인 살인마가 될 것이라고. 그놈들은 사건이 해결되지 않으면 적당한 누군가를 골라 밑그림을 그리고 거기에 맞추어 그림을 완성한다는 것이다. 남자는 그 그림의 한가운데 있는 주인공인 게 분명했다. 이대로 당하고 있을 수만은 없었다. 남자는 우선 부동산을 처분했다. 부성 정도 되는 로펌은 전관이라고 불리는 판사와 검사 출신들이 즐비하고 승률이 높아 수임료가 수천만 원을 호가할 것이라고 했다. 특히 살인사건 정도면 억을 넘을 것이며 구속을 피하는 데만도 비용은 더 올라갈 거라고. 다행히 남자는 그런 고급 변호사를 몇 명 기용할 만큼의 여유가 있었다. 부모님이 남겨놓은 재산이 꽤 많았다. 부모님이 상당한 재력가였다는 사실은 당신들이 돌아가시고 나서야 알았다. 그때도 경찰은 남자를 못살게 굴었다. 대전에 있던 남자가 서울에 있는 부모님 집에 불을 지를 수 있다니. 어처구니가 없었다. 그래도 그때는 변호사 없이도 잘 마무리되었다. 현장에 없었다는 남자의 알리바이에 경찰은 수긍했다. 사망보험금도 꽤 많이 나왔다. 주말 특약과 사고 특약까지 가입돼 있어 보험지급금은 예상을 훨씬 웃돌았다. 무리를 해서라도 보험을 들길 잘했다고, 자식을 위해 부모님이 마지막까지 최선을 다하고 돌아가신 거라고 남자는 생각했다. 부모님이 돌아가시기 전

소원이 시골에서의 전원생활이었다. 남자는 경기도의 시골 산 아래 넓은 농장을 매입해 농장을 운영하며 부모님을 기억했고, 아내와 아이들도 그곳에 몇 번 데려갔다. 부모님이 모셔진 추모관에 갈 때면 늘 꽃을 챙겼다. 물론 가족들과 함께였다. 그렇게 하는 것이 자식의 도리라고 남자는 아이들에게 가르쳤다. 그 덕분인지 부모님의 유산은 곤란에 빠진 남자를 구해줄 동아줄이 되었다.

"어떻게 오셨습니까?"

데스크의 여자들이 상냥하게 물었다. 노래방이나 주점에서는 보기 힘든 미인들이다. 세련된 여자들의 외모에 남자는 주눅이 들어 바로 답하지 못했다. 그는 여자들 앞에만 서면 늘 수줍어했다.

"저, 최우석 변호사님을 만나러 왔는데요."

"예전 명함이네요."

키가 큰 여자가 명함을 확인하더니 미소를 지었다. 부성은 몇 년 전 명칭을 지금의 이름으로 바꾸고 사세를 확장해가고 있었다. 남자는 돌려받은 명함을 다시 주머니에 넣었다.

"약속이 돼 있으신가요?"

"네, 4시로 약속을 했는데요. 조금 늦기는 했지만."

주차장을 그따위로 해놓아서 늦은 거라고. 거기다 약속까지 기억하지 못하다니. 마음이 비틀어지기는 했어도 남자는 용서하기로 했다. 잘나가는 변호사를 바로 만나기는 힘든 법이니까. 최우석 변호사. 젊은 나이에 부장검사로 이름을 날렸고 책임감과 명석함으로 승률이 매우 높다고 했다. 게다가 아직 검찰 쪽에 인연이 끊어지지 않았다고 인터넷에서 본 기사의 댓글은 그를 그렇게 설명하고 있었다.

"잠시만 기다려주시겠어요."

상냥한 미소를 지으며 여자가 사무실로 인터폰을 넣었다. 안쪽으로 사무실이 늘어서 있는 걸로 보아 변호사가 한두 명이 아닌 것 같았다. 백여 명에 달하는 변호사가 빌딩의 네 개 층을 통째로 사용하고 있다는 인터넷 광고가 생각났다. 남자는 여자를 따라 안으로 들어갔다. 그녀에게서 나는 향수 냄새가 맘에 들었다. 싸구려 향수는 분명 아니다. 여기서 일하는 여자가 그런 것을 쓸 리 없었다. 여러 가지 꽃이 섞인 플로럴 향인데 그중 달달한 복숭아 내음도 있는 것 같았다. 죽은 아내도 비슷한 것을 썼던 것 같아 마음이 편안해졌다. 복도 끝 사무실에 노크를 하고 들어가자 책상에 앉아 있던 변호사가 일어나 남자에게 다가왔다.

"최우석입니다. 반갑습니다."

곧게 선 그는 TV에서 보던 것보다는 체구가 작았다. 책상 위에 딸과 찍은 사진이 다정해 보였다. 최 변호사는 가정적인 사람이구나. 남자에게 위안이 되었다.

"그런데 저를 어떻게 아시고?"

"친구 소개로 알았습니다. 그 친구에게 명함을 받았어요."

"친구라면……"

"잘 알고 지내던 친구인데 그 친구도 누구한테 받았다고 하더라고요."

내가 그 친구의 친구까지 설명을 해야 하나. 보기보다 예의가 없었다. 남자가 망설이자 최 변호사는 더 이상 묻지 않았다.

"TV에서 봤습니다."

"제가 TV에는 잘 나가지 않는데, 언제 보신 거죠?"

"범죄피해자 가족 때문에 나오셔서 말씀하시는 걸 봤습니다. 사건 분석이나 설명도 잘하시던데요. 좋은 일도 많이 하신다고."

"아, 자랑할 정도는 아닙니다. 여기 차 놓지."

마침 데스크의 비서가 커피를 가지고 들어와서 대화가 잠시 끊겼다.

"그런데 무슨 일로 오셨죠?"

커피 한 잔 하면서 천천히 이야기를 꺼내도 될 텐데 최 변호사는 무례할 뿐 아니라 여유도 없었다. 남자는 최 변호사의 안경 쓴 얼굴을 물끄러미 바라보았다. 그런데 이번엔 여비서가 끼어들었다.

"변호사님, 경찰서에서 연락왔었는데요."

"무슨 일로?"

최 변호사가 마주보던 고개를 돌렸다. 무례하기가 그지없다.

"그냥 안부 전화드렸대요. 별다른 성과가 없는 것 같습니다."

"그딴 개소리할 거면 다신 전화하지 말라고 해. 뭐든 단서를 찾아내야 할 거 아니야! 병신 같은 새끼들! 할 줄 아는 게 하나도 없어. 안부나 묻는 게 그놈들 일인가!"

의뢰인을 앞에 두고 최 변호사가 버럭 소리를 질렀다. 역시 검사 출신이라 그런지 형사들을 아랫사람으로 보는 듯했다. 예의가 없어도 이 정도라면 괜찮았다. 그는 경찰을 어떻게 다루어야 하는지 잘 아는 사람인 것 같았다. 여비서가 나가고 최 변호사는 다시 처음의 얼굴로 돌아왔다.

"죄송합니다. 일이 좀 있어서요. 그럼 말씀해보시죠."

"경찰들이 일을 잘 못하죠? 어설퍼요."

남자는 최 변호사의 편을 들며 우리는 같은 편인 것 같다는 것을 드러내고 싶어했다.

"병신 새끼들입니다. 제대로 하는 게 하나도 없어요."

"맞아요. 다그칠 줄만 알았지."

"많이 당해보셨나보네요. 이해합니다. 그 얘긴 다음에 하시고, 우선 용건부터 들어보죠."

최 변호사가 또 남자의 말을 끊었다. 남자는 물끄러미 최 변호사를 바라보았다. 말이 끊긴 건 기분 나쁘지만 그의 도움이 절실하게 필요했다.

"그 경찰 놈들 때문에 찾아왔습니다."

*

그날도 혼자 술을 마시러 집을 나섰다. 아내와 반주를 곁들인 저녁을 먹고 난 후였다. 잠이 오지 않는다고 수면제를 처방받은 아내는 술과 함께 약을 삼키더니 금세 잠이 들어버렸다. 시끄럽게 떠들던 아이들도 제 엄마를 따라 들어가 조용해졌다. 어쩔 수 없이 남자는 술을 더 먹으러 밖으로 나왔다. 오늘도 그 가게로 갔다. 여주인 혼자 운영하고 사람이 북적거리지 않는 가게였다. 그 집에 한 달째 드나들고 있으니 그는 제법 단골이라 할 만했다. 안주를 날라주던 여자가 오늘도 혼자 왔냐고 물었다. 남자는 웃음으로 대답을 대신했다. 그렇게 한 번씩 물어봐주는 그녀가 맘에 들었다. 그녀도 남자가 마음에 있는 거였다. 수줍어 말하지 못하는 것뿐이라고 남자는 생각했다. 그런데 그날따라 남자 손님들이 많았다. 그녀가 그들에게 웃음을 보이는 건 자신을 의식해서 일부러 그런 거라고, 그 정도는 이해해줄 수 있다고 남자는 중얼거렸다. 그런데 그녀가 계속 웃는다. 그것도 다른 남자들에게. 장사하는 사람이니 한두 번이야 그렇다 쳐도 계속해서 다른 놈 옆에 앉아 몸을 기대기까지 하는 건 더 이상 지켜볼 수 없었다. 여자는 남자를 좋아하는 것이 아니라 오히려 무시하는 거였다. 이제 그녀가 역겨워졌다. 남자는 다시는 오지 않겠다고 다짐하고 밖으로 나왔다. 여자가 따라 나왔지만 뒤도 돌아보지 않았다. 더러운 여자의 인사 따윈 받고 싶지 않았다.

"누구야?"

"한 달 전부터인가 혼자 오는 손님인데. 그냥 가네요. 쳐다보는 게 이상해서 싫었는데. 이제 안 왔으면 좋겠네."

여주인이 대답했다.

술을 마셨어도 취하질 않아 정신이 멀쩡한 채 집으로 향했다. 거미줄 같은 골목길을 따라 오르다보면 연립주택들이 나온다. 그중 대일맨션이라고 써진 회색페인트의 반지하가 그가 사는 곳이다. 볕이 잘 들지 않아 습하기는 해도 그런대로 지낼 만했다. 전세 기간이 끝나면 꼭 위층으로 이사 가자고 남자는 아내에게 약속했다. 아내를 만난 건 부모님이 돌아가시고 반년쯤 지났을 때였다. 산 아래 농장에서 혼자 지내는 게 외롭고 무서웠던 어느 날, 울적한 마음에 찾아간 허름한 노래방에서 그녀를 처음 보았다. 얼굴이 예쁜 편은 아니지만 손이 고왔다. 2년 전 교통사고로 죽은 남편의 보험금으로 혼자 가게를 차렸다고 했다. 남자도 혼자 된 지 얼마 되지 않았다고 말했다. 아내가 바람이 나서 이혼을 했다고. 여자는 그런 남자를 위로해주었다. 두 사람은 점점 가까워졌다. 남자가 기분 좋게 술에 취한 날, 여자는 그를 자신의 집으로 데려갔다. 어린 남매는 푸근한 인상에 자주 웃는 그를 아빠처럼 따르고 좋아했다. 같이 살래요? 남자가 물었고 여자는 그러자고 했다. 남자는 여자에게 충분한 생활비를 주고 노래방 일을 거들기도 했다. 아이들과도 놀이터에서 놀아주고 슈퍼에서 함께 군것질을 했다. 석 달 후 남자는 여자에게 프러포즈를 했다. 여자는 망설이다가 승낙을 했다. 마침내 혼인신고를 하던 날, 그녀는 울음을 터뜨렸다. 엄마가 결혼을 한다는 말에 아이들도 좋아했고 아빠가 생겼다며 신나했다. 사진관에 가 가족사진도 찍었다. 갑작스레 부모님을 잃고 방황하던 남자는 비로소 안정을 되찾을 것 같았다.

아내는 안방에서, 아이들은 작은방에서 자고 있었다. 아내는 수면제까지 먹었으니 더 깊이 잠에 빠져 있었다. 아이들 역시 깨지 않고 조용했다. 아빠가 왔는데 아무도 맞아주지 않다니. 서운하기는 해도 너무 늦은 새벽 2시였다. 아내가 아이들에게도 약을 먹였을지 모른다. 아이들이 잠을 자지 않아 힘들어하기도 했으니까. 남자는 거실에서 또다시 소주를 꺼내놓고 TV를 켰다. 멀리서 소방차의 사이렌 소리가 들려왔다. 남자는 일어나 창문 밖을 쳐다보았다. 사이렌 소리는 조금 전 갔다 온 술집 쪽에서 울리고 있었다. 고개를 갸웃하던 남자는 소주 몇 잔을 더 먹고 그대로 쓰러져 잠들었다. 선잠에서 깼을 때 아슴푸레 TV에서 소방관들이 불을 끄는 장면이 보였다. 연기에 그을린 간판이 낯설지 않았다. 작은 가게에서 사람들이 소방관의 등에 업혀 빠져나오고 있었다. 부부가 운영하는 술집에 원인 모를 불이 난 것이라고 리포터는 설명했다.

"뭐야, 그 새끼가 남편이었나?"

남자는 웅얼거리다가 다시 잠들었다. 얼마나 지났을까. 불이 나는 뉴스를 봐서 그런지 갑자기 몸에 기름을 부은 것처럼 사방이 뜨거웠다. 간신히 눈을 떴을 때 집 안은 온통 검은 연기와 화염으로 가득 차 있었다. 불길은 아내와 아이들의 방에서 치솟고 있었다. 불이 났다고 소리를 질러야 하는데 놀란 입으론 아무 소리도 낼 수 없었고 화염을 뚫고 방 안으로 들어갈 수도 없었다. 아내와 아이들은 이미 불에 타 죽은 것이 분명했다. 남자는 방범창을 밀어내고 겨우 그곳을 빠져나와 구해달라고 외쳐보았지만 모두 잠든 새벽 시간에 누구도 그 소리를 듣지 못했다. 게다가 소방차가 골목길에 진입하는 데 너무 오래 걸렸다. 겨우 도착한 소방차가 물을 뿌려댔지만 불길은 사그라지지 않았고 오히려 고개를 세우고 덤벼들었다. 불길이 잡히자 소방관들이 집 안으로 들어가 아내와 아이들을 수습해 나왔다. 검게 그을린 형체에 생전의 모습은 온데간데없었다.

시신은 모두 장례식장 영안실로 옮겨졌다. 그곳으로 경찰들이 찾아와 남자를 잠시 위로했다. 잠깐의 위로가 끝나자 그들은 곧바로 일을 시작했다. 불이 어떻게 일어나게 됐습니까? 남자는 사람이 죽었는데 지금 그런 것을 물어봐야 하느냐고 화를 냈고 그들은 고개를 갸웃거리다가 우물쭈물하더니 돌아갔다. 그래도 유족에 대한 조사는 필요하다며 우선 장례준비를 하라고 했다. 오후 늦게 경찰서를 찾아가자 화재가 있었던 당일의 일을 꼬치꼬치 캐물었다. 그걸로도 모자라 아내와 아이들의 부검까지 한다고 했다. 남자는 그럴 수 없다고 극구 반대를 했지만 경찰은 법원에서 압수수색검증영장이 발부됐다며 종이쪼가리를 내밀 뿐이었다. 영안실 문을 막고 울부짖어도 소용없었다. 그들은 시신을 국과수로 가져가 부검을 하더니 서류 한 장을 건네며 장례를 치르라고 했다.

그렇게 일은 마무리가 되는 줄 알았다. 그런데 얼마 지나 형사들이 다시 찾아왔다. 아내와 아이들 앞으로 왜 그렇게 사망보험을 많이 넣었냐고 물었다. 남자는 그게 왜 잘못이냐고 되물었다. 그러자 놈들은 남자가 보험금을 노리고 불을 질러 가족을 죽인 것이 아니냐고 윽박질렀다. 경

17

찰은 남자를 엮기 위한 시나리오를 쓰기 시작했다. 보험금을 노린 살인
마가 남자 주인공이었다.

＊

남자는 법원 앞에 먼저 와 있었다. 장례를 치르고 두 달 만이다. 먼저
와서 기다려야 할 변호사는 보이지 않았다. 수임료를 얼마나 줬는데. 사
실 최 변호사는 돈을 받고도 그리 친절하지 않았다. 그날 일을 경찰에서
보다 훨씬 더 상세하게 설명을 해주었는데도 그의 눈은 형사들과 비슷
했다. 역시 가재는 게 편이라는 말이 맞았다.

"일찍 왔네요."

남자를 기다리는 사람들은 그렇게도 보기 싫어하던 형사들이었다. 담
당형사가 남자와 눈이 마주치자 목을 길게 빼어 인사했다. 시간을 맞추
어 나와준 것이 고마워서인지 아니면 도망가지 않고 나온 것이 이상해
서인지 형사의 인사는 어정쩡했다. 형사는 다시 한번 구인용 영장을 보
여주며 오늘 있을 영장실질심사에 대해 설명했다. 십억 원 상당의 보험
금을 노린 살인이라고 영장은 말하고 있었다. 그리고 반드시 구속될 거
라며 범죄 사실을 읽어주는 형사의 목소리에도 자신감이 있었다.

"들어가시죠."

"아니요, 잠깐만. 변호사가 오기로 돼 있습니다."

"변호사요?"

"선임계 안 냈잖아요."

"가지고 올 겁니다."

남자가 말한 것처럼 실질심사가 이루어지는 법정에는 국선이 아니라 최 변호사가 들어왔다. 그는 법원에 이미 선임계를 제출했고 그가 낸 의견서는 두툼한 책 한 권 정도는 돼 보였다. 역시 유능한 변호사는 달랐다. 최 변호사와 남자는 대기실에 나란히 앉아 대화를 나누었다. 주로 최 변호사가 설명을 하고 남자는 듣기만 했다.

　남자보다 앞서서 절도범 두 명과 사기범 세 명의 심사가 이루어졌고 곧이어 남자의 차례가 되었다. 피고인석으로 이동하는 남자 옆에 최 변호사가 앉았다. 영장전담판사는 남자의 인적사항을 확인하고 묵비권과 변명의 기회가 주어짐을 설명했다. 그리고 경찰이 제시한 구속의 필요성에 대해 내용을 읽어 내려갔다. 남자가 아내와 아이들 앞으로 생명보험금을 넣어 모두 십억 원 상당의 보험금을 본인이 수령하도록 하고 수면제를 먹여 잠이 든 그들을 잔인하게 불을 질러 사망에 이르게 했다는 것이다. 아내와 아이들 모두의 몸에서 수면유도제가 나왔으며 사망 일주일 전에 혼인신고가 이루진 점을 그 근거로 들었다. 범죄가 중대하고 증거인멸과 도주의 우려가 있어 반드시 구속 상태에서 수사를 받아야 한다는 것이 결론이었다. 자신에게 변론의 기회가 주어지자 남자는 절대 그런 사실이 없다고 말했다. 보험금은 아내가 원해서 넣은 것이고 수면제도 그녀가 잠이 오지 않는다고 해서 지어 온 것인데 가끔 그녀가 아이들에게도 먹인다고 진술했다. 최근에 혼인신고를 한 이유에 대해서는 본인은 미루자고 했지만 아내가 서둘러 하기를 바랐다며 눈물을 글썽였다. 남자의 진술이 끝나자 변호인의 의견이 이어졌다. 최 변호사가 판사에게 정중히 인사를 하고 경찰의 수사에 대해 반박하기 시작했다.

　"피의자가 불을 질렀다는 근거가 희박하며 불이 어디에서 어떻게 났는지도 경찰은 아직 밝혀내지 못했습니다. 막연히 불을 질렀을 거라고 추정하고 있을 뿐입니다."

그는 아이들이 모두 감기에 걸려 병원에 다녀온 기록을 제시하며 감기약에도 같은 성분이 있다는 제약회사의 소견서를 첨부했다. 그리고 아내가 가끔 수면제를 아이들에게 먹인 적이 있다는 남자의 말을 인용하기도 했다. 보험금에 대해서는 아내와 같이 보험사에 방문하여 보험증서를 작성한 사실이 있고, 남자가 충분한 재산을 가지고 있기 때문에 보험금 납부에도 아무 문제가 없다고 주장했다. 마지막으로 경찰의 수사는 일반 화재를 방화로 바꾸어 무고한 아버지를 살인자로 몰아가고 있으며 재혼가정에 대한 왜곡된 시선이 사건의 본질을 흐리고 있다며 경찰을 힐난했다. 끝으로 자세한 내용은 변호인 의견서에 성실히 적어놓았다는 말로 마무리를 지었다.

남자는 실질심사가 끝나고 경찰서 유치장으로 이동했다. 소지품을 모두 꺼내놓고 신체검사를 받았다. 저녁식사로 소고기뭇국이 나오자 국물까지 남기지 않고 모두 먹었다. 그러다가 밤늦게 유치장 경찰관이 다가왔다.

"영장이 기각되었네요. 나오세요."

남자는 보관했던 지갑과 휴대전화 그리고 담배를 받아 유치장을 걸어나왔다. 유치팀장에게 정중히 인사를 하자 인상도 좋은 사람이 왜 그런일에 엮였냐고 어깨까지 두드려주었다. 건물 밖으로 나오자 자정이 다된 밤이었고 기다리고 있을 줄 알았던 최 변호사는 없었다. 남자는 영장심사가 있었던 법원 주차장으로 가 세워둔 차를 몰고 집으로 향했다.

"변호사님 감사합니다. 일이 마무리되면 제가 꼭 보답을 하고 싶습니다. 변호사님이 간절히 바라는 게 있다면 꼭 들어드리고 싶네요."

"……"

변호사는 대답 없이 전화를 먼저 끊었다. 남자는 콧바람을 불고는 힘주어 액셀을 밟았다.

검찰청에서 서류를 받아든 담당형사의 어깨는 바닥으로 떨어져 있었다. 두꺼운 서류와 함께 기각된 영장을 돌려보낸 검사의 지휘서에는 불기소의견으로 송치하라고 써 있었다. 현재로서는 피의자가 방화를 했다는 증거가 없고 보험과 화재는 연관성을 찾기 힘들다며 사건을 송치받아 검찰에서 계속 진행하겠다는 뜻이었다. 검사의 지시대로 사건은 불기소의견으로 송치가 되었고 검찰에서는 그대로 마무리를 지었다.

한 달 후 남자는 불기소처분 통지서를 받아들고 최 변호사에게 전화를 걸었다.

"최 변호사님 감사합니다. 덕분에 잘 마무리됐습니다."

"잘됐네요. 잔금은 약속한 대로 지정한 계좌로 넣어주세요. 여직원이 계좌와 함께 비용을 휴대전화 메시지로 넣어줄 겁니다."

"비용이 상당히 많기는 한데…… 제가 직접 드리고 싶은데요. 변호사님을 위해 따로 준비한 선물도 있고 해서요. 제가 사무실로 가겠습니다. 식사 대접도 하고 싶고."

남자는 빌딩 앞에서 최 변호사를 기다렸다. 밖으로 나온 최 변호사의 표정은 좋지 않았고 차에도 오르려 하지 않았다. 남자를 가까이하고 싶지 않은 모양이다. 차가 밀려 계속해서 경적을 울려대도 남자는 아랑곳하지 않고 기다렸다. 차들이 계속 밀리자 최 변호사는 어쩔 수 없이 차에 올랐다.

"왜 굳이 직접 만나 대금을 치르려는지 모르겠네요."

"변호사님은 저를 믿지 않으시는군요."

"……"

최 변호사는 아무 대답이 없었다. 단지 창밖을 바라볼 뿐이었다.

"경찰처럼 제가 아내와 아이들을 죽였다고 생각하시는 거죠?"

"……"

"대답이 없으신 걸 보니 맞나보네요. 그렇게 변호를 하셨으면서 믿지 못하다니. 안타깝네요. 대신 변호사님이 달라는 금액 모두 드렸습니다. 저를 믿지 못하니까 그 정도 금액을 원하셨겠죠."

차는 올림픽대로를 타고 서울을 빠져나갔다.

소환

# COLD CASE 2

**일시 및 장소**
2012. 6. 14. 17:00경 서울 은평구 정릉동 햇살놀이터

**실종자**
임미순(12세, 여) 정선미(12세, 여)

**용의자**
김동수(50세, 남, 성범죄 등 전과 8범)

**개요**
초등학교 친구 사이인 실종자들은 당일 놀이터에서 함께 놀다가 불상의 이유로 현장에서 사라짐. 최초 가출신고로 집을 나간 후 하루가 지나 신고 접수. 용의자 긴급체포했으나 혐의점 발견하지 못함. 가출 의심

**특이점**
사건담당 하태석 형사 독직폭행으로 징계. 정직 3개월. 타 경찰청 전출

**종결**
2012. 12월 미제사건으로 종결. 2018. 6월 재수사 직후 종결. 실종아동등 프로파일링 시스템 등록. 장기실종 처리(여성청소년계에서 관리)

**담당경찰서 및 검찰청**
서울 은평경찰서, 서울 서부지검

# 2

"오늘은 손님이 좀 있냐?"

"오빠! 일찍 왔네? 오늘 일 안 혀?"

유난히 길게 늘어지던 여름이 끝나가고 있었다. 9월이 되었는데도 더위는 끈질기게도 가을의 문턱을 막고 비켜주지 않았다. 저녁 무렵이 되자 바람이 불고 풀벌레들이 더위를 식히며 노래를 부르기 시작했다. 미숙의 병원 치료가 끝난 지도 7년이 넘었다. 시간이 꽤 흘렀지만 박창기의 지하실은 여전히 미숙의 머릿속에서 꿈지락대고 있었다. 놈은 끈질기게 기생을 했고 미숙은 잊었다는 말을 반복하며 살고 있었다. 폐쇄된 장소는 반사적으로 피했고 모르는 남자와 한 공간에 있는 것은 불가능했다. 남자 손님은 받지 못해 미용실 앞에 여성 전용이라고 써놓은 지 오래다.

"출장 올 일이 있어서 좀 일찍 퇴근하고 왔지."

"그럼 일은 다 마치고 온 거여?"

"응."

전처럼 목소리를 높여 잔소리를 하던 동생의 모습을 볼 수는 없지만 그래도 많이 좋아져 다행이다. 조카들과 매제인 대준의 노력으로 회복이 빠르다고 의사는 말했다. 지웅이는 대학생이 되어 부산으로 갔고, 재웅이는 내년이면 고3이 된다. 훌쩍 커버린 아이들은 미숙의 곁에서 듬직한 보디가드가 되어 그녀를 지켰다.

정상규는 교도소에서 스스로 목숨을 끊었다. 더 이상 죽일 사람이 없자 마지막으로 스스로를 죽였다는 말도 있었고, 사형이 확정되자 두려움에 떨다 자살을 한 것이라는 설도 있었다. 그러나 그가 그토록 처참히 죽이고 상처를 입혔던 피해자들에게는 단 한마디의 사죄도 없었다. 오히려 죽기 전까지 그는 사람을 죽이지 못해 고통스러워했다. 피해자들은 가장 잔인한 방법으로 그의 죄를 물어달라고 요청했지만 집행당하지 않는 사형수는 종신형이 전부였다. 피해자가 평생 장애를 안고 힘겹게 살아갈 때 그는 죽기 전까지 교도소에서 넣어주는 밥과 물로 배를 채워갔다. 그나마 죽은 정상규는 주경철에 비하면 나은 편이었다. 그가 교도소 안에서 사형수라는 딱지를 달고 왕처럼 군림하고 있다는 소식은 유족들의 마음을 더 아프게 했다. 그 역시 일말의 사죄나 속죄도 없이 붙잡힌 것에만 후회할 뿐이었다. 놈은 사형이 집행되지 않는다는 것을 알고 그 안을 자신의 세계로 만들어가고 있었다.

태석은 가끔 지선을 찾아갔다. 사진 속의 그녀는 언제나 웃으면서 태석을 맞았다. 꽃을 가져다놓고 시간을 보내면 마음이 편안했다. 그녀가 죽지 않았다면 행복했을까 생각해보기도 했다. 사망했다는 간호사의 말이 곧이들리지 않았고 곧 병상에서 일어날 것이라는 말로 들렸었다. 그땐 모든 게 그랬다. 추운 겨울날 입술을 떨며 기다리던 지선의 모습이 꿈에 보이기도 했다. 그러나 시간이 지날수록 그녀는 나타나지 않았고 이제 그만 잊어달라고 하는 것 같았다. 그녀의 늙은 아비도 더 이상 딸을 찾아오지 말라고 당부했다.

"고맙네. 이렇게 가끔씩 찾아와주니 애비로서 고맙기는 하지만 이젠 그러지 않아도 되네. 지선이도 그러기를 바랄 거야. 나도 더는 자네를 붙잡고 싶지 않고. 그럴 면목도 없지. 그동안 고마웠네. 그렇게 해도 지선이가 원망하지 않을 거야."

태석은 그렇게 그녀를 놓아주었다. 사진 속에서 웃고 있는 그녀가 그렇게 하라고 하는 것 같았다. 그녀가 떠난 지 5년이 지난 기일에 태석은 그녀와 작별을 했다.

태석은 여전히 광수대에서 강력3팀장을 맡고 있다. 지선과 작별을 했어도 그녀가 숨을 쉬고 생활했던 곳까지 부러 벗어나고 싶지는 않았다. 더구나 팀원들과 지휘부에서는 태석이 그 자리를 계속 지켜주기를 바랐다. 정상규를 체포한 공로로 구태만 팀장과 그의 직원들이 모두 일계급 특진한 것이 벌써 7년 전이다. 구태만 팀장은 경찰서 수사과장으로 나갔다가 다시 광주청의 강력계장으로 돌아왔다. 그는 가끔 태석과 만나 소주잔을 기울이곤 했는데 그때마다 늘 미안해했다. 태석이 달았어야 할 계급장을 빼앗았다는 생각에 더 그런 듯했다. 그가 승진해서 떠나고 광수대에 남은 태석은 그동안 광주에서 발생한 대학생 살인사건과 미용실 살인사건 등 살인사건 여덟 건과 상무초등생 납치사건같이 굵직한 사건들을 해결했고 그 외에도 여러 건의 미제사건을 풀어냈다. 팀장들이 모두 경감으로 승진하고 있을 때에도 태석은 경위로 굳건히 자리를 지켰다. 어느 누구도 태석을 무시하거나 타 부서로 발령 내겠다는 말을 하지 못했다. 그러다 다행히 이번 승진 후보 명단에 그의 이름이 최상위에 올랐고 드디어 승진을 한 것이었다. 직원들 모두 진심으로 그를 축하했다.

미숙은 태석의 머리를 깎아줄 때가 가장 행복했다. 비록 불행한 일을 당하기는 했어도 그건 어쩔 수 없는 일이었다. 살아 돌아왔고 항상 곁에서 가족을 지켜주는 오빠가 있다는 것이 미숙은 고마웠다.

"오빠 서울 갔다 지영이 만나고 왔담서?"

"어떻게 알았어? 몇 달 되었는데."

"지영이한테 전화 왔제. 잘 있냐며 내 안부 묻는다고."

"기특하네. 고모한테 전화해서 안부도 물어보고."

"나 때문에 전화한 게 아니고 오빠 때문에 한 거제. 오빠가 잘 지내고 있는지 궁금하니까. 옛날 같지 않아. 철이 많이 들었나봐. 나보고 계속 오빠 잘 돌봐주라고 허고. 내신이 좋아서 좋은 대학에도 합격할 것 같다고 자랑도 허든디. 대학 들어가고 한번 놀러 오겠다고 하길래 빨리 오라고 혔제. 내가 머리 예쁘게 만져줄 거라고 했더니 좋아허드라고."

"지영이 본 지 오래됐지?"

"오빠 이혼하고는 한 번도 못 봤제. 많이 컸을 거여, 고3이면."

태석은 어린 지영만 데리고 시골에 내려오곤 했다. 아내였던 수연은 시골을 싫어했다. 미숙을 고모라 부르며 따르던 지영의 모습이 떠올랐다.

"수험생이라 고생이 많아. 삐뚤어지지 않고 자라서 다행이고, 기특하기도 하고."

"우리 지웅이보다 낫지. 그렇게 공부하라고 해도 하지 않더니만 재수해서 이름도 없고 등록금만 높은 데로 간신히 들어가기나 허고 말이여."

"지영이가 나를 좀 닮아서."

"그렇지. 누구를 닮았겠어. 멋진 우리 오빠를 닮았제. 공부하는 데 힘 드냐고 하니까 괜찮대. 아빠를 닮아서 체력이 좋다고."

작년까지만 해도 거의 전화가 없던 딸이 요즘 들어 자주 전화를 하는 게 기특하기도 하고 고마웠다. 태석의 얼굴이 일그러져 있을 때 지영이 얘기를 하면 그의 얼굴은 금세 미소로 바뀌었다. 그래서 미숙은 조카 이 야기를 자주 했고 그럴 때마다 태석은 기분이 좋아졌다.

"내 앞에서는 그런 말 않던데. 서운하네."

"오빠한테는 말을 안 하는 거제. 속으로 얼마나 좋아하는데. 오빠가 생각하는 것보다 훨씬 더 좋아한다고. 크니까 철이 드나벼. 우리 애들만 빼고."

좋아한다는 말에 태석의 입꼬리가 올라갔다. 수연이 재혼을 하고 남 편과 사이가 좋지 않다는 말을 들었었다. 잘나가던 남편의 사업이 몇 년 전부터 주춤하고 있다는 말을 들었는데 최근에는 아무 소식도 듣지 못 했다. 부부 갈등의 처음과 끝은 언제나 돈이었다. 수연과 헤어질 때도 위자료가 걸림돌이었다. 그녀에게 가진 것을 모두 주었다. 그런데도 그 녀는 집착하듯 더 많은 것을 요구했고 태석은 그런 그녀가 안쓰러웠다. 정이 남아 있을 법도 한데 그녀에게는 그런 것보다 돈이 더 중요했던 모양이었다. 모든 것을 다 준 것은 딸 지영을 잘 돌봐달라는 의미였고, 그녀는 그렇게 할 거라고 했다. 이혼 후 딸이 걱정되어 자주 연락을 하 는 편이었는데 정작 지영은 그리 반가워하지 않았고 귀찮아했다. 이른 사춘기에 부모의 이혼은 감당하기 어려웠을 것이다. 그래도 태석은 신 경질적으로 대답하는 딸에게 계속해서 연락을 했고, 정기적으로 통장에 용돈을 넣어주었다. 통화를 하는 날보다 하지 못할 때가 더 많아도 계속 연락을 했다. 그게 새삼스레 고마웠을지도 모른다. 새아빠가 딸에게 그리 살갑지 않다는 말을 수연에게 들었었다. 가슴 아프라고 하는 말인지 지영이에게 신경을 써달라는 말인지는 구분하기 힘들었지만 그래도 사실대로 얘기를 해줘서 고마웠다. 새아빠는 태석의 빈자리를 채워줄 마음이 없는 모양이었다. 그는 늘 바빴고 가끔 나누는 대화도 사업이나 돈과 관계된 것뿐이었다. 지영이 얘기를 하려고 다가가면 그는 주머니에서 돈을 꺼내주고 다음에라는 말로 비켜갔다. 늘 혼자였을 지영이 외로웠을 거란 생각에 태석은 가슴이 미어졌다. 아빠의 빈자리에 불만과 원망으로 힘들어했을 것이다. 그래서 그런지 지영은 언제나 태석의 전화에 가시가 돋친 듯 반응했고 찌를 듯 날카로웠다. 달라진 모습을 느끼게 된 건 작년 겨울부터였다. 여전히 까칠하기는 해도 전과는 분명 달랐다. 태석은 두 달 전 서울에 출장차 올라갔다가 잠깐 지영을 만났던 날을 떠올렸다. 간단히 저녁을 먹으며 수능을 준비 중인 그녀를 응원했다. 학원에 가야 해서 오래 보지는 못했지만 딸은 올곧게 자라고 있었다.

"시험 준비는 잘 된대? 열심히 했으니까 좋은 대학에 가야제."

"걔는 나보다 더 어른 같다니까. 너무 빨리 어른이 돼버렸어."

"목소리 들어보면 그런 것 같아. 이제 애기가 아니여."

오히려 어른처럼 변해버린 지영에게 태석은 더 미안했다.

"언니는 잘 있고?"

"못 만났어. 지영이만 만나고 온 거야. 남편 사업이 바쁜가봐. 거기 도와주느라고 그런다고."

수연과는 가끔 전화통화만 할 뿐 거의 만나지 못했다. 통화도 잠깐 동안이었다. 그녀는 속마음을 들키지 않으려는 듯 간단한 안부 정도만 나누고 그 밖의 얘기는 하고 싶지 않아했다.

"뭐 하는데?"

"말을 잘 안 해. 지영이도 그렇고. 그렇다고 꼬치꼬치 묻는 것도 그렇고. 전남편이 이것저것 캐묻는 걸 좋아하겠니. 나도 그렇게 관심이 없고. 잘 사니까 말이 없겠지."

태석은 걱정이 되면서도 간섭을 하는 것이 미안했다. 목욕탕에 간다고 머리를 감지 않겠다고 해도 기어이 미숙은 머리를 감겼다. 커트를 해서 한결 젊어 보이는 오빠의 모습이 맘에 들었다. 다음에는 염색을 해줘야겠다. 부쩍 늘어난 태석의 흰머리가 신경이 쓰였다.

"나 목욕탕 좀 다녀올 테니까 저녁에 같이 밥 먹자. 오빠가 생선찜 사줄게. 해물나라로 6시 반까지 와. 재웅이도 올 수 있지?"

"재웅이한테 물어보고. 못 가면 나하고 지웅이 아빠만 갈게."

"꼭 와라. 예약해놓을 테니까."

"뭔 일 있어?"

"뭔 일은. 동생 밥 좀 먹이려고 그런다."

미숙은 육류를 먹지 못한다. 정육점 앞을 지나치는 것도 그녀에게는 모두 고역이었다. 몸은 그날을 잊지 못했다.

*

평일 오후라 목욕탕에는 사람들이 별로 없었다. 날씨가 더운 것도 한몫을 했다. 간단히 샤워를 하고 탕 안으로 들어가 몸을 녹였다. 뭉쳤던 근육이 풀리고 힘이 들어갔던 팔다리가 녹아내리는 것 같아 좋았다. 머릿속도 그렇게 편안해지기를 바랐지만 그렇게 되지는 않았다. 뜨거운 물에 몸은 풀어져도 언제나 머릿속은 다시 뭉쳐지기 일쑤다. 또다시 김동수가 파고들었다. 놈은 머릿속에서 영원히 빠져나가지 않는 좀비와도 같았다. 놈이 지금도 서울을 누비고 있다는 것을 생각하자 탕 안의 물이 갑자기 뜨거워지는 것 같았다.

벌써 7년 전이다. 여자아이들이 집에 들어오지 않는다는 신고가 자정이 다 되어서 접수되었다. 발생보고는 하루가 지나 작성이 되었고 단순 가출로 접수되었다. 여자아이 둘이 충동적으로 집을 나간 것 같다는 게 이유였다. 그러나 시간이 지나도 아이들이 돌아오지 않자 보고는 서장에게, 청장에게 올라갔다. 강력팀에 사건이 배당되고 수사 인력이 추가되었지만 아이들의 행방은 찾을 수 없었다. 방송국에서 찾아왔고 포털 뉴스는 연일 아이들의 행방을 좇는 기사로 도배되어갔다. 초동조치가 잘못되었다는 언론의 뭇매에 매일같이 대책회의가 이어졌다. 대대적인 수색이 이루어지고 전담팀을 꾸려도 진전이 없자 담당자가 태석으로 바뀌었다. 태석은 놀이터에서부터 수사를 시작했다. 아이들이 놀고 있던 그곳의 CCTV를 분석해 사슴뿔 모양의 휠을 가진 자동차를 찾아냈다. 그것은 용의자 김동수가 그곳에 있었다는 것을 입증했다. 그는 동일한 전과를 가지고 있었다. 청소년 시절 10세 여아를 성폭행하고도 합의를 받아내 집행유예로 풀려난 것이었다. 그의 별장에 수도요금의 급격한 증가와 CCTV 분석 내용, 혈액반응과 놈의 차에서 나온 정액반응 등으로 볼 때 김동수는 충분히 의심스러웠다. 그러나 태석의 수사는 거기까지였다. 의심만 있을 뿐 객관적 증거가 없었다. 그때 놈을 때리지 않

았더라면. 내가 아닌 다른 사람이 수사를 했었더라면. 그렇다면 해결할
수 있지 않았을까. 계속되는 가정은 끝이 없었다. 누가 코치를 한 것일
까. 김동수가 그 정도로 똑똑한 놈은 아니었는데. 뒤에 누가 있는 게 분
명했다. 그가 김동수의 자백을 막고 일부러 장소를 흘려 흥분한 태석을
유인해 자극함으로써 폭행을 유도했을 가능성이 있었다. 거기에 말려들
어간 건 그의 큰 실수였다. 변호사가 그런 유치한 방법까지 쓰라고 하지
는 않았을 텐데. 태석은 김동수의 양쪽에 앉아 공격적으로 그를 호위하
던 변호사들을 생각했다. 질문 하나하나에 간섭을 했고, 대답도 그들의
말을 듣고서야 겨우 한마디를 하게 했었다. 그들은 김동수가 범인이라
는 것을 알고도 대변을 해주고 있는 것 같았다. 억울하게 누명을 쓴 김
동수가 아니라 범인 김동수를 무죄로 만들라는 지침을 가지고 온 것처
럼. 끝내 그들의 그물에 걸린 태석은 숨을 쉬지 못했다.

눈을 감으면 아이들의 울음소리와 부모들의 절규가 들려왔다. 그 소
리는 7년째 들려오고 있었다. 실종된 아이 중 선미의 어머니가 음독을
했다. 그리고 얼마 후 아버지도 죽었다. 사인은 추락사였다. 실종된 딸
과 아내에 대한 미안함으로 몸을 던진 것 같다고 경찰은 변사보고서를
작성했다. 태석은 그의 장례식장을 찾아가 소주 한 병을 겨우 마셨다.
실종된 아이 중 미순의 아버지가 술에 취해 찾아왔다. 취하지 않고는 견
디기 힘들었을 것이다. 가족을 모두 잃은 선미의 어린 언니는 혼자 상주
가 되어 있었다. 가족은 해체되고 소멸하고 있었다. 놈은 아이들과 그들
의 부모까지 죽인 연쇄살인마였다.

경찰청은 각 청마다 미제사건전담팀을 신설한다는 공고를 게시판에
올렸다. 그 시작은 방송사의 한 유명한 시사프로그램이었다. 그 프로그

램은 미제사건을 재해석해 유의미한 결과를 이끌었을 뿐 아니라 오랫동안 미궁에 있던 사건을 해결할 수 있다는 희망도 안겨주었다. 경찰 수뇌부는 시사프로그램의 성과를 실제 수사로 이어가자는 의견을 냈고, 청장은 의미가 있다며 승인했다. 태석은 하루 종일 게시판을 열었다 닫았다 하면서 결론을 내리지 못하고 있었다. 서울로 갈 것인가 말 것인가. 이미 정수에게 전화도 왔었다. 7년째 진전 없이 묵혀 있는 그 사건을 정수도 잊지 못하고 있는 것이다. 더구나 서울에 올라가면 지영을 가까이서 볼 수 있을 거라는 사실에 마음이 꿈틀했다. 사춘기 내내 같이 있어주지 못한 미안함을 만회하고 싶었다. 다만 맘에 걸리는 건 동생 미숙이었다. 다시 올라가겠다고 하면 많이 울 텐데.

"목욕탕에 왔으면 형한테 전화를 하고 왔어야지."

탕 속으로 근식이 들어오면서 어깨를 두드렸다.

"혼자서 뭐 하냐? 싸가지없이. 이 새끼는 옛날부터 형한테 인사성이 없어."

"왔냐?"

"그래, 인마. 왔지 그럼. 누구 생각하고 있었냐? 또 지선이 생각하면서 있던 거 아니여?"

"아냐, 인마."

잠깐이었지만 그녀는 그냥 봄에 핀 꽃이었던 것 같다. 비바람에 지켜주려 노력해도 어쩔 수 없이 꽃은 지고 마는 거였다. 샤워를 마치고 나오자 근식이 칡즙을 손에 들고 기다리고 있었다. 고향에 친구가 있다는 것은 그나마 즐거운 일이다.

"야, 승진했다면서 소주 한잔 사야지. 언제까지 입을 꽉 막고 있으려고 그러냐? 말하면 술 사달라고 할까봐 그러냐?"

"너 그거 어디서 들었냐? 아직 우리 식구들도 모르는 걸."

"형이 누구냐. 경찰 중에 아는 사람이 너밖에 없는 줄 아냐? 내가 경찰행정발전위원회 회장도 했다고 했잖아. 니네 서장이고 청장이고 다 나하고 형님 동생 하는 사이라니까. 밥도 같이 묵고 목욕탕도 같이 가고 다 했어. 알겠냐? 태석아, 나는 니가 생각하는 것보다 훨씬 큰 사람이여. 전국구랑께. 경찰뿐이겄냐! 내가 지금 서울에 올라가봐라, 동생들하고 형님들 줄을 서서 나한테 인사를 헌다. 한 달 내내 돈 없이 술을 얻어먹고 다닐 수 있을 정도라니까."

근식의 허풍은 여전했다.

"저녁에 뭐 하냐? 오랜만에 소주나 한잔 하자."

"미숙이랑 같이 저녁 먹기로 했다. 니 말대로 승진했으니까 한턱 쏴야지."

"끝나고 애들 보내고 만나면 되지. 홀아비 내가 놀아줄게."

"됐다. 홀아비는 그냥 들어가 잘란다. 피곤해."

"잠 안 오면 연락해. 내가 언니들 데리고 갈 테니까."

"그놈의 언니타령은 언제 끝낼래."

＊

해물탕집에 사람은 많지 않았다. 조명이 밝고 천장이 높아 툭 터진 개방감에 미숙이 긴장하지 않아 자주 찾는 가게다.

"형님! 여기요."

대준은 자리에서 벌떡 일어나 태석을 맞았다. 녀석은 전보다 훨씬 태석에게 깍듯해졌다. 어린 시절부터 보아온 망나니 모습은 모두 사라졌다. 그도 어엿한 대학생 자녀를 둔 중년의 가장으로 책임감을 느끼는 듯했다. 회사에서도 과장으로 승진해 근식의 밑에서 자리를 잡았다. 근식은 대준을 친동생처럼 대해주었고, 그럴수록 더욱 열심히 일을 하는 모습을 대견스러워했다.

"형님, 승진했다면서요. 왜 암말도 안 허신데요."

"너 그거 어디서 들었어?"

"근식이 형님한테 들었네요. 형님한테 들어야 허는디. 서운하구만요."

"별것도 아닌데 뭘. 그래서 오늘 내가 밥 사잖아."

아무것도 아니라는 듯 태석은 손을 흔들었고 옆에 있던 미숙은 깜짝 놀랐다.

"오매, 오빠 승진했어? 진짜여? 왜 말을 안 헌 것이여. 아까도 말 안 허고."

"뭐 큰일이다고 그런 말을 해. 됐다. 어서 밥이나 먹자."

태석은 쓸데없는 말을 했다는 듯 대준의 어깨를 두들겼고 미숙은 서운하면서도 승진이라는 말에 기분이 좋아 기쁨을 감추지 못했다. 그녀는 곧바로 막내 재웅에게 전화를 넣었다.

"재웅아, 올 때 키다리빵집에 들러서 케익 하나 가져와. 돈은 엄마가 준다고 하고."

"미숙아, 야! 하지 마."

"그냥 둬요. 형님. 식구들이 축하를 해주어야제. 누가 해준데요. 케익도 못 허게 허면 저 진짜 서운혀요. 우리한테는 말도 안 허고. 어떻게 근식이 형님한테만 말을 헌데요. 우리가 넘보다도 못허네. 안 그려, 여보?"

"맞아, 오빠. 가장 먼저 나한테 말을 했어야지. 아까 머리 깎을 때도 말을 안 허고."

"그게 아니고…… 그놈한테도 말 안 했어. 그놈이 어디서 들어가지고 그래."

"그것이 그것이죠."

태석은 괜히 미안해졌고 미숙과 근식은 서운해하면서도 서로 손바닥을 부딪치며 기뻐했다. 특히 미숙은 태석이 고향으로 올 수 있을 거란 기대에 얼굴이 더 밝아졌다.

"승진허면 오빠는 영광으로 돌아오는 것이제? 먼 데까지 출퇴근 안 해도 되잖여."

"그러제. 승진했은게 당연히 고향으로 오겠제."

두 사람은 태석이 이미 고향으로 온 것처럼 좋아했고 태석이 승진했다는 말에 반찬을 나르던 식당 이모도 덩달아 좋아했다.

"아고, 미숙이는 좋겄다. 오빠가 승진도 허고. 느그 어매가 있었으면 얼매나 좋아했겄냐. 지웅이 대학 간 것맹키 좋제?"

"좋구만요. 지웅이 대학 갈 때보다 더 좋네요. 가는 부산이로 가버려서 보지 않으니까 그렇지만, 울 오빠는 맨날 혼자 먼 데로 출퇴근하고 있는 것이 맘에 걸렸는데요. 우리 엄니도 좋아하겠구만요. 오빠가 승진을 다 하고. 참말로 좋아할 것인디."

미숙은 웃으면서도 눈물이 새어나와 손바닥으로 연신 눈물을 훔쳤다.

"미쳤는갑네. 밥 묵을라다가 울고 그려. 좋은 날 우는 것 아니여."

대준이 미숙을 놀렸다. 가게 사장은 그런 미숙이 안쓰러웠는지 서비스라며 산낙지 두 마리를 더 내어주었다.

"식구들끼리 밥 묵는디 나도 좀 끼어도 되겠냐?"

"엄마, 케익이요."

"미숙아, 케익은 내가 샀다."

초대하지 않은 근식이 재웅이와 함께 들어왔다. 재웅이는 학교 끝나고 바로 오는 길이어서 가방을 멘 채 케이크를 들고 있었다. 빵집으로 들어가는 재웅이를 본 근식이 따라 들어가 케이크 값을 냈다고 했다.

"근식이 오빠는 친구가 승진했는디. 케익이 아니라 밥을 사야제."

"미숙아, 원래 밥은 승진헌 사람이 사는 거여. 안 그러냐 태석아."

"인마, 집에 가서 밥 먹지 왜 여기서 먹으려고 해. 밥도 못 얻어먹고 다니냐?"

"우리 마누라 친정 갔다."

"형수님이 왜 근데요. 저번에도 가드만. 완전히 습관인디요. 맨날 언니들만 좋아하니까 그런 거 아니어요? 이번에는 또 매칠이데요?"

대준이 부부싸움이 잦은 근식을 놀려댔다.

"습관은 인마. 몸이 안 좋은 게 친정에 가서 좀 쉬라고 헌 것이지. 그리고 직원이 사장한테 그게 할 소리냐. 이 새끼 많이 컸네. 미숙이한테 혼나고 쫓겨났을 때 내가 너 밥 사줬어 인마. 그때를 벌써 잊어버린 겨?"

"그게 언젯적 일인데요. 그거는 그거고. 여그서는 그냥 형님이제, 사장님이간요. 지가 공사구분은 확실해요."

"그려, 맘대로 놀려라. 내가 너 보러 왔냐. 내 친구 보러 왔지."

태석은 몇 잔 마신 술에 취기가 올라왔다. 요즘은 술을 조금만 마셔도 빨리 취했다. 근식은 그게 다 나이가 들어서 그런 거라며 빨리 새장가를 가야 그런 게 없어진다고 했다.

"그렇게 근식이 오빠가 빨랑 우리 오빠 장개 좀 보내줘요. 우리 오빠를 누가 빨리 돌봐줘야 나도 신경을 덜 쓸 거 아녀요."

"그러지? 미숙이 너도 그렇게 생각을 허지?"

"그럼요, 오빠. 나는 오빠가 언니들을 많이 아니까 해줄 거라고 믿어요. 그 언니들 우리 오빠한테 좀 붙여봐요."

"미숙아, 왜 또 그게 그리 가냐. 나 언니 많이 몰라."

"모르기는요. 형님 동창 누나들이 맨날 형님이 술 잘 사준다고 달라붙어 있드만."

"나만 동창이냐, 태석이도 동창이여. 근디 태석이가 인물이 딸린게 나한테만 붙는 것이제. 야가 덩치만 크제 인물은 한참 떨어지잖아."

"우리 오빠가 어때서요!"

"오매, 미숙아 느그 오빠지. 미안허다. 내가 깜빡해부렀다."

미숙이 근식을 건들면서 놀렸고 근식도 기분이 좋아 웃으면서 서로 농담을 던졌다.

"오빠, 승진했으니까 고향으로 오는 거 확실하제?"

미숙은 태석과 눈을 마주치며 간절한 표정을 지었다. 조금 전 질문에도 태석은 아직 대답을 하지 않았다.

"형님이 언제까지 객지서 돌아다니겄어. 하나밖에 없는 여동생이 고향에 혼자 있는디."

"뭐가 혼자 있어 인마. 니가 있는데."

"그렇기는 허죠. 제가 든든하게 옆에 있기는 한디. 옴마, 근디 고것이 뭔 소리다요. 올 맘이 없는 것 같은디. 요상허네."

태석의 반응에 대준은 바로 다른 맘이 있다는 것을 느꼈다.

"올 맘이 없는 게 아니고……"

서울 일이 자꾸 걸려서라고, 태석의 입속에서 그 말이 빠져나오지 못했다.

"혹시 서울 일 땜에 그런 거여?"

"……"

근식의 말에 태석은 대답하지 못했다.

"그 사건 끝나분 지가 언젠디 아직도 그거를 생각허는 거여. 이 새끼가 아직도 정신을 못 채렸구만. 술을 어데로 처묵은 거여, 시방!"

근식이 술에 취해 혀가 꼬여 말을 했고 태석은 대꾸가 없었다.

"태석아, 그러믄 안 돼야. 니가 왜 또 서울을 올라갈라고 그려. 서울에는 경찰이 없다냐! 너만 경찰여? 너만 공무원이냐고!"

"누가 올라간다고 했어. 생각을 해본다는 거지."

태석은 즉답을 하지 않고 말을 돌렸다. 미숙의 얼굴을 보니 결정을 내리기 힘들었다. 그사이 주머니에서 휴대전화가 울렸다. 서울에서 걸려온 전화였다. 서울 소식이 궁금했었는데 마침 정수가 그런 태석의 맘을 알고 전화한 것 같았다. 밖으로 나오자 밤공기가 시원했다.

"형님, 정수입니다."

"그래, 정수야. 미안한데 아직 결정 못 했다. 동생 때문에 결정하기가 힘드네."

정수는 태석이 서울로 올라오기를 간절히 바라고 있었다. 그런데 정수가 전화한 것은 그것 때문이 아니었다.

"형님! 그게 아니라……"

"왜 그래 인마. 그것 때문에 전화한 거 아니야? 고민 중이다고."

"형님……"

정수는 말을 멈추고 숨을 삼켰다.

"미순이하고 선미요."

"왜? 혹시 아이들 유골이라도 찾았니? 그런 거냐? 어디서?"

아이들이 확인되었을지도 모른다는 기대에 정신이 바짝 들었다. 그러나 정수의 대답은 전혀 예상 밖이었다.

"미순이 아버지 임춘석씨가 김동수를 죽였습니다. 집으로 찾아가서 칼로 찔렀어요."

"뭐? 무슨 말도 안 되는 소리야. 임춘석씨가 어떻게 김동수를 찾아가?"

"제가 살인사건이 났다는 신고에 현장에 나갔는데 사망자가 김동수더라구요. 집에서 칼에 찔려 죽었어요. 그런데 갑자기 광수대가 찾아와서 용의자로 임춘석씨를 체포했다고 사건을 넘기라고 하더라구요."

"뭐?"

"그것도 그렇지만, 유미 아시죠? 선미 언니 말이에요. 정유미!"

"응, 잘 알지."

"걔도 용의자예요."

"미순이 아버지라며?"

"모르겠어요. 저도 뭐가 뭔지. 저희 사무실은 유미를 긴급체포했거든요."

"걔를 왜?"

"유미가 김동수의 건물에 들어갔다가 나온 사실이 있어서, 찾아서 물었더니 김동수를 자기가 죽였다고 자백을 했어요. 자기가 칼로 찔렀다고."

"그게 말이 돼?"

"저도 지금 뭐가 어떻게 된 일인지 알 수가 없어요. 유미는 저희가 데리고 있고, 광수대는 임춘석씨를 데리고 있어요. 어쩌면 두 사람이 공모를 했을 수도 있다는 생각도 들구요. 두 사람 모두 영장실질심사를 받았어요. 임춘석은 북부지법에서 했고, 유미는 남부지법에서 했구요. 아마 오늘 밤 안으로 결과가 나올 거예요."

"그 사람들이 왜?"

"광수대는 임춘석씨가 딸의 복수를 한 거라고 생각하고, 저희는 유미가 동생의 복수를 한 거라고 생각하는 거죠."

"어떻게 그럴 수가 있어? 지금은 어떻게 하고 있는데?"

"광수대든 우리 쪽이든 결정해죠. 한 사건을 두고 양쪽에서 수사할 수는 없잖아요. 그래서 지금 대기 중이에요. 영장 떨어지는 거 보고 결정한다구요."

먹었던 술이 한꺼번에 증발해버렸다. 미순의 아버지와 선미의 언니가 바로 앞에서 김동수를 찔러 죽이고 있었다. 그들은 태석을 원망하고 있었다.

살해

# COLD CASE 3

**일시 및 장소**
2011. 2. 25. 22:00경 경기도 여주시 만암동

**실종자**
유선오(41세, 여, 사무직)

**용의자**
권만호(37세, 남, 정비사)

**개요**
실종자는 경기도 여주시 만암동 소재 자동차정비공장에서
사무원으로 일을 하는 자이며, 직원들과 회식 후 자정쯤 집에
들어간다고 했으나 이후 소재가 확인되지 않음

**수사사항**
이혼 후 혼자 살고 있는 실종자를 용의자인 공장 직원 권만호가
자주 치근댐. 실종 당일에도 실종자보다 먼저 회식 자리에서 나가
용의자로 선정, 수사했으나 혐의점 발견하지 못함

**특이점**
실종자가 일을 그만두고 서울에 올라가겠다고 지속적으로 이야기함

**종결**
2011. 6월 미제사건 처리(가출로 의심), 실종아동등 프로파일링
시스템 등록(여청계 관리)

**담당경찰서 및 검찰청**
경기도 여주경찰서, 수원지검 여주지청

# 3

강성빌딩에 사람이 죽어 있다는 신고가 들어온 것은 새벽이 깨어날 때쯤이었다. 상황실의 무전을 받은 강력4팀은 즉각 현장으로 출동했다. 1층 엘리베이터 앞에서 지구대 경찰관들과 간단히 인사를 하고 7층으로 오르며 현장에 대한 대략의 설명을 들었다. 문이 열리자 김동수의 사망을 확인하고 철수하려던 구급대원들이 보였다. 이미 사후경직과 시반이 형성됐고 체온도 남아 있지 않으므로 현장에는 구급대원이 아니라 장의사가 필요했다. 신고자는 사십 대 초반의 빌딩 경비원 양천수씨였고, 사망자의 신원을 확인해준 것도 그였다.

"회장님입니다. 성함이 김동수구요. 나이는 57세로 알고 있습니다."

"마지막으로 본 게 언제인가요?"

"자정쯤에 들어가시는 걸 봤습니다."

지구대 경찰관들과 소방관 모두 그의 이름을 수첩에 적었다. 김동수는 그렇게 사건 사망자로서 한 줄의 이름을 남겼다.

그날 새벽 경비원 양씨는 빌딩 순찰을 돌다가 김동수의 오피스텔 현관문이 반쯤 열려 있는 것을 발견했다. 양씨는 김동수가 늦은 밤 만취해 들어올 때가 종종 있었다고 했고, 그때마다 그의 오피스텔 현관문이 조금씩 열려 있었다고 기억했다. 아가씨가 바로 들어오도록 발굽을 세워 문을 열어놓는 게 그의 버릇이라는 거였다. 이곳은 건물주인 김동수가 손님을 접대하거나 여자를 불러 관계할 때 쓰는 비밀공간이었고, 7년 전 태석에게 검거되었을 때도 압수수색에서 빠져 있었을 만큼 알려지지 않은 곳이었다. 김동수는 최근 여기서 이혼소송을 하면서 지내고 있었다. 이곳으로 가끔 교복을 입고 들어가는 여자가 있었다. 업소 아가씨 중에 어린아이가 그렇게 들어간다고 했다. 미성년자를 강간하고 살해했다는 혐의를 받고 난 후 생긴 버릇이라고 그를 아는 사람들은 말했다. 수사를 받고도 그의 위험한 취향은 바뀌지 않았고 좀 주의를 기울이는 정도였다.

양씨는 그날 밤 술에 취해 들어오는 김동수를 보았고, 그가 들어가고 얼마 후 교복 입은 여자아이가 들어갔다가 빠져나가는 것도 목격했다. 순찰을 돌던 양씨는 으레 또 그날인가보다 하고 그냥 내려가려고 했다. 그런데 이상했다. 아까 여자가 나가는 걸 봤는데 왜 문이 열려 있지? 조금 더 다가가보니 현관 안쪽에 핏자국이 보였다. 뭐지? 양씨는 현관문을 당기려다 멈칫했다. 잘못 들어갔다가 그와 눈이라도 마주치면 어떤 봉변을 당할지 모른다. 김동수는 그렇게 친절한 사람이 아니었다. 청소가 잘 못 돼 있다고 양씨의 뺨을 때리고, 얼굴에 침을 뱉은 적도 있었다. 더구나 젊은 자기 아내와 친하다는 이유로 괜히 욕을 하기도 했다. 양씨는 관리실로 내려와 CCTV를 돌려보았다. 교복을 입은 여자는 분명 한참 전에 빠져나갔다. 여자가 돌아갔는데 왜 문이 열려 있지? 핏자국은 또 뭐고? 확인을 해야 하나?

　새벽까지 망설이다가 양씨는 결심한 듯 다시 7층으로 올라가 천천히 문 안으로 고개를 들이밀었다. 피비린내가 훅 끼쳐왔다. 방 안을 가득 채우고 밖으로 흘러나오는 그 냄새는 기분 나쁘고 역겨웠다. 김동수는 알몸으로 침대 위에 누워 있었다. 그리고 그의 가슴에서 흘러나온 피가 침대를 적시고 대리석 바닥에까지 흥건하게 고여 있었다.


　구급대원들이 떠난 뒤 도착한 과학수사팀원들은 분주히 움직이며 증거를 수집했다. 사망자의 항문에 온도계를 꽂아 직장의 온도를 체크하고 실온과 비교해 사망 시간을 추정했다. 혈흔의 방향과 흉기에 의한 자상의 깊이, 사체의 형태 등을 조사해 사망에 이르게 된 원인을 찾는 데 주력했다. 범인의 흉기는 김동수의 흉부를 뚫고 들어갔다. 처음 세 번은 주저하며 깊이 찌르지 못하다가 마지막에는 칼을 끝까지 밀어넣은 것이라고 했다. 흉기는 김동수의 가슴에 그대로 꽂혀 있었다. 피해자가 흉기를 밀어내려고 온 힘을 다해 저항했을 테지만 심장을 뚫고 들어간 이상 그 힘은 미미했을 것이라고 검시관은 가슴을 가리키며 설명했다. 과학수사팀원 하나가 칼이 꽂힌 자리에 번호표를 놓고 사진을 찍었다. 링 플래시가 번쩍이며 사체의 참상을 비췄다. 칼 손잡이에서는 범인의 것으로 추정되는 지문 두 점이 나왔다. 혈액과 함께 응고된 쪽지문이기는 하지만 융선(隆線)이 선명해 피의자를 비교 특정하는 데 무리가 없을 것이라고 했다. 침대 아래 서랍에는 각종 섹스 도구가 가득했고 발기를 도와주는 보조제도 쌓여 있었다. 과학수사팀원은 이것도 증거물로 수집해야 하는지 고민하다가 사진만 찍기로 했다. 그건 살인과는 관련이 없었다. 김동수는 아무 저항도 하지 못하고 칼을 맞았다. 술에 취해 있었거나 약물에 중독되어 움직이지 못할 상태였을 것으로 추정되었다. 탁자에는 밸런타인 30년산과 양주잔 두 개가 놓여 있었다. 잔에는 술이 그대로 남아 있었고 안주로 육포가 있었으나 먹지 않았다. 술잔에 불순물이 있는지 성분 확인을 위해 국과수로 분석을 의뢰했다. 집 안을 뒤진 흔적은 보이지 않았다. 범인은 금품이 아니라 김동수만을 노리고 들어온 것 같았다. 유족으로 김동수의 아내를 찾았다. 그녀는 김동수가 죽었다는 말에 담담했다. 외려 죽어준 게 다행이라는 반응이었고, 빌딩에서 사람이 죽었다는 것을 주위에서 모르게 해달라고 했다. 가족이지만 가족이 아니었다. 유족 조서를 받아야 한다는 경찰관의 요구에 꼭 자기가 나가야 하느냐고, 변호인을 대신 보내면 안 되느냐고 되물었다. 간단한 관계 정도만 묻는 것으로 하겠다고 설득하자 그제야 그녀는 출석은 하겠지만 절대로 언론에 노출되는 일이 없어야 한다고 경고하듯 대답했다. 전화기 너머에서 들려오는 그녀의 목소리에 슬픔과 연민은 없었다. 살인 용의자에 그녀와 그녀의 오빠도 리스트에 올려졌다. 그들이 김동수와 재산 문제로 다툼이 있다는 사실을 경비원 양씨를 통해 알았기 때문이다. 김동수의 사체는 장례식장에 잠시 머물렀다가 국과수로 옮겨졌다.

"건물에 설치된 CCTV가 또 있습니까?"

"아뇨, 이거 하나밖에 없습니다."

CCTV는 빌딩 입구 쪽에만 설치돼 있었다. 엘리베이터 안에 카메라는 없었고, 상가에도 가게 안에만 있지 복도나 계단을 비추는 건 없었다.

"회장님은 자기가 찍히는 것을 극도로 싫어했습니다. 그래서 최소한으로만 설치를 한 것이죠. 어떨 때는 저것도 떼어버리라고 했다가 사모님이 안 된다고 해서 그대로 둔 겁니다. 차도 거의 타고 다니지 않았습니다. 주차장에 주차만 돼 있고 택시만 타고 다녔어요."

경비원 양씨는 CCTV를 한 곳에만 설치한 건 김동수가 경찰 조사를 받고 난 후 생긴 버릇 때문이라고 했다. 그는 CCTV를 경멸했고 차량에 대해서도 마찬가지였다. 차량에서 확인한 정액반응에 대해 추궁을 당하자 이후로는 택시만을 이용했다.

강성빌딩은 3층까지는 상가, 4층부터는 사무실과 오피스텔이 있었다. 사무실은 밤 10시 정도면 모두 빠져나갔고 오피스텔은 입주자들이 대부분이었다. 꼭대기 층은 모두 비우고 가장 넓은 오피스텔 하나만 김동수가 사용했다. 입구에 설치된 CCTV로는 거의 삼백 명 이상의 사람을 확인해야 할 판이었다. 그래도 그중에 김동수의 방에 들어간 것이 확실한 사람이 한 명 있었다.

"교복을 입은 여자애가 들어오고 나서 약 십 분 정도 후에 빠져나갑니다."

"그 여자애가 김동수의 밀실로 들어가는 것은 확인이 돼?"

"그건, 양천수씨가 확인해줬습니다. 아마 업소 아가씨일 거라구요. 진짜 고등학생이 아닐 거랍니다. 김동수가 워낙 어린아이를 좋아해서 저렇게 입혀서 들여보냈다는데요."

"충분히 그럴 놈입니다."

어린아이를 좋아한다는 말에 한정수 형사가 끼어들었다.

"무슨 말이야?"

"김동수 저놈은 7년 전에 초등학교 5학년이던 아이들을 성폭행하

49

고 살해한 용의자였습니다. 증거를 찾지 못해서 잡아넣지 못했죠. 그 전에도 아동성폭행 전과가 있는 놈입니다. 저 새끼, 미친 페도필리아(pedophillia)예요."

"페도필리아?"

"소아성도착증을 가지고 있는 놈이죠. 전에 체포된 경험 때문에 방식을 바꾼 겁니다."

팀장은 양씨를 불러오도록 했다.

"맞아요?"

"네, 여러 번 봤습니다. 늦은 시간에 학생이 들어가길래 처음에는 어디 가느냐고 몇 번 물었더니 그냥 위에 올라간다고만 하더라구요. 이상해서 나중엔 좀 더 다그쳤더니 회장님에게 전화가 왔어요. 학생 아니니까 다음부터는 묻지 말고 그냥 들여보내라고. 욕을 얼마나 먹었는데요. 그 후에 같이 일하는 고씨가 한번 잡았다가 엄청나게 혼이 난 적이 있어요. 관리실에서 의자를 빼버렸어요. 서서 근무하라고."

"경국이는 민정이하고 저 여자 빨리 찾아. 정수는 계속해서 수상한 사람이 있는지 주변 탐문해보고. 3팀 나오면 김동수 주변 인물 확인해보라고 해. 특히 부인하고 처남을."

CCTV 속 교복 입은 여자는 당황한 모습으로 서둘러 건물을 빠져나갔다. 들어올 때도 계속 뒤를 살피며 들어와 의심은 더 짙어졌다. 더구나 쫓기듯 뛰어나가 타고 왔던 봉고차가 아닌 택시를 탔다. 그것도 십분 만에. 그 정도면 사람을 죽이고 빠져나올 시간으로 충분했다.

형사들은 곧바로 교복을 입은 여자를 찾기 위해 탐문에 나섰다. 그녀는 유력한 용의자이자 가장 중요한 참고인이기도 했다. 업소에서 소위

2차라는 성매매를 하기 위해 김동수를 찾아온 것인지 아니면 출장마사지방이나 전화방을 통해 오게 된 것인지 확인이 필요했다. 그녀는 방 안에서 무슨 일이 있었는지, 적어도 김동수의 상태는 어떠했는지 정도는 알고 있을 것이다. 그녀가 죽였거나 아니면 죽은 것을 보았거나 둘 중 하나였다.

수사팀은 주변 CCTV를 뒤져 그녀가 타고 온 봉고차의 번호를 확인하고 차량조회를 통해 신원호텔에 있는 '라일락' 주점 앞으로 되어 있다는 것을 알아냈다. 그러고는 여사장인 한 마담의 숙소 위치를 파악해 송파구로 찾아갔다. 그녀는 빌라에서 아가씨들과 함께 살고 있었다. 술이 깨지 않은 마담은 문을 여는 데도 한참이 걸렸다. 다짜고짜 찾아온 경찰에게 문을 열어주기는 했어도 정신을 차리지는 못했다. 민경국 형사가 냉장고에서 물을 찾아 먹이고 그녀를 다그쳤다.

"정신 차려봐요! 빨리!"

"경찰이 새벽부터 뭔 일이데? 술 먹고 자는 것도 죄예요?"

"새벽 아니고 아침이에요. 술 깨시고 이 사진 한번 보세요. 자, 이 아가씨 누구예요? 어디 있어요? 사장님이 내보냈죠?"

"누구를 말하는 건데요?"

마담은 여전히 정신을 차리지 못하고 있었다.

"사장님을 성매매알선으로 입건해야 하니까 빨리 대답해요. 이 아가씨 누구냐니까? 그리고 어디에 있어요?"

"몰라요. 누가 성매매를 시켰다고 그래요."

"지금 사람이 죽었다구요. 이 여자는 용의자고!"

"네?"

마담은 사람이 죽었다는 말을 듣고서야 정신이 퍼뜩 들었다. 그러고는 휴대폰으로 찍어온 CCTV 사진을 들여다보더니 형사들의 눈치를 살폈다. 교복을 입은 것을 보고 단번에 그녀가 누구인지 알았다. 그 새끼는 늘 어려 보이는 아이만 찾았다. 실제 미성년자를 요구한 적도 있었다. 언젠가는 이렇게 문제가 될지도 모른다고 생각했었다. 예전에 경찰조사까지 받았다는 소문이 업주들 사이에서 돌았지만 그가 쓰는 현금과 함께 술을 마시는 인물들은 소문을 떨구어내기에 충분했다. 그런데 하필이면 우리 가게에서…… 마담은 한숨이 먼저 나왔다. 들어온 지 얼마 되지 않는 선미가 그 새끼의 밀실로 간 것은 사실이었다.

"근데 왜 그러시죠? 나도 알아야 대꾸를 할 거 아니에요. 누가 죽었는데요?"

"김동수씨가 사망했어요."

"그 새끼가 죽었어요?"

"잘 아시나보죠?"

"잘은 몰라도 변태새끼라는 건 알아요. 근데 그 새끼가 왜 죽어요?"

미성년자를 불러달라고 고집을 부리던 발정난 늙은 개새끼가 죽었다는 말이 믿기지 않으면서도 잘 죽었다는 생각이 들었다. 그런데 하필 왜 선미가.

"얘는 선미예요…… 정선미. 그런데 얘가 그랬다는 건 아니죠? 맞아요?"

"그 여자 지금 어디 있어요?"

"아래층에……"

마담이 따라 나서겠다고 옷을 걸치러 간 사이 형사들은 이미 빌라 아

래층으로 이동했다. 그곳에는 방 하나에 아가씨 두 명씩, 총 여섯 명이
생활하고 있었다.

"팀장님, 소재 확인했습니다. 어떻게 할까요?"

"민정이랑 들어가서 샅샅이 뒤져봐. 지금으로서는 가장 유력한 용의
자니까. 그쪽으로 과학수사팀도 보낼 테니까 같이 수색 하라고."

팀장은 정선미 외에는 김동수의 오피스텔에 들어간 사람이 없자 그
녀를 긴급체포할 것을 지시했다. 그리고 숙소를 수색하고 그녀의 핸드
폰은 물론이고 증거가 될 만한 것은 모두 압수해서 가져오도록 했다. 선
미는 기다리고 있었다는 듯 깨어 있었다. 옷도 갈아입지도 않고 교복 차
림 그대로였다. 초조해 보이면서도 담담함을 유지하고 있었다.

"정선미씨, 잠깐 들어가도 될까요?"

"……"

"정선미씨!"

그녀는 숨을 깊이 가다듬고 문을 열었다. 문이 열리자마자 형사들은
곧바로 방 안으로 밀고 들어갔고 술에 취해 잠을 자고 있던 동료 아가
씨가 놀라서 벌떡 일어났다.

"정선미씨, 우리가 왜 찾아왔는지 알고 있죠?

"……"

민경국 형사는 곧바로 질문을 했고 선미는 아무 말을 하지 않았다.

"새벽에 강성빌딩에 들어갔었죠?"

"……"

"대답하세요!"

"……네."

"김동수씨 왜 죽였어요?"

민 형사는 말을 돌리지 않았다. 왜 죽였냐는 말이 선미의 심장을 찔렀다.

"......"

그녀는 아무 대답을 하지 않았다. 그러나 침묵이 그녀의 죄를 인정했다. 유민정 형사가 그녀를 욕실로 데리고 가 몸을 수색하는 사이 민 형사는 방을 수색했다. 상체를 벗겨 확인하자 그녀의 몸에서 멍과 함께 빨갛게 쓸린 흔적이 발견되었다. 몸싸움이 있었던 모양이다. 왜 그랬어요라는 유 형사의 물음에 선미는 말없이 눈물을 흘렸다.

"악마를 죽인 거예요."

"괜찮아요."

유 형사가 어깨를 두드리며 그녀를 달랬다. 그러고는 옷을 입게 한 후 욕실문을 열고 민경국 형사에게 눈짓을 했다. 민 형사는 곧바로 수갑을 꺼내 선미의 양손에 채웠다.

"정선미씨 당신을 김동수에 대한 살인혐의로 긴급체포합니다."

*

모두 호프집으로 자리를 옮겨 케이크에 촛불을 켜고 노래까지 불러가며 축하를 했다. 케이크는 모두 옆자리 손님들에게 나누어주었다. 손님들이라고 해도 모두 동네 이웃들이었다. 케이크를 든 대준이 태석의 승진을 큰 소리로 자랑했다. 여기저기서 축하한다는 인사가 들려왔다. 호프집 사장도 해물탕집과 마찬가지로 안주 몇 가지를 축하 서비스로 내놓았다.

술에 취한 근식은 자기가 손님들 술값까지 모두 내겠다고 덤벼들었다가 대준에게 혼이 나고 안주 하나씩만 더 돌리는 것으로 대신했다. 대준은 기분파인 근식의 비서 역할을 충실히 해주었다. 술이 몇 잔 들어간 미숙은 헤어지기 전 태석을 안고 한 번 더 눈물을 보였다. 마치 절대로 서울로 가서는 안 된다고 말하는 것 같았다. 그러다가도 지영이 때문이라면 생각해보겠다는 여지를 남겼다. 태석은 다행이라고 생각하면서도 미안했다. 원룸 앞까지 따라와 언니들을 소개시켜주겠다는 근식의 꼬임을 간신히 물리치고 빈 침대뿐인 방 안으로 들어갔다. 정수에게 들은 소식은 저녁을 먹는 내내 그를 괴롭혔고 밤새 잠 못 들게 했다. 또다시 아이들이 태석을 찾아와 울기 시작했다. 자신이 임춘석에게 했던 말이 무엇이었을까. 대체 어떤 말이 사람을 죽일 정도의 신념이 돼버렸던 것일까. 밤새 뒤척이며 그때 그날을 떠올렸다.

새벽이었고 장맛비가 세차게 내리고 있었다. 태석은 경찰서 복도를 유유히 걸어 나가는 김동수를 쫓아가 그의 손목에 수갑을 채웠다. 양쪽에 있던 변호사들이 깜짝 놀라 경위를 묻자 태석은 또박또박 체포의 이유를 설명했다. 김동수는 유치장에 입감되었다. 태석이 조사를 계속 진행하려고 했지만 그는 거부했다. 두 변호사는 김동수보다 더 발끈하여 항의를 했다. 놈을 조금만 더 밀어붙인다면 멘탈을 무너뜨릴 수 있을 것 같은데 변호사들은 그것을 아는지 물러서지 않았다. 스스로 출석한 대상자를 체포하는 것은 불법이며 방어권을 보장받지 못했다고 얼굴을 붉혔다. 증거도 없이 자백만을 강요하고 뜻대로 되지 않자 무리를 한 것이라고 그들은 말했다. 강제수사가 진행되는 동안 경찰서 전체가 출동하여 아이들을 찾기 시작했다. 그러나 불행히도 장맛비가 쏟아지면서 수색은 멈추어야 했다. 태석은 아이들이 사망했다는 증거 없이 체포를 승인해달라고 검찰에 요청했다. 서류를 본 검사가 태석의 간절함을 이해해주기를 바랐다. 그러나 서류가 넘어간 지 채 한 시간도 되지 않아 승인이 거부됐다. 검사는 김동수의 혐의를 인정하기 어려우며 스스로 출석한 것으로 보아 도주의 우려도 없다고 적었다. 어쩔 수 없이 김동수를 석방할 수밖에 없었다. 유치장에 누워 시간을 보내고 있던 그는 당연한 결과라는 듯 웃으며 유치장을 나와 태석과 마주쳤다.

"하태석 형사님, 멀쩡한 사람 잡아넣은 기분이 어때요? 나는 좆같은데."

"멀쩡한 사람인지 살인범인지는 더 수사를 해봐야죠. 끝난 거 아닙니다."

"무섭네. 근데 계속 수사는 할 수 있을지 모르겠네요. 이렇게 감정적으로 억지수사를 하면 안 된다고 우리 변호사들이 말하던데. 징계감이라고. 그럼, 애써봐. 훗."

그는 태석의 어깨를 두드리고 밖으로 나갔다. 그러고는 기다리던 변호인들과 함께 차량에 올라 유유히 빠져나갔다. 사라진 김동수의 흔적을 떨어지는 빗물이 지워주고 있었다.

"저 사람이 왜 그냥 나가죠? 형사님, 저 사람이 범인 아닌가요?"

복도에 서 있는 태석에게 미순의 아버지 임춘석이 다가왔다. 그리고 그 옆에는 선미의 언니 유미도 함께 있었다. 납치 살인범 김동수를 왜 그대로 보내는 거냐고 그들은 따졌다.

"형사님! 저 사람이 맞죠? 저 사람이 내 동생 선미를 죽인 게 맞는 거죠?"

"......"

"형사님 대답 좀 해주세요."

유미가 울음 섞인 목소리로 물었다.

"저 사람이 우리 미순이를 죽인 게 맞냐고!"

임춘석의 목소리가 복도를 가득 메웠고 답을 구하는 그에게 태석은 대답을 해야 했다.

"범인이 맞습니다. 안타깝게도 아직 증거를 찾지 못했고 자백도 받아내지 못했습니다. 하지만 놈이 범인입니다. 제가 꼭 다시 검거하겠습니다."

두 사람이 놈이 범인이냐고 물었을 때 태석은 아니라고 대답할 수 없었다. 심장이 뭉개져버린 그들에게 아직도 범인이 보이지 않네요라고 말하는 것은 희망조차 갖지 말라는 말과 같았다. 그 말을 두 사람은 가슴속 깊이 새겨두었던 모양이다. 그리고 그 말은 씨가 되어 7년이 흐른 지금 핏물이 맺힌 붉은 싹이 된 것이다. 후회가 되었다. 그 붉은 싹은 두 사람의 심장에서 칼이 되어 기어이 김동수를 찾아 응징을 하고 말았다. 태석은 아침까지 뜬눈으로 보냈다. 머리가 지끈거렸고 어지러움에 벽을 잡았다. 세수를 해도 얼굴이 푸석거렸다. 물 한 컵으로 아침을 대신하고 서둘러 차에 올랐다. 곧바로 사무실로 향했고 들어서자마자 대장을 찾아갔다. 어떻게든 수습을 하고 싶었다.

"인사 기간인데, 어디로 갈 건지는 정해놓고 가야죠?"

"네, 올라가면서 정하겠습니다."

"늦지 않게 결정하세요. 혹시 서울에 자리 알아보러 가는 거 아니에요?"

"아닙니다."

"알겠습니다. 도움이 필요하면 말씀하십시오. 제가 힘닿는 데까지 도 와드리겠습니다."

서울에서 내려온 윤기정 광수대장은 태석을 돕고 싶어했다. 사무실을 나와 다시 차로 가려고 할 때 막내형사인 종현이 급하게 태석을 불렀다.

"팀장님, 주상식의 위치가 나왔는데요. 상무지구 오리온모텔에 있답니 다. 정국이 형님이 그쪽으로 가고 있다는데요. 가봐야 하지 않을까요?"

"주상식이?"

벌써 몇 개월째 도주 중인 강도살인 용의자였다. 어쩔 수 없이 서울을 미룰 수밖에 없었다.

## 4

　선미는 1차 조사를 받은 후 유치장에 입감되었다. 이중으로 된 두꺼운 철문을 통해 들어간 유치장 안에서 속옷을 벗게 했고 소지품을 검사했다. 휴대전화는 현장에서 압수되었고 입고 있던 옷도 갈아입게 했다. 옷은 혈흔분석을 위해 국과수로 보내졌다. 선미는 유치장으로 들어갈 때 눈물이 나려는 것을 겨우 참았다. 그녀 주변으로 다른 여자 수감자들이 다가왔다가 붉게 상기된 그녀의 얼굴을 보고 물러났다. 경찰서로 이동하면서부터 그녀는 모든 질문에 묵비권을 행사했다. 경찰은 그녀의 집을 수색해 핸드백을 찾았고 그 속에서 수면제와 흉기도 발견했다. 용도를 묻는 질문에도 선미는 입을 닫았다. 그녀의 침묵은 수면제를 김동수에게 먹인 것은 아닌지 의심을 갖게 했다. 수면제의 성분분석과 흉기에서 혈흔반응이 있는지 그것 또한 국과수로 의뢰를 요청했다. 점심식사를 하게 했지만 그녀는 아무것도 먹지 않았다. 유치장 직원은 배식판에 담긴 식사를 그대로 수거해갔다. 2차 조사를 위해 유민정 형사는 그녀를 조사실로 데려갔다. 유치장에서 나오는 그녀의 발이 무거워 보였다. 담담한 표정을 짓고 있었지만 속으론 두려움에 떨고 있는 것 같았다. 그녀의 손끝이 미세하게 떨렸고 마른침을 계속 삼키고 있다는 것을 유 형사는 알아챘다. 유 형사는 수갑을 풀고 종이컵에 물을 따라 그녀에게 건넸다.

"선미씨, 이제 모두 말하시죠. 숨길 것도 없잖아요. 다 알고 있어요."

"……?"

다 알고 있다는 말에 그녀가 유 형사의 얼굴을 빤히 바라보았다. 유 형사는 그녀와 눈을 마주치며 대답을 기다려주었다. 그러나 그녀는 한 번 늘어뜨린 고개를 다시 들지 않았다.

"정유미씨."

"네?"

얼떨결에 유미가 대답을 했다.

"왜 이름을 선미라고 쓰죠? 그건 실종된 동생 이름이잖아요."

유미가 깜짝 놀라 고개를 들어 유민정 형사를 바라보자 그녀는 모두 이해한다는 눈빛으로 어깨를 두들겼다. 유미는 동생의 이름을 쓰고 있었다. 사람들에게 동생의 이름으로 불리면 같이 있는 것처럼 그녀가 가까이에 살아 있는 것 같았다. 수사관들이 의심을 하는 이유도 거기에 있었다. 언니가 동생의 복수를 한 것이라는 추정은 충분히 설득력이 있었다. 그들은 그녀의 부모님이 모두 불행하게 사망한 사실까지 확인한 터였다.

"어디서부터 이야기를 할까요?"

"담배 하나 주시겠어요?"

"금연이지만, 같이 한 대씩 피울까요."

유 형사는 주머니에서 가지고 있던 담배와 라이터를 꺼냈다. 담배 두 개비를 꺼내 하나를 입에 물고 하나는 유미에게 건넸다. 담배를 받아든 그녀의 손이 흔들렸다. 라이터를 켜자 유미는 고개를 내밀어 불을 빨아들였고 유 형사도 불을 붙였다. 유미의 가슴으로 깊이 빨려들어간 연기가 오랫동안 머물다 빠져나왔다. 유미의 심장을 태운 연기가 조사실을 채웠고, 같이 뱉어낸 담배 연기가 둘의 경계를 허물었다.

"김동수가 확실히 죽었나요?"

"네."

그녀는 다시 김동수의 죽음을 확인했다.

"그럼 제가 무슨 말을 하면 되죠?"

"그날 있었던 일을 말해주면 됩니다. 왜 갔으며 어떻게 그를 살해했는지. 그리고 어떻게 나오게 되었는지."

"그 사람을 죽여야겠다는 생각은 2년 전부터 하고 있었어요."

"2년 전부터요?"

"네."

유미가 다시 담배 연기를 깊이 빨아들였다.

*

야간 자율학습이 끝나고 집에 왔을 때 엄마는 동네를 뒤지고 다녔다. 밤늦게 미순이 엄마가 집으로 찾아와 미순이도 없어졌다고 했다. 다행히 두 아이가 같이 나갔으니 무슨 일이 있겠냐고 걱정은 반으로 줄었다. 엄마는 밤새 잠을 자지 못했고 유미도 그런 엄마 옆에서 잠들지 못했다.

아침 일찍 경찰관들이 집으로 왔다. 선미의 사진을 가져갔고 학교에도 오지 않으면 그때 다시 찾아보자는 말을 남기고 돌아갔다. 엄마들도 두 사람이 피시방 같은 곳에서 잠이 들어버린 것 같다고 경찰을 돌려보냈다. 엄마는 동네를 돌다 들어와 유미의 도시락을 만들었다.

"너는 어서 학교 가. 저녁에 올 때쯤이면 선미는 들어와 있을 거니까. 이놈의 가시내, 집에 들어오기만 해봐. 아주 혼구녕을 내줘야겠어."

유미가 조퇴를 하고 같이 찾아보자고 해도 엄마는 그럴 것까지 없다고 했다. 공장에서 야간 근무를 하고 돌아온 아빠도 유미에게 빨리 학교를 가라고 등을 밀었다. 며칠이 지났는데도 선미는 집에 들어오지 않았다. 엄마 아빠가 일을 놓고 선미를 찾아다니는 동안 유미는 계속 학교에 갔다. 엄마 아빠가 찾을 테니 너는 학교에 가라고 했다. 어른도 못 찾는데 네가 찾겠냐고. 덩치 큰 형사가 자주 집에 찾아왔다. 그는 부모님에게 선미를 찾아주겠다고 약속했고, 유미에게도 똑같이 말했다.

"아저씨가 동생 꼭 찾아줄게. 걱정하지 말고 학교에 잘 다녀와라."

그도 부모님처럼 학교에 가라고 했다. 다행히 다른 경찰관들보다 그의 약속은 믿을 수 있을 것 같았다. 어느 날 범인이 잡혔다는 뉴스가 나왔다. 그의 이름은 김동수였다. 그런데 하루가 지나지 않아 그는 범인이 아니라고 했다. 그가 풀려날 때 복도에서 그를 보았다. 얼굴에 웃음기를 띤 그는 덩치 큰 형사를 조롱하듯 어깨를 두드리고 유유히 빠져나갔다. 그가 범인이 맞지만 증거가 없다고 덩치 큰 형사는 미안해했다. 그런데 다음날 그 형사가 범인을 폭행해 체포되었다는 뉴스가 크게 보도되었다. 영화에서는 형사가 나쁜 놈을 때려도 되던데 현실에서는 그게 아닌 모양이었다. 아나운서는 해당 형사가 평소 폭력적인 성향을 보여왔으며 이전에도 징계를 당한 적이 있다고, 예견된 일이라는 듯이 여운을 남겼다. 그 후로 경찰은 찾아오지 않았다. 기자들도 사라졌고 방송국으로 찾아간 부모님을 아무도 만나려 하지 않았다. 사람들의 관심에서 멀어지자 방송국은 귀찮아했다. 아빠는 술이 늘어갔다. 일하러 가지 않았고 매일같이 술에 취해 엄마와 싸웠다. 아빠는 엄마가 일을 하는 것도 일을 하지 않는 것도 불만이었다. 선미가 없어진 게 모두 엄마 탓인 것 같았다. 유미는 아무 일 없다는 듯 학교에 가는 게 죄스러웠다. 그래도 엄마는 학교에 가라고 했다. 1년이 넘어갈 무렵 학교에서 늦게 돌아왔다. 엄마는 어두운 방 안에서 또 울다가 새우잠이 들어 있었다. 유미는 엄마 옆에 누워 잠이 들었다. 그런데 아침이 돼도 엄마가 일어나지 않았다. 아침이면 도시락을 싸던 엄마는 어젯밤 그대로 누워 있기만 했다. 흔들면 깰 줄 알았는데 몸이 굳어버린 엄마는 아무런 반응이 없었다. 경찰은 엄마가 농약을 마신 거라고 했다. 장례를 치르는데도 아빠는 술에서 깨어나지 못해 끝내 알코올치료병원으로 갔다. 병원으로 세 번째 면회 갔을 때 아빠는 울었다. 미안하다는 말을 간신히 전하고 병실로 돌아갔다. 다음날 병원에서 학교로 연락이 왔다. 아빠가 옥상에서 뛰어내렸다고. 장례식장에 덩치 큰 형사가 찾아왔다. 오랜 침묵이 그의 미안함을 대신했다. 그는 그냥 말없이 소주 한 병을 마시고 일어났다.

"돌봐줄 사람 있니?"

"네, 이모가 있어요."

"다행이네. 마음 단단히 먹고 살아라. 세상은 무서운 곳이야."

덩치 큰 형사는 유미의 손에 봉투를 쥐어주고 돌아섰다.

"아저씨!"

"왜?"

"제 동생 죽은 게 맞아요?"

"글쎄…… 아저씨도 잘 모르겠는데."

"김동수라는 사람이 범인이죠? 그 사람이 내 동생 죽였죠?"

"……"

그 형사는 바로 대답하지 못했다. 김동수가 범인이라고 말하는 사람은 그 혼자뿐이었고 그렇게 말한 이유로 지방으로 쫓겨난 신세였다.

"어디서 들었니?"

"아저씨가 그날 그랬잖아요. 경찰서 복도에서!"

"유미야, 네가 감당할 수 있는 사람이 아니야. 아저씨도 감당하지 못했어. 미안하다."

그렇게 덩치 큰 형사는 돌아갔다. 장례가 끝나고 유미는 이모의 집으로 들어갔다. 이모는 친절했고 동생들과도 친남매처럼 지내라고 했다. 다행이었고 마음이 안정되었다. 그러나 그것은 아빠의 병원 합의금을 받을 때까지만 그랬다. 조카에 대한 사랑에 유효기간이 있었다는 것을 유미는 조금씩 깨달아갔다. 집에 늦게 들어가는 날이 점점 늘었다. 먹는 음식이 그렇게 치사하고 유치한 줄 그때 알았다. 반찬 하나가 사람을 비참하게 만들기도 했다. 이모의 식구들이 모두 식사를 마치고 난 후에 들어가는 게 편안했다. 그들 사이에 유미는 끼어들 수 없었다. 이모는 유미에게 대학까지 가르칠 수 없다고 말했고, 유미는 알았다며 독립을 선택했다. 이모는 유미를 잡지 않았다. 허술한 울타리였지만 그것마저 없어지자 세상은 온통 어두운 곳이 돼버렸다. 아르바이트로는 월세 내기도 버거웠고 대학 등록금을 마련하는 일이 불가능하다는 것을 깨달았다. 생활비가 모자라 돈을 빌렸다. 이자라는 놈은 가만히 두어도 저절로 커졌다. 놈은 쇳덩이가 되어 유미를 짓눌렀고 점점 더 무거워졌다. 짐을 덜어보려 제도권을 벗어난 금융을 찾아갔다. 일명 사채라고 부르는 그곳은 은행보다 쉽게 돈을 빌려주었고 친절했다. 그러나 계속 친절할 것 같던 그 돈은 무서운 악마가 되어갔다. 휴학까지 하고 돈을 벌어도 빚을 갚기에는 힘에 부쳤다. 그러다 가지 말아야 할 곳까지 가게 되었다. 그곳에서 술을 마셔야 했고 노래를 해야 했다. 아침에 술이 깼을 때 손에는 일주일 아르바이트 값이 들려 있었다. 가족들이 모두 이 돈 때문에 죽은 것만 같았다. 그 돈을 거머쥐고 유미는 울었다. 그러면서도 살아야 했기에 그 일에 점점 익숙해져갔다. 여자 혼자 살아가려면 약해 보여서는 안 되었다. 입은 거칠어졌고 눈매는 사나워졌다. 그래야 이 바닥에서 살 수 있는 거라고 세상은 알려주었다. 어느 날 이모가 찾아왔다. 뻔뻔하게도 그녀는 돈을 달라고 했다.

"왜 제가 돈을 드려야 해요?"

"내가 널 어떻게 키워줬는데. 언니 죽고 갈 데 없는 널 내가 돌봐주었잖니."

"대신 아빠 병원 합의금 가져가셨잖아요. 보험금하구요. 사천만 원으로 알고 있는데. 제가 모르고 있을 줄 아셨어요?"

"그건…… 네 생활비로 쓴 거야."

어린 조카가 모르고 있을 줄 알았다. 그래도 당당했다.

"겨우 고등학생 육 개월 데리고 있던 게 돌봐준 건지 모르겠네요. 그동안 저에게 들어간 돈이 사천만 원이라니. 그거 돌려달라는 말 하지 않을 테니까 돌아가세요."

"겨우 육 개월이라니. 그동안 내가 너를 얼마나 극진하게 해주었는데."

"극진하게라는 말의 의미는 알고 쓰시는 거예요? 극진이 아니라 아빠 돈 떨어지니까 성가시고 귀찮았다고 하셔야죠. 그게 더 정직한 거 아닌 가요?"

"술 따라주고 돈 좀 벌더니 은혜도 모르는 년. 니 엄마가 알면 좋아하 겠다."

"씨발, 어디서 우리 엄마를 찾고 지랄이야. 좆같은 년이 이모 대접해 주니까 막 해도 되는지 알아! 당신이 우리 엄마를 입에 담을 자격이 있 어? 부모 잃고 혼자 남은 조카 눈에 피눈물 나게 만든 사람이 누군데. 씨발!"

"저년 눈 똑바로 뜨는 거 봐. 어디서 배운 버르장머리야!"

"당신이 이렇게 만든 거야. 이렇게 하지 않으면 살지 못하게 만든 게 누군데! 당신이 우리 엄마 동생만 아니었으면 얼굴에 침을 뱉었을 거야. 알아? 당장 꺼져!"

이모와 헤어지고 한참을 울었다. 세상에 혼자라는 게 무섭고 서러웠 다. 눈물이 간신히 마를 때쯤 전화가 왔다. 누나라고 부르며 따르던 대 성은 목소리에 힘이 없었다.

"누나, 엄마가 막말해서 미안해. 힘들었지?"

"누나도 잘한 거 없는데 뭐. 대성이가 이렇게 전화라도 주니까 고맙다."

"누나가 사과를 받아줘서 고마워. 근데 누나, 천만 원만 빌려주면 안 될까. 사실은 엄마가 내 등록금 때문에 힘들어하시거든. 누나를 찾아간 것도 그것 때문이고."

"대성아……"

동생의 부탁까지 거절할 수는 없었다. 돈 때문이라도 안부를 물어주는 동생이 고마웠다. 갚지 않을 것 같은 돈이지만 유미는 적금을 깨 이모의 계좌로 입금해주었다. 고맙다는 인사는 없었다.

"누나, 돈 때문에 전화한 거야? 빌려준 지 얼마나 되었다고."

"대성아, 누나는 그냥……"

안부 전화를 넣은 것뿐이었다. 가족이었기에 위로를 받고 싶었고 그렇게 해줄 것 같았다.

"진짜, 왜 그래. 갚으면 되잖아! 얼마나 큰돈이라고 징그럽네. 그거 어렵게 번 돈도 아니라며. 동생한테 줬다고 생각하면 안 돼?"

유미는 또다시 가족을 잃었다. 가족이 해체된 지 5년이 지났다. 그때부터였다. 집에 들어가면 엄마가 있었고 선미가 달려와 안아주었다. 새벽이면 정신이 나간 사람처럼 동생을 찾았고 엄마가 찾아왔다며 현관을 맨발로 나가기도 했다. 약을 먹지 않으면 잠을 자지 못했고 없으면 술을 먹었다. 이 모든 것의 시작은 그놈이었다. 그놈만 아니었다면 동생도 부모님도 죽지 않았고 이모도 대성이도 저렇게 변하지 않았을 것이다. 그놈을 찾아 죽여야겠다. 언니들에게 김동수에 대해 물었다. 그렇게 반년을 수소문하자 그를 아는 언니가 나타났다. 어린아이들만 좋아하는 변태새끼가 있다고 했고, 그 새끼가 자주 간다는 주점은 강남에 위치한 최고급 주점이라고 했다. 유미는 그곳에 면접을 보러 갔고 바로 출근을 하라고 했다. 화장을 절제하고 머리를 잘라 학생 티를 냈다. 누가 봐도 영락없는 어린 고등학생이었다. 그가 처음 가게에 나타났을 때 유미의 가슴은 터질 듯 요동쳤다. 마담은 유미를 새로 온 아이라고 소개했다.

김동수는 침을 흘리며 그녀를 옆에 앉히고 이름을 물었다. 그 새끼는 자기가 죽인 아이 이름도 모르고 있었다.

✱

유민정 형사는 유미의 가족관계증명서를 내밀었다. 엄마와 아빠 모두 사망자로 되어 있고 사망신고가 되지 않은 선미는 증명서에 살아 있었다.

"유미씨, 몇 살이죠?"

"스물여섯 살입니다."

"이걸 보니 무슨 생각이 들어요?"

"선미가 아직 살아 있네요. 아빠와 엄마는 모두 돌아가시고."

"왜 그렇게 되었죠?"

"선미가 실종되고 우리 가족은 모두 죽은 거예요. 저도 죽은 거나 마찬가지죠."

"누가 그렇게 만들었죠?"

"누가……"

유 형사는 김동수를 끌어내기 위한 방법으로 유미의 가족을 불러냈다. 농약 마시고 죽은 엄마와 병원 옥상에서 뛰어내린 아빠. 그리고 물에 젖은 선미가 있었다.

"김동수!"

유 형사의 미끼를 유미는 여지없이 물었다.

"유미씨 폭력전과가 세 개나 있어요. 왜 그렇게 사나워진 거죠?"

"혼자 살아야 했으니까요. 사납지 않으면 밟혀 죽어요. 특히 여자는요.

형사님은 나처럼 혼자 살아보지 않았잖아요. 모두 그 새끼 때문이에요."

사나운 정글에서 막 성인이 된 여자가 홀로 버티고 살기 위해서는 독하지 않으면 잡아먹힐 수밖에 없었다. 어미 없는 새끼는 늘 짐승들의 표적일 수밖에 없었고 새끼는 작은 이빨로라도 그것들을 물어 쫓아내야 했다.

"그래서 죽이고 싶었나요?"

"네, 갈기갈기 찢어서 죽여버리고 싶었어요."

"죽인다면 어떻게 죽일 수 있을까요?"

"칼로 찔러 죽였겠죠. 단 한 번으로 심장을 깊이 찔러서……"

유미는 담담하게 그리고 비장하게 대답을 했다. 충혈된 눈에서는 눈물이 아니라 핏물이 떨어지고 있는 것 같았다.

"김동수를 어떻게 찾았죠? 찾기 힘들었을 텐데."

"그놈을 죽이기 위해 2년을 찾아다녔어요. 마음속으로 찾던 것까지 하면 7년을 찾아다닌 거죠. 선미가 죽은 지 7년이니까요. 단 한 번도 단 1초도 그놈을 죽이겠다는 생각을 잊어본 적이 없어요. 아빠와 엄마를 그리고 선미를 죽인 놈이잖아요. 어떻게 그대로 둘 수가 있어요? 그놈이 쉬고 내뱉은 더러운 숨을 내가 쉬고 있다는 것도 더럽고 불편한데."

"그래서 죽였어요?"

"……"

감정이 흔들리는지 유미의 눈이 떨렸고 곧바로 눈물이 왈칵 쏟아졌다. 그날을 멀리서 바라보고 있는 듯 눈을 뜬 채로 눈물을 보였다.

"담배 하나 더 주시겠어요?"

담배를 그녀의 입술에 넣어주고 불을 붙였다. 빨갛게 타들어간 하얀 연기가 유미의 깊은 곳에서 뿜어져 나왔다. 가족이 타버린 하얀 재가 조사실 안을 채웠다.

"자백을 하려는 걸까요?"

조사실 밖에서 지켜보던 한정수 형사가 팀장에게 물었다. 오경식 팀장은 그녀의 입이 열리는 대로 게임이 끝났다고 보고를 할 참이었다.

"방어벽이 무너졌어. 더 이상 버틸 수 없다는 걸 안 거지. 정수는 안 들어가도 되겠어."

"그런데…… 마음이 너무 안 좋네요."

팀장은 유미가 계속 부인을 하면 한정수 형사를 들여보내려고 했다. 그는 선미가 실종되었을 때 하태석 형사와 함께 그녀를 만나 위로해주었던 사실이 있다는 것을 알고 있었다. 한 형사가 그때의 감정을 건드려준다면 충분히 자백을 받을 수 있다고 판단했다.

"정유미가 자백한 것으로 해서 검찰로 긴급체포승인건의 집어넣고, 경국이는 구속영장 만들어. 조사 마치면 곧바로 준비해서 검찰로 보내게. 내일 영장실질심사도 할 수 있도록 준비하고. 하나 더 첨부하면 현장검증까지도."

"네, 준비하겠습니다."

일은 순조롭게 진행이 되고 있었다. 그러나 광수대에서 찾아오면서 상황이 어그러지기 시작했다.

"팀장님, 큰일났습니다. 나와 보시죠."

급하게 조사실로 뛰어들어온 최강원 형사는 눈이 휘둥그레져 있었다. 말도 안 되는 어이없는 일이 발생했다는 표정이다.

"왜?"

"나와보셔야 할 것 같은데요. 광수대에서 직원들이 왔습니다."

"광수대?"

팀장은 고개를 갸웃거리며 조사실 밖으로 나와 사무실로 향했다. 사무실 안에는 광수대 직원 두 명이 들어와 있었다. 웬일인지 그들의 표정은 자신에 차 있었고 마치 다 끝난 일을 이 사무실에서 쓸데없이 하고 있다는 얼굴이었다.

"광수대에서 무슨 일로?"

"팀장님, 김동수씨 범인을 저희가 데리고 있습니다. 이미 자백도 받았습니다."

"뭔 소리 하는 거야? 피의자를 데리고 있다니? 우리가 체포한 거 못 봤어? 지방청에 검거보고도 이미 올렸잖아. 지금 우리가 피의자를 체포해서 조사 중인데 무슨 개떡 같은 소리야! 그게 누군데?"

광수대에서는 말도 되지 않는 소리를 하고 있었다.

"임춘석씨입니다. 김동수가 살인을 한 것이라고 의심을 받았던 미순이와 선미 사건이 있었죠? 그중에 임미순의 아버지입니다. 이 정도면 충분히 살인을 할 만하죠."

"우리가 잡고 있는 게 그 선미네 언니야. 개도 충분히 살인할 만하지 않아? 김동수를 죽이기 위해서 계속 찾아다녔다는데."

"이미, 결론 났구요. 광수대장님이 여기 형사과장님께 전화드렸습니다. 사건 넘기라고."

"좆같은 소리하고 있네. 흉기에서 곧 지문 나오니까 그거 보면 될 거 아니야."

팀장은 다 잡은 사건을 그대로 놓아주기 싫었다. 그것보다 지금 유미가 자백을 하기 직전이었다. 팀장의 머릿속에 유미는 김동수를 살해한 범인이었다.

"그거 우리가 이미 과수대에 들러서 확인했습니다."

"뭐?"

팀장은 뒤돌아 최강원 형사를 바라보았다. 최 형사가 곧바로 과수대에 전화를 넣으려 할 때 서류를 만들고 있던 민경국 형사가 과수대로부터 넘어온 감식결과서를 출력해 팀장에게 넘겼다. 지문감식결과서에는 흉기에서 발현된 지문의 소유자가 임춘석이라고 명시가 되어 있었다. 지문이 일치할 확률이 99.9퍼센트였다. 지문이 임춘석의 것이라고 해도 오 팀장에게는 여전히 유미가 가장 유력한 용의자였고, 그녀가 공범일 가능성도 있었다. 오 팀장은 광수대 직원들에게 기다리라고 하고 서둘러 조사실로 갔다. 그리고 노크도 없이 밀고 들어갔다.

"정유미씨, 김동수의 살인범이 잡혔어요."

"아저씨?"

유미는 고개를 들어 팀장을 쳐다보았다. 그러고는 아저씨라는 말을 흘리며 오열하기 시작했다. 그녀는 꺽꺽 소리 내며 울다가 눈물을 멈추고 자백을 시작했다.

"사실대로 말할게요. 제가 죽였어요. 아저씨가 죽인 게 아니에요."

"네? 무슨 말이에요?"

"제가 죽였다구요. 그 개자식의 심장을 제가 찔렀다구요!"

*

임춘석이 체포되었을 때 그의 손에는 고독성 농약이 들려 있었다. 그 것을 아내에게 먹이려 했으나 아내는 냄새를 맡아보고는 먹지 않겠다 고 비명을 질렀다. 농약을 먹고 같이 죽어야 한다고 설명을 해도 아내는 알아듣지 못했다. 그러다가 경찰관들이 찾아왔다.

"나도 먹으라고 했는데 안 먹었어요. 냄새나서."

그때까지도 경찰들은 그녀에 대해 눈치채지 못했다. 임춘석이 입고 있던 옷은 증거물로 압수되었다. 옷에서 혈흔이 발견되었다. 경찰은 남 편이 살인을 할 때 피가 튄 것이라고 설명했다. 그때도 아내는 표정의 변화가 없었다. 집에 돌아오기 힘들 테니 속옷과 간단한 옷가지를 챙겨 서 경찰서로 오라고 경찰이 당부했다.

"나는 집에 있어야 하는데. 우리 미순이가 아직 집에 안 와서."

"네?"

"말을 참 못 알아듣네. 나는 미순이 점심밥 해야 하니까 못 간다고요. 우리 아저씨는 돈 벌러 갔다가 아침에 들어왔고. 돈도 못 벌어오면서 나 가기만 해. 맛있는 것도 안 사오고. 아저씨들이랑 또 일하러 가는갑네. 근데 미순이는 왜 안 오지. 올 때가 됐는데."

"아줌마!"

경찰은 계속 이상한 소리를 하는 여자를 바라보다가 임춘석에게 고 개를 돌렸다.

"치매입니다."

"치매요?"

잘 다녀오라고 손을 흔드는 아내를 보며 임춘석은 소리 없이 흐느꼈다. 같이 죽었어야 하는데. 수갑을 찬 손으로 아내에게 인사를 했다.

"걱정허지 말고 어여 들어가. 밥 잘 먹고 있고."

"돈 많이 벌어와요. 미순이 맛난 거 먹이게."

아내가 남긴 말은 가슴을 더 찢어놓았다. 동네 사람 중에 최정만이 경찰차에 같이 올랐다. 친구인 그는 경찰이 왔다는 말에 가장 먼저 달려왔다. 처음에 그는 진술을 꺼렸다. 자신의 진술이 자칫 임춘석에게 불리하게 작용할 것을 염려해서다. 그러나 경찰은 그를 어떻게 다루어야 하는지 알고 있었다. 임춘석이 왜 김동수를 죽일 수밖에 없었는지, 왜 죽이고 싶어했는지에 대해 집요하게 물었다. 그리고 그 진술이 임춘석에게 유리하게 작용할 것이며 감형의 사유가 될 수 있다고 했다. 그제야 최정만은 입을 열었다.

"제가 하는 말이 분명 춘석이에게 유리한 게 맞죠?"

"물론이죠. 딸의 죽음으로 얼마나 힘들어했는지 설명을 해주시면 아마 검사나 판사가 최정만씨의 진술을 읽어보고 고개를 끄덕여줄 겁니다."

"그렇다면 진술을 혀야죠. 도움이 된다는디. 그러니까 7년 전이죠. 그때 동네에서 미순이하고 선미가 실종이 되었을 때요. 난리가 났었잖아요. 동네 사람들 다 나와서 아이들 찾는다고 집이고 골목이고 다 뒤지고 다녔으니께. 그때 경찰도 어마무시허게 왔었고 뭐 방송국도 찾아와서 내가 몇 번이나 기자 양반하고 얘기를 했네요. 음료수 하나씩 주면서. 그런디 한 달이 넘더락 찾지를 못했고 그래서 모두 죽은 것으로 생각했죠. 그때 담당했던 형사님 있죠? 이름을 알았는데 까먹어버렸네. 덩치가 크던디. 그 형사님이 김 머시기라고 허는 놈이 아이들을 납치혀서 성폭행을 하고 살해했다고 혔잖아요. 그때 그 사람을 잡았었고. 그런데 낭중에 그 사람이 아니라고 잘못 잡은 거라고 허대요. 근디, 사실은 그 사람이 맞대요. 여그서는 소문이 쫙 나버렸어요. 그런데 문제는 그 범인이 자기를 그 형사가 죽일 것 같으니까 변호사를 엄청나게 대가지고 징계를 먹여서 쫓아버렸다고 하대요. 그 후로 그 꼴 무서워서 다른 형사들은 건들지도 못했다고 허고요. 그러고 그냥 애들이 가출한 걸로 결론이 났다고."

"그래서요?"

"그러고 나서 춘석이가 맨날 술만 먹었죠. 미순이 어매는 맨날 딸 찾는다고 밤낮으로 찾아다니고. 경찰이 가출이라고 더 이상 찾지를 않으니께. 딸 시체라도 찾겠다고 일도 다니지 않고 정신이 나가서 돌아다녔은게요. 전단지도 수만 장 돌렸지요, 아마. 그렇게 몇 년을 둘 내외가 함께 하다가 어느 날부터 혼자 헐 수밖에 없었어요. 춘석이만요."

"왜요?"

"미순이 동생 진영이가 교통사고로 죽어버렸잖아요. 그렇지 않아도 죽을 것 같은데 더 죽어라 죽어라 허는 거죠. 그때 완전히 맛이 가버린 것이죠."

"맛이 가요?"

"못 봤어요? 미순 어매가 이상한 거?"

"네, 이상했어요."

"춘석이는 치매라고 하는데 내가 볼 때는 정신이 나가버린 거지. 미쳤단 말이요. 미쳤어. 딸 실종돼버렸지 아들은 교통사고로 죽어버렸지, 미치지 않는 게 이상헌 거지요."

임춘석의 아내는 아들 진영이가 죽고부터 점점 이상해지기 시작했다. 미순이가 살아서 돌아올지 모른다며 잠을 자지 않고 기다리더니 아예 잠을 자지 않았다. 점점 헛소리가 늘었고 옷에 실수도 했다. 병원에 찾아가자 정신병질환으로 망상과 환청 등을 앓고 있다고 진단했다.

"마누라 그렇게 되고 정신을 못 차리길래 내가 같이 술도 많이 먹어 주었네요. 딸을 잊지를 못하는데다가 마누라까지 그러니 미치는 거죠. 그러다가 선미네 어매하고 아부지가 죽었잖아요. 사실 두 사람은 춘석이보다 더 혔제요. 평소에 말도 없고 조용한 성격이라 속이 그렇게 썩어버렸는지 누가 알았나. 견디질 못허고 자살을 해버린 것이죠. 어매가 먼저 농약을 묵었고 다음이로 아부지가 병원 옥상에서 뛰어버렸잖아요. 춘석이가 그 선미 아부지 장례식을 다녀와서 정신을 채리더만요. 술도 안 묵고 일을 허더라구요. 마누라도 돌보고. 그때부터인 것 같아요. 미순이 죽인 놈을 찾아댕기기 시작했다니까요. 이 모든 일의 원인은 그놈이다고 생각한 거죠. 이름이 뭐더라 동수라고 허는 것 같기도 허든디. 맞아요? 틀려요? 이제 생각나는디."

"범인으로 몰렸던 사람이 김동수예요."

"맞네! 김동수! 하도 춘석이한테 들어가지고. 잊어먹덜 안 허네."

최정만의 목소리는 범인을 잡은 듯 높아졌다.

"언젠가 술을 먹고 얘기를 허는디. 그놈을 찾아서 죽여버릴 거라고. 그러고 딸이 어디에 있는가 물어볼 거라구요. 딸 찾아서 좋은 곳에 묻어줄 거라고. 그렇게 정신을 채리고 무슨 실종자협회인가 뭔가 허는 어떤 단체를 들어가더라구요. 범죄 피해로 실종된 가족 모임이 있다면서요. 거기 나가서 정보를 얻을 거라고."

"무슨 실종자협회요?"

"범죄 무슨 실종자협회라고 혔던 것 같아요. 실종된 가족들 찾는 단체라고."

임춘석이 단체에 가입을 했다는 말에 형사는 고개를 갸웃거렸다.

"하여튼 진짜로 그놈을 찾아서 죽여버릴 줄은 몰랐지."

"그런데 김동수를 어떻게 찾아간 거예요? 어디에 사는지 알 수는 없었을 거 아니에요."

"그거야 나는 모르지. 지가 찾았는지, 그 협회에서 알려주었는지. 근데 거기 말고라도 몇 년씩 찾아다니면 찾지 않을까? 하여튼 불쌍헌 사람입니다. 자식 가진 부모는 다 이해를 해주어야 혀. 가슴에 묻는다고 그게 묻어지나. 그것도 흉허게 가부렀는디. 거기다 마누라까지 정신이 나가부렀으니. 검사님 판사님도 모두 자식을 가졌겠죠. 그러면 뭐 다 이해허겠지. 아, 그런디 참말로 그 동수라는 그놈이 범인은 맞기는 헌 겨? 춘석이는 그놈이 범인이라고 찰떡같이 믿고 있는디. 범인이 아니면 그 양반도 억울허게 죽은 거 아니여. 춘석이도 애먼 놈 죽여서 억울허고. 아무튼 그러네요."

최정만은 담담하게 이야기했다. 맘이 홀가분했고 임춘석에게 도움이 된다는 생각에 잘한 일이라고 스스로 대견해했다. 참고인 진술 여비를 준다는 말에 그 돈을 임춘석의 영치금으로 주라는 말을 하고 사무실을 나섰다.

*

"김동수에 대해 말해보세요."

"미순이를 죽인 범인입니다. 전에도 똑같은 게 있다고 허대요. 열 살
짜리 여자아이를 강간했다고 들었어요. 그때도 비싸고 유능한 변호사를
고용했다고 허대요. 그래서 빠져나왔다고. 얼빠진 판사 놈이 그런 엉터
리 판결을 허니까 놈이 고쳐지지 않고 우리 딸을 그렇게 허고 죽인 겁
니다. 판사 놈들은 무슨 생각으로 그런 판결을 허는 건지 이해를 못 허
겄어요. 우리 딸만 죽였나요. 선미도 죽였고 선미 아버지도 어머니도 죽
였죠. 죽지 못해 나만 살았는데 어떻게 살 수가 있었어요. 형사님은 자
식이 그런 일을 당했는데 살 수 있습니까? 밥을 먹고 숨을 쉴 수 있어
요? 그놈은 밥 먹고 술 처먹고 웃으면서 떠들고 다니는데 애비인 내가
아무 일도 없다는 듯이 살 수가 있냐구요!"

임춘석은 조사실에 도착해 한 번도 고개를 들지 않았고 물조차 마시
지 않았다. 그러나 김동수에 대해 묻자 그의 고개는 올라왔고 분노에 찬
눈으로 말했다.

"김동수의 얼굴을 아세요?"

박진욱 형사는 의아했다. 임춘석이 김동수를 본 것은 7년 전 그가 체
포되었을 때 한 번 본 게 전부였을 것이다. 그런데 알아볼 수 있을까.

"형사님, 저는 그놈 얼굴을 딱 한 번 봤습니다. 7년 전 복도에서. 그렇
지만 저는 그 얼굴을 백 년이고 천 년이고 기억헐 수 있습니다. 왜요?"

임춘석은 말을 멈추고 물었다.

"내 딸을 죽인 놈이니께요. 그놈이 그대로 죽으면 내가 지옥에라도 찾

아가 죽일 놈이니께. 그런데 어떻게 그놈 얼굴을 잊어버릴 수 있어요. 절대로 잊을 수가 없구만요. 계속해서 그놈을 찾아다녔고 얼마 전에 그 빌딩으로 들어가는 것을 보았습니다. 그래서 거기에서 기다렸죠. 그러다가 어제 자정쯤에 놈이 택시에서 내려 들어가길래 내가 따라갔어요. 현관문이 열려 있어서 안으로 들어가 칼로 놈을 찔러 죽였습니다, 내가! 그놈이 침대에 누워 자고 있길래! 내가! 이 두 손으로 죽였다구요. 칼로 찔러서. 이렇게!"

임춘석은 그렇게 자백을 했다. 그러고는 한참을 울었다. 자백을 받아낸 박진욱 형사도 기쁘기는커녕 오히려 더 마음이 무거워지고 답답했다. 팀장은 임춘석의 자백을 근거로 구속영장을 신청하도록 지시했다. 그런데 잠시 후 박 형사가 당황한 표정으로 달려와 보고했다.

"팀장님, 강남서에서 용의자를 체포해서 수사 중에 있답니다. 이름이 정유미라는데요."

"그 여자가 누군데?"

"실종된 선미의 언니랍니다."

"무슨 말도 안 되는 소리야! 우리가 임춘석을 체포했다고 알리고 사건을 넘기라고 해!"

"거기가 관할경찰서인데요. 현장도 그쪽에서 나갔고."

"우리가 피의자를 검거했잖아. 과수대에도 말해서 감식결과를 우리에게 먼저 통보하라고 해. 그리고 이거 모두 형사과장님이 이미 지시한 것이니까 그건 걱정하지 말고 빨리 강남서로 가서 사건 넘기라고 해. 듣지 않으면 형사과장님 지시사항이라고 하고."

＊

　서울지방경찰청 형사과장 사무실에는 형사들이 모여 있었다. 소파의 가운데에 한경철 형사과장이 앉았고, 왼쪽으로 고창덕 광수대장과 강용만 강력1팀장이, 그리고 오른쪽으로 권진연 강남경찰서 형사과장과 오경식 강력4팀장이 앉았다. 한경철 형사과장이 입을 떼기 전까지 모두 말이 없었다.

　"언론 통제는 잘 되고 있지?"

　"네."

　"이게 언론에 나가면 어떻게 될 것 같나?"

　"네?"

　서로 얼굴만 바라볼 뿐 대답을 하는 사람이 없었다.

　"사람들은 아버지를 동정하겠지. 그리고 그 언니도 동정하겠지. 정신이 나간 엄마도 있잖아. 여성단체들이 가만히 있겠어? 들고 일어나 데모를 할 거야. 뭐라고 하겠어? 미순이와 선미 사건이 어떻게 되고 있냐고 묻겠지. 이미 대부분이 잊고 있던 사건인데 다시 수면 위로 올라올 것이고. 7년이 넘었는데 해결하지도 못한 사건에 대해서 경찰에게 질타가 쏟아질 거야. 그때 제대로 범인을 잡지 못해서 살인자를 만들어낸 것이라고. 〈그것이 알고 싶다〉 같은 그런 프로그램에서 특집으로 만들어 내보낼 수도 있어. 방송국에서는 경찰청에 찾아와 자료를 내놔라, 인터뷰를 해달라, 당시 직원이 누구냐, 책임자는 누구였냐, 여기저기 계속 들쑤실 거 아니야. 그러면 결과적으로 누가 욕을 먹겠나?"

　"경찰이 먹습니다."

광수대장이 먼저 대답을 했다.

"그리고, 지금 한 사건을 두고 경찰이 둘로 나누어져서 양쪽에서 수사를 한다고 하면 이것도 누가 욕을 얻어먹겠어?"

"광수대가 욕을 먹겠죠."

강남경찰서 권진연 형사과장이 고창덕 광수대장을 노려보며 말했다.

"왜 광수대입니까?"

"반칙을 했으니까 그렇지!"

"선배님 반칙이라니요? 제보를 받아서 검거한 것을 가지구요."

"이럴 때만 선배야! 제보자가 누구야? 누구냐고?"

"그걸 어떻게 공개합니까? 그리고 저희 당직자도 무전을 듣고 곧바로 사건을 인지했어요. 발생할 때부터 알고 있었다구요."

"신고 내용 듣고 피의자 특정되니까 가로챈 거 아니야?"

강남경찰서는 관할경찰서로 직접 현장을 확인한 팀인데 제보를 받은 것만으로 임춘석을 체포하고 사건을 내놓으라는 것은 말이 되지 않았다. 더구나 살인을 했다고 자백한 정유미의 신병까지 데리고 있었기 때문이다.

"에헤, 왜들 그래. 내가 싸우라고 모이게 한 줄 알아! 내가 자네들이 오기 전에 곰곰이 생각을 해봤어. 광수대에서 하라고 한다면 광수대장이 경대생 후배라서 챙겨준 것이라고 강남서는 서운해할 것이고, 강남서에서 하라고 하면 내가 2년 전에 서장을 했기 때문이라고 할 것 같고."

"원칙대로 하시면 됩니다, 과장님. 관할서가 먼저죠. 저희가 현장도 먼저 확인을 했고 피의자 신병까지 데리고 있는데요."

"무슨 말씀이십니까. 과학수사팀에서 자료를 먼저 받은 것은 저희입니다. 이미 자백을 한 피의자를 저희가 데리고 있는데요. 범행에 사용한 흉기도 임춘석의 것으로 확인되었고 지문도 나왔지 않습니까. 언론에서 알면 이목이 집중될 사건인데 규모가 큰 광수대에서 해야죠."

양측은 절대 양보할 수 없다고 버티고 있었다.

"어차피 서로 양보할 맘은 없는 것 같고, 내가 하나 제안을 하지. 난 중립이야, 그건 알고 있으라고. 그러니까…… 두 곳 모두 피의자 신병을 데리고 있잖아. 그리고 관할검찰청과 법원도 다르고. 그러니 둘 다 구속영장을 신청해봐. 판사가 혐의가 확실하다고 생각하는 곳에 영장이 발부되겠지. 그렇지 않은 곳은 기각당할 것이고."

"둘 다 발부되면요?"

"그건 그때 가서 다시 모여 생각해보자고. 생기지도 않은 일을 걱정하고 그래. 각자 돌아가서 결과를 기다리라고."

한경철 형사과장은 억지로 양쪽 수사팀을 문밖으로 밀어냈다. 양쪽의 이야기를 들어준다면 끝이 없을 것 같아 단독으로 결론을 냈다. 스스로 생각해도 솔로몬의 심판이 따로 없는 대견한 결론이었다. 영장이 발부되지 않았다고 자기에게 시비를 걸 것도 아니었고 검사와 판사가 그렇게 결정을 했다는데 수사팀에서도 이견을 말할 형편이 되지 못할 것이다. 자기들 수사에 틈이 있다는 것이 확인된 셈이니. 양쪽 수사팀은 모두 돌아가 각자의 관할검찰청으로 구속영장을 신청했다.

"과장님, 결과가 나왔습니다."

늦은 밤 퇴근 무렵 계장이 과장실에 들어와 보고를 했다.

"벌써? 실질심사는 내일쯤 할 거 아니야?"

"광수대는 검사가 법원에 영장을 청구했는데요. 강남서는 검사기각을 당했답니다. 자백만으로는 혐의를 인정할 수 없다구요. 보강수사를 하라고 지시했답니다. 어떻게 알았는지 광수대에서 흉기에 지문이 확인되었다는 걸 알고 있더라는데요. 신병이 거기에 있다는 것두요."

"검찰도 정보를 공유하나보지. 그럼 볼 것도 없네. 영장실질심사까지 갈 것도 없잖아. 어차피 강남서는 검사가 막아버렸는데. 그 검사 야무지네. 똑똑한 친구구만. 강남서에 전화해서 사건을 광수대로 빨리 넘기라고 해."

"네, 알겠습니다."

## 5.

"변호사님 좋은 아침입니다. 오늘은 늦지 않으셨네요. 어제는 늦으셨
는데?"

"그런가? 커피 고마워."

안내데스크를 지날 때 여비서들이 커피를 건네며 인사했다. 최우석
변호사는 아침 일찍 출근하는 것을 좋아했다. 그것을 알기에 여비서들
은 일찍 커피를 내려 그를 기다렸다. 그가 커피를 받아가며 보여주는 미
소는 여비서들이 매력을 느끼기에 충분했다. 그런가 하면 그에게 연민
을 보이기도 했다. 사별한 아내를 잊지 못하고 있었기 때문이다. 몇 년
전 상을 치르고 한동안 사무실에 나오지 못했다는 것을 그녀들은 기억
했다. 혼자서 생활을 하면서도 양복이나 구두에 흠잡을 곳이 없이 단정
했고, 여성들을 대하는 매너도 다른 변호사들과 달랐다. 늘 미소를 보였
고 고맙다는 인사를 빠뜨리지 않았다. 그는 부지런했고 명석했다. 맡은
사건의 승소율이 다른 변호사들보다 높았기 때문에 일부러 그를 찾아
오는 의뢰인들이 많았다. 간혹 승소 가능성이 낮고 대중들에게 비난받

을 만한 사건도 그는 변호를 했다. 그런 경우 보통 수임료가 높기에 로펌으로서는 나쁜 변호가 아니었다.

사무실로 들어가자 테이블에는 언론사들의 조간신문이 줄을 맞추어 놓여 있었다. 각 언론사 신문을 커피와 함께 읽어 내려가는 아침 시간이 그에게는 가장 편안한 시간이었다. 그가 조간신문을 살펴 전날의 사건사고를 확인한다는 것을 알기에 비서들은 다른 변호사들보다 먼저 그의 사무실에 신문을 넣어두었다. 그는 돈이 되는 경제면보다 사회면에 대부분의 시간을 보냈고, 그래서 그런지 경제사범보다 강력사범 변호를 맡는 경우가 많았다. 각 지방지까지 훑어가며 변사 사건은 없는지, 오래된 실종자의 시신이 발견됐다는 뉴스는 없는지 잊지 않고 들여다보았다. 벌써 몇 년째 신문을 읽으면서 생겨버린 버릇이다. 오늘 아침에도 관련 기사는 없었다.

"자, 아침 브리핑 하겠습니다."

회의실에 모인 변호사들에게 경찰관 출신의 유영한 사무장이 전일 사건사고에 대하여 브리핑을 시작했다. 수사과에서 오랫동안 근무한 그는 5년 전 명예퇴직을 하고 로펌에 들어왔다. 퇴직을 했어도 경찰 쪽과 연이 끈끈하게 남아 있어 사건 정보를 언론보다 더 빠르고 더 구체적으로 얻어낼 수 있었다. 그건 그가 여기에서 일을 할 수 있는 이유이기도 했다.

"일주일 전에 선우기업 회장이 젊은 여비서를 강남 모 카페에서 술을 먹이고 호텔로 데려가 성폭행을 하려다 미수에 그친 사실이 있습니다. 정신을 놓은 줄 알았던 여비서가 잠에서 깨 탈출을 한 거죠. 준강간미수로 고소장이 들어간 것 같습니다. 호텔 로비 CCTV를 경찰이 확보를 했는데 여비서의 진술과 일치하고 있어서 기소를 피하기는 어려울 것 같습니다. 다만 회장 쪽에서 여비서와 긴급하게 합의를 요구하고 있고, 조건은 오해로 인한 일로 신고 자체가 잘못되었다는 식으로 가려고 하는 것 같습니다. 그런데 문제는 여비서가 그 제의를 받아들이지 않고 있다는 겁니다. 그쪽 비서실에서 대응을 준비하고 저희 쪽으로 조만간 변호를 요청할 것으로 보입니다. 다음으로 양성기업의 상무가 어제 만나자고 해서 제가 나갔는데 회삿돈 팔십억 원을 빼간 것으로 노조에서 고발을 할 것이라고 합니다. 그런데 양성기업이 얼마 전 오너가 바뀌었잖아요. 그 돈이 다 전 오너 부인에게 들어간 것이라고 이야기를 합니다. 자기도 일부 먹긴 했구요. 아마 오늘 중으로 우리에게 변호를 요청할 것 같습니다."

사무장은 선우기업 회장의 성폭행 스캔들과 양성기업 상무의 횡령사건까지 고객이 될 만한 사건에 대하여 설명하고 그들의 법률팀과 연락이 되었음을 설명했다. 아마도 그들은 성폭행은 서로 동의하에 벌어진 일이라거나 오인 신고라고 변론해줄 것을 요청할 것이고, 횡령은 충성심에 눈이 먼 직원의 일탈행위라고 주장할 수 있도록 도와달라고 할 것이다. 돈 많은 역겨운 자들의 너무나 빤한 행태에 최 변호사는 염증을 느끼고 있었다. 돈이면 법도 자기편으로 만들 수 있다고 생각하는 사람들이다. 그러면서도 그것에 순응해가는 자신도 역겹기는 마찬가지였다. 이미 자신도 추악한 악마의 제안에 조건을 맞추어가고 있다는 것을 느끼면서도 멈추지 못했고 돈에 끌려 괴물이 되어가는 자신의 모습이 혐오스러웠다. 그러나 그렇게 받아낸 돈을 가치 있게 쓴다면 그나마 덜 역겨울 거라고 스스로 위안했다.

"경찰 쪽에 알아보니까 오늘 일 중에 아직 이슈가 되지는 않았지만 곧 대형 이슈가 될 만한 사건이 있습니다. 바로 7년 전에 있었던 미순이와 선미 사건의 용의자를 실종된 여자아이의 아버지가 살해한 사건이 발생했습니다. 아시는 분도 있겠지만 저희가 부성로펌이라는 명칭을 사용하기 전에 변론을 했던 것으로 알고 있습니다. 아마 우리 쪽에도 경찰에서 연락이 올 수도 있을지 모릅니다만, 그에 대한 준비는 이미 해놓은 상태입니다. 이미 결론이 났고 사건은 종결이 되었으니까 저희는 원론적인 대답만 하면 될 것 같습니다. 경찰도 그 파장이 클 것으로 예상해 브리핑을 미루고 있는 것 같고, 우리에게도 깊이 있는 수사는 이루어지지 않을 것으로 보입니다. 한 가지 더 특이한 것은 용의자가 한 명이 더 있는데 그게 죽은 여자아이 중 한 명의 언니라고 합니다."

사무장은 언론에서는 알지 못하는 자기의 정보력에 변호사들이 감탄해주기를 바라며 그들을 바라보았다. 수사의 방향까지 설명한 것은 은근히 자신이 경찰에 깊이 손이 닿아 있음을 자랑하려는 것이기도 했다. 경찰 수사를 직접 경험한 자신의 인맥을 무시해서는 안 된다는 일종의 과시이기도 했다. 이야기를 듣던 최우석 변호사가 자리에서 일어났다.

"그 사건 제가 맡겠습니다."

"아니, 맡으라는 게 아닙니다. 그런 일도 있었다는 거죠. 그리고 요청도 없었는걸요. 아마 국선변호인이 지정되어 변론을 할 겁니다. 사설 변호인을 세울 정도로 돈이 있는 것 같지도 않고요. 굳이 나설 필요 없습니다."

"우리 로펌은 경제인만 좇아서 그들에게 면죄부를 주는 역할만 해야 하는 겁니까. 저런 분이 진정으로 변호를 받아야 할 것으로 보이는데요.

딸의 복수를 한 아버지에게 과연 법원이 얼마의 형을 내릴 것인지 모르겠지만 저는 그분을 돕겠습니다. 제가 무료변론을 하죠. 사무장님은 관련 자료 좀 준비해주세요. 제가 검토를 해보겠습니다."

최우석 변호사는 자리에서 일어났다. 그리고 곧바로 법원으로 갈 준비를 했다.

"실질심사가 몇 시로 잡혀 있죠?"

"오늘 오후 4시입니다."

"그럼 서둘러주세요. 먼저 법원에 선임계부터 팩스로 넣어주시고 관련 서류도 확보해주세요. 범죄사실이 구체적으로 무엇인지 확인을 해야겠어요."

변호인 선임계를 넣자 법원으로부터 경찰이 신청한 구속영장 사본이 팩스로 들어왔다. 내용은 사무장이 설명한 것을 크게 벗어나지 않았다. 안타까운 아이의 아버지가 구속영장의 틀 속에 들어가 숨을 헐떡이고 있었다. 얼마나 딸을 찾고 싶어했을까. 그리고 딸을 죽인 그를 어떻게 응징을 한 것일까. 미해결 범죄사건을 가리키는 콜드케이스(cold case). 아이의 아버지가 바로 그 장기 미해결사건의 주인공이었다. 딸을 죽인 범인을 아버지가 찾아가 응징을 한다는 것. 최우석 변호사는 아버지로서 이해하려 했고 충분히 그럴 수 있다고 느꼈다. 그런 그를 법률가로서 보호해주고 싶었다.

*

법원 안에는 임춘석 외에도 심사를 받기 위한 네 명의 피의자들이 더 있었다. 세 명은 절도범이었고 한 명은 사기꾼이었다. 심사까지는 아직 삼십 분 정도 시간이 남아 있었다. 좌석에 앉자 변호인들이 들어왔다. 임춘석은 변호인을 선임한 사실이 없다고 같이 온 형사에게 말했다. 그러자 형사는 개인적으로 변호사를 선임하지 못하는 피의자는 나라에서 선임을 해준다고 설명해주었다.

잠시 후 임춘석 담당변호인이 들어왔다. 그는 먼저 담당형사들을 찾아 인사를 건넸다.

"임춘석씨의 변론을 맡기로 했습니다. 부성로펌의 최우석 변호사입니다."

"부성로펌요?"

"네, 임춘석씨가 딸의 살인범을 찾아 죽인 거라고 로펌을 통해 들었습니다. 저도 자식을 가진 부모로서 돕고 싶어 변론을 하기로 했습니다. 선임계는 법원으로 제출했습니다."

"아, 네에."

변호인은 곧바로 임춘석에게 갔다. 형사들이 받은 명함을 들여다보며 수군거렸다.

"부성로펌이면 굉장히 큰 데 아니야?"

"우리나라 3대 로펌이죠. 와, 저 정도면 형이 상당히 줄겠는데요. 능숙한 변호사들은 언론이나 시민단체를 끼고 변론을 하기도 한다고 하더라고요. 딸의 복수를 한 아비라면 여론도 상당히 동정할 것이고 여성단체에서 적극적으로 돕지 않을까요. 설마 무죄를 주장하지는 않겠죠?"

"그럴 리가. 최대한 형량을 줄이려고 하겠지. 사무실에 전화해서 수사 절차에 하자는 없는지 확인 좀 해달라고 그래. 변호사들이 가장 쉽게 물고 늘어지는 게 보통 절차상 문제니까."

두 형사는 대형 로펌이 임춘석을 변호한다고 하자 갑자기 긴장했다. 수사절차에서 어떤 모순을 찾아 무죄를 주장할지도 모르는 상황이고 최악에는 구속영장이 기각될 수도 있었다. 박진욱 형사는 법정 밖으로 나와 팀장에게 전화를 걸어 임춘석의 변호인이 국선이 아닌 부성로펌의 최우석 변호사라고 알렸다. 사무실에서도 적잖이 놀란 눈치였고 최우석 변호사의 이력을 찾아보기 시작했다. 그러자 그가 검사장 출신의 전관이라는 사실과 최근에 기업 경영인들의 일탈을 모두 변론해 무죄를 이끌어냈다는 기사를 찾아냈다. 수사팀은 즉시 상부에 보고했고 긴장하기 시작했다.

"임춘석씨 맞죠? 부성로펌의 최우석 변호사입니다."

변호인은 따뜻한 눈으로 그를 쳐다보았다. 그의 굴곡진 삶을 이해한다는 얼굴이었다. 친절해 보였고 성심껏 돕겠다는 표정이다. 최 변호사는 명함을 그의 앞자리에 내려놓았다. 임춘석이 수갑을 찬 손으로 명함을 들어 이름을 확인했다.

"임춘석씨의 사건을 오늘 오전에 들었습니다. 피해자 가족이라면 누구나 한 번쯤 생각을 해보겠지만 실제로 행동을 한다는 것은 쉬운 일이 아니죠. 아이들 일은 굉장히 안타까운 사건으로 알고 있습니다. 아직까지 따님의 시신도 찾지 못한 것으로 알고 있구요. 저희 로펌에서 임춘석씨를 무료변론 하기로 했습니다. 비용은 걱정하지 않으셔도 됩니다."

"형사님이 국선변호인이 지정될 거라고 하던데요."

임춘석은 로펌이라는 말조차 생소했고 무료변론이라는 말도 이해하기 힘들었다.

"저희 법률회사에서 임춘석씨를 돕기로 한 것이라고 알고 계시면 좋을 것 같습니다."

"저는 그냥 벌을 받으면 됩니다."

체념한 듯 임춘석이 고개를 떨어뜨리자 최 변호사는 그의 어깨를 두드려주었다. 그가 힘을 내 당당히 맞서기를 바랐고 어떻게든 돕고자 했다.

"살인자든 살인마든 변호인의 변론을 받을 권리가 있습니다. 임춘석씨가 무죄라는 것이 아니라 합당한 형량을 받을 수 있게 돕겠다는 것입니다."

"저는 죽어야 하는데요."

"사형을 당하는 것이 합당한 형량이라면 그렇게 해야죠. 그렇지만 제가 볼 때는 그 정도 사안으로 보이지 않습니다. 충분히 동정받을 만한 여지가 있습니다. 그리고 무엇보다 남아 있는 가족을 생각해야죠."

"……"

남아 있는 가족이라고 해봐야 아내뿐이다. 남편 없이 그녀가 살 수 있을까. 바보가 되어버린 그녀는 아마도 눈물에 빠져 허우적거리다 죽을 것이다.

"임춘석씨가 저를 도와주어야 저도 도울 수가 있습니다. 있는 사실 그대로 저에게 설명을 해주시면 됩니다. 저와 임춘석씨 사이에 비밀이 있어서는 안 됩니다. 아시겠죠?"

"네."

임춘석의 대답은 작고 짧았다.

"경찰의 구속영장 신청사유는 간단합니다. 김동수를 죽였다는 것입니다. 맞습니까?"

"네, 맞아요."

"현장에서 나온 흉기에서 임춘석씨의 지문이 나왔습니다. 결정적 증거가 된 거죠."

"네, 제가 칼로 찔렀습니다."

"흉기로 그를 살해한 것에는 아무런 이의가 없네요."

"……네."

임춘석은 잠시 망설이다 대답을 했다.

"흉기는 준비한 것인가요?"

"네, 늘 가지고 다녔습니다. 죽이려고."

임춘석은 고개를 더 떨구었다. 그가 사람을 죽였다는 데는 변명의 여지가 없었다.

"저라도 죽이고 싶었을 겁니다. 하지만 그럴 용기를 내지는 못했겠지만요. 부모라면 누구도 임춘석씨에게 돌을 던질 수 없을 것입니다. 만약 그런 일이 발생한다면 저희 로펌이 막아드릴 겁니다. 그가 따님을 살해한 범인이 확실하다면요."

충분히 그럴 수 있다는 말에 임춘석은 내내 참았던 눈물을 쏟아냈다. 사람을 죽인다는 것이 동정을 받지 못할 일임을 알면서도 이해를 해준다는 말이 그의 움츠러든 심장을 뜨겁게 해주었다. 눈물은 하염없이 흘렀다. 딸을 죽인 짐승을 죽이긴 했어도 사람을 죽였다는 것에 마음은 개운치 않았다. 사람은 그렇게 쉽게 죽이는 것이 아니었다.

"그 정도로 죽을 줄은 몰랐습니다. 겁도 났구요. 피가 많이 났습니다. 그래도 그렇게……"

"정말로 죽일 맘은 없었다는 의미로 들리는데요?"

"죽이려고 했죠."

"실제로 죽었습니다."

"맞아요. 죽었죠. 제가 찔렀으니……."

임춘석은 끝까지 말을 잇지 못하고 흐렸다.

"우선 지금은 구속 여부에 집중하기로 하죠. 임춘석씨를 위해서는 죽였다는 것을 부각하기보다는 왜 죽였는지를 어필하는 게 중요할 것 같습니다. 이미 살인에는 의심이 없잖아요. 부인하는 것도 아니고요. 맞죠?"

"네? 무슨 말씀인지?"

임춘석은 어떻게 해야 하는 것인지 잘 이해하지 못했다.

"임춘석씨, 잘 들으세요. 지금 여기는 임춘석씨의 형량을 따지는 곳이 아닙니다. 구속 상태에서 조사를 받을지, 아니면 불구속 상태에서 조사를 받을지만 판단할 뿐입니다. 지금은 이것에만 집중하자는 겁니다. 아시겠죠?"

"네."

임춘석은 어렵게 대답을 했다.

"따님에 대해서 말씀해보시죠. 그리고 왜 죽일 수밖에 없었는지 말씀해주세요. 판사님도 가족이 있는 사람입니다. 비록 살인은 했지만 범행을 인정하고 도망이나 증거인멸의 우려가 없다는 것을 판사에게 알려야 합니다. 오늘 영장전담 판사에게는 딸만 두 명이 있습니다. 반드시 작용을 할 겁니다."

임춘석은 어린 미순을 떠올렸다. 옆집에 사는 선미와 단짝이었고 매일같이 붙어다녔다. 두 가정 모두 사는 모습이 다르지 않기에 둘은 더 가까이 지낸 것 같다고 임춘석은 말했다. 그리고 자기 생일날 두 아이가 핸드크림과 작은 케이크를 사왔던 게 기억나자 어깨가 흔들렸다. 아빠 손이 늘 거칠어 있던 게 미순이는 마음에 걸렸던 모양이다.

"혼자 한 범행이죠? 아니면 누가 도와줬나요?"

"……"

임춘석은 잠시 말을 멈추었다.

"저 혼자 한 겁니다. 도와준 사람 없습니다."

최 변호사는 메모지에 단독범행이라고 쓰고 그의 말을 모두 받아적으며 변론할 내용을 정리했다.

"모두 기립해주십시오."

사무관이 먼저 들어와 참석인들을 기립하도록 했고 뒤이어 영장전담 판사가 들어와 자리에 앉았다. 판사 옆으로 수사서류가 쌓였다. 절도범과 사기범이 먼저 심사를 받고 임춘석은 마지막이었다. 그의 이름이 불리자 피의자 대기실에서 나와 피고인석으로 향했고, 최 변호사가 그 뒤를 따랐다. 판사는 임춘석의 서류를 훑어보고 경찰이 작성한 구속영장을 살폈다.

"임춘석씨, 심사에 들어가기 전에 권리를 설명드리겠습니다. 불리한 진술을 하지 않을 권리가 있으며 변호인의 조력을 받을 권리가 있습니다. 즉 진술거부권과 변호인조력권이 있음을 고지합니다. 주민번호가 어떻게 되죠?"

판사는 먼저 인정신문에 들어갔다. 그는 주소와 주민번호를 물었고 가족관계를 물었다.

"아들과 딸이 있었지만 모두 죽었습니다. 그리고 아내가 있습니다."

판사의 질문은 너무 가혹했다.

"임춘석씨, 구속영장이 신청된 사실을 알고 있죠?"

"네, 알고 있습니다."

"경찰이 신청한 내용을 간략히 확인해보겠습니다. 임춘석씨는 2012년 6월 당시 12세이던 딸 임미순이 실종되자 피해자 김동수가 그녀를 납치하고 강간한 후 살해한 것이라고 믿어왔습니다. 이에, 그를 살해하기로 결심하고 그를 계속하여 찾아다녔습니다. 그러던 중에 2019년 9월 10일 00시 40분경 서울 강남구 서초동 강성빌딩 앞에서 피해자를 발견하고 그를 죽이기로 마음먹고 그의 주거지인 강성빌딩 7층 오피스텔로 올라가 문이 열려 있는 현관을 통해 안으로 침입하여 침대 위에 누워 잠을 자고 있던 피해자를 발견했습니다. 그리고 그를 죽이기 위해 이전부터 소지하고 있던 날 길이 25센티미터 주방용 식칼을 이용하여 그의 흉부를 4회 찔러 살해했습니다. 이후 피의자는 집으로 돌아가 고독성 농약을 음독하여 자살을 시도하려다가 경찰에 의해 같은 날 오전 10시경 주거지에서 긴급체포된 사실이 있습니다. 경찰의 구속의 이유를 보면, 임춘석씨의 범죄사실이 모두 소명이 되어 범죄 상당성이 인정된다고 했습니다. 그리고 임춘석씨가 살인죄에 대하여 높은 처단형이 예상되어 도망할 염려가 있으며 증거인멸의 우려가 있다고 했습니다. 마지막 기타의 사유로 자살을 시도할 가능성이 매우 높아 반드시 구속하여 수사를 할 필요가 있다고 적시했습니다. 모두 맞다고 생각하나요?"

"네, 맞습니다."

판사는 경찰이 신청한 구속이 필요한 이유를 차분한 목소리로 설명했다. 그리고 동정 어린 눈으로 임춘석을 내려다보았다. 그의 전과기록은 깨끗했다. 그가 경찰에서 조사를 받는 것은 이번이 처음인 것이다. 그의 어깨는 처져 있었고 시선도 어디에 둘 줄 몰라 바닥으로 떨어져 있었다. 그저 사랑하는 딸을 그리워하는 아버지의 모습만 있을 뿐이었다.

"그런데, 피해자가 딸을 죽인 범인이라는 것을 어떻게 확신하나요?"

판사가 미순의 아버지에게 물었다.

"형사님이 말해주었습니다."

"형사라면……?"

"하태석 형사님입니다."

판사는 수사기록에서 태석의 분량을 찾으면서 다시 물었다.

"그가 범인이라는 근거는 어디에도 없습니다. 단지 형사가 그 말을 했다고 그를 죽인단 말인가요? 혹시 형사가 죽이라고 했나요?"

"그건, 아닙니다."

"검사 측 출석했나요?"

판사는 사무관에게 물었다.

"검사 측은 오지 않고 담당형사들만 호송을 위해 같이 와 있습니다."

박진욱 형사가 자리에 앉아 있다가 일어나 판사를 바라보았다.

"하태석 형사에 대한 조사가 없는데 확인할 예정인가요?"

"네? 네."

판사는 다툼이 있을지도 모르는 부분에 대하여 미리 형사들에게 주의를 주어 확인하도록 지시 아닌 지시를 내렸다. 박진욱 형사가 어정쩡하게 대답을 했다.

"피의자는 김동수를 살해했나요?"

"네, 살해했습니다."

"흉기는요?"

"제가 오래전부터 그를 죽이려고 가지고 다녔던 것입니다."

판사는 첨부된 사진에서 흉기를 살펴보았다. 피가 묻은 칼은 사람을 죽이기에 충분해 보였다.

"바로 자수하지 않은 이유는요?"

"겁이 났고 아내와 같이 죽으려고 한 것입니다."

"혼자 죽지 왜 부인까지 같이 죽으려고 해요?"

"아내가 많이 아픕니다. 정신이 나가버려서요. 저 없으면 혼자서 못 삽니다."

임춘석은 담담하게 판사의 물음에 답했다. 집에 혼자 있을 아내가 걱정스러웠다.

"어쨌든 살인에 대해서는 다툼의 여지가 없네요?"

"네."

"변호인 변론하세요."

최우석 변호사는 목을 가다듬으며 자리에서 일어나 무거운 얼굴로 판사를 올려다보았다. 숨을 깊이 들이쉬고 나지막한 목소리로 변론을 시작했다.

"존경하는 재판장님! 임춘석씨는 7년 전 딸을 잃었습니다. 아내의 나이 마흔이 넘어 선물처럼 찾아온 귀중한 외동딸이었습니다. 장애가 있을지도 모른다는 의사의 만류에도 불구하고 두 사람은 아이를 낳았고 아이는 정상적으로 무럭무럭 자라났습니다. 공장에서 일을 하는 아비의 손이 마음에 걸려 아이가 실종되기 일주일 전에 선물한 핸드크림을 임춘석씨는 지금도 쓰지 못하고 그대로 간직하고 있습니다. 딸이 실종되고, 그 딸이 성폭행을 당한 채 사망을 했다는 말을 전해들은 아버지의 마음은 어떠했을까요. 당시 담당형사였던 하태석 형사는 범인이 사망한 김동수라고 알려주었습니다. 임춘석씨는 그 말을 믿고 딸의 복수를 결심한 것입니다. 식음을 전폐하고 폐인으로 살다가 우연히 망자를 강성빌딩에서 발견하고 그의 주거지를 찾아가 살해한 사실을 모두 인정합니다. 아비가 사랑하는 딸이 흉측하게 살해되자 슬픔과 분노에 휩싸여 저지른 비극적인 사건이며 스스로 모든 죄를 인정하고 있습니다. 그리고 도망가지 않고 집에서 순순히 검거되었습니다. 검거 당시 자살을 시도할 정도로 몸과 정신이 피폐해진 상태로 임춘석씨는 차가운 구치소가 아니라 병원에서 치료를 받아야 할 것으로 보입니다. 더구나 치매를 앓고 있는 아내 또한 남편의 보호가 필요한 상황입니다. 따라서 도주 우려 및 증거 인멸의 염려가 있기 어렵다고 판단되며 사망한 딸의 복수라는 특수상황을 감안하여 불구속 상태에서 수사를 받을 수 있도록 선처해주시기 바랍니다."

최 변호사의 변론이 끝나자 법정 안은 숙연해졌다. 판사 또한 그의 말에 충분히 공감이 간다는 무거운 표정이었다.

"임춘석씨 최후진술 하세요."

그는 모든 것을 내려놓은 듯 긴 한숨을 쉬고 천장을 올려다보았다. 말은 바로 나오지 못하고 눈물이 먼저 흘러내렸다.

"딸아이를 죽인 범인을 잡아달라고 그렇게 사정을 하고 눈물을 보였는데 경찰도 검찰도 잡아주지 않았습니다. 증거가 없다, 목격자가 없다, 누구도 대답을 해주지 않았습니다. 처벌도 할 수 없다고 했습니다. 그래서 제가 끝을 냈습니다. 그러나 후회하지는 않습니다. 판사님, 저를 사형

시켜주십시오. 못난 애비가 죽어서라도 아이들을 지켜주고 싶습니다."

그의 말이 끝이 나도 판사는 말이 없었다. 사형을 시켜달라는 말을 들어주어야 할까. 그가 죽어 딸을 만날 수만 있다면 그렇게 해줘야 하는지 판사는 먹먹했다.

"구속 여부는 차후에 통보하도록 하겠습니다. 구속이 되더라도 구속 적부심을 통해 구제받을 수 있음을 고지합니다."

판사가 임춘석과 눈을 마주치지 않고 말했다. 그들이 나가고 잠시 정적이 흘렀다. 최우석 변호사도 말이 없었다. 그는 자신의 변론으로 임춘석이 불구속 상태에서 수사를 받을 수 있기를 바랐다. 변론은 무죄 주장이 아니라 불구속 수사와 양형에 있었다. 살인을 뒤집을 수 있는 근거는 없었다.

"바로 시인을 한 건 잘하신 겁니다. 반성의 의미가 있다는 걸 의미하거든요. 도주의 우려도 없고."

"구속이 되겠죠?"

임춘석의 목소리는 마른 바람소리 같았다.

"사실 불구속될 가능성은 거의 없습니다. 살인이라는 죄명에서 오는 무게가 있는데다가 아마도 자살을 시도한 것이 결정적 이유일 것입니다. 밖으로 나가면 임춘석씨가 또다시 자살을 시도할지도 모르니까요. 그 부분을 판사도 간과하지 않을 겁니다."

"그럴 수 있겠네요."

임춘석은 체념한 듯 말을 느리게 빼며 고개를 숙였다.

"이제 어떻게 되는 거죠?"

"구속 상태에서 재판을 받는 거죠. 우선 경찰서 유치장에서 조사나 현장검증 같은 절차를 진행할 겁니다. 그리고 송치가 되면 구치소로 이감이 되고요. 그곳에서 다시 검사의 조사나 재판 등에 출석을 하게 될 것이고요. 그리고 형이 확정되면 교도소로 이송될 겁니다."

"제가 죽으면 이대로 끝이 나는 것인가요?"

"좀 전에도 말했지만 자살 시도도 구속 사유가 됩니다."

최 변호사가 말을 마치자 그를 호송하기 위해 형사들이 옆으로 다가왔다.

"하태석 형사라는 분이 누굽니까? 그분이 김동수가 범인이라고 했다는데. 망자가 범인으로 확인된 사실은 없는 것으로 아는데요?"

"네, 저희도 확인 중인데 김동수가 아이들을 죽였다는 것은 확인된 바 없습니다."

"이번에 수사가 다시 진행될까요? 김동수가 실제 범인이라면 임춘석 씨의 형량에 큰 도움이 될 텐데요. 혹시 하태석 형사님 연락처를 받을 수 있을까요? 도움받고 싶은 것도 있고 저도 도움을 줄 수 있을 것 같은데요. 김동수가 아이들을 죽인 살인자라는."

최 변호사는 형사들에게 협조를 구했다. 김동수의 범행이 공식적으로 확인된다면 임춘석의 형량은 예상보다 적어질 수도 있었다.

"하태석 형사는 오래전에 지방으로 내려갔습니다. 그리고 김동수 사건에 대한 재수사는 아직 미정입니다. 구속 기간 동안 그것을 확인할 수도 없구요. 하태석 형사의 연락처는 저희가 사무실에 들어가서 확인해 보겠습니다."

"꼭 좀 부탁드립니다. 변론하면서 그분의 도움이 많이 필요할 것 같습니다. 증인으로 신청을 해야 할 것 같기도 하구요."

최 변호사는 명함을 건네며 당장이라도 김동수의 사건에 끼어들어 수사를 진행할 것처럼 열정을 보였다. 임춘석은 다시 호송차를 타고 유치장으로 이동했다.

*

고속도로는 경부선으로 들어서자 막히기 시작했다. 차들은 줄을 지어 갔고 규정 속도를 넘어서지 못했다. 휴게소에 들러 햄버거와 커피 한 잔을 들고 차로 왔다. 임춘석을 생각하면 식사조차 미안한 일이었다. 점심 시간이 지나서야 강남경찰서에 도착해 간신히 주차 자리 하나를 찾았다. 현관에서 기다리던 정수가 태석을 보고 달려왔다. 두 사람은 경찰서 밖으로 나와 커피숍으로 들어갔다.

"오시는 데 힘들었죠? 서울은 여전히 차들이 많아요."

"그러게, 고속도로는 그런대로 괜찮았는데 시내로 들어오니까 장난 아니더라. 예전보다 더 많아진 것 같아."

태석은 도로를 지나는 차들을 바라보며 말했다.

"임춘석씨는 어떻게 되었냐?"

"바로 구속됐어요. 우발적 살인이 아니고 계획적으로 준비한 것이라는 결론입니다. 김동수를 거리에서 우연히 발견하고 계속 그곳에서 기다렸나봐요. 이미 오래전부터 준비를 하고 있었던 것 같구요."

"그분이 그렇게 독한 사람이 아닌데."

태석은 고개를 갸웃거렸다. 예전에 알고 있는 임춘석이 할 만한 행동이 아니었다.

"임춘석씨가 이렇게 대답을 했대요. 그날 복도에서 형님이 했던 말과 그때 보았던 놈의 얼굴을 절대 잊지 못한다고."

"……"

정수의 말에 태석의 얼굴이 굳어졌다. 태석의 말을 지금까지 믿고 살았다니. 그게 아니라면 임춘석씨가 김동수를 찾아갈 이유가 없었다. 그런데 김동수를 어떻게 찾은 것일까.

"광수대에 물어보니까 몇 년 전부터 김동수를 수소문하면서 다녔대요. 주변 사람들도 그렇게 말을 해요. 특히 범죄피해실종자협회에 가입하면서 더 그랬다고 하더라구요."

"범죄피해실종자협회?"

"네, 전국에 있는 실종자 가족들의 모임이래요. 범죄와 연관된 사람들이 제일 많구요. 단순가출자나 원인불명 미귀가자 가족들도 회원으로 있다고 하구요. 임춘석씨가 김동수를 찾아다니면서 거기에 가입을 했다고 해요. 거기서 도움을 받지 않았을까라는 생각도 들구요."

"그런데, 임춘석씨가 죽였다는 건 확실해?"

"자백도 했고 범행 도구에서 지문도 나왔어요. 뭐 부인할 수 없는 상황이 된 거죠. 그래도 다행인 건 임춘석씨에게 부성로펌 변호사가 무료 변론을 하고 있어요."

"거긴 대형 로펌 아니냐?"

"우리나라에서 알아주죠. 아마 형량을 상당히 낮춰줄 수 있을걸요. 만약 우발적 범행이었다면 집행유예까지 생각해볼 수 있지 않을까요. 로펌으로서는 홍보효과도 있고 나쁜 놈들만 변호하지 않는다는 뭐 사회적 책임감이랄까, 그런 걸 노렸겠죠."

태석은 대형 로펌에서 그를 변호해주고 있다는 데 안심이 되었다.

"유미는 어떠냐?"

"석방시켰어요. 유미를 의심하기는 했는데 자백 외에는 없었거든요. 공모 가능성도 없구요. 유미의 휴대전화 목록을 보아도 임춘석과 연락을 취한 게 전혀 나오지 않아요. 유미의 아버지 장례식 이후로 보지 않은 거죠. 유미도 김동수를 죽이려고 했던 건 맞는 것 같아요. 임춘석씨처럼 흉기까지 준비를 하고 있었으니까요. 하필 그날 우연히 현장에 같이 있었던 거죠. 우연치고는 너무 비극적이죠. 석방을 했는데도 아저씨가 아니라 자기가 한 거라고 우기다가 돌아갔어요. 마지막에는 인정을 하기는 했지만요. 아저씨를 감싸려고 그랬나봐요."

태석은 다시 한번 유미를 떠올렸다. 그 믿음을 자신이 심어줬다는 게 미안했다.

"그런데 형님, 광수대에서 연락 오지 않았어요?"

"왔었어."

며칠 전 전화가 왔었다. 모르는 번호가 휴대폰 액정 안에서 태석을 의심하는 눈초리로 바라보는 것 같았다.

"검사도 그렇고 판사도 모두 형님을 확인하라고 했다더라구요. 김동수가 범인이 맞느냐고. 아니면 임춘석도 김동수도 모두 잘못된 거 아니냐고."

"너 만나고 광수대로 갈 거야. 진술을 해야지."

"그다음에는요?"

"임춘석씨 면회하고 시간 되면 유미까지 만나볼까 해. 내려가기 전에. 안 되면 유미는 다음에 만나야지."

"내려가시려구요? 올라오지는 않구요?"

"아니, 다시 올 거다. 그들에게 한 가지는 명확히 해줘야지. 김동수가 범인이었다는 거. 그게 정말로 아니라면 임춘석씨도 유미도 모두 나 때문에 힘든 삶을 산 거잖아. 내가 그 삶이 헛되지 않았다는 것을 알려줘야지. 만약 그게 잘못되었다면 내가 책임을 져야 하지 않을까. 어떤 식으로 져야 할지는 모르겠지만."

*

태석은 정수와 헤어지고 광역수사대로 향했다. 조사를 받기 위해 찾아왔다는 말에 방문자 비표를 받아 통과할 수 있었다. 1층 로비에서 태석은 전화를 넣었다.

"형님, 저 1층에 와 있습니다."

"바로 올라오지, 왜. 내가 내려갈까?"

"차 한잔 하고 올라가죠. 직원들 준비도 해야 할 텐데."

"그럴까."

강용만 팀장과는 10년 전 은평서에 있을 때부터 알고 지내왔다. 그때 그는 강력3팀이었고 태석은 2팀이었다.

"오랜만이다, 태석이."

강용만 팀장은 로비에 서 있는 태석을 반갑게 불렀다. 휴게실로 가 서로 커피값을 내겠다고 실랑이를 하다가 강 팀장이 커피를 샀다.

"형님 많이 늙으셨네요."

"나만 늙었냐? 너도 많이 늙었구만."

"그런가요?"

"그래, 시골 생활은 어떻고? 내려간 지 오래되었지?"

"그저 그래요. 벌써 7년째네요."

"그때 내려가길 잘했다. 서울 살기 힘들어. 집값이 얼마나 올랐는데. 물가도 그렇고. 시골에서 사는 게 최고야. 요즘 서울 경찰들 시골 내려가려면 몇 년씩 기다려야 하는 거 알지? 너는 거기가 세상에서 제일 좋은 곳이다 생각하고 붙어 있어."

"아이고, 고맙네요."

간단한 농담과 안부가 오갔다.

"너까지 조사할 필요는 없었는데 검사가 영장 내주면서 너를 조사하라고 하더라고. 우리는 네가 수사했던 거 있지? 그거 결과보고만 사본해서 넣으려고 했거든."

"검사도 저에 대한 조사가 필요했겠죠. 그런데 임춘석씨는 어떻게 된 거예요?"

태석이 조사를 받는 것은 별 문제가 되지 않았다. 그러나 우선 임춘석의 안부가 궁금했다.

"자살을 하려고 했어. 다행히 그 전에 우리가 검거를 한 거지. 지금은 유치장에 있다. 구속 기간이 남아 있기는 한데 너 조사 마치고 바로 송치할 거야."

"더 조사할 것도 없이 딱 떨어지나보네요."

"그렇지. 검사도 너 말고 더 조사하라는 것도 없어. 동기 확실하지, 범행 도구에서 지문 나왔지, 자백했지. 뭐를 더 볼 게 있어."

강 팀장은 태석의 얼굴을 한 번 쳐다보고는 눈치를 살폈다.

"그런데, 어떻게 알고 간 거예요? 신고는 강남서로 들어갔던데. 광수대 형사들은 그 사건이 발생한 것도 몰랐을 거 아니에요."

"신고 내용은 우리도 확인하고 있었지. 살인사건인데 청에서 알지 못할 리가 없잖아. 그런데 임춘석씨가 범인이라는 건 바로 직후에 첩보로 들어온 거야. 그래서 우리가 확인하기 위해 찾아간 것이고. 체포 직후에 과수대에 지문이 일치하는 것도 확인했지."

"그러니까 그 첩보가 어디서 왔냐구요?"

"인마, 왜 그래? 네가 나를 조사하는 것 같다. 직원들이 첩보로 확인한 거라 나도 몰라."

"팀장이 모를 수가 있어요?"

"그래, 인마. 그만 올라가자."

강 팀장은 끝내 말하지 않았다. 어쩔 수 없이 태석은 그의 뒤를 따라서 사무실로 들어갔다. 직원들은 대부분 외근 중이었고 오른쪽 구석에선 담당자인 박진욱 형사가 서류를 정리 중이었다. 그는 삼십 대 초반의 경찰대 출신 경위였다.

"진욱아, 여기 광주청 하태석 팀장이다. 태석아, 여기 박진욱 형사. 이 사건 담당자야."

"안녕하십니까. 박진욱 경위입니다."

"전화 주셨던……"

"네, 제가 전화드렸었습니다."

팀장의 소개로 두 사람은 인사를 나누었다. 간단히 악수를 하고 어색한 침묵이 흘렀다. 전화에서 들었던 목소리만큼이나 그의 표정은 건조했다.

"시간 없으실 텐데, 바로 조사하죠. 따라오시죠."

"네."

태석은 박진욱 형사의 뒤를 따라 조사실로 향했다. 가는 동안 그는 한 번도 뒤돌아보지 않았다. 조사실에 들어가 서류를 테이블 위에 내려놓은 채 사무실로 돌아갔다. 물을 가져오겠다며 밖으로 나갔으나 아마 서류를 태석에게 확인해보라는 뜻인 것 같았다. 서류는 태석이 마무리짓지 못한 아이들 실종사건의 결과보고서였다. 작성자는 태석이 아닌 다른 사람이었다. 김동수를 특정해 수사를 진행했지만 그가 범인이 아니라는 결론이 내려져 있었다.

"지금 광주청 광수대에 계시죠? 하 팀장님이라고 호칭하면 될까요?"

"네, 그러시죠."

그는 생수병을 가져와 태석 앞에 놓았다. 조사를 받다보면 목이 마를 거라는 의미 같았다.

"서류 읽어보셨어요? 하 팀장님이 마무리짓지는 못하셨는데 중간에 김동수씨에 대한 체포 경위하고 당시 조사 내용이 잠깐 언급이 되어 있어서요. 한번 보시라고 한 겁니다."

"읽어보았습니다."

"그럼 조사 시작하겠습니다."

경찰대 출신의 젊은 형사는 조사가 시작되자 더 이상 예의를 갖추지 않았다. 그는 자신에 차 있었고 태석을 참고인이 아닌 피의자로 바라보는 듯했다. 하지 않아도 될 일을 태석 때문에 하고 있다는 식이었고, 잘못된 정보로 사람을 죽인 것이라고 책임을 물으려는 것 같았다.

"그러니까 하 팀장님이 김동수를 범인으로 판단한 근거가 뭡니까?

객관적 증거는 아무것도 없는 거잖아요. 단지 감으로 그를 범인이라고 했던 건가요? 김동수가 범인이 아니라는 증거는 더 많습니다. 법정까지 갔더라도 이 정도 수사로는 무죄를 받을 게 뻔합니다. 어떤 자격으로 그가 범인이라고 단정해서 사람을 죽게 만들고 또 한 사람은 살인자로 만든 겁니까! 하 팀장님의 말 한마디가 얼마나 큰 비극적인 결론을 만들어냈는지 아시냐고요."

그의 말은 칼날 같았다. 답변을 하는 내내 불편하고 아팠다. 그는 왜 이렇게 아프게 말을 하는 것일까. 태석은 처음으로 말이 그렇게 아프다는 것을 느꼈다. 대답을 해주어도 그는 자꾸만 객관적 증거를 대라고 했다. 객관적 증거. 너무 어려운 숙제였다. 시간이 있었다면, 조금 더 많은 인원과 장비가 투입이 되었다면 그 증거를 찾을 수 있었을까. 객관적 증거는 어디에선가 썩어가고 있든지 아니면 이미 사라져버렸을지도 모른다. 마지막까지 수사를 하지 못해 그 객관적 증거를 찾아내지 못한 것이라고 했지만 그는 그 말에 집중하지 않았다. 그는 끝내 태석을 신뢰하지 않고 마무리를 지었다.

조사는 두 시간을 조금 넘겨서야 끝났다. 참고인 조사치고는 조금 오래 걸린 편이었다. 다시 강 팀장의 배웅을 받으며 사무실을 빠져나왔다. 기분이 나빴더라도 어쩔 수 없지 않느냐고 어깨를 두드려주는 것으로 인사를 대신했다. 그는 박진욱 형사가 어떻게 조사할지 미리 알고 있었던 눈치였다.

"그 친구가 경찰대 출신인데 계급에 목매고 하는 놈이 아니야. 수사만 열심히 하려는 놈이지. 그쪽 출신 중에 그렇게 실무에 열정적인 놈도 없어. 다들 빨리 계급장 달고 실무에서 빠져나가려고나 하지. 너를 좀 건드렸다면 이해해라. 젊은 놈이 좀 열정적이라고 생각해."

차에 오르는 태석을 위로하며 그가 남긴 말이었다. 기다렸다가 저녁이라도 같이 먹자고 했지만 태석은 사양했다.

"여기 임춘석씨 변호인이다. 너를 한번 만나보고 싶다고 했대. 임춘석씨 변론하는 데 도움을 좀 받고 싶다고 했다더라. 아마 김동수가 실제 범인이 맞는지 확인하려고 그러는 것 같다. 연락 한번 해봐."

"저도 만나보고 싶었는데 잘됐네요."

운전석 창문으로 강 팀장은 최우석 변호사의 명함을 건네주었다. 명함을 받아 이름을 확인하고는 글러브박스에 넣었다. 사건을 시작하게되면 그를 만나볼 것이다.

차는 중부경찰서 광역유치장으로 향했다. 가는 내내 박진욱 형사의 말이 머릿속에서 계속 맴돌았다.

*

면회실에 임춘석의 이름을 적고 대기실에서 기다렸다. 면회를 기다리는 사람이 여럿이 있었고 삼십여 분을 기다리고 나자 태석의 이름이 불렸다. 안내를 따라 면회실로 향했다. 구멍 뚫린 강화유리가 구속된 사람과 일반인을 구별해놓았다. 안쪽 문이 열리며 임춘석이 들어왔고 태석이 일어나 그와 눈을 맞추었다. 태석을 알아본 그는 얼굴에 미소를 띠며 자리에 앉았다. 묵은 숙제를 끝내고 점수를 받기 위해 줄을 선 어린 학생 같았다.

"몸은 좀 어떠세요?"

"괜찮아요. 그것보다 어떻게 아셨어요?"

"어떻게 모를 수가 있어요. 그런데 왜 그러셨어요? 저에게는 그런 말씀 하지 않았잖아요."

"기억 안 나세요? 제가 죽이겠다고 했잖아요. 형사님은 믿고 있을 줄 알았는데. 제가 드디어 마무리를 지었네요. 숙제를 끝냈구만요."

"그게 말이 되나요?"

"왜 말이 안 돼요? 우리 미순이를 죽인 놈을 내가 죽였는데. 이게 다 형사님 덕분입니다. 형사님 아니었으면 우리 미순이 죽인 놈도 모르고 살았을 거 아니에요. 그러면 애비로서 면목이 없죠. 나중에 하늘에 가서 말이라도 할 수 있겠어요? 이제 선미네 아빠, 엄마를 만나도 볼 낯이 있겠네요. 그나저나 판사님이 사형을 시켜주었으면 좋겠는데요. 그렇게 될까요?"

"아니 그게 말이 돼요? 사형을 시켜달라니요. 사모님은 어떡하구요."

"미순이하고 함께 기다리면 되죠. 보고 싶으면 빨리 오겠죠. 정신이 나가버려서 같이 죽자니까는 그러지도 못하고. 시골 처형에게 좀 돌봐주라고는 했네요."

임춘석의 대답은 태석을 더 힘들게 했다.

"형사님이 저한테 거짓말한 것은 아니잖아요. 그놈이 범인이 맞잖아요. 아닌가요?"

"……"

"대답해보세요."

"……"

"왜 대답을 못하세요?"

"맞아요. 그 사람이 범인이에요."

"거봐요. 맞는데 왜 그러신데요."

태석의 대답은 작았고 자신이 없었다. 그러나 그 작은 목소리에도 임춘석은 웃었다. 그 웃음이 너무 아팠다.

"그렇다고 사람을 죽일 수는 없어요. 언젠가는 경찰이 그를 범인으로 검거를 했을 거예요. 평생 감옥에서 나오지 못하게 할 수 있었다구요."

"벌써 7년이에요. 형사님 말고 누가 범인 잡겠다고 나선 사람이 있어요. 누가 있었냐구요? 아무도 해주지 않았다구요. 그래서 내가 했어요. 미순이하고 선미가 죽었고, 선미네 아부지 어무니가 죽었어요. 그대로 있었다가는 나도 죽고 우리 마누라도 죽고 유미도 죽었을 거라구요. 그래서 살려고 죽였어요. 내가 살려고! 내가!"

왜 그가 김동수를 죽였는지에 대한 설명은 명확했다. 태석은 뭐라고 대답을 해야 할지 몰랐다. 그는 위로나 격려가 아니라 공감을 받고 싶은 거였다.

"그런데, 김동수를 어떻게 찾은 거예요? 사람을 찾는 게 그렇게 쉬운 게 아닌데요."

"제가 몇 년을 넘게 찾아다녔구만요."

그의 목소리는 다시 차분해졌다.

"혹시 김동수에게 물어보셨어요?"

"자고 있더라구요. 물어볼려고 깨웠는데두 술을 얼마나 처먹었는지 흔들어도 일어나들 못허드라구요. 그래서 그냥……"

칼로 찔러 죽여버렸어요, 라고 뒷말은 이어지지 않았다.

"식사 거르지 마시고 꼬박꼬박 챙겨드세요. 사식도 시켜서 드시구요.

영치금을 조금 넣었어요. 가을 내복도 같이 넣었으니까 꼭 입으세요. 밖은 더워도 안은 추운 법이니까요."

"그럴 것까지 없는데. 고맙습니다. 형사님, 혹시 우리 마누라 만나면 너무 맘 아파하지 말라고 하세요. 변호사도 좋은 사람이 해주고 있고 또 하 형사님이 힘도 주셨다고 전해주시구요. 알아듣지 못해도 꼭 좀 전해주세요."

"네, 그럴게요."

차에 올라타자 가을비가 내리기 시작했다. 차량에 떨어지는 빗방울이 네가 잘못한 것이라고 나무라는 것 같았다. 태석의 말 한마디 때문에 임춘석은 살인자가 되어 있었다.

*

태석은 죄책감에 쉽게 그곳을 떠나기 어려웠다. 유미까지 만나기는 힘들 것 같았다. 막상 만나면 어떻게 위로의 말을 해야 할지 쉽게 떠오르지 않았다. 전화기에 유미의 번호를 검색하고도 바로 통화버튼을 누르지 못했다. 수사를 시작하면 어쩔 수 없이 만나야 한다. 위로를 하더라도 그때 하자고 마음먹자 기분이 좀 나아졌다. 대신 지영에게 전화를 걸었다. 내려가기 전에 만나 저녁을 사먹이고 싶었다. 통화음이 한참 이어지고 나서야 전화를 받았다.

"아빠!"

"지영이 어디니? 아빠 서울에 왔는데."

"난…… 조금 먼데…… 인천이야."

지영이 말을 바로 잇지 못했다.

"인천? 왜 거기까지 간 거야?"

"……이사 왔어."

"이사?"

지영이 대답을 망설이다 겨우 말했다. 태석도 이사를 했다는 말에 멈 칫하기는 마찬가지였다. 저번에 보았을 때만 해도 서울에 있었는데 이 사를 해서 인천이라니.

"언제?"

"얼마 안 됐어."

"아빠가 갈게. 같이 저녁 먹자."

"학원에 가야 하는데……"

먹고는 싶은데 시간이 없다는 뜻 같았다.

"고기 사줄까?"

"시간 없다고 했잖아, 아빠."

"그럼, 간단히 먹지 뭐. 어디로 갈까? 우리 딸 좋아하는 초밥은 어때?"

"아니, 학원 앞에 초밥집이 없어. 그냥 아빠, 여기가 어디냐면……"

제발 길이 막히지 않기를 바라며 차를 몰았다. 그러나 여지없이 차가 막혔다. 어쩔 수 없이 학원에 갔다가 나오라고 했다. 그래야 시간을 맞 출 수 있을 것 같았다. 내려가는 동안 수연에게 전화를 걸었다. 세 번을 시도한 뒤에야 겨우 통화가 되었다.

"이사 간 거 왜 말 안 했어?"

태석은 다짜고짜 물었다.

"말하려고 했어. 그리고 지영이가 말할 줄 알았지. 자주 통화하나보던데."

"왜 인천까지 간 거야?"

"남편 따라 온 거지. 그걸 다 설명해야 해?"

"지영이가 고3인데 수능이나 끝나고 이사를 가지. 환경을 그렇게 바꾸면 애가 집중을 하겠어? 수능이 얼마 남지도 않았잖아. 학교도 전학을 했겠구만."

"그럼 말 잘 듣는 지영이 당신이 데려가 키우든가."

"뭐야? 지영이랑 무슨 일 있어? 왜 그리 삐딱해?"

"없어. 그리고 나 바빠. 이사 갔으니까 그렇게 알아. 끊어."

"여보세요, 여보세요!"

다시 전화를 넣었지만 받지 않았다. 딸을 끔찍이 생각하던 아내였다. 그래서 양육권도 그녀에게 양보를 할 수 있었다. 그런데 지금의 말투는 딸이 지겹고 귀찮다는 투였다. 문제가 있는 게 분명한데. 부부 사이에 문제가 생긴 걸까. 거기까지 생각을 하다가도 이혼한 사이에 무슨 오지랖인지라는 생각으로 마무리가 되었다. 밤 9시가 다 되어서야 지영이가 말한 패스트푸드점에 도착했다. 자리에 앉고 얼마 있지 않아 지영이가 가방을 메고 들어왔다. 저번에 볼 때보다 얼굴이 수척하기는 해도 밝아서 좋았다.

"아빠!"

"많이 예뻐졌네. 우리 딸!"

"그래? 살이 좀 빠지니까 예쁜가."

덩치가 좀 있던 딸은 살이 많이 빠져 있었다. 수능 준비가 힘들고 이사에 스트레스가 없지 않았을 것이다. 수험생이라고 이해를 하면서도 수척해진 모습이 안쓰러웠다.

"이사는 왜 했어? 엄마는 대답을 안 해주던데. 아저씨가 하자고 그랬니?"

"음…… 아빠, 우선 뭘 좀 시키자. 배고파."

"아, 그렇지. 그래 뭐 먹을래?"

지영이는 바로 대답을 하지 않았다. 쉽게 이야기할 내용이 아닌 것 같았다. 지영이는 햄버거에 콜라와 감자튀김을 세트로 시켰고 태석은 커피 한 잔을 주문했다. 그리고 학원에 갔다가 집에 들어갈 때 먹으라고 같은 것으로 하나 더 포장을 부탁했다.

"아저씨가 사업이 잘 안 되나봐요. 요즘 힘들다고."

지영은 자세히 알지 못했고 알더라도 설명하고 싶어하지 않았다. 아저씨 얼굴을 본 지도 몇 개월이 된데다 이사 때도 보지 못했다. 태석이 예전에 들었을 땐 가게를 여러 개 하고 있다고 했었다. 베이커리도 있고 치킨가게와 분식업체도 가지고 있다고 했다. 월 소득이 이천만 원이 넘는다고 아내는 전화기 너머에서 자랑질을 했었다. 어쩌면 아내가 거기에 반했을 수도 있다. 태석은 그러지 못했으니까. 지영이는 걱정 없이 키울 테니 신경 쓰지 말라던 아내의 당당했던 목소리가 어슴프레 떠올랐다.

"용돈이랑은 부족하지 않아?"

"아빠가 주고 있잖아, 양육비."

"그렇지, 양육비 주고 있지. 빠짐없이."

한 달에 백만 원씩 양육비로 들어가고 있었다. 강제로 주도록 되어 있지만 그 돈이 아깝다고 생각해보지 않았다. 월급에서 바로 떼어주는 그 돈을 한 번도 거른 적이 없었다. 그러고도 가끔씩 용돈을 넣었다. 그렇게라도 지영에게 아빠 역할을 하고 싶었다.

"학교는 잘 다니지? 전학 왔다고 막 아이들이 뭐라고 하는 거 아니야?"

"그거야 중학교 때나 그렇지. 다 공부하느라고 바빠. 고3이잖아. 뭐 예전에는 나 건드리는 애들도 있었는데 지금은 없어. 내가 아빠 닮아서 워낙 세잖아. 나 건들면 다 죽어. 그걸 아는지 건드리지도 않아."

"거짓말 같은데. 네가 뭐가 세?"

태석은 믿지 못하겠다는 듯 지영의 팔을 잡아당겼고 지영은 힘을 주어 버텼다.

"아빠 나 세. 정말이야. 내가 남자아이들도 이겨. 체육대회 때 연습이었지만 씨름해서 남학생을 내가 쓰러뜨렸다니까. 내가 아빠 닮아서 통뼈인가봐. 남자들도 내가 밀면 넘어간다니까."

지영은 팔뚝을 들어올려 이두근에 힘을 주었다.

"아이구, 우리 딸 장하네. 남학생들도 다 이기고. 우리 지영이 건드리는 놈 있으면 다음엔 구석으로 던져버려."

"알았어, 아빠. 던져버릴게. 아니, 던지는 건 좀 힘들 것 같고. 달려가서 밀어버릴게. 벽에 부딪혀 쓰러지라고. 다시는 덤비지도 못하게 가루로 만들어버려야지."

"진짜?"

"그럼, 아빠 딸을 건드는 놈이 있으면 그렇게 해버리지 뭐. 벽에 부딪혀가지고 몸이 으스러져버리게. 혹시 그런 일 있으면 다음에 내가 얘기해줄게."

"너무 심하게는 하지 말고. 죽을지도 몰라."

116

"죽으면 어쩔 수 없지."

태석과 지영의 농담은 계속되었다.

"학원비는 어떻게 하니?"

"그거……"

지영은 잠시 대답을 망설였다.

"아저씨."

"그렇구나. 다행이네. 가자, 태워줄게."

"가까워. 걸어가면 돼. 수업 두 시간은 더 받아야 되고. 아빠 먼저 가. 내가 배웅해줄게. 나는 금방이지만 아빠는 한참 가야 하잖아. 졸음운전 하지 말고."

태석과 지영은 추가한 햄버거 포장을 받아 주차장으로 갔다. 검은색 코란도 밴이 외롭게 세워져 있었다. 고향으로 내려갈 때 그때도 바꾸라고 하던 그 차는 여전히 태석의 곁에 있었다. 혼자 타고 다니는 데 아무 문제가 없고 스틱이라 오래되었어도 연비가 좋았다.

"아빠. 차 바꾸면 안 돼? 이게 언젯적 찬데."

지영은 차를 살피며 한 바퀴를 돌았다. 곳곳에 긁힌 자국이 있었고 바닥은 썩어 페인트가 변색되었다. 바꿀 때를 이미 넘어섰다.

"왜? 좋기만 한데."

"아빠 나이도 있는데 이제 이런 거 안 어울려. 젊은 사람도 아니고."

"그럼, 뭘로 바꿀까. 우리 지영이가 바꾸라는 걸로 생각해볼게."

"그거 있잖아. K사에서 나오는 시리즈. 아빠는 7이나 9시리즈가 어울리겠어. 그중에서도 9시리즈 검은색. 다정해 보이고 가정적으로 보이고. 운전석 위에 나하고 엄마 사진도 올려서 가지고 다니고. 그럼 진짜 좋겠다."

정말 그것을 바라는지 지영의 말은 사뭇 진지했다.

"그래, 알았다. 아빠가 고려해볼게. 그런데 엄마 사진을 가지고 다니면 아저씨가 뭐라고 하지 않을까? 그건 불륜인데."

"안 들키면 되지. 들킬 일도 없고. 아저씨랑 만날 일도 없잖아?"

"그렇긴 하지."

"아빠 시간 됐어. 빨리 가."

들고 있던 포장을 지영에게 건네고 태석은 차에 올랐다. 그리고 주머니에서 오만 원짜리 두 장을 꺼내 지영의 손에 쥐어주었다.

"공부 열심히 하고 돈 필요하면 전화해. 아빠는 혼자라 돈 쓸 일이 별로 없으니까."

"나 돈 많아, 아빠. 이거 아빠 써. 조심히 가고. 엄마한테도 안부 전해줄게."

지영은 받은 돈을 도로 태석에게 내밀었다.

"아빠가 주는 돈이야. 받아. 적어서 그래?"

"아빠는 백만 원씩 주고 있잖아. 따로 용돈도 주고. 이 돈 모아서 차를 사세요, 하태석씨."

차에서 멀어지며 손을 흔들었다. 태석은 어쩔 수 없이 도로 집어넣었다. 아빠 노릇 좀 하려고 했는데 아쉽다가도 한편으로는 아빠를 생각하는 딸이 대견해 보이기도 했다.

"그럼, 아빠 갈게."

"잘 가, 아빠."

"지영아, 아빠 서울로 올라올 거야. 바쁘지 않으면 자주 올게."

"정말? 언제?"

"내려가서 발령요청을 해야지. 그리 오래 걸리지는 않을 거야."

"알았어. 어서 가, 아빠. 지금 내려가면 새벽 되겠다."

"그래."

지영은 손을 흔들며 사람들 사이로 들어갔다. 가면서도 몇 번을 뒤돌아 손을 흔들어주었다. 밤 시간이라 차들이 막히지 않았어도 지영의 말처럼 내려오니 새벽이었다. 삼겹살을 먹이고 용돈을 어떻게든 주었어야 했는데. 수척해진 얼굴이 계속 맘에 걸렸다.

—아빠, 도착했어?

방에 들어오자마자 도착한 것을 알기라도 하는 듯 지영에게서 메시지가 왔다.

—왜 안 자고 있었어? 피곤할 텐데. 학교도 가야 하고.

—자려고 누웠는데 아빠가 졸음운전하고 갈까봐 걱정이 돼서.

—잘 들어왔으니까 어서 자.

—알았어. 잘 자요. 사랑해 아빠. ♡♡

—아빠도 사랑한다.

철이 너무 많이 들어버린 것 같다. 사랑한다는 말에 태석은 저절로 미소가 지어졌다. 메시지를 보고 또 보았다. 눈을 감았다가 다시 휴대폰을 켜고 메시지를 확인했다. 딸이 보내준 그 메시지가 너무 좋았다. 그렇게 몇 번을 더 확인하다가 잠이 들었고 다른 때보다 깊이 잠들 수 있었다.
늘 찾아오던 아이들이 오늘은 찾아오지 않았다.

미제

# COLD CASE 4

**일시 및 장소**
2013. 3. 22. 00:45경 경기도 파주시 여울노래방

**실종자**
장민아(36세, 여, 노래방 도우미)

**용의자**
한상구(47세, 폭행 등 전과 2범)

**개요**
노래방 도우미인 실종자가 손님인 용의자와 단둘이 술을 마신 후
행적 확인되지 않음. 노래방 외의 장소에서 용의자와의 연관성
확인되지 않으며 육아로 인한 생활고 및 남편과의 경제적 갈등으로
인한 가출로 의심

**특이사항**
신고를 남편이 아닌 같은 도우미가 함

**종결**
2013. 7월 가출로 최종 종결, 실종아동등 프로파일링 시스템
등록(여청계에서 관리)

**담당경찰서 및 검찰청**
파주경찰서, 의정부지검 고양지청

# 6.

주말 저녁이라 노래방에는 손님들이 많았다. 술 취한 남자들은 가게 안으로 들어오면서부터 도우미를 찾았다. 노래방 주인은 보도방에 쉴 새 없이 전화를 걸었다. 건물 2층에 신장개업한 '여울'은 실내가 깨끗하고 넓은데다 노래방 기기도 최신식이어서 보도방 여자들도 좋아했다. 그래 서 그런지 노랫소리가 초저녁부터 울려퍼졌고 도우미들은 쉴 새 없이 들락거렸다. 사장이 손님들을 맞이하기 위해 도우미 대기실까지 마련해 두었으므로 그녀들은 여울에 오는 것을 마다하지 않았다. 다만 주택가 에 있어 손님이 일찍 떨어졌다. 자정이 넘어 지역 손님이 줄자 다른 가 게로 이동하기 위해 도우미들은 봉고차를 기다리며 담배를 피워댔다.

"아이 시발, 돈도 없는 새끼들이 되게 달라붙었어."

"언니 파트너는 진짜 진상이더라. 술이 떡이 됐는데 왜 그렇게 몸을 비벼대. 지 몸도 주체하지 못하면서. 괜찮아, 언니?"

"그러게. 손을 얼마나 집어넣던지. 더러운 새끼. 화장실까지 가서 씻 고 왔잖아. 개새끼가 만지게 해주면 팁 준다고 하더니 순 구라였어. 개

새끼. 거지야, 거지."

"언니도 그 새끼 좆을 비틀어버리지 그랬어? 털을 확 뽑아버리든가."

"안 그래도 내가 불알을 손톱으로 긁어놓았어. 술 깨면 불알깨나 아플 거다. 시발럼."

여자들은 차를 기다리며 조금 전 진상에 대해 수다를 떨었다.

"민아는 화장실 갔나? 감기약까지 먹었는데 진상 새끼가 술도 오지게 먹이더라고."

"그니까. 그 새끼는 만지는 것은 없는데 술만 디지게 먹이데."

"토하는 거 아냐? 가봐야 할까보다."

막내 민아가 내려오지 않자 시연은 고개를 빼 계단 위를 올려보았다. 민아가 도우미를 시작한 건 반년 전부터다. 같은 연립주택에 사는 시연이 그녀를 도우미로 이끌었다. 10년 전에 이미 일을 해봤던 민아는 건설노동자로 지방에서 일을 하는 남편의 수입으로는 두 아이를 키울 수가 없다는 것을 알았다. 마트에서 계산원으로 파트타임 일을 해보았지만 일하는 것에 비해 받는 임금은 너무 적었다. 거기다 계산이 늦는다고 시비를 거는 진상 손님과의 갈등은 그녀를 더 힘들게 했다. 친절해 보이는 매니저가 있었지만 그는 직원 편이 아니라 손님 편이었다. 잘못한 것도 없는데 무조건 사과를 하라고 했다. 잘못한 게 있어야 사과를 하지, 시발. 그녀의 거친 입 때문에 매니저와도 사이가 좋지 않았다. 더 끔찍한 건 그 매니저가 자꾸 찝쩍거리는 거였다. 싫은 표정을 했더니 더 달라붙어 그녀를 괴롭혔다. 아이들만 아니면. 초등학교 6학년과 4학년에 다니는 남자아이들은 저녁이면 어김없이 치킨을 사달라고 졸라댔다. 한참 클 나이에 먹거리는 늘 고민이었고 학원은 남들 다니는 만큼은 보내주자라고 생각했던 게 제일 힘에 부친 일이 돼버렸다. 월말이면 늘 마이너스였다. 돈 걱정 하지 말라는 남편은 지방에서 전화로 거들먹거릴 뿐 보내오는 돈은 점점 줄어들었다. 대책 없는 남편의 빈말에 전화 받는 것도 귀찮아졌다. 계단에서 만난 4층 언니 시연은 일을 나가고 있었다. 지난여름에 이사 온 그녀는 저녁이면 출근을 했다. 대번에 그녀가 업소로 일을 나가고 있다는 것을 알았지만 말을 걸어본 적은 없었다. 눈이 마주칠 때마다 간단히 목례만 주고받았었다. 그러다 민아는 용기를 내어 그녀에게 말을 걸었다. 진상 고객과 한바탕했고 질척거리는 매니저와도 한판을 뜨고 퇴근하던 날이었다. 일할 곳이 거기만 있냐라는 생각이 머릿속을 떠나지 않고 있을 때였다.

"언니?"

"무슨 일이지? 우리 처음 말 섞는 것 같은데."

얼굴을 자주 마주쳤기에 붉은 입술의 그녀는 경계심 없이 대답했다. 그리고 상대의 언니라는 호칭에 쉽게 말을 놓았다. 나이도 그녀보다 어려 보였다.

"언니, 저도 일 좀 나가면 안 돼요?"

"내가 무슨 일 하는지 알아?"

"예전에 저도 했었어요."

"애들 키우면서 할 수 있겠어?"

"애들 키우니까 하려는 거예요."

그 말에 시연은 공감했고 더 이상 말이 필요 없었다. 아이 때문이라는 말이 모든 것을 해결해주었다. 엄마가 되면 그럴 수 있었다. 시연도 이혼한 남편이 아들을 뺏어가기 전까지 악착같이 벌려고 했었다.

"그래? 그럼 내일부터 갈까? 시간당 삼만 원. 어때?"

"저 때보다 겨우 오천 원 올랐네요. 그럼 내일부터 할까요?"

"콜!"

일은 그렇게 시작되었다. 같은 연립에 살아서 그런지 시연은 민아를 친동생처럼 챙겨주었다. 진상 손님이 있으면 그녀가 나서서 파트너를 해주기도 했고, 택시비도 늘 그녀가 냈다. 그녀는 혼자 살고 민아는 아이가 둘이나 있다는 게 배려의 이유였다. 그녀에게도 아들이 있었지만 재혼한 남편이 데려갔다. 그래서 더 신경이 쓰였다. 민아의 아이들에게 그녀는 친이모처럼 살갑고 따뜻했다. 마트에 다녀오면 늘 아이들 먹을 것을 챙겨 사다주었고 가끔 용돈도 주었다. 그래서 그런지 아이들도 그녀를 친이모처럼 따랐다. 둘이 같이 들어오다가 포장마차에서 술을 한 잔 하는 것도 좋았다. 남편과 시댁 욕을 하다보면 둘은 친자매가 된 것처럼 부둥켜안고 울 때도 있었다. 신세한탄을 하다보면 동지애가 생기기 마련이다.

오늘은 보도방에서 네 명이 같이 왔는데 민아가 아직 나오지 않았다. 보도 차량이 도착을 하고도 그녀가 내려오지 않자 시연은 걱정이 되어 가게로 올라가려고 했다.

"민아가 아직 안 왔어. 내가 올라가볼게."

"걔 여기서 한 타임 더 뛸 거야. 혼자 온 손님이 있대. 어서 타."

"그럼, 어떡해? 우리가 다시 와?"

"아니, 여기서 바로 퇴근하겠다고 했어. 몸이 안 좋다고. 언니보고 먼저 들어간다고 전해달랬어. 언니가 먼저 내려간 거 보고 들어갔으니까."

시연은 차에 올라타면서도 마음이 좋지 않았다. 민아가 진상을 만나

술을 억지로 먹은 게 맘에 걸렸다. 감기약과 함께 먹은 술에 평소보다 더 취한 것 같았다. 시연은 다음 노래방에 도착해서도 민아에게 계속 전화를 걸었지만 받지 않았다. 한 타임이 끝나고 나서 걸었을 때는 전화기가 아예 꺼져 있었다.

'몸이 안 좋아서 일찍 들어가 자나?'

시연은 새벽 4시가 넘어서 집으로 들어왔다. 편의점에 들러 숙취해소제를 하나 사먹고 민아 것도 하나 샀다. 술을 많이 마신 날은 늘 민아와 편의점에서 숙취해소제와 컵라면을 먹고 들어갔었다. 집으로 들어오는데 민아의 집 거실에 불이 켜져 있었다. 새벽까지 불이 켜진 건 처음이었다. 시연은 출입구 우유통에 숙취해소제를 집어넣었다. 아침이 되면 아이들 우유를 가져가면서 민아가 보게 될 것이다. 감기도 빨리 낫고 숙취도 없기를 빌었다.

집에 들어오자마자 곧바로 잠이 들었다. 그러다 누군가 계속해서 초인종을 누르는 소리에 부스스 일어났다. 술이 덜 깬 상태로 현관문을 열자 민아의 큰아들이 울면서 서 있었다.

"기현아, 왜 그래? 엄마 무슨 일 있어?"

"이모, 엄마가 없어요. 전화를 해도 꺼져 있구요."

아이는 울먹이며 엄마가 어젯밤에 들어오지 않았다고 설명했다. 아빠에게도 알렸고 지금 집으로 오고 있다고 했다. 더구나 아이들은 아침이 지났는데 학교에도 가지 못하고 있었다. 시연은 곧바로 경찰에 신고를 했다. 그리고 내려가 아이들 밥을 해주고 옷을 입혀 학교에 가도록 했다. 학교에서 끝날 즈음이면 엄마는 돌아와 있을 것이라고 울먹이는 아이들을 안심을 시켰다. 아이들을 보내자마자 경찰이 도착했다. 시연은 뭐라고 설명을 해야 할지 몰랐다. 경찰이 내용을 설명해달라고 했을 때 시연은 손톱을 깨물며 망설였다. 뭐라고 설명하지. 여자 경찰관에게 민아가 노래방 도우미 일을 하고 있다고 말했다. 다행히 여자 경찰은 무시하지 않았고 내용을 성실히 들어주었다. 그러면서 조금 더 기다려보면 어떨까요라고 양해를 구했다. 도우미 일을 하다가 혹시 남자와 같이 있을 수도 있고, 술에 취해 전화기가 꺼져 있을 수도 있다고. 충분히 그럴 수 있었다. 점심때가 지나 민아의 남편이 도착했다. 그는 아내의 일자리에 대해 전혀 알지 못했다. 시연의 설명에 걱정보다는 배신감을 느끼는지 한동안 말이 없었다. 그녀가 들어오면 반드시 따져 묻겠다는 표정이었다. 그러나 남편은 몇 년이 지난 지금까지 그녀에게 아무것도 묻지 못했다. 시연은 이사를 갔고 아이들은 고등학생이 되었다. 남편은 사고가 아니라 아이 엄마가 다른 남자를 만나 도망을 간 것이라고 믿었다. 그래야 겨우 견딜 수 있었다.

＊

태석은 새벽에 도착해 잠깐 눈을 붙이고 일찍 출근했다. 서울에 빨리 올라가야 한다고 마음은 급했다. 컴퓨터를 켜자마자 서울청 미제사건전담팀에 지원서를 제출했다.

"대장님, 서울에 지원서를 넣었습니다."

"봐봐. 서울 간 게 다 이유가 있다니까. 어디로 갈려고 그래요?"

윤기정 대장은 태석이 가고자 하는 곳에 흥미를 느꼈다.

"서울청에 미제전담팀을 새로 만든다고 합니다. 그래서 거기로 가볼까 하구요."

"공모가 뜬 것을 보기는 했는데. 그 자리 별로일 텐데요. 그게 예전 직원들 일 잘못했다고 검증하는 자리잖아요. 또 실적 내기도 거의 힘들고요. 미제사건 다시 뒤져봐야 나올 게 별로 없다는 거 아시잖아요. 백 개 뒤지면 한 개 나올까 말까인데."

미제사건이란 게 그런 거였다. 사건이 발생하고 수사를 진행한 형사들이 피의자를 특정하지 못하고 시간이 흘러 더 이상 수사 진행을 할 수 없다고 판단해 캐비닛 안으로 들어간 묵은 사건들이다. 이를 다시 꺼내 당시 형사들이 찾지 못한 단서를 찾아 피의자를 특정하기란 절대적으로 힘든 일이다. 이미 시간이 오래 지난데다 형사들이 해볼 건 다 해보았기 때문이다. 그래도 용케 단서를 찾아 해결을 하게 된다면 그때는 또다른 문제가 발생한다. 피해자로부터는 그때 형사들은 뭘 했느냐는 원성을 듣기 마련이고, 그 옛날 형사들은 사건을 해결한 형사들이 고마운 것이 아니라 오히려 원망스러울 수도 있다. 피해자에게는 다행인 일이지만 내부에서는 그렇게 환영받지 못하는 부서가 미제사건팀이다. 거기다 때로는 잘못된 수사에 당시 담당했던 형사들이 조사를 받기도 하고, 억지수사가 드러나 징계를 받을 때도 있었다. 어찌됐든 이전에 사건 수사를 진행했던 수사관들에게는 달갑지 않은 곳이었다.

"그런데, 갈 수는 있을까요? 요즘 팀장 자리가 많지 않아서 지원자들이 적지는 않을 텐데요. 힘든 자리면서도 갈 곳이 없어서 팀장급들은 너도나도 지원할 겁니다."

"경력이나 나이로 봐서는 제가 충분히 갈 수 있을 것 같습니다. 다만, 방해만 없다면요."

"방해요?"

"아무래도 제가 징계를 당한 게 있으니까, 그것을 핑계로 밀어넣을지도 모릅니다."

"징계는 이미 풀렸잖아요. 제가 한번 알아보죠. 뭐 보내드린다는 게 아니라 자격조건에 충분한지와 예전 징계도 따지는지요."

서울에서 내려온 윤기정 대장은 태석을 도와주고 싶었다. 본청 형사 국에 있다가 내려왔기 때문에 실무자들과도 연이 남아 있었다. 팀원들은 태석이 전출을 가야 한다는 것을 받아들이면서도 서운해했다. 그동안 오래 같이했던 종현과 중호가 많이 서운해하는 것이 눈에 보였다. 그날 저녁 태석은 직원들과 조촐하게 송별식을 했다. 어떻게든 태석은 그 자리를 떠나야 했기 때문에 먼저 인사를 한 것이다. 선발 결과는 며칠 뒤에 발표하기로 되어 있었다. 다음날 오후 대장이 태석을 사무실로 불렀다.

"제가 서울에 알아봤는데 힘들 것 같은데요."

"이유가 뭐죠? 부끄럽지만 객관적인 능력에서 밀리는 건 없을 것 같은데요."

"그거야 하 팀장님을 따라갈 사람은 없죠. 그것은 실무자들도 부인할 수 없을 겁니다. 다만 지휘부에서 예전 징계를 못마땅하고 있는 것 같습니다."

"징계는 이미 풀렸는데요. 그걸 문제삼는 것이 오히려 문제이지 않을까요?"

"그런데, 왜 그렇게 서울에 올라가시려고 하는 겁니까?"

대장은 그제야 태석이 서울에 올라가려고 하는 이유를 물었다.

"해결하지 못한 사건이 있습니다. 그리고 언론에는 나오지 않았지만 제가 했던 사건의 피해자 가족이 가해자를 살해하는 일이 발생했습니다. 혹시 알고 계십니까?"

"혹시 아이들 미제사건 말인가요? 7, 8년 전쯤 된 것 같은데요. 두 명이 실종됐던."

"네, 맞습니다."

"그게 팀장님이 했던 사건과 연관이 있었군요. 그것 때문에 올라가시려고 한다면 이유는 제가 충분히 알 것 같습니다. 제가 한번 더 알아보도록 하겠습니다."

태석은 고맙다는 인사를 하고 밖으로 나왔다. 그리고 전화를 걸었다. 김동수를 체포할 당시 과장이었던 박기정 경무관은 부산청에 수사부장으로 내려가 있었다. 박창기를 체포하고 병원에 있을 때 그는 정수와 함께 문병을 오기도 했었다. 그러면 이 일을 해결해줄 수 있을 것이다. 박기정 경무관은 서울청의 인사지침에 주관을 배제하고 객관적인 평가를 받을 수 있도록 해야 한다고 요구했고 그것은 다행히 받아들여졌다.

*

미숙을 찾아간 태석은 미안한 마음에 가게 안으로 쉽게 들어가지 못했다. 이미 예상하고 있겠지만 막상 가겠다는 말을 꺼내기가 힘들었다.

"오빠, 안 들어오고 뭐혀? 가을이라도 햇빛이 뜨건 게 빨리 들어와. 커피 한 잔 줄까?"

"아니, 미숙아, 할 말이 있는데."

"무슨 할 말이 있다고 그려. 잠깐 있어봐. 얼음 넣어서 아이스커피 좀 타고. 아니, 오빠 밥은 먹었어? 점심때가 지나기는 했는데. 그려도 배가 고플 수가 있는디. 밥을 시킬까? 근데 커피가 어디에 있다냐. 여기 있었는데. 아니, 밥부터 시켜야지. 아니, 커피를 탈까?"

"미숙아, 먹었어."

할 말이 있다는 말에 미숙은 허둥대며 말이 흔들렸다. 태석이 할 말을 알기에 벌써 눈이 뜨거워졌다.

"미숙아, 미안하다."

"미안하면 안 가면 되잖여. 왜 갈라고 그려. 그냥 여기서 살지. 동생하고 같이 사는 것이 뭐가 어렵다고 그려."

"해결하고 바로 올게."

"그걸 왜 오빠가 해결을 할라고 그려. 거기는 경찰 없대?"

미숙의 목소리가 높아졌다. 그러더니 그녀의 눈에서 왈칵 눈물이 쏟아졌다.

"또 쫓겨오면 어떻게 할 거여. 오빠 불쌍해서 어떻게 하냐고."

"니 걱정 다 알아. 오빠 괜찮으니까 걱정하지 마."

"근식이 오빠가 그러더만. 이번에 또 잘못되면 고향이 아니라 타지로 풀 거라고. 고향하고 먼 강원도나 경상도로 보내버릴 거라고 말이여."

"그 새끼는 쓸데없는 말을. 우리 미숙이 걱정만 늘게. 다 헛소리야."

미숙은 어릴 적 업어서 달래주었던 어린아이가 된 것 같았다.

"일 해결하면 바로 내려와야 혀. 절대 쫓겨서 내려오면 안 돼. 알겠제?"

"그래, 알았다."

"밥 잘 먹고. 귀찮다고 굶지 말고. 술 조금만 먹고. 양말 터지면 바로 새거 사다 신고. 옷 갈아입는 거 귀찮다고 계속 하나만 입고 다니지 말고 세탁소에 맡겨서 바로바로 입어. 홀애비 티 난다고 사람들이 욕한게."

"알았어. 우리 동생 잔소리가 예전 같네. 이제 완전히 옛날 미숙이로 돌아간 것 같은데."

"말 돌리지 말고. 지영이한테 안부 전하고. 고모한테 연락해줘서 고맙다고. 수능 끝나고 한번 내려오라고 해. 고모가 예쁘게 머리 염색도 해주고 파마도 해줄 거라고. 새언니도 만나게 되면 뭐 그냥 잘 살으라고나 해주고. 만날지는 모르겠지만."

가게를 나와 차에 오를 때까지도 계속해서 미숙의 잔소리는 이어졌다. 영광을 빠져나오는 도로에서 창문을 열자 바다 냄새가 태석을 덮쳤다. 바람을 타고 들어온 바다가 잘 다녀오라고 배웅을 하는 것 같았다. 쫓겨난 지 7년이 지나 다시 서울로 올라가는 기분이 이상했다. 이제 쫓겨난 이유를 찾으면 되었다.

*

청장의 사무실에는 형사과장과 신설되는 미제사건전담팀의 직원들이 신고식을 위해 청장을 기다리고 있었다.

"청장님이 들어오십니다."

집무실 넓은 공간에 팀장인 태석이 좌측에 섰고 그 옆으로 새로 뽑힌 팀원들 네 명이 이어서 나란히 섰다. 모두 신고를 위해 정복으로 복장을 갖추었고 청장은 임명장을 수여했다. 태석도 어색하지만 오랜만에 정복을 입었다.

"경찰청에 다수의 미제사건들이 존재합니다. 아무쪼록 성과가 있기를 바랍니다."

가장 형식적이며 간단한 말이었고 큰 기대는 하지 않는다는 의미도 섞여 있었다.

"하 팀장은 광주에서 올라왔다고?"

"네."

"잘해봐."

더 이상의 질문은 없었다. 그렇다고 태석이 말을 걸 수 있는 것도 아니었다. 차라도 한 잔 줄 만한데 그러지 않았다. 형사계장은 청장의 눈치를 살펴 직원들을 물러나게 했다. 청장실을 나와 곧바로 형사과장의 사무실로 이동을 했다. 과장이 소파 가운데 앉고 왼쪽으로 광수대장과 마수대장, 과수대장 등이 계장들과 함께 자리했고 우측으로 태석과 직원들이 앉았다.

"하태석 팀장은 익히 그 수사력에 대해선 잘 알고 있어. 지방에 있을 때 큰 사건들을 처리했고. 그래서 우리 경찰의 이미지에 상당한 기여를 한 것도 알고."

한경철 형사과장이 차를 들이켜며 태석을 칭찬했다.

"영광서에서 자칫 여러 명이 더 죽었을 수도 있는 납치살인사건을 해결한 바가 있구요. 또 광주청에서는 정상규라고 연쇄살인범을 검거했습니다. 이외에도 상무초등생납치사건과 여러 건의 살인사건을 해결한 유공이 있습니다."

과장의 칭찬에 형사계장이 부연설명을 했다.

"그런 유능한 수사능력을 가진 직원이 미제전담팀의 팀장으로 자리를 하게 된 것도 우리 청으로서는 큰 자랑이 될 수가 있어."

"열심히 하겠습니다."

태석은 말을 아꼈다.

"그런데 미제사건 중에 가장 먼저 할 사건이 뭔가? 아무래도 생각하고 있는 게 있을 텐데. 리스트를 뽑아보았나?"

"7년 전 있었던 아이들 실종사건에 대해 수사를 진행하려고 합니다."

"실종사건?"

한 과장이 궁금해하자 옆에 있던 계장이 자료를 보고 내용을 설명하기 시작했다.

"7년 전 은평구에서 초등학교 여학생 두 명이 실종된 적이 있습니다. 당시에 용의자가 여러 명이 있기는 했는데 그중에 긴급체포된 김동수라는 사람이 있었습니다. 그런데 혐의가 확인되지 않아서 풀려났고 사건은 미제로 남아 있습니다. 그 당시에 담당자가 바로 하태석 팀장이구요. 불미스럽게도 징계를 받아 영광으로 발령이 났었습니다. 그때 풀지 못한 숙제를 지금이라도 해결하려고 하는 것 같습니다. 무엇보다 이번에 광수대에서 살인사건으로 검거한 피의자가 그 여학생 중에 한 명의 아버지입니다. 당시에 범인으로 체포되었던 김동수를 죽인 겁니다."

한 과장이 정리한 내용을 달라고 손을 내밀자 계장이 손에 든 자료를 건넸다.

"광수대와 강남서가 서로 사건 하겠다고 했던 그거구만. 내가 가르마를 잘 탔지. 그리고 언론도 마찬가지고."

"네, 맞습니다."

한 과장은 얼마 전 있었던 임춘석 사건을 떠올렸다.

"하 팀장도 그때 사건에 대해 명확히 하고 싶을 것이고 명예회복도

하고 싶겠지. 그래, 열심히 해서 그 사건의 진범을 확인해봐. 꼭 검거가 되기를 바라네. 그런 사건의 진범을 확인해준다는 건 피해자들에게 큰 짐을 덜어주는 것이지. 그런데 말이야."

한 과장은 말을 늘어뜨리더니 손가락으로 팔걸이의자를 두드렸다. 뒷 말을 하는 데 신중을 기하려는 것 같았다.

"네, 과장님."

"전에도 이 사건을 처리하다가 징계를 받았었고. 그런데 다시 수사를 하겠다는 거고. 그때 용의자였던 자는 사망을 하고. 그를 죽인 사람은 실종자의 아버지이고."

"맞습니다."

"시끄럽지 않을까? 이미 시끄러워지려는 걸 어렵게 막았는데…… 다 시 죽은 자가 용의자가 될 것이고. 그를 죽인 아버지를 다시 확인해야 하고. 죽은 용의자의 가족들까지 확인을 하게 될 건데…… 유족들이 가 만히 있지 않을 것 같고. 만약 김동수가 범인이 아니라면 어떻게 되는 거지?"

"네?"

"내 말은 김동수라는 사람이 범인이라면 좋겠지만 결론이 그가 아니라 고 한다면 그때 불러올 파장은 어떻게 되는 거냐고? 유족이 가만있을까?"

한 과장이 다시 손가락을 천천히 움직이며 시간을 끌었다.

"수사를 해야 하는 것은 맞는데 나는 좀 우려스럽네. 잘못된 수사로 징 계를 받았던 사람이 다시 같은 수사를 진행해 이미 죽은 사람을 또 수사 한다? 그런데 아직 아이들과 그의 연관성은 확인하지 못했다, 7년이 지 났는데도. 좋은 먹잇감이 될 수 있어. 그런 잡음 없이 수사를 할 수 있겠나? 김동수라고 결론을 내더라도 담당자가 하 팀장이라면 오해를 살 수 있어. 결론에 의구심을 일으킬 수 있다고. 그래도 하겠나?"

"네."

태석의 목소리는 조금도 낮아지지 않았다. 이미 7년 동안을 생각해왔던 수사인데 우려가 있다고 멈출 수는 없었다.

"이거 하지 마."

"네?"

한 과장의 대답에 사무실 안이 순간 차가워졌다. 탁자를 바라보던 태석의 눈이 한 과장을 향했다. 두 사람의 눈이 부딪혔다.

"그럴 수는 없습니다."

"……"

짧은 시간이 길게 지나갔다.

"뭘 그렇게 놀래? 농담이야, 이 사람아. 첫 수사는 팀장의 의지가 가장 중요하지."

굳었던 태석의 얼굴이 풀렸다.

"커피 마시지. 하지만 충고는 해두겠어. 하 팀장은 전에 징계에서 조금도 자유로울 수 없어. 자네가 1호로 하려는 수사에서 말이야. 그러니까 신중히 접근하기를 바라네. 김동수가 범인이라고 결론을 내더라도 확실한 증거를 잡아야 할 거야. 정황증거 몇 개 가지고 밀어붙일 생각 말라고. 만약, 만약에 말이야. 조금이라도 잡음이 난다면 조직은 자네를 보호하지 않을 거야. 조직을 보호하기 위해 자네를 도려낸다는 말이지. 전처럼 말이네. 그때도 독직폭행으로 경찰 이미지를 깎아먹었었잖나. 수사 좀 한다고 깝죽대다가 경찰 이미지를 더럽게 하지 말라는 말이네.

수사권을 과용해서 남발하지 말고. 그렇다고 또 너무 기죽지는 말고."

한 과장은 가시 돋친 응원을 하며 태석의 어깨를 두들겼다. 충고라고 했지만 실상은 강력한 경고였다. 절대 실수하지 말라는. 과장과의 상견례가 끝나고 직원들은 집무실을 나갔다.

"과장님은 하 팀장이 성과를 낼 거라고 보십니까?"

미제전담팀이 나가자 강력계장이 물었다.

"팀이 왜 만들어지게 되었는지 그 경위를 보면 알잖아."

"네?"

강력계장이 무슨 뜻이냐는 듯 물었다.

"방송국 놈들 때문이잖아. 시청률 좀 나온다고 옛날 사건 가져다가 이게 잘못됐네 저게 잘못됐네 지적질하는 것부터 시작된 거야. 마치 그때 일이 정말 잘못된 것처럼 말이야. 그런데 정말 그럴까? 그때는 그게 최선이었던 거야. 그리고 여기 모두 수사를 해봐서 알겠지만 미제사건이라는 게 백 건에 한 건 풀릴까 말까야. 가뜩이나 모자라는 수사인력 끌어다 옛날 사건이나 풀게 하고. 그런 인력 있으면 지금 당장 현장에서 써야지. 왜 풀리지도 않는 옛날 사건에 집착하냐고. 죽은 자식 불알 만지기지. 미친 짓이야. 또라이 짓이라고."

"그럼 미제팀은 일시적으로……"

"청장님도 한시적이라고 말씀하셨어. 방송국 성화에 떠밀린데다 국회의원들까지 덩달아 전화질을 해대니까 어쩔 수 없이 만든 거지. 우선은 보기 좋잖아. 홍보도 되고. 경찰이 피해자 가족을 잊지 않고 끝까지 살펴준다는 인식도 있고. 그런데 거기까지야. 어디 영화에도 나오잖아. 대중들은 개돼지들이라고. 사람들은 시간이 지나면 금방 잊어버릴 거야.

방송국도 한 번 써먹었으니 재방송은 하지 않겠지."

"그래도, 하태석 팀장이면 뭔가 성과를 내지 않을까요? 해결한 사건이 한두 건이 아닌데요."

"강력계장, 수사 얼마나 했어? 수사도 운발이야. 거기에서 사건이 발생했고 마침 거기에 하 팀장이 있었으니까 그 친구가 풀어낸 거야. 다른 수사관들은 못 풀었을까? 그냥 바보처럼 있었겠냐고. 사건이 발생하면 누군가는 풀게 되어 있어. 하 팀장이어서가 아니라."

"그렇죠. 누군가 풀었겠죠."

"또 풀어내면 풀어내는 대로 홍보하면 되는 거고."

*

전담팀 사무실은 서울청 8층에 자리했다. 과학수사대 옆 창고를 비워 간단히 페인트를 칠하고 책상을 집어넣어 만든 것이었다. 너무 좁아 책상이 다닥다닥 달라붙어 있고 조사실은 다른 사무실 것을 함께 사용해야 했다. 공간을 소개하던 형사계장은 급하게 마련하느라 협소하지만 곧 다른 곳으로 옮겨주겠다는 말을 반복했다. 그리고 사무실이 정리되는 대로 현판식을 할 계획이라는 말을 남기고 돌아갔다. 아마 청장을 비롯한 지휘부가 사무실 앞에서 사진을 찍는 것으로 업무는 시작이 될 것이다. 사무실에는 팀장인 태석을 포함해 다섯 명의 인원이 전부였다. 가운데 안쪽으로 태석이 자리를 했고 양쪽으로 책상을 놓아 마주보고 두 명씩 앉았다. 벽면으로 개인 철제 캐비닛이 자리했고, 입구 쪽에는 작은 원탁을 놓아 회의를 할 수 있도록 했다. 팀원들은 청소를 마치고 각자

가지고 온 개인 물품을 정리했다. 모두 처음 인사를 한 사람들이라 아직 어색했다. 그중에 가장 든든한 지원군은 바로 한정수 경위였다. 오랫동안 함께 일했었고 미제팀이 신설된다는 소식도 가장 먼저 전했다. 그는 태석이 지원을 하자 곧바로 따라서 지원서를 제출했다. 그런데 전혀 예상하지 못했던 인물이 있었다. 광수대에서 태석을 조사하면서 잘못된 수사였다고 지적하던 박진욱 경위가 팀원으로 와 있었다. 그는 임춘석을 구속 송치하자마자 곧바로 이곳으로 지원해 들어왔다. 더구나 태석이 팀장으로 배정이 되었다는 소식에도 그는 지원서를 철회하지 않았다. 박 경위가 왜 이 팀에 지원했는지 태석은 알 수 없었다. 자칫 수사 방향을 잡는 데 갈등이 생길 수도 있었다. 그의 팀장이었던 강용만 팀장은 이번 인사 때 은평경찰서로 자리를 옮기면서 그를 잘 부탁한다는 말을 전했다. 나머지 두 명은 관제센터에서 지원해 올라온 최기원 경위와 서울청 여성청소년과에서 서무를 하던 여직원 오은하 경장이었다. 태석은 가지고 온 짐이 없어 옷가지만 캐비닛에 넣어놓고 멍하니 창문 밖을 바라보고 있었다. 눈은 밖을 보면서도 머릿속은 사무실을 빠져나가지 못했다. 네 명의 직원들과 함께 김동수가 범인이었다는 것을 밝혀낼 수 있을까. 아니면 그가 아닌 다른 사람이 범인으로 밝혀질까. 어느 쪽이든 태석에게는 두려운 일이었다. 임춘석과 정유미에게 진 마음의 빚이 무거운 돌덩이가 되어 가슴을 눌렀다.

"자, 사진 한 장 찍읍시다."

짐정리를 할 때쯤 문이 열리며 홍보실에서 카메라를 들고 찾아왔다. 곧이어 청장과 형사과장을 비롯한 간부들이 찾아왔고 팀원들은 문 앞으로 가서 줄을 섰다. 현관에는 하얗게 천을 덮고 줄을 만들어놓았고 박수와 함께 천이 벗겨지며 플래시가 터졌다. 간부들 옆에 선 태석과 직원들이 주뼛주뼛해하며 사진을 찍었다. 그들은 다시 한번 열심히 하라는 말을 남기고 사라졌다. 홍보 사진은 언론사로 배포되어 경찰이 오래된 사건도 잊지 않고 있다는 내용으로 사람들에게 읽힐 것이다.

"짐정리 끝나면 회의 좀 할까?"

"네."

태석을 대신해서 정수가 직원들을 모았다. 청소와 짐정리가 끝나자 노트를 들고 원형탁자로 모였다. 모두들 서먹한 듯 말이 없었다.

"팀장님이 한마디하시죠."

"각자 열심히 하자는 거지, 뭐."

"그런 게 어디 있어요. 팀장님이 각자 무슨 일을 할 건지 말씀을 하셔야죠."

"그럴까. 그럼 우선 각자 지원하게 된 동기나 소감을 들어보면 좋겠는데."

태석이 간단히 말을 하자 정수가 끼어들어 분위기를 맞추었다. 태석은 이들이 이곳에 지원하게 된 이유가 가장 궁금했다.

"제가 팀장님 다음인 것 같으니까 제가 하겠습니다. 저는 팀장님과 10년 넘게 같이 일을 했었고, 사석에서는 형님이라고 부르고 있습니다. 형님 동생을 떠나서 팀장님은 지금까지 내가 겪어본 형사 중에서 가장 유능하다고 자부하고, 그래서 제가 제일 존경하는 형사입니다. 다만 예전에는 UFC선수처럼 물불 가리지 않고 죽기 살기로 달려들던 모습이 있었는데 지금은 나이가 들어서 그런지 그런 기운이 없다는 게 좀 안타깝습니다."

"너 아침부터 술 먹었냐? 왜 그래?"

정수의 갑작스런 칭찬에 태석의 표정이 어색하게 변했다.

"술을 먹기는요. 그만큼 제가 팀장님을 존경한다는 얘기죠. 좋아도 하고 또 안타깝게 생각도 하고. 형님이 많이 늙었어요."

"늙기는 나만 늙었냐."

"이만하고 팀장님이 징계까지 당하면서 해결하지 못한 사건, 이번에는 꼭 해결할 수 있도록 열심히 돕겠습니다. 이상입니다."

"그래, 고맙다."

정수가 간결하게 매듭을 지었다. 다음으로 박진욱 형사가 말을 했다.

"저는 광수대에서 8년째 수사를 했습니다. 경찰대 출신들은 수사실무를 꺼려한다는 편견을 깨려고 더 열심히 했고 승진은 차후에 생각하고 있습니다. 그런데 이번에 임춘석씨 사건을 제가 하면서 미제로 남아 있던 미순이와 선미 사건의 진범이 누구인지 확인하고 싶어졌습니다. 그래서 지원하게 됐습니다. 아직까지 공식적인 범인이 확인되지 않았잖아요. 제가 팀장님을 조사하면서 팀장님의 수사가 잘못됐다고 말씀을 드렸는데, 여기서 팀장님으로 같이 일을 하게 될 줄은 몰랐습니다. 그것보다 팀장님께 질문이 있는데 여전히 사망한 김동수가 범인이라고 생각하시는가요? 그래서 저희 미제팀의 첫 번째 1호 사건이 김동수로 가는 것인지 궁금합니다."

자기소개를 해야 할 박진욱 형사는 오히려 태석에게 질문을 하고 있었다.

"간단히 인사를 할 줄 알았는데 힘든 질문이 나왔구만. 그래, 내가 모두에게 말을 편하게 해도 상관없겠지?"

"네."

모두가 태석의 말에 동의했다. 그는 팀장이면서 나이도 가장 많았다.

"진욱이가 경찰대생임에도 실무자로서 열심히 하겠다는 데에는 우선 박수를 보내고, 그 생각이 변하지 않기를 바래. 진욱이 정도면 충분히 승진을 해서 더 이상 실무를 하지 않아도 되겠지만 계속 실무에 충실하겠다는 것에 응원을 하지. 수사라는 게 노력과 시간이 필요한 사건도 있고 개인이 감당하기 힘든 사건도 있어. 더구나 계속해서 밀려 들어오는 사건에 깔리지 않으려 서둘러 송치해야 하는 데서 오는 무기력함도 있지. 거기다 악성 민원인들에게 시달리는 것도 모두 실무자인 사건담당자의 몫이잖아. 지휘부에서 노력을 한다고 하지만 어쨌든 힘들게 욕을 먹는 것은 담당자니까. 그래서 모두들 이 지긋지긋한 무덤 같은 곳을 하루라도 빨리 빠져나가려고 진급을 하지. 관리자로 올라서면 실무보다는 지휘, 감독을 주로 하니까. 그렇다고 진욱이가 진급을 하지 말라는 말은 아니야. 열심히 해서 수사통 출신 청장도 나와야지. 수사실무자들의 어려운 점을 알고 그에 대한 처우를 고민해본다면 경찰 수사가 더욱 발전하겠지. 검찰과의 수사권 조정에서도 국민들의 신뢰를 얻으려면 수사역량을 키워야 하고 실력 있는 수사관들을 많이 양성해야 해. 수사실무자들의 경험과 생각을 명확히 알고 있는 진욱이 같은 직원이 지휘관이 된다면 경찰의 수사는 지금보다 훨씬 신뢰를 받겠지. 덕담은 이것으로 하고. 자, 미순이와 선미 사건은 아주 불행하게 마무리가 되었어. 사건이 발생하고 7년이 지난 지금 미순이의 아버지 임춘석씨는 살인피의자로 구속되었고, 그 전에 선미네 부모님은 모두 자살을 했어. 선미의 언니인 유미도 부모님이 돌아가시고 삶이 순탄치 않았어. 어쩌면 순탄하지 않은 게 당연한 건지도 모르고. 한 사람의 사건으로 인해 너무 많은 희생자가 발생한 거야. 결론부터 말하자면 나는 김동수가 범인이라고 확신하고 있어. 다만 당시에 김동수를 코치했던 사람이 있었고 지휘부에도 누군가 수사를 방해한 자가 있었다고 생각해. 그건 지금까지도 유효하고. 왜냐면 그 이후로 한 번도 이 사건에 대하여 재수사가 이루어지지 않았고 단지 첩보 수집 정도에 그쳤으니까. 다행히 이번에는 수사를 할 거야. 내가 그렇게 할 거니까. 모두 방송의 힘이라고 할 수도 있겠지. 방송과 여론에 떠밀려 만들어진 부서일 수 있는데, 이번 기회로 사건을 마무리하고 싶다. 진욱이가 아직 확신을 갖지 못하는 것 같은데 아마 내가 한 수사를 모두 확인한다면 나를 이해할 거야."

"제가 팀장님의 수사를 모두 살펴본 것은 아닙니다."

"그럼 내가 진욱이에게 숙제를 줄게. 아니, 다 같이 해야 할 일이야. 과장님실에서도 말했지만 나는 우리 팀의 1호 사건으로 미순이와 선미 실종사건을 할 거야. 김동수가 아닌 다른 사람이 범인이라고 결론이 난다면 그 책임은 모두 내가 질 거야. 어떤 식으로든. 그만큼 나는 확신한다는 거야. 진욱이는 검찰청에 가서 당시 송치됐던 김동수 사건 서류를 모두 복사해 와. 아마 서류가 많을 거니까 시간이 꽤 걸릴 거야."

"제가 따라가도 될까요? 제가 검찰청을 가본 적이 없어서요."

오은하 형사가 수줍게 말했다. 서무만 보던 직원이라 검찰청에 가볼 일이 없었다.

"그래 그렇게 해. 그럼 오은하 형사는 어떻게 지원하게 되었지?"

"서무만 하다보니까 실무를 잘 모르겠어요. 저도 경찰에 입문할 때 수사 업무를 하고 싶었어요. 보통 사람들이 경찰은 모두 수사만 하는지 알잖아요. 사실은 그게 아닌데. 그래도 수사를 하고 싶어서 경찰학교에서 수사동아리를 만들어 공부를 하고 했는데, 막상 현장에 배치되고 보니까 서무 일만 하고 있더라구요. 그래서 이번 기회에 정식으로 배워보고 싶어요. 수사경과시험은 제가 1등을 했습니다. 사실 경과만 가지고 있지 실무는 아직…… 말하자면 장롱면허라고 할 수 있죠."

"음……"

잠시 태석이 고민에 빠졌다.

"우리가 할 업무는 배우는 업무가 아니야. 미제사건에 대하여 분석을 하고 부족한 수사가 무엇이었는지, 그때 빠졌던 수사가 무엇이었는지, 그리고 확인할 건 없는지 모래밭에서 바늘을 찾아야 하는 일이야. 어느 정도 수사능력이 있어야 하는데. 우선 진욱이가 좀 가르쳐줘."

"죄송합니다. 저는 그냥……"

"제가 잘 가르치겠습니다."

오 형사의 목소리가 작아지자 박 형사가 그녀를 위로하듯 대답했다.

"그럼, 우선 사무실에도 서무가 있어야 하니까 오 형사가 서무를 보면서 차근차근히 배우면 어떨까요? 서무 업무는 끝내주게 할 것 같은데. 어떻습니까, 팀장님?"

정수가 무안해하는 오 형사의 어깨를 세워주려고 했다.

"제가 짐이 되지는 않겠습니다. 열심히 배우겠습니다. 우리 사무실에도 서무가 있어야 하니까 제가 먼저 서무 업무를 하면서 수사를 열심히 익히겠습니다. 제가 수당은 절대 빠짐없이 챙겨드릴게요. 그리고 업무보고나 취급사항 같은 거 모아서 보고도 모두 제가 하겠습니다. 또 따로 관련된 거 부탁할 일이 있으시면 언제든 말씀하십시오. 제가 각 과 서무님들하고 사이가 각별하거든요."

"그래, 오 형사는 우선은 서무를 맡도록 하고, 빨리 수사를 배우도록 해. 직원들도 많이 도와주도록 하고."

"네, 팀장님 지시대로 하고 수사 업무도 열심히 배우겠습니다."

오 형사가 태석의 말에 힘을 내서 답했다.

"최기원 형사는 수사경력이 어떻게 되지?"

태석이 묵묵히 있던 최 형사에게 물었다.

"신임 때 5년 정도 하다가 그만뒀습니다."

"왜?"

"10년 전에 마포에서 경찰관 두 명이 죽었잖아요. 같은 팀 직원들이었습니다. 장례식장에서 유족들을 보는데 너무 힘들었습니다."

"나도 그 사건을 기억해. 그때 팀장님의 아이가 아주 어렸던 것으로 기억하는데. 뉴스 화면으로 본 게 기억나. 그 사건을 기억 못 하는 직원은 없을 거야. 같은 사무실 직원이었다면 많이 힘들었겠어. 그래도 수사 경과는 계속 유지했네?"

"수사를 다시 하고 싶다는 생각은 계속 있었습니다. 경과는 내가 다시 수사를 하게 될지도 모르니까 가지고 있었구요. 사실 미제사건은 그렇게 위험하지 않을 것 같아서 지원했습니다. 아이들과 집사람이 걱정을 많이 하니까요."

"너무 솔직한 소감인데. 어쨌든 다시 수사를 하게 된 것을 축하해."

"축하드립니다."

가슴 아픈 경험이지만 최 형사는 담담하게 말했다. 동료가 죽는다는 것은 사회에서 만들어진 또다른 가족을 잃는 것과 같은 심정이라는 것을 직원들은 잘 알고 있었다. 모두 그가 다시 수사를 할 수 있게 된 것을 축하해주었다.

"주특기가 될지도 모르겠지만 제가 관제센터에 오래 근무해서 CCTV 보는 것은 전문입니다. 혹시 CCTV 관련해서 확인할 게 있으면 제게 맡겨주십시오. 사람과 차 찾는 건 자신이 있습니다. 관제센터 실무관님들하고도 제가 친하거든요."

"앞으로 CCTV 볼 일이 많을 건데 부탁 좀 할게."

"네, 맡겨만 주십시오."

마지막으로 태석은 앞으로의 계획을 설명했다.

"조금 전에도 말했지만 나는 우선 미순이와 선미 실종사건을 가장 먼저 하려고 해. 불행히도 다음 사건은 생각해보지도 않았어. 여러분들이 수사가 가능할 것으로 보이는 미제사건을 추천해주면 내가 검토해보고 수사를 개시할지를 결정할게. 물론 나 혼자 하는 게 아니고 다 같이 모여서 결정할 거야. 다만 첫 사건은 내가 결정했어. 모두 내 결정에 따라주기 바래. 혹시 다른 의견이 있는 사람?"

"팀장으로 오신 이유가 그 사건하려고 온 것인데 해야죠. 저도 그때 그놈을 기소하지 못한 게 한인데요. 그때 수사를 계속했더라면 임춘석씨 같은 비극은 없었겠죠."

정수가 태석의 말에 힘을 보탰다.

"7년이나 흐른 사건이기는 하지만 아직 공식적으로 범인이 확인되지 않았습니다. 더구나 아이들조차 찾지 못했으니까 할 필요가 있다고 생각합니다. 다만 저는 임춘석씨가 실수를 한 게 아니었기를 바랄 뿐입니다."

박진욱 형사는 자기가 기소한 임춘석의 살인에 오류가 없기를 바랐

고 나머지 팀원들도 한 마음으로 실종된 아이들의 사건을 하는 데 동의
했다.

"모두 고맙다. 그럼 첫 단추가 될 것으로 생각되는 미순이와 선미 실
종사건을 내일부터 시작하자. 박 형사는 검찰청에 가서 서류를 모두 복
사해오고. 정수는 은평서에 가서 혹시 김동수와 관련된 자료 그리고 미
순이와 선미 관련 자료가 남아 있으면 전부 가지고 와. 그건 최 형사가
도와주고."

"그럼 일은 내일부터 하기로 하구요. 오늘이 첫날인데 상견례 겸 회식
을 하시죠. 팀원들끼리 한잔해야 동료애가 생기죠. 아직 어색하잖아요."

"그럴까?"

"좋아요!"

회의가 끝이 나자 정수의 제안으로 회식을 하기로 했다.

*

밤공기가 제법 서늘했다. 잔을 부딪치며 결의를 다짐하던 미제팀 직
원들이 모두 돌아가고 태석과 정수만 남았다. 둘은 간단히 한잔 더 하려
고 편의점으로 향했다. 맥주캔 두 개와 마른안주를 들고 파라솔 아래에
앉았다. 따개를 당기자 거품이 캔의 벽을 타고 아래로 흘렀다. 밤바람이
맥주 거품을 말리고 지나갔다.

"형님, 괜찮아요? 서울에서 오랜만에 술 먹는 거죠?"

"응, 간만에 너랑 먹었더니 기분이 좋다."

"형님이 기분 좋다고 말하는 거 참 오랜만인데요. 예전에 일 끝나고

듣던 그 목소리예요. 표정까지 들떠 있던 옛날 그 모습요. 형님이 좋으니까 저도 기분이 좋네요. 그때로 다시 돌아간 것 같아서."

"그러냐? 잘해보자, 정수야."

태석이 미소를 띠며 정수의 어깨를 쓰다듬었다.

"형님, 김동수를 어떻게 할 거예요?"

"죽었는데 뭘 어떻게 해? 그 새끼 내가 죽여버릴려고 했는데."

"그 정도였어요?"

"7년 동안 한 번도 편안하게 잠들어본 적이 없다. 눈만 감으면 아이들의 비명소리가 들렸으니까. 죽이고 싶을 정도로 증오했다는 거지, 사람을 진짜 죽일 수야 있겠냐?"

"근데 형님 화났을 때 보면 정말 그럴 수도 있겠다는 생각이 들 때가 있어요. 걱정될 정도로요. 형님이 참지 못하고 피의자를 죽여버리는 것은 아닌가 하구요."

"미친놈! 아무리 그래도 내가 사람을 죽이겠냐."

"그 정도로 화가 났을 때 형님이 무섭다는 거죠. 그 순한 임춘석씨도 사람을 죽였잖아요."

"옛날 일이야. 사십 대 초반까지는 그랬는데 이제 내 나이 오십이야. 옛날에 가지고 있던 패기도 모두 사라져버렸어. 또 팀장을 하고 나니까 옛날에 상사들에게 덤벼들던 게 다 부질없다는 생각이 든다. 그때 팀장들에게 미안하기도 하고. 나 데리고 있던 팀장들이 힘들었을 것 같다는 생각을 팀장이 되고 나니까 해본다. 그때는 왜 그렇게 무모했었는지 참. 아무튼 걱정해줘서 고맙다."

태석은 정수의 어깨를 두드린 후 맥주를 들이켰다. 시원하게 넘어가는 맥주가 목을 간질였다. 정수의 말대로 사람을 죽일 수도 있겠다는 충동은 이미 두 번 느꼈다. 박창기와 정상규 때 그랬다. 박창기 때는 분노를 넘어 살기 위해 그를 공격했다면 정상규는 분노 그 자체였다. 주변에서 말리지 않았다면 그를 죽였을지도 모른다. 그건 잔혹함이 아니라 잔인한 삶에 허무하게 죽어버린 연인에 대한 연민이었다. 그렇게라도 해야 그녀의 죽음이 가볍지 않을 것 같았다.

"형수님은 만나보셨어요?"

"아직. 별로 만나고 싶은 생각도 안 든다."

말없이 인천으로 이사를 간 것에 맘이 불편했다. 수능 준비 중인 지영이를 생각하지 않고 이사를 한 건 불만을 넘어 화까지 났다. 아이를 생각하는 여자이기는 한 건지.

"그리고 서울에 없어. 인천에 있지."

"왜요?"

"그리 이사를 갔단다."

"지금 지영이가 고3이잖아요."

"내 말이 그거야. 수능이나 끝나고 이사를 갈 것이지. 딸을 생각하는 여잔가 싶다. 어릴 적에는 그렇게 애를 이뻐하더니. 이상하게 지금은 그러지 않는 것 같애."

"지영이가 힘들겠네요. 갑자기 환경이 변해서."

"저번 주에 봤는데 씩씩하데. 다행이지."

"아마, 형님 닮아서 씩씩할 거예요. 남학생 녀석들도 이겨먹을걸요. 아이고, 이제 보니까 지영이가 나하고 형님 술 먹었다고 뭐라고 하겠네. 예전에도 내가 형님하고 같이 술 먹고 있다고 하면 지영이가 화내면서

나 싫다고 했었는데. 형수님은 뭐 말할 것도 없고."

"그때가 언젠데 너를 아직도 미워하겠냐."

"그럼 다행이구요."

집에 늦게 들어간다는 말을 할 때마다 옆에 붙어 있던 게 정수였다.

"방은 지낼 만해요? 뭐 그렇게 깊이 들어갔어요?"

"돈에 맞춰서 거기까지 간 거지. 월세가 왜 이리 비싼 거야? 좀 지내다가 정 불편하면 사무실 옆으로 옮겨야지. 서울 집값 너무 무섭다. 간단히 잠만 자려고 해도 세가 만만치 않아."

"그래도 출퇴근이 편해야죠. 너무 멀어요."

사무실에서 원룸까지의 거리가 상당했다. 집도 구하기 힘들었고 집세도 만만치 않았다. 이렇게 술을 한잔하고 들어갈 때면 무조건 한 시간 이상 걸렸다.

"팀원들은 어때요?"

"팀원들?"

정수가 오징어채를 건네며 물었다. 맥주를 한 모금 마신 태석은 건네준 오징어채를 씹으며 잠시 시간을 끌었다.

"너하고 진욱이는 계속 수사를 하다가 왔으니까 문제가 없는데, 기원이하고 은하는 경력이 짧아서 일을 잘할 수 있을까 싶다. 기원이는 그래도 예전 경력이 있으니까 괜찮을 것 같은데 은하가 문제네. 아무래도 수사에 한계가 있겠지. 경력이 좀 있는 직원으로 선발이 되었으면 좋았을걸 그랬다."

"지원자 중에 경력자들이 꽤 있었을 건데 안 뽑혔네요. 그래도 가르치면서 하면 되죠. 젊으니까 금방 할 거예요. 하고 싶어하기도 하구요. 문제는 얼마나 형님의 의지를 따라오느냐죠. 형님이 밀어붙일 때는 불같잖아요. 집에도 못 들어가게 하고."

"내가 언제 그랬냐? 일 끝나고 쉬게는 해주었잖아."

"쉬게는 무슨 쉬게예요? 바로 또 달라붙었지. 나한테 쉬라고 하는 게 진짜 쉬라고 하는 거예요? 형님은 말만 그렇지 진짜는 그게 아니잖아요. 혼자 일하고 있으면 그건 야 나도 안 들어가니까 너도 들어가지 마 그런 뜻이지. 형님은 일하는데 내가 어떻게 들어가요."

"내가 그랬나? 이제 안 그래. 나이도 있는데. 팀장해보니까 그게 그렇더라. 팀원일 때하고 팀장일 때가 다르더라고. 팀원 눈치를 보게 된다니까. 안 볼 수가 없어. 나 많이 얌전해졌다."

"농담이에요. 형님도 참. 일할 땐 해야지."

정수는 태석이 쩔쩔매는 모습에 웃음이 났다. 웃음이 가시자 정수는 태석 앞으로 의자를 당겨 얼굴을 가까이 가져갔다.

"그런데 형님, 진욱이 있죠. 경대생."

"걔가 왜?"

"걔 조심해야 할 거예요. 형사과장이 심어놓았다는 말이 있어요."

"그게 무슨 말이야? 수사도 오래하고 자부심도 있던데."

"인사과에 동기 놈이 있어서 물어봤는데 처음에 그놈은 명단에 없었대요. 마감이 되었을 때도요. 그러다가 갑자기 그놈이 인사에 끼어든 거죠. 자기 측근은 하나 있어야 할 거 아니에요. 형사과장도 경대생이잖아요. 모임도 같이 한대요. 그리고……"

"그리고?"

정수가 말을 늘어뜨리자 태석도 말을 멈추고 눈을 들어올렸다.

"형사과장이 형님에 대해서 굉장히 집요하게 확인했대요. 징계처분까지 모두. 오늘 상견례할 때 잘 모르는 척하는 거 보고 놀랐대요. 형님에 대해서 그렇게 확인을 했으면서."

"기억 안 날 수도 있지. 당연한 거 아니냐? 원래 윗사람들은 아랫사람 잘 몰라."

"아니, 참나!"

정수는 답답한 듯 맥주를 바닥까지 비우고 캔을 찌그러뜨렸다.

"형사과장이 형님 발령에 반대했다니까. 징계자를 왜 불러들이냐고. 수사할 사람이 형님밖에 없냐고. 그런데 청장실에서 오케이가 내려지니까 어쩔 수 없이 인사를 낸 거지. 대신 형님 감시하려고 그놈을 내려보낸 거라고요. 오늘 상견례 때도 그렇잖아요."

"뭐가?"

"형님한테 경고를 했잖아요. 일 생기면 각오해라, 절대 도와주지 않겠다, 이런 투였어요. 절대 반가워하지 않고 있다니까."

"관리자니까 그럴 수 있지."

"그래도 첫 상견례인데 그건 좀 아닌 거 아니에요?"

"신경 안 써. 내가 언제 그런 거 신경 쓰면서 일했냐. 내가 징계 먹은 거 맞고 지휘부로서도 데리고 있는 게 거북한 거 하루 이틀도 아닌데. 사실 내가 많이 변했는데. 이미지가 한번 그렇게 박히니까 변하지가 않네."

"그래도 조심하라고요. 꼬투리 잡아서 쳐낼지도 모르니까. 또 징계 먹으면 저번보다는 더 셀 거예요. 위에서 어떻게 핑계를 만들어 쫓아낼지 몰라요. 떼 감찰 들이대면 형님 10년 전 사건도 들여다본다고. 뭐든 찾아서 징계 먹일 거라고요."

정수가 걱정스러운 표정으로 당부했다. 태석이 아무리 수사를 잘해도 상관으로선 한번 징계를 받은 직원을 곱게 두고 볼 리 없었다.

"청장실에서 오케이하도록 한 거 박기정 과장님한테 힘써달라고 한 거죠?"

"내가 빽이 어디 있냐. 그 양반 빼고. 무조건 넣어달라고 했지. 아니면 과장님 안 본다고. 주관적인 평가 말고 객관적으로만 선발평가를 해달라고 했지. 그건 자신 있으니까."

"역시 과장님이 의리가 있어. 그때 형님 때문에 그렇게 고생을 했는데도 도와주는 걸 보면. 우리 형님이 그때 일로 미운털만 박히지 않았어도 지금쯤 과장을 하고 있을 건데."

정수는 태석의 발령이 쉽지 않았다는 것을 알고 있었다.

"근데 형님 자신 있어요?"

"자신 있지. 난 한 번도 김동수를 잊어본 적이 없다. 놈은 범인이 확실해. 처음부터 다시 수사를 하겠지만 난 김동수를 중심으로 할 거다. 너는 혹시 모르니까 진욱이하고 같이 김동수가 아닐 가능성에 대해서도 수사를 해봐. 내가 정말로 보지 못하는 부분이 있을 수도 있으니까. 그 놈이 범인이 맞다는 걸 임춘석씨에게 알려줘야지. 변호인도 그걸 확인하고 싶은 것 같더라. 그래야 형량도 낮출 수 있을 테니까."

태석은 자신감을 보였다. 그러면서 실수가 있을지 모르는 부분에 대해서도 인정했다.

"내일부터 어떻게 할 거예요?"

"우선 내일 유미를 먼저 만나봐야겠다. 왜 임춘석의 죄를 뒤집어쓰려고 했는지 알아보고. 유미도 그 정도로 했다면 김동수에 대해 아는 부분이 있을지도 몰라. 그리고 너는 김동수 사건 현장 감식 기록 좀 확보해줘라. 한번 봐야 할까봐. 난 아무리 생각해도 임춘석씨가 김동수를 흉기로 찔러 죽일 정도로 강심장이라고는 생각 안 해. 그 부분도 좀 봐야겠다. 임춘석씨를 확인하다보면 김동수에게서 뭔가 나올 것 같기도 해."

"아이고, 우리 형님 내일부터 바쁘시겠네."

버스를 타고 가는 내내 속이 울렁거렸다. 술을 많이 마시진 않았는데 시골보다 건물과 차들이 많아 머릿속이 더 어지러운 것 같았다. 서울에 왔으니 빨리 적응을 해야 할 텐데. 태석은 휴대전화를 꺼내 손바닥에 올려놓고 계속 만지작거렸다. 지영이한테 전화를 할까 말까. 수업 시간일 텐데. 쉬는 시간에 전화하라고 메시지를 남길까. 술에 취하니 딸의 목소리가 유난히 듣고 싶었다. 통화버튼을 눌러봤는데 받지 않았다.

'수업 중인가……'

버스에서 내려 골목으로 걸어갔다. 가로등이 껌벅거리며 새로 온 주민에게 인사를 했다. 주머니 안에서 휴대전화가 울렸다.

"아빠! 전화했지?"

"수업 중이었어?"

"당연하지. 중간에 받으려고 하다가 중요한 데라서."

"잘했네. 중요한 곳이면 절대 그러면 안 되지. 아빠가 수업을 방해했네. 미안."

지영의 목소리는 피곤해 보이기는 했어도 밝았다.

"아빠는 술 한잔 한 목소린데? 서울 왔다고 정수 삼촌이랑 만나서 너무 많이 마신 거 아니야? 맞지?"

"딩동댕."

"정수 삼촌 의리 있네, 의리 있어. 세월이 그렇게 지났는데도 아직까지 아빠를 챙겨주고. 다음에 만나면 고맙다고 전해줘요."

"그놈은 혼날까봐 걱정하던데. 그게 아니었네. 우리 딸이 다 컸구나. 어른들 이해도 하고."

"그럼. 내가 아직도 어린앤가. 내일모레면 성인인데."

"그렇지. 내년엔 아빠가 우리 지영이 술 한잔 사줘야겠네. 우리 대학생에게."

"어디? 시골에서?"

"아니, 서울이지. 아빠가 오늘 사무실 개소식하고 신고도 했거든. 이제 서울에 계속 있으니까 자주 볼 수 있겠다. 아빠가 시간 나면 보러 갈게."

"뭐 하러. 나도 공부하느라고 바쁜데. 일부러 시간 내서 오지 않아도 돼."

"알았어. 그건 아빠가 알아서 할게. 저녁은 먹었고?"

"응, 야간학습 끝나고 편의점에서 먹었어. 아빠 버스 온다. 다음에 전화할게."

"조심히 들어가고."

전화기 너머에서 지영이 버스 타는 소리가 들려왔다. 태석은 빙긋이 웃었다. 딸과의 전화는 언제나 행복하다.

실종

# COLD CASE 5

**일시 및 장소**
2014. 10. 6. 00:25경 경기도 하남시 유성동 도로상

**실종자**
윤영서(18세, 여, 고2)

**용의자**
발견하지 못함

**개요**
학원을 마치고 집으로 돌아가던 여고생 실종. 아버지의 부재에 대한
스트레스 및 학업 스트레스로 인한 가출 의심. 엄마와 삼촌에게 가출
암시 문자 남김

**특이점**
납치사건으로 수사 진행했으나 범죄연관성 발견되지 않음. 평소
집을 나가 독립을 하고 싶어했다는 친구들 증언. 서울 종로에서
실종자를 본 것 같다는 증언. 이전에 두 차례 가출 경험 있음

**종결**
2015. 2월 가출로 최종 종결. 실종아동등 프로파일링 시스템
등록(여청계에서 관리)

**담당경찰서 및 검찰청**
하남경찰서, 수원지검 성남지청

# 7

수학 학원이 끝나자 집으로 돌아가려는 학생들이 우르르 쏟아져 내려왔다.

"얘들아, 미안한데 조금 전 학원버스가 엔진이 퍼져서 운행이 안 돼. 오늘만 각자 버스를 타거나 택시를 타고 돌아가도록 해라."

그 말을 학원이 끝나고 나서 이야기해주다니. 학생들은 얼굴을 찌푸리면서도 어쩔 수 없다는 듯 투덜거리며 계단을 내려왔다. 한 무더기는 버스정류장에, 한 무더기는 택시승강장에서 각자의 집으로 돌아갔다. 가장 늦게 학원에서 나온 영서는 배가 고팠다. 집 앞에는 편의점이 없었다. 버스 시간이 다 되었지만 편의점으로 가서 컵라면을 샀다. 빨리 먹고 가면 탈 수 있을 것 같았다. 라면 국물까지 비우고 나자 그제야 버스 시간이 촉박하다는 것을 깨달았다. 서둘러 버스정류장으로 뛰어갔지만 마지막 버스는 이미 떠나고 없었다.

'면만 건져먹을걸. 그놈의 국물은 왜 이리 맛있는 거야. 그래도 후회

는 없다.'

애써 스스로 위로하다가도 집까지 걸어갈 생각을 하니 가방을 멘 어깨가 벌써 무거워졌다. 택시를 타고 싶었지만 돈이 부족했다. 빨리 걸으면 이십 분 정도면 집에 갈 수 있었다. 피곤해할 엄마를 택시비 때문에 집 밖으로 불러내는 것도 미안했다. 그러니까 학원에 안 다닌다니깐. 영서는 엄마가 걱정할까봐 전화를 했다. 그런데 엄마는 받지 않았다. 드라마를 보다가 잠이 들어버렸거나 아니면 아빠를 생각하며 소주를 마셨을지 모른다. 욕을 하고 눈물을 찔끔거리다가 지쳐서 잠이 들었겠지. 왜 그렇게 빨리 저세상으로 갔냐고, 나쁜 놈의 새끼가 너무 보고 싶다고 중얼거렸을 것이다. 아니면 외삼촌에게 전화를 걸어 네가 매형을 죽였다고 술주정을 했을지도 모른다. 외삼촌한테 전화를 할까. 혼자 살고 있는 외삼촌은 영서를 끔찍하게 생각했다. 자기 때문에 혼자서 조카를 키워야 하는 누나가 너무 불쌍했기 때문이다. 아빠와 외삼촌은 친형제지간처럼 사이좋게 함께 일을 했었다. 인테리어업체를 운영했고 사업은 순조로웠다. 건물 전체 인테리어라는 큰 계약을 하고 돌아오는 길에 교통사고가 났다. 사고 원인은 외삼촌의 졸음운전이었다. 아빠는 죽고 외삼촌은 살았다. 그 죄책감에 외삼촌은 그날 이후로 결혼도 하지 않은 채 두 사람을 돌봤다. 마치 죄인처럼, 아빠처럼. 그러나 외삼촌이 아무리 잘해줘도 아빠는 아니었다. 아빠가 없다는 아이들의 놀림에 집을 나간 적도 있었다. 영서는 외삼촌에게도 전화를 해봤지만 받지 않았다. 엄마처럼.

자정이 넘어가자 길에 차들이 줄었고 사람들도 보이지 않았다. 전에는 몰랐는데 오늘 보니 길에 가로등이 너무 적었다. 낮에 걸을 땐 금방이었는데. 아는 사람이라도 지나가면 좋을 것 같았다. 담임 선생님이라도. 그때 검은색 세단이 느린 속도로 다가와 창문을 내렸다.

"학생, 양성파출소가 어디지?"

인상이 좋아 보이는 아저씨가 미소를 지으며 물었다.

"양성파출소요? 거기 왜요?"

파출소 뒷골목이 영서의 집이었다.

"우리 딸이 거기 있다고 해서. 학생은 어디 학교 다녀? 우리 딸하고 교복이 같은 것 같은데."

"하람여고요?"

"맞네. 우리 딸은 하람여고 2학년인데. 오현지라고 혹시 알아? 현지 아빤데."

"오현지? 들어본 것 같기도 한데. 저도 2학년이라서요."

"그래? 몇 반?"

"2반요."

"우리 딸은 6반이야. 반이 달라서 그런가보다. 현지가 친구를 만나러 갔다가 버스가 떨어져서 무섭다고 파출소를 찾아갔나봐. 학생도 버스 떨어진 거 아니야?"

"그렇기는 한데……"

"그쪽 방향으로 가는 거 아니야?"

"그쪽이 집이긴 한데요. 내비게이션 없어요?"

"고장이 나서. 고쳐야 하는데 바쁘니까 잘 안 되네."

같은 방향이라는 말에 속으로 쾌재를 불렀지만 경계를 늦출 수는 없었다. 그런데 친구 아빠라면 그렇게 무섭지 않을 것 같았다. 오히려 영

161

서는 아빠라는 말에 가슴이 뛰었다. 언젠가 다른 친구들처럼 아빠 차에 타보고 싶었다. 아빠가 있었더라면 저렇게 마중 나왔을 텐데.

"그래? 아저씨랑 같이 갈까. 파출소로 우리 딸 데리러 가면서 내려줄게. 파출소까지만 아저씨를 데려다주면 고마울 것 같은데. 거기 경찰관 아저씨들한테 학생 늦었으니까 데려다주라고 말도 해주면 좋을 것 같고."

그의 다정한 말에 영서의 경계가 풀렸다. 아빠들은 다 저런 거구나. 딸을 걱정하고 아껴주는 게 우리 아빠도 아마 그럴 것 같았다. 더구나 파출소만큼 안전한 곳도 없다. 늦은 시간 그곳을 지날 때면 경찰관 아저씨들이 빨리 들어가라고 걱정을 했었다.

"음…… 알았어요."

남자는 친절했고 다정했다. 아빠 같다는 착각에 빠지려는 것을 간신히 붙잡았다. 우리 아빠도 살아계셨다면 아저씨처럼 마중을 나왔을 거예요. 영서의 얼굴은 그렇게 말하고 있었다. 조수석 위에 놓인 가족사진이 참 다정해 보였다. 영서는 앞좌석 문을 열고 차에 올랐다. 아빠라고 생각하고 옆에 타자 차 안이 따뜻하고 포근했다.

엄마는 새벽에 깼다. 안방에서 드라마를 보다가 깜빡 잠이 든 게 너무 늦어버렸다. 시간은 벌써 2시가 넘어가고 있었다. 딸이 들어오는 것도 모르고 잠을 자다니. 영서를 기다리면서 먹었던 소주 반병에 잠이 너무 깊이 들어버렸다. 늦게 온 딸이 배가 고플 텐데 간식도 챙겨주지 못한 게 미안했다. 들어왔으면 거실에 불이라도 끄지. 엄마는 거실로 나가 불을 껐다. 그리고 영서가 잘 자는지 확인하러 방으로 들어갔다.

경찰은 새벽 5시에 거실로 들어왔다. 엄마는 경찰을 보자 영서를 찾은 듯 눈물부터 보였다. 경찰은 우선 주변을 모두 뒤져보았지만 딸의 흔적을 찾을 수 없다고 말했다. 그리고 엄마와 외삼촌에게 전달된 메시지에 집중했다.

　—엄마, 공부가 너무 힘들어. 이제 못할 것 같아. 미안해.
　—삼촌 미안해요. 찾지 마세요.

　모두 새벽 1시가 넘어서 전달된 메시지였다. 엄마는 영서가 그런 메시지를 보낼 이유가 없다고 부인했고 경찰은 참고하겠다고 했다. 학원 원장과 싸우고 들어온 외삼촌도 그 메시지에 동의하지 못하기는 마찬가지였다. 버스가 고장이 났으면 가족에게 알려줬어야지라고 새벽에 원장을 쫓아가 멱살을 잡은 외삼촌은 경찰서까지 갔다가 돌아왔다. 경찰은 우선 주변을 다시 수색해보고 가출신고와 함께 수사를 진행해보겠다는 설명을 남기고 돌아갔다. 영서는 돌아오지 않았다.

*

　아침 일찍 출근한 태석은 오은하 형사를 데리고 유미를 만나기 위해 그녀의 집 근처로 찾아갔다. 유미는 오랜 방황을 끝내고 부모님과 함께 살았던 동네로 들어가 살고 있었다. 옛 모습은 모두 사라졌어도 가족이 함께 살던 동네만큼 유미를 편안하게 해주는 곳은 없었다.
　"유미야, 아저씨 하태석 형사야. 기억하니?"
　"네, 기억하고 있어요."

"아저씨가 한번 만나고 싶은데."

"……"

유미는 바로 대답을 하지 않았다. 침묵이 길어졌다.

"듣고 있니?"

"꼭 만나야 해요? 이제 모두 끝났는데."

"글쎄. 한번 물어보고 싶은 게 있어. 정말 끝이 난 건지 아저씨도 확인을 하고 싶어서."

"그럼 옐로우 커피숍으로 오세요. 동네에 있거든요."

유미가 남긴 끝났다는 말이 멀게 느껴졌다. 정말 끝난 것일까. 어쩌면 유미에게는 그럴지도 모른다. 김동수가 죽었으니까.

"아무래도 유미가 여자니까 나 혼자 있는 것보다 오 형사가 옆에 있는 게 심리적으로 안정이 될 거야. 혹시 유미의 감정이 흐트러지거나 무너지면 오 형사가 위로를 해주면 좋겠어."

"네, 팀장님. 그런데 유미씨가 힘들게 살았다고 하던데요."

"음, 동생이 실종되고 부모님이 모두 자살을 했어. 이모 집에 들어가 잘 사는 줄 알았는데 그게 아니었던가봐. 너무 어려서 이모에게 부모님 유산을 모두 빼앗기고 쫓겨났고. 경제적으로 어렵게 되니까 사채를 빌려 쓰다가 밤업소까지 나가 일을 했던 거고. 혼자서 살려다가 빚에 쪼들려서 어쩔 수 없는 선택이었던 것 같애. 보호자 없이 어린 나이에 혼자 감당해야 할 무게가 너무 가혹했던 거지. 어릴 적 부모라는 울타리는 절대적이야. 보니까 폭력전과도 몇 개 있던데. 살아남기 위해 사나워진 거지."

"질문을 해도 될까요?"

"감정을 크게 건드리지 않는다면."

"오늘 확인할 건 뭔가요?"

"김동수가 살해된 현장에 유미가 있었어. 당시 상황하고 유미가 알고 있는 김동수의 정보가 무엇인지 확인하려는 거야."

"네, 알겠습니다."

서무만 보던 오 형사는 사건 현장에 뛰어든 것처럼 격앙돼 있었다. 그리고 경찰학교 때부터 이야기를 들어오던 태석과 함께 차에 오르자 더 감동을 먹은 듯 보였다.

"팀장님을 경찰학교에서부터 알고 있었는데요."

"그래? 어떻게?"

"교수님이 현장수사 예를 들 때 팀장님 사건을 가지고 했었거든요."

"배울 게 별로 없을 건데."

"아니에요. 얼마나 멋있게 생각했는데요."

"다행이네."

태석은 멋있다는 말에 별로 신경 쓰지 않는 모양이다.

"은하는 고등학교 때 아빠랑 대화 많이 했나?"

"네? 고등학교 때요? 아니, 별로요. 공부만 하느라고."

"그래, 우리 딸은 그럼 기특한 거네. 전화도 자주 해주고 문자도 남겨주는데. 고3이거든."

"고3인데도요? 대단한데요."

"내가 상처를 많이 주었는데 너무 기특하게 잘 자랐어. 그래서 너무 고마워."

"따님 이야기하니까 팀장님 얼굴이 확 밝아졌어요."

"그런가? 그런 것 같기도 하네."

얼굴이 밝다는 말에 생각을 해보니 정말 그런 것 같았다. 지영을 생각하면 항상 미소가 지어졌던 것 같다. 둘은 고3 여학생의 생활에 대해 이야기를 이어갔다.

늙은 은행나무가 노랗게 물이 들고 있었다. 경사로 아래에 작은 커피숍이 은행나무와 함께 있었다. 7년 전 주변을 수색하던 그때는 작은 구멍가게였었다. 아이들을 찾던 기동대원들이 음료수를 사먹던 모습이 떠올랐다. 문을 열자 조용한 올드팝이 둘을 맞았다. 가게는 작았고 테이블이 몇 개 없었다. 창가 쪽으로 자리를 하고 유미를 기다렸다. 잠시 후 경사진 골목길에서 아래로 내려오는 유미가 보였다. 화장기 없는 얼굴에 가벼운 트레이닝복을 입고 모자를 눌러쓴 채였다. 유미가 가볍게 목례를 하고 자리에 앉았다.

"오랜만이네. 그동안 잘 있었니?"

"네."

유미의 대답은 짧았다.

"뭐 먹을래?"

"저는 괜찮아요."

"괜찮기는. 뭐라도 먹어야지."

"……아무거나."

목소리는 목 안으로 기어들어가고 있었다.

"먹고 싶은 거 골라봐."

"……"

유미는 메뉴판을 보고도 말이 없었다.

"유미씨, 그럼 카페라테 어때요? 점심 전이니까 부드러운 걸로."

166

"네."

형식적인 대답이었지만 그거라도 고마웠다. 오 형사는 태석이 부여한 임무에 충실했다.

"아버지 돌아가실 때 보고 처음이구나. 그때도 말랐었는데. 살이 더 많이 빠졌네."

"……"

"힘들게 지냈다는 이야기는 이번에 들었어. 혼자서 많이 힘들었다고."

"……"

"그동안 어떻게 지냈는지는 경찰서에서 진술한 걸 봤다. 힘들 때 아저씨한테라도 연락을 하지 그랬니?"

"아저씨도 힘들었잖아요."

"나야 뭐…… 하지만 너는 어렸잖니."

"어렸죠. 어렸으니까 참고 있었던 거예요. 바보같이. 어른이었으면 참지 않았겠죠."

"그렇게 말하는 걸 보니 정말로 힘들었구나."

"……"

유미는 다시 말이 없었다. 가족을 잃고 나서의 삶은 설명하기 쉬운 일이 아니었다. 벨이 울리자 오 형사가 커피와 카페라테를 가지고 자리로 왔다. 그녀는 두 사람의 대화에 끼어들려 했지만 서로의 진지한 모습에 입을 닫았다. 침묵이 흐르다가 먼저 말을 이어나간 건 태석이었다.

"내가 온 이유는……"

"아저씨 때문이잖아요."

유미가 바로 대답했다. 그녀의 머릿속에는 그날의 임춘석이 지워지지 않고 있었다.

"맞아. 아저씨가 김동수를 죽였다는 것은 이미 확인이 됐고, 검찰도 그걸로 기소를 했어. 그런데 너는 왜 그랬니?"

"저도 죽이고 싶었으니까요."

"그걸 나에게 말해줄 수 없겠니? 너의 그 감정하고 네가 김동수를 죽이기 위해 실행했던 일들 말이야. 그리고 왜 네가 죽였다고 허위자백을 한 건지."

태석의 물음에 다시 침묵이 이어졌다.

"제가 죽였다고 진술한 건…… 그때는 그래야 할 것 같았어요. 저만 힘이 든 줄 알았고 저만 복수를 하려는 줄 알았거든요. 그런데 그날 그곳에서 아저씨를 보았어요. 아저씨도 똑같이 아파하고 있었다는 것을 알았던 거죠. 나만 아픈 줄 알았고 다른 사람은 모두 잊었을 거라고 생각했었거든요. 그게 아닌 걸 깨달은 그 순간 아저씨가 불쌍하고 처량했어요. 그래서 어차피 제가 죽이려고 했으니까 제가 한 거라고 했어요."

유미는 태석을 바라보다가 창밖으로 시선을 옮겼다.

✱

밤이 되면 항상 선미가 찾아왔다. 언니가 보고 싶다고 울면서 찾아와 유미의 옆에서 잠을 자고 돌아갔다. 살아 있었다면 성인이 다 됐을 나이지만 선미는 여전히 초등학생이었다. 어느 날은 엄마가 찾아왔다. 배가 아프다면서 잠만 잤고 잠에서 깨어나면 다시 배가 아프다고 울었다. 엄마가 돌아가면 아빠가 찾아왔다. 아빠는 몸이 너무 흉하다며 집에 들어오지 않고 문 앞에서 기웃대기만 했다. 얼굴을 보고 싶다고 해도 아빠는 문 뒤에서 대답했다. 다 같이 찾아온 날은 없었다. 죽어서도 가족들은 모일 수 없었던 모양이다. 수면제와 술을 먹어야만 간신히 몇 시간이라도 잠들 수 있었다. 그때마다 선미와 부모님은 울고 있었고 그래서 유미도 따라서 울었다. 언제까지 울어야 할지 그 끝을 알 수 없었다. 가족은 해체됐고 다시 모이지 못했다. 모두 개새끼 김동수 때문이다. 그 새끼를 죽이지 않으면 잠이 들 수 없을 것이고 동생과 엄마 아빠는 계속 울면서 찾아올 것이다. 그래서 죽이기로 했다. 그놈을 만나면 어떻게 죽여야 할까. 그 생각에만 빠져 살았다. 엄마는 어떤 약을 먹고 죽은 걸까. 약을 먹여 죽이는 방법도 생각해보았다. 인터넷을 뒤져 약을 찾아보자 자살 예방사이트로 접속이 되었다. 죽고 싶어하는 사람들이 검색을 했던 모양이다. 높은 곳에서 떨어뜨려 죽이는 것은 어떨까. 아빠가 떨어졌던 것처럼.

김동수에 대해 만나는 언니들과 가게 삼촌들에게 물었다. 그중에 몇이 그놈을 알았다. 그놈은 주로 강남에 나타나고 어리고 예쁜 아이들만 찾는다고 했다. 특히 어려 보여야 한다고 했다. 언니들의 소개로 유미는 강남에 있는 업소 두 군데 면접을 보았다. 그날 머리를 짧게 치고 옷도 캐주얼하게 입어 최대한 어려 보이도록 했다. 두 곳 모두 출근을 하라고 했다. 그중에 유미는 하나를 선택했다. 너같이 어린애를 좋아하는 변태새끼가 있거든, 이라는 말이 유미를 잡았다.

"언니, 혹시 김동수라구요. 어린아이들만 좋아하는 사람이 있다던데."

"그 나이 든 변태새끼!"

"그 사람 알아요?"

유미의 말에 언니들은 돌아가며 한마디씩 했다.

"그놈도 나이를 먹는지 요즘 뜸하기는 하지만 교복 입혀서 보내라는 그 새끼 모르면 여기서 일한 적 없는 사람이지. 얼마나 어린아이들만 찾는다구. 동영상도 이상한 것만 가지고 다니고. 그거 보여주고 따라하라고 하고. 그 새끼하고는 파트너 안 하는 게 좋아."

"진짜 변태야. 이상한 동영상 되게 많아. 나도 한번 만나봤어. 그놈하고 함께 나가지 마라. 교복 입혀서 오게 하니까. 돈 준다면서 이상한 짓 시켜. 돈이면 다 되는 줄 아는 새끼야."

"그 새끼 팁 많이 준다고 현금가지고 장난하다가 나중에는 주었던 돈도 뺏어가는 놈이야. 완전 쓰레기 양아치지. 술값도 얼마나 깎아대던지. 그 새끼 같이 오는 사람들만 아니면 쳐다보지도 않을 텐데."

"누구랑 같이 오는데요?"

"높은 사람들이래. 사장이 꼼짝 못 해."

"근데, 너 그 사람을 어떻게 알아?"

"아니, 그냥요. 어디서 들어서."

"너는 바로 초이스 되겠다. 어려 보이잖아."

그곳에서 일한 지 넉 달 정도 됐을 때였다. 술에 취한 남자 셋이 느끼한 얼굴을 하고 가게로 들어왔다. 유미는 그를 대번에 알아보았다. 경찰서 복도에서 마주쳤던 새끼. 동생을 죽이고도 유유히 복도를 빠져나갔던. 조금의 반성도 없고 미안함도 없이 빠져나갔던 그 새끼, 김동수였다. 시끄럽게 울려대던 음악도 사람들의 노랫소리도 그 순간 모두 멈췄다. 온몸에 소름이 돋고 뼈가 아려왔다. 몸은 놈의 얼굴을 또렷이 기억하고 있었다. 놈의 옆으로 두 명이 더 있었다. 방으로 지수 언니와 선경 언니가 함께 들어갔다. 예상했던 대로 김동수는 유미를 선택했다.

"손이 예쁘네."

"……"

놈의 손이 유미의 손등에 올려졌을 때 소름이 돋았다. 놈이 선미를 만질 때도 저런 말을 했을까. 얼굴이 화끈거렸고 손은 떨려왔다. 놈은 유미가 대답을 하지 않아도 신경 쓰지 않았다. 놈이 허벅지에 손을 넣었을 때는 헛구역질이 났다. 하지만 이걸 참아내야 놈을 죽일 수 있다고 최면을 걸었다. 룸에서 나와 대기실로 갔다. 가방 안에 칼이 있는지 확인했다. 손에 잘 맞았고 심장을 뚫고 들어갈 만큼 길고 날카로웠다. 그리고 수면제를 갈아놓은 봉투도 확인을 했다. 놈에게 몰래 수면제를 먹이고 잠이 들게 한 다음 그의 심장에 칼을 꽂으면 끝이었다. 그것이 여의치 않는다면 그냥 찌를 것이다. 심장이 튀어나올 듯 뛰기 시작했다. 칼이어서 놈의 심장을 찌르라고 소리치는 것 같았다. 칼이 든 가방을 메고 방으로 돌아갔을 때 김동수와 남자들이 모두 사라져버렸다. 잠시 동안무슨 일이 있었는지 유미는 알 수 없었고 기회는 무너져버렸다. 다시 찾아올 줄 알았던 그놈은 오지 않았다. 그렇게 몇 달이 흘렀다. 죽일 수 있었던 기회가 사라지자 무작정 기다릴 수는 없었다. 그래서 찾아나섰다. 놈이 있는 곳으로 유미가 찾아가면 되고 거기서 다시 죽이면 되는 거였다. 가게를 옮겨가며 김동수를 찾았다. 여전히 유미의 가방에는 칼과 수면제가 놈을 죽이기 위해 기다리고 있었다.

다시 1년이 흘렀다. 그리고 드디어 유미 앞에 김동수가 나타났다. 이미 많이 취해 있었다. 놈은 유미를 또다시 자기 옆으로 앉혔다. 놈의 취향은 변하지 않았다.

"손이 예쁘네."

놈은 똑같은 말을 하고 허벅지에 손을 넣었다. 전과 같이 소름이 돋았고 헛구역질이 났다.

"이름?"

"선미예요."

"가명이냐?"

"아니요."

개새끼. 자기가 죽인 아이 이름도 모르다니. 그 예쁜 이름이 네가 죽인 내 동생이야, 개새끼야. 놈을 바라보는 눈에서 핏물이 새어나오는 것 같았다. 놈의 심장으로 칼을 집어넣으면 끝이었다. 놈은 심장을 부여잡고 살려달라고 하겠지만 유미는 더 깊이 칼을 밀어넣을 것이다. 아무리 발버둥쳐도 칼은 심장으로 더 깊이 파고들 것이고 손을 쳐내도 절대로 놓치지 않을 것이다. 자비는 절대 없을 것이고 잔인함만 있을 것이다. 경찰이 오면 순순히 양손을 내밀어 수갑을 받을 것이다. 제가 동생과 부모님을 죽인 변태새끼를 죽였어요.

"회장님은 사람 죽여봤어요?"

놈에게 물었다.

"사람? 죽여봤지."

"몇 명이요?"

"두 명."

"여자요?"

"여자지."

"몇 살 먹은 여잔데요?"

172

"……"

놈은 고개를 돌려 유미를 쳐다보았다. 얼굴이 변해 있었다.

"술이나 따라. 시발년아! 오버하지 말고. 술맛 떨어지게 미친년이."

"죽여본 적도 없으면서……"

"이런 미친년……"

놈은 말이 없어졌다. 술이 취했다고 자백을 할 리 없었다. 유미는 대기실로 가 칼이 든 가방을 가지고 서둘러 돌아왔다. 보자마자 망설이지 않고 바로 심장을 찌를 것이다. 그리고 물을 것이다. 네가 죽인 두 명이 누구냐고. 그런데 그사이 놈이 방을 나가버렸다. 얼굴이 달아오른 그녀는 소리를 질렀다. 카운터로 뛰어 달려갔다. 그러나 놈은 없었다. 또다시 죽일 기회를 잃어버리자 미칠 듯 화가 나 눈물이 났다. 1년을 찾아다니다 오늘 겨우 다시 만났는데. 그냥 룸에 있던 포크로라도 찔러 죽였어야 했는데. 바보 같은 년이다. 유미는 쏟아지는 눈물을 닦아내며 화장실에 앉아 오열했다. 오늘 밤에도 선미와 엄마 아빠가 찾아와 울고 갈 것 같았다.

"선미야, 안에 있니?"

"……네."

"여기서 뭐해? 한참 찾았잖아."

"언니, 왜요?"

"너 울어? 무슨 일 있니? 그 새끼가 변태 짓 했어?"

"……아니요."

마담이 유미의 속을 알 리 없었다.

"너, 조금 전 김 회장님이 2차 신청했는데. 너한테 말 안 하고 갔니?"

"네?"

"집으로 오라고 했는데 돈은 이미 받았어. 어떻게 할래? 내키지 않으면 그냥 두고. 2차 안 나가는 건 아는데 전부터 네가 말을 했어서. 마음 없으면 다른 사람 보낼게."

"아니요. 갈게요."

"정말? 그럼 대기실에 교복이 있거든. 그거 입고 나와. 삼촌한테 준비하라고 할 테니까."

다시 찾아온 기회를 놓칠 수 없었다. 끝날 때까지 끝난 게 아니었다. 서둘러 눈물을 닦고 가방을 챙겼다. 그리고 놈이 입기를 바란다는 교복을 대기실에서 갈아입었다. 영락없는 여고생이었다. 밖으로 나오자 업소 삼촌이 봉고차를 대고 있었다. 깊은 숨을 들이쉬고 차에 올랐다.

"그 새끼, 변태야. 이상한 짓 많이 시킨다. 끝나고 팁은 좀 줄 거야. 네가 몰라서 처음 따라가는 것 같은데, 돈 많이 준다고 함부로 따라가지 마. 그놈 만나고 일 그만둔 아이도 있어."

"삼촌은 그 새끼 잘 알아요?"

"조금."

"왜 그걸 이제 말해요? 내가 얼마나 찾았는데."

"무슨 말이야?"

"……"

왜 진즉 그에게 김동수에 대해 물어볼 생각을 못 했을까.

"내릴 거면 지금 내려."

"아니요. 갈 거예요."

그 새끼 오늘 죽이려구요. 유미의 입안에서 계속 그 말이 맴돌았다.

놈의 빌딩에 가까워지자 차는 서서히 속도를 줄였다.

"저기 빌딩 7층 꼭대기에 오피스텔이 있다. 바로 들어오게 현관문을 조금 열어놓는다고 했으니까, 열린 곳이 있는지 찾아봐. 끝나면 전화해. 데리러 올게."

"아저씨……"

유미가 혼잣말로 누군가를 불렀다.

"뭐?"

"아니요."

업소 삼촌이 말하는 동안 차창 옆으로 도망치듯 빠져나가는 사람이 있었다. 같은 아픔을 가진 사람이 옆을 지나면 그 아픔이 그대로 느껴지기도 하는 걸까. 그는 임춘석이었다. 그를 보자 유미의 마음이 아려왔다. 그도 여전히 시간이 흘러도 아픔은 아물지 않았던 모양이다. 그런데 왜 저 빌딩에서 나왔지? 그를 쫓아가 물어보기에는 시간이 많지 않았다. 유미는 임춘석이 사라진 어두운 도로를 뒤돌아 바라보다가 건물로 들어갔다. 이제 끝낼 시간이다.

관리실에서 휴대전화를 보고 있던 경비원이 눈길을 한 번 주고는 다시 휴대전화로 시선을 돌렸다. 그는 자정이 넘은 시간에 나타난 교복 입은 여학생에게 관심이 없었다. 엘리베이터에 올라 7층으로 향했다. 문이 열리고 복도로 나오자 오피스텔은 4개가 있었다. 그중 하나에 현관문이 반쯤 열려 있었다. 현관문을 닫을까 하다가 닫지 않았다. 빨리 도망치고 싶었고, 문이 닫히면 감금당하는 느낌에 불안해질 것 같았다. 신발을 벗고 안으로 들어갔다. TV 화면에 포르노가 틀어져 신음소리가 울리고 있었다. 가운데에 소파가 있고 너머에 침대가 있었다. 침대 주변으

로는 가벽이 설치되어 분위기를 방처럼 해놓았고 그 뒤로 욕실이 있었
다. 안쪽 와인바 테이블에는 술잔이 두 개 놓여 있었다. 유미는 술에 수
면제를 타기 위해 그곳으로 갔다. 그런데 놈이 너무 조용했다. 이리 오
라든지 언제 왔냐든지 물어야 하는데 그러지 않았다. 벌써 잠들었나?
느낌이 싸했다. 가까이 다가갔을 때 피 냄새가 코끝을 찔렀다. 유미의
스타킹에 놈의 피가 스며들었다. 놈은 침대 위에 쓰러져 피를 흘리고 있
었다.

'아저씨!'

놈이 왜 피를 흘리는지 알 것 같았다. 터져나오는 눈물과 오열을 참
아낼 수 없어 비명을 질렀다. 시체를 보니 겁이 났고 그곳을 서둘러 빠
져나왔다. 도망치듯 택시를 잡고 숙소로 왔다. 손이 떨리고 심장이 요동
쳤다. 옷도 갈아입지 않고 밤을 새웠다. 숨이 빨라졌고 눈동자는 한곳을
주시하지 못하고 거칠게 흔들렸다. 아침이 되자 경찰이 찾아왔다. 유미
는 밤새 생각한 대로 말했다.

"제가 김동수를 죽였어요."

경찰은 그녀를 체포했다.


*


유미는 라테 대신 물을 한 모금 들이켰다. 목을 타넘기는 소리가 안타
깝게 들렸다.

"제가 죽었어야 했다고요. 아저씨가 아니라."

끝내 그녀가 오열했다. 오 형사가 옆으로 가 그녀의 어깨를 두드려주

었다. 태석도 그녀의 감정이 가라앉기를 기다리며 밖으로 시선을 돌렸다. 은행잎이 더 짙어지고 있었다.

"그래, 이해해. 네가 얼마나 그 새끼를 죽이고 싶어했는지 아저씨가 알 것 같다. 그런데 유미야, 나올 때 아무것도 건드린 것은 없니?"

"아니요. 아무것두요. 그냥 도망쳐 나왔어요. 죽어 있는 사람을 보니까 너무 무서웠어요. 피도 많았고요."

"아저씨가 죽인 거라고 확신했던 이유가 있니?"

"아저씨도 저처럼 아픈 사람이잖아요. 2년 전에 아줌마를 보러 잠시 갔다가 만났었어요. 그런데 아줌마가 저를 알아보지 못하시더라구요. 저를 미순이라고 불렀으니까요. 얼마나 가슴이 아팠는지 몰라요. 그때 아저씨가 김동수를 찾고 있다고 했어요. 아저씨가 아줌마를 저렇게 만든 놈을 죽일 거라고. 그러면서 칼도 보여줬어요."

검정 플라스틱 손잡이에 칼날이 얇고 길었던 그 칼을 유미는 잊지 못하고 있었다. 그녀가 가지고 있던 칼도 같은 모양이었다.

"그런데, 거기에 김동수가 살고 있다는 것을 어떻게 알았을까?"

"그건 저도 잘 몰라요. 아저씨가 알겠죠."

"또 아는 건 없니?"

"아저씨가 범죄피해실종자협회에 가입했다고 했어요. 저도 같이 가자고……"

"그래서?"

"저도 몇 번 갔어요. 상담도 받았었고요."

"상담?"

"네, 열심히 살라고요. 뭐든 도와주겠다고. 상담하셨던 아저씨도 저와 같은 나이의 가족을 잃었다면서요."

"그래, 오늘 시간 내줘서 고맙다. 힘들겠지만 꿋꿋하게 이겨내길 바란다. 너마저 잘못되는 것을 부모님은 바라지 않을 거야. 아저씨가 선미를 꼭 찾아줄게. 어떤 모습으로 돌아오든 기다려줄 수 있겠지? 절대 다른 생각 하지 말고."

"하지 않아요. 동생이 올 때까지 저는 기다릴 거예요. 그리고 열심히 살고 있다는 모습을 부모님께 보여드릴 거고요."

말은 그렇게 했지만 돌아가는 그녀의 뒷모습이 쓸쓸해 보였다. 유미는 김동수를 죽이지 못한 것을 후회하지 않았다. 다만 자신이 죽었어야 했다고, 아저씨가 아니라.

"유미 만나보니 어땠어?"

"너무 안타깝죠. 불쌍하고. 모두 죽고 혼자 남았잖아요. 아까 돌아가는 뒷모습을 보는데 또 혼자라는 게 느껴졌어요. 저렇게 외롭다가 다른 생각을 하면 어쩌나 하는 생각도 들었고요."

"충분히 그럴 수 있어. 사는 의미가 사라졌으니까."

어쩌면 김동수가 살아 있어서 유미가 그동안 버텨왔던 것일지도 모른다. 놈을 죽이는 것이 목표였지만 이제 그 목표가 사라져버렸기에 가족이 있는 곳으로 가고 싶다는 선택을 할 수도 있었다.

"그래서 그렇게 말씀을 하셨군요. 선미를 찾아주겠다고. 기다리라고요."

너무 오래되어 백골이 되었을지 모르지만 그래도 동생의 시신을 찾는 것을 유미가 목표로 하기를 바랐다. 그래야 끈을 놓지 않을 테니까.

"그때 김동수를 기소해서 넘겼더라면 달라지지 않았을까라는 생각을 해봐. 부모님들도 죽지 않았을 것이고 유미도 저렇게 힘들게 살지 않아도 됐겠지."

"저도 힘을 보탤게요, 팀장님. 가끔씩 제가 유미씨에게 연락해서 응원을 할게요. 그런데, 김동수에 대한 소득이 별로 없는데요."

두 사람의 대화를 모두 들었던 오 형사는 김동수에 대한 정보가 부족했다는 것을 지적했다.

"아니, 상당히 많은데. 첫째 유흥업소에서도 김동수가 어린아이를 좋아한다는 소문이 있었다는 것. 그러니까 그 새끼는 일종의 변태 성향이 있어. 소아성애. 경찰 조사를 받고 그 성향을 숨기고 있었던 거야. 둘째, 변태 동영상을 본다는 거야. 놈의 휴대전화를 확보해보면 단서가 있을 거야. 거기에 아이들에 대한 정보가 있을 수 있다고 봐. 셋째, 김동수가 만나는 사람들이 있다. 그 사람들을 찾아서 확인해볼 필요가 있어."

"아, 팀장님 말씀 들어보니까 많이 있네요."

태석이 사무실 쪽으로 차를 몰았다. 어느덧 퇴근 시간이 되어가고 있었다.

자백

# COLD CASE 6

**일시 및 장소**
2014. 4. 16. 23:30경 경기도 시흥시 구역동

**실종자**
양경숙(45세, 여, 무직)

**용의자**
김원정(49세, 전남편, 전과 없음)

**개요**
여고 동창모임을 마치고 차를 모임 장소에 그대로 둔 채 사라짐.
전남편과 재산문제로 다툼이 있어 전남편을 상대로 수사를 했으나
연관성 확인하지 못함. 남자관계 없음

**특이점**
이혼 등으로 우울증 약을 복용하고 있어 자살 의심. 실종자 거주지
주변 야산, 물왕저수지, 은행천변 등 수색했으나 미발견

**종결**
2015. 10월 미제사건으로 종결. 자살 목적 가출로 추정.
실종아동등 프로파일링 시스템 등록(여청계 관리)

**담당경찰서 및 검찰청**
경기도 시흥경찰서안산지청, 수원지검

# 8

모임이 그렇게 늦게 끝날 줄 몰랐다. 잠깐 앉아 있었던 것 같은데 여고 동창들 다섯이 모이니 자정이 훌쩍 넘어버렸다. 간단하게 한잔하자던 소주를 두 병 넘게 비웠고 입가심으로 맥주도 세 병이나 마셨다. 모임을 주선한 것은 경숙이었다. 그녀는 남편과 이혼을 하고 혼자된 지 5년째였다. 아이도 없었다. 신혼 때부터 그렇게 갖고 싶었던 아이는 중년이 될 때까지 생기지 않았다. 그래도 남편은 경숙을 지극히 사랑해주었다. 그런 남편을 위해 경숙은 아이를 갖기 위해 백방으로 노력했지만 모두 허사였다. 실패가 계속될수록 먼저 지쳐간 사람은 남편이었다. 아이가 없어도 자기만을 바라봐줄 거라고 믿었던 남편은 점점 밖에서 보내는 시간이 많아졌고 그녀는 점점 외로워졌다. 일을 해보려 해도 경력이 단절된 지 10년이 훨씬 넘어 엄두도 내보지 못했다. 그래도 남편이 있으니까. 경숙은 그렇게 믿었다. 그러나 그 믿음은 산산이 부서져버렸다. 이미 그에게는 네 살 된 아들이 있었다. 아이 엄마는 남편의 첫사랑이라고 했고 그녀는 아이를 안고 찾아와 이혼을 요구했다. 그래도 남편은 경숙의 편을 들어줄 줄 알았다. 그 여자의 일방적인 생각일 거라고. 그러나 남편은 예전의 남편이 아니었고 스스럼없이 이혼서류를 경숙에게 내밀었다. 버티는 것은 미련한 짓이라며 남편은 위자료로 아파트와 보유한 주식 반을 양도해주겠다고 했고 그 이상은 양보할 수 없다는 경고까지 하고 집을 나갔다. 경숙은 잠을 자지 못했고 술은 마셔도 취하지 않았다. 전화기를 붙잡고 울고불고 해봐도 남편의 마음은 달라지지 않았다. 경숙은 어쩔 수 없이 남편을 놓아주었다. 오히려 아이와 잘 살기를 기원하며 그의 제안을 받아들였다. 그렇게 경숙은 남편의 외도로 홀로서기를 할 수밖에 없었다. 다행인 건 5년이 지난 지금 아파트 가격이 배로 뛰었고 가지고 있는 것조차 잊고 있었던 주식은 그 이상으로 몇 배의 수익을 내고 있었다. 어느새 경숙은 돈 많은 돌싱녀가 되어 있었다. 다만 남편이 그때 주었던 아파트와 주식을 돌려달라고 매달리는 것이 골칫거리이기는 했다. 예전엔 그렇게 멋지고 자상해 보였던 남편이 지금에 와서는 치졸하고 쪼잔해 보였다. 그런데 술에 취할 때마다 쪼잔한 그놈이 너무 보고 싶다는 건 더 서글픈 일이었다.

경숙은 술에 취한 친구들을 모두 택시에 태워 집으로 보내주었다. 기사에게 친구를 집까지 잘 보내주라며 택시비에 웃돈까지 쥐어주었다. 모두 집으로 보내고 나자 한순간에 술기운이 올라왔다. 간신히 버티고 있던 정신이 혼미해지고 몸이 제대로 말을 듣지 않았다. 대리를 불렀는데 기사는 나타나지 않았다. 여자 기사는 늘 모자랐다. 남자 기사에게 차를 맡기는 게 내키지 않았다. 차를 두고 택시를 타고 갈까. 친구들을 보낼 때는 바로바로 지나가던 택시도 이제는 나타나지 않았다. 그녀는 버스정류장으로 향했다. 남편이 있었으면 마중을 나왔을 텐데. 바람나기 전까지는 늘 그랬었다. 술을 마시고 있으면 먼저 와서 주변에서 기다리고 있었고, 친구들까지 집에 태워다주던 사람이었다. 갑자기 그때의 그런 남편이 그리워지기 시작했다. 아파트와 주식을 달라는 핑계로 나를 다시 만나고 싶어하는 것은 아닐까. 주식을 준다고 하면 다시 돌아오지 않을까. 휴대폰을 뒤적여 남편의 전화번호를 찾았다. 아직도 그는 '사랑하는 내 남편'으로 저장돼 있었다. 그 낯익은 번호를 뚫어져라 보던 경숙은 갑자기 눈물이 났다. 깊은 곳에 억눌려 있던 감정을 감춰주기에는 술이 너무 무기력했다. 사랑하는 남편이 이제는 '사랑했던 남편'이 되어 있었기에 차마 통화버튼을 누를 수 없었다. 어깨까지 들썩이며 눈물이 나는 것을 간신히 참아가며 정류장 벤치에 앉았다. 밤바람이 눈물을 말려주기를 기다렸다. 그는 나를 버렸고 새로운 가정에서 다른 여자와 살고 있어. 아이도 있고. 정신 차려 양경숙! 미련 멍충아. 그녀가 그렇게 자기최면을 걸고 있을 때였다. 멀리서 남편의 차가 다가오고 있었다. 남편이 법원에 나타날 때 타고 왔던 그 검은색 세단이다. 서서히 경숙의 앞으로 다가와 멈추더니 스르르 창문이 내려졌다.

"여보!"

"어?"

남편이 그녀를 불렀다. 내가 여기 있는 줄 어떻게 알고 나타났을까. 남편은 예전의 다정한 얼굴로 그녀를 쳐다보고 있었다. 그녀가 웃었다. 하마터면 큰 소리로 울 뻔했다. 술에 취하지 않았다면 당장이라도 달려가 끌어안고 싶었고, 그의 넓은 가슴에 안기고 싶었다. 그런데 남편의 얼굴이 점점 변해갔다. 물끄러미 계속 바라보자 그 얼굴이 남편이 아니라는 걸 알았다. 여보 소리도 잘못 들었다는 걸 깨달았다. 경숙은 흐릿

해지는 남자의 형체에게서 조금 물러나다가 잠이 들었다. 친구들이 부어준 술이 그녀를 더 깊이 더 깊숙한 곳으로 끌고 내려갔다. 버스정류장 의자가 푹신푹신하게 느껴질 때가 있다니. 안마의자에 누운 듯 편안했다. 잔잔한 음악 소리가 들렸고 엉덩이와 등에 은근하게 온기도 올라왔다. 그녀는 남편의 차에 타고 있었고 남편은 손을 꼭 잡아주며 어두운 곳으로 차를 몰고 있었다. 경숙의 눈에서 눈물이 새어나왔다.

양경숙이 실종됐을 때 전남편은 제1용의자로 올라 수사를 받았다. 그러다 혐의를 확인할 수 없다며 사건은 그대로 종결되었다. 경찰로부터 면죄부를 받은 그는 민사소송을 진행했다. 실종된 그녀가 아파트와 주식을 양도하기로 약속을 했으니 이제 넘겨받아야 한다는 거였다. 증거로 술에 취한 그녀의 대화를 녹취록으로 제출했다. 그는 4년째 실종상태인 아내를 상대로 재산 반환소송을 진행 중이다. 경찰은 남편이 실종과 관련이 있는지 의심했지만 증거를 찾지 못했다. 그리고 법원은 아직 아내가 사망을 했다는 증거가 없고 녹취만으로 양도를 한 것으로 볼 수 없다며 전남편의 손을 들어주지 않았다. 그러자 그는 경찰을 찾아가 아내가 죽었다는 증거를 찾아달라고 요구했다. 살아 있는 아내를 찾아달라는 게 아니었다.

\*

정수는 과수대 직원에게서 현장감식결과서와 현장 이미지자료를 파일로 받아왔다. 폴더에는 현장을 담은 영상과 수백 장의 사진이 있었는데 건물 전체와 출입구부터 거실, 와인바, 욕실, 안방과 서재를 차례로 촬영한 것이었다. 거실은 집 안의 반 이상을 차지할 정도로 넓었으며 벽면에 대형 벽걸이TV와 소파가 있고 그 너머로 가벽을 세우고 침대가 마련되어 있었다. 태석은 유미가 진술했던 내용 그대로 그녀의 시선을 상상하며 김동수의 숙소를 살펴나갔다. 김동수는 침대에 누운 채로 사망했다. 칼은 왼쪽 가슴 깊숙이 들어간 채 꽂혀 있었다. 몸부림쳤던 흔적도 침대 위에 남아 있었다. 피가 흥건한 손으로 침대보를 붙잡고 허우적거린 것으로 보였다. 가벽에도 손자국이 남은 것을 보면 침대에서 일어서려고 했던 것 같았다. 몸싸움 가능성도 있었지만 김동수의 손톱 밑에서 다른 사람의 유전자는 발견되지 않았다. 유미가 용의자 선상에서 제외된 이유도 알 것 같았다. 유미의 몸에 나 있던 멍자국은 전날 손님과의 몸싸움 때문이었던 것으로 확인되었고, 또 칼을 심장 깊이 밀어넣기에는 유미의 힘이 모자라 보였다. 유미와 임춘석의 진술을 토대로 상황을 그려보면 임춘석이 먼저 들어와 김동수를 살해하고 빠져나간 후 유미가 들어가 이를 보고 도망을 나온 것이 되었다. 현장 사진으로 보아 충분히 설득력이 있었고 의심할 만한 내용은 없었다.

증거품 목록은 흉기와 술잔 그리고 김동수의 소지품 정도가 다였다. 흉기에서 발견된 임춘석의 지문은 결정적 증거였다. 그런데 컴퓨터와 휴대전화가 없었다. 왜 없지? 증거품 목록이 잘못되었나? 김동수의 행적을 확인할 수 있는 가장 중요한 자료가 거기에 있을 텐데. 태석이 가장 확인하고 싶었던 것이 휴대전화 또는 컴퓨터 같은 저장매체였다. 태석은 사건을 직접 다루었던 박진욱 형사에게 전화를 걸었다. 시간은 저녁을 넘어서고 있었다.

"진욱아!"

"네, 팀장님. 무슨 일이시죠?"

자신을 부르는 태석의 날 선 목소리에 박 형사가 긴장했다.

"증거품 목록을 보고 있는데 노트북과 휴대전화가 없어. 왜 그렇지?"

"어디에서도 노트북은 발견되지 않았습니다. 휴대전화도요."

"노트북이 있었을 흔적이 있잖아? 공유기가 있던데."

"유족에게 물어도 모른다고 하고요. 휴대전화가 있을 것으로 생각하고 당연히 저희도 수색을 해보았는데 없었습니다. 그래서 숙소에 들어갈 때 잃어버린 게 아닌가 결론했습니다."

"당연히 있었는지 없었는지 철저히 확인을 해야지! 휴대전화도! 거기에 뭐가 있을 줄 알고!"

태석의 목소리가 갑자기 올라갔다.

"그런데 갑자기 왜?"

"내가 했던 옛날 사건만 뒤져서 잘못된 부분을 찾을 것이 아니라! 이 사건도 똑바로 했어야지! 휴대전화를 찾아보지도 않았단 말이야? 컴퓨터도?"

"팀장님, 갑자기 왜 그러시는지 모르겠는데요. 당황스럽습니다. 갑자기 전화하셔서 이게 무슨 말입니까. 그것이 없어도 임춘석을 기소하는데는 아무 문제가 없었습니다. 그리고 제가 팀장님의 사건을 보는 것하고 이게 무슨 상관인데요?"

박 형사는 황당한 반응을 보이면서도 물러서지 않았다.

"왜 문제가 없고 왜 상관이 없어? 휴대전화에 어떤 내용이 있을 줄 알고? 그럼 통신자료도 뽑아보지 않았겠네. 마지막 통화가 누구하고 있었는지도."

"네, 말씀드렸잖아요. 그것 말고도 임춘석을 기소하는 데는 아무 문제가 없었다구요. 구속을 했을 때도 검사가 아무 트집을 잡지 않았습니다."

태석의 목소리가 갑자기 커지자 덩달아 박 형사도 톤이 올라갔다. 자신의 수사에 잘못이 없다는 입장을 계속해서 고수했다.

"검사가 트집 잡지 않았다고 네가 한 게 이상이 없다는 게 아니잖아. 검사도 그 부분을 못 짚었거나 무시했을 수도 있어. 그 정도는 기본으로 확인을 했어야지."

"지금 손님하고 있는데 내일 이야기하면 안 될까요?"

"……"

"팀장님?"

"그렇게 해."

전화를 끊었다. 전화통화 중에 화를 참지 못한 것에 태석은 자책했다. 그러지 말아야 하는데. 나이 들면서 많이 줄긴 했지만 여전히 욱하는 성질이 남아서 사람과 관계가 틀어질 때가 종종 있었다. 미안한 생각이 자꾸 들었다. 내일 사과를 해야겠다. 그렇게 정리를 하자 마음이 좀 편안해졌다. 휴대전화와 컴퓨터에 대해서는 이제라도 확인을 하면 되는 거였다. 다시 정수에게 전화를 넣었다.

"정수야, 그때 현장에 곧바로 갔지?"

"어디요?"

"김동수 말이야. 건물 경비원 신고받고 바로 갔잖아."

"그렇죠. 저희 팀이 갔었죠."

"현장에서 압수할 때 너도 참여했냐? 압수자가 너는 아니던데."

"압수에는 관여하지 않았는데요. 저는 그때 주변 탐문하느라구요."

정수는 경비원 양천수를 만나고 있었고 이후에는 건물 밖 CCTV를 찾아다니고 있었다. 거기다 유미가 검거되고 광수대로 사건이 넘어가 확인할 필요가 없었다.

"컴퓨터와 휴대전화가 있었을 거야. 그걸 찾아야 할 것 같다."

"광수대에서 확인하지 않았을까요?"

"진욱이한테 확인해봤는데 안 했다고 하네."

"그래요? 제가 내일 현장에 갔던 직원들에게 확인해볼게요."

태석은 전화를 끊고 나서도 계속 현장사진들을 들여다보았다.

'이 자국이 뭐지? 드링크제 자국 같은데.'

가벽 위에 물기로 만들어진 동그란 자국이 남아 있었다. 마치 드링크제를 마시고 겉에 흘린 내용물이 병을 타고 내려와 바닥에 흔적을 남긴 것 같았다. 뭔가 있었던 것은 분명한데 거기에 대한 보고서는 따로 존재하지 않았다. 물컵을 올려놓았던 걸까. 물컵이라고 하기엔 너무 작았고 맞는다고 하더라도 싱크대로 가든지 테이블 위에 있어야 하는데 보이지 않았다. 사진을 모두 확인해봤지만 맞는 것이 없었다. 뭔가 있었는데. 다음날 이루어진 2차 감식사진에는 그 자국이 없어져버렸다. 누가 지운 거라기보다는 저절로 말라 사라진 게 맞을 것 같았다. 분명 거기에 뭔가 있었는데 그것에 대한 조사는 없었다. 감식을 했던 직원들도 범인이 확인된 사건에 더 이상 집중하지 않았을 것이다. 왜 이걸 아무도 신경 쓰지 않았지. 사진을 띄워놓고 밤을 지새웠다. 아침에 진욱이 출근하자 태석은 어제 일을 사과했다.

＊

오전 8시가 되자 과장과 팀장급 이상 간부들이 모여 회의를 했다. 전날 취급했던 상황과 오늘 해야 할 일, 앞으로 추진해야 할 일들을 브리핑하는 자리였다.

"저희 광역수사대에서 썬라이즈클럽에서 발생한 집단 폭행사건과 마약류 취급 여부에 대하여 마포서에서 올라온 첩보를 확인해 수사를 진행하고 있습니다. 이 주 전에 룸에서 일어난 사건에 연예인이 연루됐고 성폭행도 있었다는 내용이 있어서 함께 확인을 하고 있습니다."

"저희 마약수사대도 같은 클럽에서 마약이 유통되고 있다는 첩보가 있어서 광수대와 함께 진행하고 있습니다. 그곳 종업원들이 엑스터시를 손님들에게 나누어주고 그걸 먹은 여자 손님이 성폭행을 당했다는 증언이 있습니다. 그곳에서 유통되는 엑스터시가 하루에만 수천만 원어치가 넘을 것으로 보입니다."

사건을 맡고 있는 광수대 2팀장이 사안을 설명했고 마약수사대장도 같이 진행 중이라는 설명을 했다. 이어서 지수대에서도 브리핑이 이어졌다.

"저희 지수대에서는 전국적으로 늘어나고 있는 사무장병원에 대하여 확인 중에 있습니다. 서울 지역에만도 사무장병원으로 의심되는 병원이 오십 개 이상 존재합니다. 현재 조사 중인 병원이 두 군데 있으며 기소를 하는 데는 문제가 없을 것 같습니다."

지수대에 이어서 과학수사대와 사이버수사팀도 브리핑을 마쳤다. 회의는 각 과장들이 팀장들에게 사건처리에 신중을 기하라고 당부하며 마무리되었다.

"아, 미제전담팀은 어떤가? 일을 시작한 지 며칠 되었는데. 좀 진전이 있나?"

갑자기 형사과장이 태석을 바라보고 물었다. 모두 자리에서 일어나려 엉덩이를 뗴었다가 다시 자리에 앉았다. 시선이 일제히 태석에게로 향했다. 태석도 일어나려다 엉거주춤 다시 앉았다. 갑작스런 질문과 사람들의 시선에 태석은 어색한 듯 뒷목을 긁었다. 아직 이렇다 할 성과를 보지 못하고 있는데다 인원수도 다섯 명밖에 되지 않는 부서라 존재감이 없었다. 수십 명씩 되는 다른 수사대에 비해 미미한 존재이기에 태석은 자리도 가장 구석에 앉아 있었다.

"네, 저희 팀은 일을 시작한 지 며칠 되지 않아서 그렇게 드러나는 실적은 없습니다. 다만 김동수 살인사건에 확인할 부분이 좀 있어서 그걸 좀 들여다보고 있습니다. 그러다 보면 장기미제사건인 미순과 선미의 사건에 실마리가 있을 것으로 생각합니다. 이상입니다."

"잠깐만 하 팀장. 김동수 사건에 확인할 부분이 있다는 게 무슨 소리지? 우리 광수대에서 이미 종결한 사건인데."

광수대장이 못마땅한 듯 태석을 바라보며 지적했다. 행여라도 과장이 광수대의 수사가 미진했다는 것으로 받아들일까 염려스러웠다.

"사건이 잘못되었다고 말씀드리는 게 아니고요. 확인되지 않은 몇 가지가 있어서 그것을 들여다보겠다는 것입니다. 아마 구속사건이라 송치하는 데 시간이 촉박해서 그런 것 같습니다."

"그 말이 그 말이잖아. 확인하지 않은 게 있다니. 하 팀장, 좀 그런 거 아니야? 마치 우리 수사가 잘못된 것처럼 말을 하는데 범인을 단 하루

만에 검거해서 구속 송치한 거라고."

광수대장은 태석의 대답에도 불만을 계속 털어놓았다.

"광수대장 그만해. 하 팀장이 시골에서 올라온 지 얼마 안 되서 적응 중이라 그럴 수 있어."

"아, 죄송합니다. 미처 그 생각을 못했네요. 시골."

광수대장이 시골이라 이해가 된다며 비웃듯 미소를 남겼고 다른 대장들도 같이 웃었다.

"하 팀장은 대답에 신중하게. 시골에서는 다른 팀들 수사에 관여를 했는지 몰라도 여기서는 그러지 않도록 해. 이미 마무리가 된 사건이 잘못된 것으로 오인할 수 있으니까. 다시 한번 더 말하지만 언론에 노출되지 않도록 신중을 기하라고. 민감한 사건이야."

"네, 알겠습니다."

광수대장이 사건을 추궁하려 하자 형사과장이 마무리를 지었다. 그러나 광수대장은 화가 풀리지 않은 듯 회의실을 빠져나가는 내내 태석을 뚫어지게 바라보았다. 태석의 뒤통수가 뜨거워졌다.

사무실에 돌아오자 직원들이 회의에 다녀온 그를 기다리고 있었다. 태석은 회의 시간에 있었던 일을 직원들에게 전하지 않았다. 시골을 강조하며 비웃던 그 상황을 설명할 필요는 없었다. 대신 직원들을 모두 자신의 컴퓨터 모니터 앞으로 불렀다.

"미제팀 시작할 때 난 김동수가 아이들의 실종사건에 범인이라고 확신한다고 했어. 그래서 사망한 김동수를 확인하다보면 실마리를 찾을 수 있을 거라고 했고."

"그렇죠."

정수가 대답했다.

"내가 며칠 동안 현장사진을 받아서 분석을 해봤는데 확인할 부분이 총 세 가지 있다."

"세 가지나요?"

정수가 많다는 의미로 물었다.

"이를 가장 정확히 확인해줄 수 있는 사람은 정수와 진욱이다. 왜냐면 정수가 최초 현장진출자이고 진욱이는 사건담당자였으니까."

정수와 진욱이 입을 굳게 다물고 고개를 끄덕였다.

"먼저, 김동수 휴대전화와 컴퓨터가 확보되지 않았어. 진욱아, 그것을 확보하지 않은 게 네 판단이었던 거야 아니면 누가 지시를 한 거야?"

"그건……"

진욱을 곧바로 대답하지 못했다.

"제가 판단한 겁니다. 구증을 하는 데 아무 문제가 없었으니까요."

"그래, 그렇게 판단을 했다면 어쩔 수 없지. 그러나 다음부터는 절대 놓쳐서는 안 돼. 피의자가 왜, 무엇 때문에, 어떤 상황으로 그렇게 됐는지를 명확히 뒷받침할 필요가 있어. 이번엔 살인에 의심이 없었기 때문에 검사도 지적하지 않았겠지만, 그렇지 않았다면 반드시 확인했어야 할 내용이야."

"네."

진욱은 짧게 대답했다.

"그럼, 우리 일을 보자고. 휴대전화와 컴퓨터에 아이들 자료가 있을 가능성이 충분히 있다고 봐. 증거가 아무것도 없는 지금 우리에게는 그게 가장 중요해. 다음으로 임춘석과 유미의 진술을 토대로 한다면 김동

194

수의 피는 안쪽에만 있고 현관 쪽으로는 없어. 현장감식에서도 현관에선 없었어. 그런데 경비원 양천수씨는 현관에서 피를 보고 들어갔다고 진술했어. 경비원의 진술에 오류가 있다는 말이야. 그런데 그걸 확인하지 않았어. 왜 경비원 양천수가 김동수의 주거지로 들어갔는지 다시 조사가 필요해. 다음 마지막으로 김동수의 주거지 현장을 보다가 발견한 확인되지 않은 자국이 있다. 진욱이와 정수는 여기에 이 동그라미를 좀 봐봐. 뭔지 알겠어?"

모니터에 사진을 진욱과 정수는 유심히 바라보았다.

"저건 확인하지 않았는데요."

"형님, 저도 저거는……"

태석은 다시 사진 한 장을 더 꺼냈다. 그건 건물 앞에 유일하게 있는 CCTV였다. 그건 김동수가 들어오는 시간을 확인하기 위해 찍어놓은 사진이었다. 그러나 태석은 시간보다 그의 손에 집중했다.

"김동수가 들어올 때 손에 뭔가 들려 있어. 뭐로 보이지?"

"글쎄요. 휴대폰 같기도 하고. 병 같기도 하고. 잘 모르겠는데요."

화면을 확대해도 흐려서 정확히 무슨 물체인지 알 수 없었다.

"그런데, 뭐가 문제가 있죠? 그의 손에 뭐가 들렸는지는 사건에 큰 영향이 없는데요. 임춘석은 칼로 김동수를 찔러 죽였습니다. 그건 팩트라구요."

"칼로 찔러 죽였다는 것에 나도 의문이 없어. 임춘석씨가 자백까지 했으니까. 다만 세 번의 주저흔 같은 상처가 왜 생겨났을까 하는 게 의문이기는 하지. 더구나 부검결과를 보면 김동수의 혈액에서는 향정신성의 약품 플루니트라제팜이 검출됐어. 집에서 같은 성분의 약이 발견되기는 했지만 현장사진을 보면 어디에도 그 약을 먹은 흔적이 없어. 수면제로 처방을 받기는 했어도 그 양이 의미 있는 수치에 미치지 못해. 진욱이가 작성한 보고서에는 평소 가지고 있던 약을 먹은 것으로 추정된다고 했지만, 먹은 것으로 추정되는 약 봉지는 발견되지 않았어. 국과수 내용으로 보면 김동수가 가지고 있던 약 한 봉지를 먹어서는 그 수치가 나오지 않아. 최소 세 봉지를 한꺼번에 먹어야 나오는 수치야. 김동수는 약에 취해 있었어. 술도 먹었겠지만 임춘석이 들어오고 그를 죽일 때까지 아무것도 하지 못했지. 그가 약에 취해 잠들기를 바란 사람이 있을 수도 있다는 말이야."

진욱은 입을 다물고 침묵을 이어갔다.

"형님, 조력자가 있다는 말인가요?"

태석의 목소리가 커지자 정수가 끼어들었다.

"가능성이 없지는 않아. 김동수가 죽는 것을 바라는 사람이 또 있을 수도 있다는 말이야."

"팀장님, 저희 수사는 임춘석씨 사건을 다시 하는 게 아니잖아요. 아이들 실종사건입니다. 그 사건은 이미 검찰에 송치되어 재판 중이라구요."

"알아. 하지만 다시 살펴볼 필요가 있다는 거야. 임춘석씨를 재수사하는 것이 아니라 김동수를 살펴보자는 거지."

진욱은 자신의 수사를 다시 검토하려는 것에 거부감을 보였다. 그러나 김동수를 확인하기 위해서는 어쩔 수 없다는 데 공감했다.

"진욱이는 내 자료 모두 확인해봤어?"

"거의 다요."

"어때? 아직도 김동수가 범인이 아니라고 생각하니?"

"오늘 모두 확인하고 답변드리겠습니다."

태석은 다시 현장사진을 들여다보았다. 그러고는 직원들에게 지시를 내렸다.

"정수는 컴퓨터와 휴대폰이 어떻게 사라지게 된 건지 확인해봐. 당시 현장에 갔던 팀원들과 과학수사반들까지 함께 만나보라고. 진욱이와 은하는 경비원이 왜 그렇게 진술을 했는지 확인하고. 그리고 기원이는 CCTV를 좀 확인해주겠어? 아무래도 그쪽에 전문가니까."

숙제를 받은 직원들이 모두 사무실을 빠져나갔다.

＊

정수는 강남경찰서로 향했다. 손에는 박카스 한 박스가 들려 있었다. 미제팀으로 오면서 인사를 제대로 하지 못해 미안하기도 했다.

"아이고, 형님 어서 오세요."

"어쭈, 지방청 미제전담팀에서 오셨네? 우리 팀도 미제 많이 가지고 있는데 몇 건 줄까?"

"형님, 어쩐 일이세요?"

정수의 방문에 팀원들은 반가운 듯 격하게 반응했다.

"정수 얼굴 좋다. 미제팀은 할 만하냐?"

자리에 앉아 있던 팀장이 일어나 정수와 악수를 나누었다. 상의도 없이 지원한 것이 서운하면서도 아쉬웠다.

"팀장님이 제 걱정을 워낙 많이 해주시니까요. 말없이 지원해서 죄송합니다."

"내가 너를 언제 걱정했어? 그래도 미안한 줄은 아네. 그래, 어쩐 일이야?"

"김동수 때문에요."

그날 현장을 나갔을 때 휴대전화를 발견하지 못했던 사정이 있었는지 물었다. 증거품 수집에 대해서는 팀장이 주도를 했었다.

"그날, 현장에서 수집한 증거품은 범행 도구하고 김동수가 걸친 가운이 전부였지. 술잔 몇 개하고 말이야. 사건하고 관련된 게 그것뿐이었잖아."

팀장이 당시 증거품이 많지 않았던 이유에 대해 설명했다.

"너도 그때 봤지만, 현장에 휴대전화는 없었어. 우리가 계속해서 찾아봤지. 컴퓨터도 마찬가지야. 인터넷 연결여부를 봤을 때 와이파이를 잡아 사용한 노트북이 있었을 것으로 추정이 되기는 하지. 그런데 없었어. 있었는지도 확실하지 않고. 정기적으로 왕래하는 사람도 없어서 확인하지 못했지. 청소하는 아줌마도 들이지 않았으니까. 숨기고 싶은 게 많은 사람이었나보지."

"집을 전부 수색했었죠?"

"그렇지. 과수직원들이 들어가 일일이 확인 다 했잖아. 없었어. 근데, 그게 뭐 문제가 되었냐? 임춘석을 기소하는 데는 아무 문제 없을 건데."

"문제없죠."

"임춘석씨 집을 찾아봐. 가져갈 사람이 누가 있겠어. 임춘석씨 말고. 그런데 그걸 왜 들여다봐? 광수대에서 어련히 잘 해결했을라구. 수사 잘하시는 양반네들인데."

팀장은 사건을 빼앗긴 감정을 숨기지 않았다.

"우리 팀장이 그 사건에 한 맺힌 사람이거든요."

198

"그래도 너무 집착하는 거 아니냐? 그거 병이다. 고향에서 오래 있었다면서 뭐 하러 다시 서울로 올라와. 실적 내기도 어려운 부서에. 그때 안 됐는데 지금은 되겠냐? 된다고 쳐도 지금 현직에 그 형사들 그대로 일하고 있는데. 그때 수사 왜 그렇게 잘못했어요, 이렇게 물어볼 거야? 옛날 사건 다 잊고 살고 있는데 다시 끄집어내는 것도 인권침해야. 너희 팀장 그거 병이다, 병."

"병 맞아요. 해결이 돼야 낫는 병이죠. 갈게요."

정수는 소득 없이 사무실을 나왔다. 없어진 것인지 아니면 처음부터 없었던 것인지는 확인할 수 없었다.

현장에 출동한 팀 중에는 현장감식팀도 있었다. 정수는 서울청 과학수사대로 향했다. 문 앞에 다다르자 기자들 몇이 찾아와 인터뷰 중에 있었다. 사건이 발생했을 때 현장상황을 생생하게 전하기 위해 감식팀 관계자와의 인터뷰를 방송하기도 했다. 카메라를 켜고 마이크를 든 기자는 팀장으로 보이는 직원과 인터뷰 중이었다. 어쩔 수 없이 정수는 후배인 규석을 밖으로 불러냈다. 현장사진을 준 것도 그였다. 규석은 전화를 핑계로 밖으로 나왔다. 그도 자리에 앉아 있던 게 불편했던 모양인지 정수의 허리를 밀며 1층 휴게실로 내려왔다.

"너, 내 핑계됐지?"

"뭘요?"

"무슨 일인데 사무실에서 도망쳐 나오는 거야? 나를 핑계로."

"답답해서요. 6년 전 사건인데 잘못된 감식으로 직원이 자살을 했다고 국가를 상대로 소송을 했는데 얼마 전 대법원에서 승소를 했거든요. 잘못된 수사에 대해 국가가 배상을 하라구요."

규석은 답답하다는 듯 커피에 얼음을 우걱우걱 씹어댔다.

"그게 뭔 소리야? 무슨 사건을 감식했는데?"

"뉴스 안 봤어요? 포털에 기사 떴는데요. '억울한 경찰관 마지막 한 풀었다'라고요."

"그래? 그게 너희하고 무슨 상관인데?"

"자살했잖아요. 6년 전에 그 경찰관이."

"경찰관?"

규석은 6년 전에 있었던 경찰관 애인 살인사건을 떠올렸다. 일선 현장에 있다가 감식을 해보겠다고 지원해 들어온 지 두 달 만에 일어난 사건이었다. 당시 피의자인 유 순경은 형사 생활을 오래했던 아버지의 권유로 경찰에 들어와 지구대 근처 원룸에 살고 있었다. 그에게는 결혼을 약속한 여자친구가 있었다. 두 사람이 사귄 지 오래되었기에 유 순경의 부모님은 여자친구인 나영이를 며느리처럼 대해주었고 특히 아버지는 더없이 그녀를 예뻐했다. 나영이도 경찰을 준비하고 있었기에 아버지는 곧 경찰서에 며느리가 들어온다고 자랑까지 하고 다닐 정도였다. 그런데 나영이가 계속해서 시험에 떨어지자 두 사람 사이에 조금씩 갈등이 생겨나기 시작했다. 유 순경이 여자동기들과 시간을 보내는 것도 마음에 들지 않았고 같이 순찰차를 타는 여자선배도 못마땅했다. 그럴 때마다 시험이나 합격을 하라고 잔소리를 하는 유 순경이 야속하기만 했다. 합격하지 못하면 결혼을 하지 않겠다는 웃음 섞인 으름장은 마치 진짜인 것처럼 느껴졌다. 그런 그녀가 원룸에서 사망했다. 더구나 그녀는 임신 4주였다. 당시 제1용의자는 남자친구인 유 순경이었다. 옆방 사람이 밤새 다투는 소리를 들었다는 진술이 그를 범인으로 가리켰다.

나영이와 다투다가 자정이 넘어 밖으로 나간 유 순경은 부모님의 집에서 자고 아침에 지구대로 출근했다. 화를 풀어주려 몇 차례 전화를 했지만 그녀는 받지 않고 메시지에도 답장이 없었다. 미안한 마음에 저녁거리를 사들고 들어갔다. 그녀는 여전히 침대에 이불을 둘러쓰고 누워 있었다. 선배 여경과는 아무 사이가 아니며 그냥 회식을 하다가 옆자리에 앉아 잠깐 이야기를 했을 뿐이라고 설명을 해도 그녀는 대답이 없었다. 찬거리를 정리하고 저녁을 준비하는 동안에도 마찬가지였다. 왜 꿈쩍도 안 하지? 이상한 생각에 이불을 걷었을 때는 그녀가 사망한 지 이미 열다섯 시간 넘게 지난 후였다. 현장에 출동한 형사들은 신고자였던 유 순경을 살인혐의로 체포했다. 전날 애인과 다투다가 뺨을 몇 차례 때리고 목을 민 적이 있다는 말이 결정적이었다. 그리고 나영의 손톱 아래에서 나온 DNA는 유 순경의 것이었으며 그의 팔에는 손톱자국이 나 있었다. 국과수 부검 결과도 이를 뒷받침하듯 경부압박질식사라고 결론 내렸다. 유 순경은 화가 나서 목을 몇 차례 민 적이 있다고 진술했고, 그 말은 목을 조른 것을 인정한 것으로 받아들여졌다. 집 안에서 누구의 것인지 확인되지 않은 쪽지문이 나왔지만 유죄를 뒤집을 만한 증거가 되지는 못했다. 1심에서 폭행치사죄가 적용되어 징역 6년이 선고되었다. 죽일 의도는 없었으나 그의 폭행으로 사망을 했다는 것이다. 아버지는 아들의 무죄를 입증하기 위해 백방으로 노력했다. 변호사를 선임하고 증거를 찾고 담당수사팀에 아들이 범인이 아니라고 설득을 했지만 통하지 않았다. 휴직을 하고 진범을 잡겠다고 나서기도 했다. 1심에서 유죄가 확정되었어도 좌절하지 않았다. 오히려 아들을 다그치며 맘을 단단히 먹기를 바랐다. 그런 아버지의 노력으로 2심에서 판결이 뒤집혔다. 새로 선임한 변호인은 적극적으로 아들의 무죄 입증에 최선을 다했다. 그 결과 아들은 애인의 사망과의 연관성을 인정할 수 없다며 무죄를 선고받고 즉시 석방됐다. 그러나 돌아와야 할 아들은 돌아오지 못했다. 교도소에서 복역하고 밖으로 나온 아들은 스트레스를 이겨내지 못했다. 차라리 풀려나지 않았더라면 아들이 죽지 않았을 텐데. 아들은 자기 때문에 그녀와 배 속의 아이가 죽었다는 죄책감에 아파트에서 뛰어내렸다. 사십구재를 지내고 돌아오던 차 안에서 아버지는 오열했다. 진범이 잡혔다는 소식은 아들이 죽고 나서 들려왔다. 진범이 따로 있을 거라 그렇게 외쳤었는데. 아들이 교도소에 가 있는 동안, 자살을 결심하는 동안 그놈은 잘 먹고 잘 자고 잘 살았겠지. 아버지는 놈이 용서가 되지 않았다.

남자는 원룸과 여관을 털어 먹고사는 절도범이었다. 그날도 원룸을 털기 위해 거리를 서성였다. 자정이 넘어 불이 꺼지고 방주인이 차를 타고 사라지자 남자는 건물로 들어갔다. 그는 곧장 관리실로 향했다. 번호키가 잠겨 있는데도 거침이 없었다. 안으로 들어간 남자는 서랍을 열어 키 뭉치를 꺼냈다. 남자는 그곳에서 일을 했었다. 기계를 다룰 줄 모르는 주인할머니는 남자가 설정해놓은 번호를 바꾸지 않았고 돈을 아끼겠다고 CCTV도 설치하지 않았다. 남자는 키를 들고 유 순경의 방을 자기 방처럼 열고 들어갔다. 침대에 여자가 있었지만 남자는 알아채지 못했다. 의자에 걸린 잠바를 입어보자 몸에 꼭 맞았다. 옷을 입고 가져갈 만한 물건이 있는지 살피고 있을 때 여자가 깨어나 일어났다. 가로등 불빛에 비친 남자는 유 순경이 아니었다. 여자가 비명을 지르려고 하자 남자는 달려들어 그녀의 목을 졸랐다. 순식간이었다. 아무도 없을 거라고 생각했던 방 안에서 여자를 보고 깜짝 놀란 순간 벌어진 일이었다. 잠시 몇 초였던 것 같은데 여자는 몸부림을 치다가 힘없이 늘어졌다. 잠바를 붙잡은 손이 아래로 떨어졌다. 남자는 그대로 도망을 쳐 밖으로 나왔다가 다시 안으로 들어가 여자를 이불로 덮어놓았다. 마치 이불을 머리 위까지 올리고 잠을 자는 것처럼. 그리고 유 순경의 잠바를 벗어 의자에 도로 걸쳐놓고 나왔다.

얼마 지나 뉴스에서는 남자친구가 여자를 죽인 것으로 결론이 나 있었다. 죄를 뒤집어쓴 경찰관이 불쌍해도 자수할 맘은 없었다. 경찰이면 애인을 더 잘 돌봤어야지. 그렇게 두고 가니까 죽는 거야. 남자는 대수롭지 않았고 미안하지도 않았다. 다만 혹시 잡힐까 한동안 밖을 나가지 않고 집 안에만 있었다. 그러다가 절도를 다시 시작한 것은 외려 불안한 마음을 떨쳐버리기 위해서였다. 다시 물건을 훔치자 그때의 기억과 불안이 사라졌다. 그러다가 전처럼 사람이 있는 것을 모르고 원룸에 들어갔다가 현행범으로 체포되어 경찰서로 연행되었다. 그는 이번이 처음이라고 착한 얼굴로 형사들을 올려다보았다. 그러나 형사들은 그의 지문을 경찰청 증거분석실에 보내 미제 현장에서 나온 쪽지문들과 비교감정을 의뢰했다. 총 세 곳에서 확인이 불가능했던 쪽지문이 남자의 것과 일치한다는 결과가 나왔고, 그중에 유 순경의 원룸이 있었다.

유 순경은 대법원에서 무죄확정 판정을 받았다. 그리고 억울한 옥살이도 국가가 배상을 하라는 판결을 받아냈다. 아버지는 죽은 유 순경을 찾아가 미안하다는 말을 남겼다. 아들은 나영이와 함께 사진 속에서 웃고 있었다. 두 사람은 죽어서 하나가 되었다. 그놈만 아니었으면 경찰 부부가 되어 있을 그 웃음이 아버지는 너무 아팠다. 아버지는 아들을 살인범으로 몰아간 경찰관들에게 사과를 받아냈다. 그들의 늦은 사과에 그는 오열했다. 그러나 진범에게는 아무런 사과를 받지 못했다.

"그래서 지금 그때 감식했던 너네 팀장을 인터뷰하는 거냐? 그때 감식을 잘못해서 유 순경이 자살을 했다고?"

"네, 식탁 위에서 쪽지문이 하나 나오기는 했는데 그때는 그렇게 신경을 쓰지 않았죠. 형사팀도 백 프로 유 순경이 범인이라고 생각을 했으니까요. 번호키로 잠긴 그 방에는 당연히 두 사람만 있는 거지, 거기다 그 쪽지문은 원룸에 놀러 온 친구들 것이거나 아니면 인터넷 수리기사의 것이거나 하는 정도로 생각했죠. 손톱 반도 안 되는 쪽지문에 누가 그렇게 신경을 쓰겠어요. 그런데 그게 그날 다른 사람이 들어왔었다는 증거가 될 줄 누가 알겠냐구요. 그 지문을 떴던 사람이 바로 지금 우리 팀장님이거든요."

"너희들한테 피해 가는 것은 없냐?"

"그런 것은 없죠. 우리야 감식해서 결과를 형사팀에 넘겼으니까. 그걸 분석하고 사건 처리하는 건 형사팀에서 했어야죠."

규석은 안타깝지만 어쩔 수 없다는 투였다. 오히려 호들갑을 떠는 방송에 문제가 있다고 그들을 욕하고 있었다.

"그런데 특이한 건요. 그 아버지가 그 범인을 용서한다며 탄원서를 제출했어요. 여자친구네 부모님도 마찬가지구요. 자식 잃은 부모가 그렇게 하기 참 어려운데. 배 속에 태아까지 같이 죽었잖아요. 제 상식으로는 도저히 이해가 안 가요. 그래서 그런가, 곧 가석방이 된대요."

"종교적인 믿음이 있나보지."

"아무튼 형님네도 조심해요. 범인이라고 백 프로 믿었다가 이렇게 될 수 있다니까. 형님네 팀장도 그때 그놈이 범인이라고 믿고 수사를 한다면서요. 진범이 따로 있어서 나중에라도 잡힐지 몰라요. 이 사건처럼."

"그래, 고맙다. 걱정해줘서."

"근데, 오늘 여기 온 이유가 뭐예요?"

정수는 규석의 말에 정신이 팔려 찾아온 이유를 잊어버리고 있었다.

"아참, 김동수 때 너도 감식을 나갔었잖아. 휴대전화하고 노트북이 없어. 분명히 노트북이 있었던 것 같은데. 그리고 휴대전화도 말이야. 혹시 거기에 대해서 아는 것 없냐?"

"휴대전화요?"

규석은 잠시 그때를 떠올렸다. 새벽에 김동수의 주거지로 들어가 사체를 확인하고 주변을 감식했었다. 그때 직원들끼리도 휴대전화가 없다고 의문을 가졌지만 범인이 검거되자 의미가 없어져버렸다.

"야, 쪽지문 하나로 6년 전 사건이 뒤집혔는데. 휴대전화하고 노트북도 어떻게 뒤집힐지 몰라. 긴장해라."

"그럴 리가요. 암튼 휴대전화하고 노트북은 보지 못했어요."

규석은 대수롭지 않다는 듯 답했다.

"그럼, 이 자국은 뭐냐?"

정수는 사진을 보여주며 가벽 위에 남아 있던 물기 자국을 물었다.

"응? 이거는 못 본 건데요. 근데 왜 이게 문젠데요? 이미 범인은 잡혔는데."

"야, 이것도 뒤집힐지 몰라. 방송국에서 너 인터뷰하자고 할지 모르니까 잘 생각해봐!"

"몰라요. 방송국에서 오든 말든. 이미 끝난 거를 가지고. 그래도 혹시 모르니까 팀장님한테 확인은 해볼게요."

정수는 아무 성과 없이 사무실로 돌아갔다.

✳

진욱과 은하는 경비원 양천수의 집을 방문하기 위해 주차장으로 향했다. 서울청 옆 사설 주차장에 있는 진욱의 차는 포르쉐 카이엔 2016년식이었다. 포르쉐 차량에 처음 타보는 은하는 차 주변을 돌아보고 내부 이곳저곳을 둘러보았다.

"왜요? 이상해요?"

"아니요. 처음 타보는 차라. 이 차 비싸잖아요. 출세욕이 있는 사람이 타는 거 아닌가요?"

"출세욕이요? 그런 말도 있나? 그냥 차 하나 가지고. 중고차 산 거예요."

"그럼 과시욕인가요? 선배들이 눈치 안 줘요?"

"어허, 오 형사 말이 많네."

"아니면 말고요."

은하의 모습이 재밌어 진욱은 운전 중에 몇 번을 고개를 돌렸다.

"오 형사는 왜 미제팀에 왔어요? 주변에서 별로라고 하지 않던가요?"

"저번에도 말씀드렸잖아요. 수사가 하고 싶었다고요. 형사라고 불려보고도 싶고. 그런 박 형사님은 저번하고 다른가요? 여기 온 이유가요."

"아니요."

진욱은 서둘러 대답했다.

"그런데, 왜 물어보세요?"

"다른 뜻이 또 있나 해서요."

"조금 전에 말씀드렸잖아요. 형사라는 말이 들어보고 싶었다고요. 매일 서무만 하니까 그런 호칭을 듣지 못하잖아요. 그래서 좀 그랬어요. 경찰에 들어오기 전에는 무조건 형사를 해야 되겠다 맘을 먹었었죠. 영화 같은 데 보면 잠복근무하면서 날을 새고 범인을 쫓아 달리기를 하고. 막 몸싸움도 하고. 너무 멋있었거든요. 형사 하겠다고 제가 태권도도 3단까지 땄어요. 근데 현실은 그게 아니더라고요. 여직원이라고 서무를 하라고 하고. 지구대에 있을 때는 주취자들 뒤치다꺼리만 하고. 나쁜 놈을 잡는 게 아니라 술과의 전쟁이더라고요. 그래도 여기 오니까 이렇게 사건 수사로 현장에 나갈 수가 있잖아요. 박 형사님도 저를 오 형사라고 불러주고요."

은하는 형사라는 호칭이 맘에 드는 것 같았다.

"근데, 박 형사님은 왜 승진하지 않았어요? 경찰대 출신이고 지금 나이면 빠르신 분들은 일선서 과장까지 올라가신 분도 있을 것 같은데. 동기들이 뭐라고 하지 않아요?"

"제일 빠른 놈이 과장까지 하죠. 몇 년 더 지나면 서장 하겠다고 덤비겠네."

"그렇죠? 형사보다는 과장, 서장이 더 좋을 텐데."

"저는 수사실무를 하고 싶어서요."

"물론 말은 그렇겠지만 동기들 사이에서는 제일 느린 거 아닌가요? 승진 못한 동기들 없죠? 본인은 안 한다고 하지만 못하고 있는 걸 수도 있고. 그래서 대신 좋은 차로 스트레스를 푸는 것이고."

은하가 눈치를 보지 않고 아픈 곳을 찌르자 진욱은 고개를 돌려 그녀를 또 한번 바라보았다. 차가운 눈으로 바라보는데도 은하는 오히려 더

천진한 표정으로 눈을 마주쳤다.

"말이 너무 지나치다는 생각이 드네요. 우리가 그렇게 친한 사이는 아닌 것 같은데. 팀이 된 지도 얼마 되지 않았고."

"그런가요. 미안합니다. 제가 좀 직설적이라. 그래서 동기들이 저보고 형사를 해야 한다고. 범인들 취조를 잘할 거라고요. 눈치 안 보고. 그래도 박 형사님은 느려도 너무 느리잖아요."

표정까지 바꾸어 이야기를 했는데도 은하는 바뀌지 않았다. 다시 화를 낼까 했지만 왠지 그런 말투가 싫지 않았다. 대놓고 물어보는 사람도 처음이라 당황스럽긴 해도 승진이 느린 것은 사실이었다. 빠른 동기는 이미 경찰서 과장으로 나간 친구까지 있었다. 경찰대를 졸업하면서 달고 나온 경위 계급장을 10년째 달고 있다는 것이 주위에서는 이상하게 보일 수 있었다. 진욱은 일찍 승진을 한 선배들에게 계급장을 달면서 놓친 것이 무엇이냐고 물어본 적이 있었다. 그때 어느 선배가 다시 경찰을 들어가라고 한다면 순경으로 들어오고 싶다는 말을 했었다. 계급이 너무 빨리 위로 올라가버리자 직원들과 단절이 되고 외롭기 때문이라고 했다. 함께 어울려 밤늦게까지 일을 하다가 그때 같이 마시던 새벽의 소주 한잔이 그렇게 맛있었고 그립다고 했다. 그 말이 멋있었을까. 진욱은 계급장보다 형사 일을 택했고 그 선배가 말하는 일을 매일같이 해냈다. 그렇게 10년이 흘렀다.

"우리 팀장님 너무 멋있는 것 같지 않아요?"

"무슨 말씀이세요?"

은하가 서늘해진 분위기를 바꾸려 말을 돌렸다.

"김동수 때문에 지방으로 쫓겨나셨는데 거기에서 대박사건 두 건을 해결하셨잖아요. 박창기하고 정상규요. 그 사건 모르면 대한민국 경찰 아니죠. 아니, 대한민국 국민이 아니죠. 그런 분하고 같이 일을 하고 있다는 게 너무 기분이 좋아요. 경찰학교에서 박창기와 정상규로 교수님이 교육도 했었거든요. 저희는 그때 그 사이코들 연구한다고 분과까지 만들었어요. 동생분이 심하게 다치셨다는 말도 들었고요. 그런 사건을 하기가 쉽지 않잖아요. 사실 조금 전에 다른 이유가 있냐고 물었을 때 사실 하태석 팀장님하고 일하고 싶다는 생각이 있었거든요. 너무 전설적인 분이라서."

"처음 볼 때는 그렇게 티를 내지 않았잖아요? 덤덤하던데."

"그걸 어떻게 그래요. 팀장님이 연예인도 아닌데. 속으로만 그런 거고. 겉으로는 덤덤한 척한 거죠. 사실은 사인까지 받고 싶었는데요."

"실제로 보니 어떠세요? 생각하던 모습이던가요?"

"음, 뭐랄까. 보고 싶은 연예인을 보았는데 평범한 모습에 실망했달까. 그냥 아저씨 같았어요. 나이가 든. 그런데, 진지한 표정으로 계실 때는 살짝 멋있는 것 같아요. 팀장님이 은근히 잘생기셨잖아요. 목소리도 멋있고."

"얼굴이 잘생겼다는 데는 동의를 못하겠네요. 외모라는 게 주관적인 거니까."

"질투하는 거예요?"

"아니, 무슨 질투를…… 비교가 되어야 그것도 하는 거지."

"질투 맞는 것 같은데요?"

은하는 가는 내내 그를 놀렸고 진욱은 그녀의 말에 진땀을 흘렸다. 어느새 차는 양천수의 주소지에 도착했다. 그는 오래된 빌라에 노모와 함께 살고 있었다. 빌라 복도에는 물건들이 가득 쌓여 있었고 천장이 낮았다. 벽은 페인트가 모두 벗겨진데다 벽 사이로 비가 새어들어가 물줄기 자국이 누렇게 그려져 있었다. 누런 자국을 따라 곰팡이가 페인트를 밀고 올라와 누룩꽃이 피듯 들떠 있었다. 2층에 올라 색이 누렇게 변한 초인종을 누르자 안에서 차임벨 소리가 들려왔다. 인기척이 있는 것 같은데 밖으로 아무도 나오지 않았다. 두 번을 더 누르고서야 안에서 사람이 나오는 소리가 들렸다.

"누구시죠?"

"양천수씨 되시죠? 경찰입니다."

"경찰이 왜 저를 또 찾죠? 이미 진술을 다 했는데."

양천수는 문을 열지 않고 물었다. 그러다 경찰이라는 말에 어쩔 수 없다는 듯 문을 열었다. 안을 보여주기 싫은지 현관문을 사람만 간신히 빠져나올 만큼만 열고 밖으로 나와 서둘러 문을 닫았다. 잠깐 사이에 긴장을 했는지 얼굴이 초조해 보였다.

"김동수씨에 대해서 확인할 게 있어요. 김동수를 발견할 당시 상황을 다시 한번 들어보려고 찾아왔습니다."

"내려가시죠. 어머니가 계셔서."

거실에 거동이 불편한 노모가 있어 경찰이 찾아왔다고 하면 걱정을 할 거라고 했다.

"엄마, 잠깐 나갔다 올게요."

양천수가 살짝 문을 열고 거실에 있는 노모에게 말했다. 나이 든 노모에게 엄마라고 부르는 모습이 친근하면서도 어색했다.

그와 함께 1층과 2층 계단참에 서서 이야기를 나누었다. 밖으로 나가

자고 했으나 양천수는 어머니가 찾을지도 몰라 멀리 갈 수 없다고 했다.

"회장님에 대해서는 모두 진술을 했는데요."

"그건 알고 있습니다. 그런데 우리가 확인하고 싶은 것은, 평소 김동수에 대해서 알고 싶어서요. 거기에서 일하신 지 얼마나 됐죠?"

박 형사가 양천수를 마주보고 물었다.

"10년 정도 일했습니다."

"10년이면 꽤 오래 일을 하셨네요. 언제부터 김동수가 거기에 살았었나요?"

"회장님이 거기에 산 건 6, 7년 전부터입니다. 그 이전에는 세를 내줬었죠."

"그럼, 그때 경찰 조사가 있고 나서 옮긴 거네요?"

"글쎄요. 경찰 조사를 받았다는 말은 들었습니다."

"김동수씨에 대해 알고 계시는 것에 대해 이야기를 좀 해주시죠?"

두 사람은 그가 알고 있는 김동수에 대해서 말하길 기다렸다. 사망한 김동수가 아니라 살아 있는 김동수가 어떤 사람이었고 아이들과의 연관성을 확인하는 것이었다. 그리고 최종적으로 김동수 사망일에 왜 거짓진술을 했는가였다.

양천수는 어디에서부터 말을 해야 할지 몰랐다. 그래서 한참을 망설이고 머뭇거렸다. 그러다가 쉽게 두 사람이 돌아가지 않을 것이라는 생각에 말을 이었다.

"회장님이 들어오기 전에 그 빌딩에는 젊은 사모님이 자주 찾아왔었어요. 사모님은 성실한 분이셨죠. 직원들 배려도 많이 해주시고. 그런데 회장님이 빌딩에 들어와 살면서 더 이상 사모님은 찾아오지 않았습니

211

다. 계약이 있을 때만 잠시 부동산에서 일을 보고 건물에는 들어오지를 않았어요. 회장님과 마주치기를 싫어했죠. 최근에는 이혼소송으로도 시끄러웠습니다. 더구나 건물이 차명이라고. 회장님이 부동산 소유권 이전소송을 하던 중에 일이 발생한 겁니다. 명의는 사모님인데 실소유자는 회장님이라고 주장을 하니까요. 이제 죽어서 그런 것도 할 필요가 없어졌지만요. 그런데 지금은 다시 오빠하고 소송을 한다더라고요. 오빠가 자기 거라고 했다고 하대요. 회장님이 살아 있을 때 자기한테 준 거라면서요."

"동지에서 원수가 되었네요. 잠은 늘 빌딩에서 잤나요?"

"거의요. 원래 집이 서초동에 있는 빌라인데 거기는 가지 않았어요. 소문에는 회장님이 경찰서 조사를 받고 나서 집에서 대접을 받지 못했다고 하더라고요. 사모님이 굉장히 더러워했다고. 가정폭력으로 신고도 몇 차례 있었다고 들었습니다."

"더러워요? 가정폭력까지?"

"네, 경찰에서 사실이 아니라고 결론을 내렸지만 사모님은 맞을 거라고 했어요. 성적 취향이 독특하다고. 지켜보니까 어린아이들을 좋아한다고요."

"사모가 아저씨에게 그런 얘기까지 했다고요?"

은하는 두 사람이 잠자리의 사적 대화까지 나눴다는 게 이상했다.

"지나가는 말로 그랬어요. 혼잣말을 할 때도 있었고요. 그리고 회장님이 저에게 몇 번 동영상을 보여줬어요."

"뭘요?"

보여주었다는 것이 무엇인지 궁금했다.

212

"어린애들하고 하는 거요. 정상적이지는 않았어요. 어느 날 사무실을 지나가다가 들어와서 보라고 하면서 자기 휴대전화로 동영상을 보여주더라고요."

"아이들이었나요?"

"네, 어린아이들을 상대로 그 짓을 하는 거예요. 저는 보기 거북하던데 회장님은 낄낄거리면서 보더라고요. 제가 보기 힘들어하는 걸 즐기는 것 같기도 했고."

"거기에 회장도 등장하나요?"

"그건 아닌 것 같아요. 다른 사람들이 찍은 걸 가지고 다니는 것 같았습니다. 애기들요. 사람이 할 짓이 아닌데."

"혹시 전송을 해주지는 않았어요?"

"그러지는 않고 자기 휴대전화로 보여주기만 했어요. 낄낄대면서요."

"몇 번이나 보여줬어요?"

"그 영상은 두세 번 보여줬었고 다른 영상은 그보다 더 많았어요."

"다른 영상요?"

"얼마 전에 뉴스에 났었잖아요. 아이들 상대 성착취영상, 그런 거요."

양천수는 그때 동영상이 생각났는지 눈살을 찌푸렸다. 관리실 안으로 들어온 김동수는 휴대폰을 꺼내 동영상을 재생시켰다. 그러고는 그것을 남자의 얼굴에 들이밀었다. 영상 속에 아이들은 표정이 없었고 불안해 보였다. 공간은 일상적인 아이들 집 안 같았는데 표정은 두려움에 떨고 있었다. 그는 이른바 성착취영상으로 불리는 학대영상들을 억지로 보게 했다.

"부부 사이는 어떠했습니까?"

"사모님과 관계가 더 틀어져서 매일 인상을 쓰고 다녔죠. 소송으로 재산을 다 뺏길 것 같다는 이야기를 한 적도 있어요. 마누라가 다 뺏어가려고 한다고."

"그런 얘기들을 회장이 양천수씨에게 했다고요? 회장님과 사이가 좋지 않다고 하지 않았나요?"

"네?"

부부 사이의 이야기까지 나눌 정도 사이였느냐는 질문에 양천수는 잠시 숨을 골랐다.

"포르노를 보여줄 때 제가 피하지 않고 같이 봐주면 좋아했거든요. 그런데 누가 그래요? 사이가 좋지 않았다고."

"누가 그런 게 아니라 본인이 진술서에 그렇게 쓰셨던데요."

"그런 적 없어요."

양천수가 발끈하며 자신이 했던 말을 부정하려고 들었다. 괜히 의심을 받고 싶지 않았다.

"없는 게 아니라, 회장이 경비원들을 무시하고 뺨을 때리고 침까지 뱉었다고 했잖아요. 그래서 망설이다가 신고가 늦은 거라고. 조서에도 그렇게 진술했잖아요."

"그런 적도 있다는 거죠. 그만 돌아가세요."

양천수는 집으로 가려고 돌아섰다. 회장에게 폭행을 당했느냐는 말에 대답을 꺼려했다.

"병원비는 무슨 돈으로 했습니까?"

"네?"

돌아가려는 그를 박 형사가 다시 돌려세웠다.

"어머니가 요양병원에 오래 입원해 있었던데요. 얼마 전에 퇴원을 했더군요. 병원비가 밀려 퇴원도 시키지 못하고 있었는데 어떻게 된 거죠?"

"빌라를 담보로 했습니다."

"빌라는 전세잖아요. 해봤자 천만 원도 어려울 텐데."

"제가 답할 이유는 없잖아요. 그리고 어머니 기저귀 갈 시간이에요."

양천수는 서둘러 빌라로 들어가려고 했다. 경찰의 질문이 불편했고 어린아이가 빵을 훔쳐 먹고 들킬 것 같은 느낌이었다.

"사모로부터 얼마를 받았습니까?"

"네?"

"아시잖아요. 얼마 받았냐고요?"

"……"

"천수야! 천수야! 나 오줌 쌌어!"

"엄마, 잠깐만 기다려."

양천수가 말을 얼버무리고 있을 때 노모의 목소리가 현관 문틈 사이로 빠져나왔다. 그는 소리를 질러 우선 노모를 안심시켰다.

"돌아가세요."

"답변을 안 해주시면 사모님을 찾아가야 합니다. 그분도 한번 보기는 해야 하지만요."

양천수는 경찰들이 답변을 듣기 전에는 포기하지 않을 것이라는 것을 알았다. 어쩔 수 없이 이야기를 할 수밖에 없었다. 그는 집 안으로 들어갔다가 다시 밖으로 나왔다. 빌라 뒤편 공터 벤치에 앉아 담배를 꺼내 물었다. 반절이 타들어갈 때까지 그는 말이 없었다.

"회장님은 사모님 말을 잘 듣는 경비원들을 싫어했어요. 그래서 청소가 잘못돼 있다고 뺨을 때리기도 하고 인사를 웃으면서 하지 않는다고 얼굴에 침을 뱉고 했습니다. 일이 생길 때마다 우리가 사모님의 말을 듣겠다고 하면 더 욕을 했고 사모님에게 전화를 해서 온갖 욕설을 다 했어요. 사모님이 참 안됐다는 생각을 많이 했었죠. 그러다가 몇 달 전인가 사모님이 회장님과 이혼을 하려고 한다면서 도와달라고 했어요."

"뭐를요?"

오은하 형사가 새로운 진술이 나오자 관심을 보이며 물었다.

"이혼을 하는 데 회장님에게 불리한 사실이 있으면 증거를 좀 잡아달라고요. 예를 들면 술을 먹고 여자와 함께 들어와 잠을 잔다든지요. 아니면 회장님이 가지고 있는 아이들 동영상을 확인해달라든지요. 그런 일들을 휴대전화로 찍어 사모님에게 보냈습니다."

"그래서 그날도 찍었나요?"

"네, 성매매는 불법이잖아요. 사모님에게 유리한 증거가 될 것 같아서요."

"그 사진 보여주실 수 있어요?"

"네?"

양천수는 망설이다가 휴대폰을 꺼내 사진을 보여주었다. 거기에는 유미가 교복을 입고 들어가는 모습이 있었고 한 장을 더 넘기자 김동수가 엘리베이터를 기다리는 모습이 찍혀 있었다. 그의 손에는 드링크제 병이 들려 있었다. 그 사진으로 김동수의 손에 무엇이 들려 있었는지 정확히 확인이 되었다.

"그날 양천수씨는 현관에 피를 보고 들어갔다고 했어요. 그런데 현관에 피는 없었어요. 왜 그렇게 진술을 했죠?"

"제가 들어간 게 문제가 될까봐서요. 사실은 사모님이 말한 증거를 찾으러 들어간 겁니다. 사실이에요."

양천수는 억울하다는 듯 말을 이었다.

"그날 새벽에 순찰을 돌면서 올라갔는데 문이 열려 있더라고요. 아가씨는 이미 돌아갔는데요. 그래서 안쪽으로 들어갔습니다. 어차피 술을 먹고 잠이 들어 있을 거니까요. 그날처럼 문이 오래 열려 있던 날도 처음이었어요. 열려 있지 않았다면 들어가지 않았겠죠."

양천수는 담배를 다 피우고 또 하나를 꺼내 물었다. 말을 하고 문제가 되는 것은 아닌지 걱정하는 눈빛이었다.

"사모님이 좋아할 만한 내용을 보내드리고 싶었습니다. 여자들과 들어가는 것을 몇 번 보내주었거든요. 그 대가라고 하기는 그렇고 고맙다고 어머니 병원비도 내주신 거예요. 그래서 안으로 들어갔죠. 좀 더 많은 증거를 잡을 수 있을 것 같았으니까요. 휴대폰이 있을 수도 있고요. 안에 들어 있는 내용을 찍을 수도 있으니까요."

양천수는 관리실에서 야간 근무 중에 있었다. 건물에 사람들은 거의 빠져나가고 2층 호프집과 노래방에만 사람들이 간혹 들어가고 있었다. 자정이 넘어 심야뉴스가 끝나갈 무렵 빌딩 앞으로 리무진 택시가 멈추고 김동수가 내렸다. 술에 취한 김동수가 비틀거리며 차에서 내려 건물 안으로 들어왔다.

"아이, 개새끼야. 나와서 인사 안 해! 시발럼이네."

"회장님 오셨습니까? 제가 깜빡 보지 못했습니다."

"시발럼아, 주인이 들어오면 얼른 뛰어나와서 다녀오셨냐고 인사를 해야 할 거 아냐. 주인이 술 취하니까 우습냐? 우습지? 우리 마누라만 주인이냐?"

"아닙니다, 회장님. 그럴 리가요."

"네가 주인을 존경하지 않으니까 우리 마누라도 똑같은 거 아냐!"

"아닙니다, 회장님."

"아니기는 뭐가 아니야. 벌레 같은 새끼."

"죄송합니다, 회장님."

"야! 벌레! 누구 찾아온 사람 없었어?"

"없었는데요."

"확실해?"

"네."

김동수는 모자를 쓴 양천수의 머리를 손으로 움켜쥐었다가 뒤로 밀었다. 그는 뒤로 밀려나면서도 고개를 숙였다. 비틀거리며 엘리베이터로 가자 뒤에서 그의 모습을 몰래 찍었다. 김동수가 들어가고 이십 분쯤 지나 교복을 입은 아가씨가 들어왔다. 그녀는 뒤를 두리번거리며 들어오더니 엘리베이터에 올랐다. 조명에 비친 아가씨의 얼굴은 창백했다. 양천수는 그 모습도 휴대폰으로 찍었다. 그런데 그녀는 올라가고 얼마 되지 않아 다시 나왔다. 너무 짧은 시간인데다 아가씨의 표정이 무언가에 놀란 듯 하얗게 사색이 되어 있었다. 그는 건물 밖으로 나가 그녀가 택시를 타고 사라지는 모습을 지켜보았다. 건물로 들어와 위로 가볼까 망설였다. 무슨 일이 있는 것 같기는 한데. 엘리베이터에 올랐다. 복도에 내리자 오피스텔의 문이 열려 있었다. 여자가 들어가고 나서는 항상 닫혀 있는데. 반쯤 열린 그곳에서는 아무 소리도 들려오지 않았다. 새벽 5시가 넘으면 들어가보기로 했다. 그때쯤이면 개새끼는 깊은 잠에 빠져 있을 것이다. 사모님의 부탁을 들어줄 수 있는 시간이 된 것이다. 쓰레기와 같이 사는 그녀가 안쓰러웠고 항상 다정하게 대해주는 게 고맙기도 했다. 한숨도 자지 않고 기다렸다. 그러고는 조용히 고개를 넣어 안을 살폈다. 입구에서부터 무언가 이상하다는 생각이 들었다. 냄새였다. 역한 비린내가 거실 전체에 퍼져 있었다. 개새끼가 생선요리를 한 것일까. 끈적거리는 비린내는 코를 물고 늘어졌고 안으로 들어갈수록 냄새는 더 지독해졌다.

*

"양천수의 진술이 사실일까요? 김동수 부인의 부탁을 받고 들어갔다는 거요."

"거짓말하는 것 같진 않은데, 확인을 해봐야겠지."

진욱은 그것보다 김동수가 아동성착취물에 심취해 있었다는 데 집중했다.

"사이버수사대 쪽에서 이전에 성착취물 관련 수사를 진행했었던 것으로 알고 있는데. 거기에서 김동수의 흔적을 찾을 수 없을까? 거래가 있었을 가능성도 있는데."

"그쪽에 선배님이 한 분 계세요. 그렇잖아도 팀장님에게 말씀드릴 게 있다고 사무실에 한번 찾아오겠다고 했어요. 그때 이야기를 좀 해볼게요. 그런데 양천수씨 휴대전화가 최신형이던데요. 보안도 잘되는 사과폰이구요. 그렇게 좋은 휴대폰을 쓸 것 같지 않던데요. 집도 그렇고 어머니도 그렇고. 잘 어울리지는 않았어요. 엄마라고 부르는 것도. 집 안

219

에서 아무 소리도 안 나는 것 같던데 대답도 하고."

"글쎄, 난 거기까지 못 봤는데. 혹시 사이버도박에 빠져 있는 것은 아 닌지 몰라. 전과조회를 한번 해봐야겠어. 엄마라고 부르는 게 이상한 건 아닌데 조금 어색하기는 했어."

두 사람이 사무실에 들어왔을 때 태석은 여전히 현장사진에 집중하 고 있었다. 그 안에 답이 있을 거라고 숨은 그림을 찾듯 계속해서 그 안 을 살피는 중이었다.

"팀장님, 김동수 손에 있던 것은 드링크제가 맞습니다. 휴대폰은 아니 고요."

"뭐? 어떻게 확인했어?"

은하는 양천수에게서 넘겨받은 사진을 태석에게 보여주었다. 두 사람 이 찾아가 얻어낸 가장 큰 소득이었다.

"그리고 양천수씨가 문 앞에 피를 보고 들어간 게 아니었습니다. 팀장 님 말씀처럼 다른 목적이 있어서 직접 안으로 들어가서 발견한 거였습 니다."

"김동수의 부인이 부탁을 했대요. 이혼소송에 도움이 될 만한 걸 찾아 봐달라구요. 그래서 들어가게 된 거랍니다. 마침 문이 열려 있어서요."

현장에서 돌아온 둘은 태석에게 보고를 했다.

"뭘 찾으러 들어간 거야?"

"휴대전화하고 장부랍니다."

"왜?"

"휴대전화로 경비원들에게 동영상을 보여준 적이 있답니다. 어린아이 들 성착취물요. 양천수씨가 직접 보기도 했다고 하고요. 그래서 찾아보려고 했는데 없었답니다. 아마 부인이 그것으로 형사사건을 걸려고 했던 것 같습니다. 이혼에도 이용을 하고요."

"장부는 김동수 앞으로 부동산이나 재산이 더 있는지 확인을 하려고 한 거랍니다. 김동수의 숨겨놓은 재산을 찾으려고 그런 것 같습니다. 이혼을 준비 중에 있었으니까요."

"영상을 보려면 채팅을 한다든지 사이트에서 다운로드를 해야 하는데 그걸 김동수가 했다는 이야기잖아. 휴대전화에는 그게 저장이 되어 있었다는 거고."

이제 휴대전화에 집중하기로 했다. 거기에 어린아이들이 있었다면 희박하지만 미순과 선미의 영상도 있을 가능성이 있었다.

"잠깐 들어가도 될까요?"

사무실 문을 두드리는 소리에 모여 있던 직원들의 시선이 모두 출입문으로 향했다. 그곳에는 같은 층에서 근무하고 있는 사이버수사대의 최민정 경사가 서 있었다. 며칠 전 사무실을 열면서 같은 층 직원이라고 인사를 했었다. 개소식을 축하한다며 서로 도우면서 일을 하자고 했을 때 제일 뒤에 있었던 직원이다.

"네, 회의도 다 끝났고 들어오시죠."

정수가 그녀를 안으로 들어오도록 했다. 태석이 자리로 돌아가고 최민정 경사는 테이블에 앉았다. 은하가 커피를 타 그녀 앞에 놓았다.

"선배님, 커피 드세요. 제가 특별히 맛있게 탔습니다."

은하가 최민정 경사에게 친근하게 인사를 건넸다.

"어떻게 선배야?"

"진성여고 선배님이세요. 4년 선배죠. 선배님이 많이 도와주시기로 했는데. 부서가 달라서."

정수의 질문에 은하가 답했다.

"무슨 할 말이 있는 것 같은데요."

"저희 선배님하고 이야기를 하다가 우리가 미순이와 선미 사건을 하고 있다고 하니까 예전 사건이 걸리는 게 있다고 하시길래요. 제가 한번 방문해달라고 했습니다."

"맞아요?"

"네."

기다렸다는 듯이 정수의 물음에 최민정 경사는 곧바로 대답했다.

"실종된 아이들 사건을 재수사하신다고 해서요. 2년 전에 했던 사건인데 자꾸 신경이 쓰여서 제보를 할까 하고요. 아무래도 그 사건과 관련이 있는 것 같다는 생각이 들어서요. 제가 수사를 하다가 이상하다는 생각에 첩보를 써서 내기는 했는데 수사는 들어가지 못했습니다."

아이들이라고 하자 책상에 앉았던 태석의 시선이 최민정 경사에게 향했고 정수도 힐끔 태석을 쳐다보았다. 둘은 그녀가 하는 말에 집중했다.

"2년 전쯤 성폭법위반사건 수사할 때 피의자 한 명을 조사했거든요. 함경민이라고 여자아이들을 성적으로 학대하는 영상을 제작해서 텔레그램에 방을 만들어서 파는 애였어요. 판단력이 떨어지는 어린아이들을 상대로 협박을 해서 동영상을 제작해 인터넷상에서 유료로 판매를 하는 거였죠. 완전 저질이에요. 조사받는 내내 속이 뒤집히도록 역겨웠죠. 죽여버리고 싶다는 생각까지 들었으니까요. 처음에는 모두 부인하다가 나중에는 다행히 자백했어요. 계산적이기는 하지만요. 변호사가 자백하지 않으면 형이 더 길어질 거라고 하니까 그런 거죠."

"영상들이 어떤 거죠?"

정수가 물었다.

"어린아이들을 협박해서 음란한 영상을 찍도록 강요하는 방식이에요. 일종의 성착취죠. 아이들을 성노예로 만들어 영혼을 지배하는 거예요. 빠져나갈 수가 없어요. 이미 놈의 컴퓨터와 휴대전화에 아이들의 영상을 쥐고 있으니까요. 가족과 친구들에게 유포를 하겠다고 협박을 하면 아이들은 따를 수밖에 없어요. 시간이 지날수록 수위는 더욱더 올라가죠. 어린아이들이 지옥 속에 살았던 거죠. 끝내 이겨내지 못하고 자살을 선택하는 아이도 있어요. 그런데 조사를 받는 중에 자기가 아이들의 영상을 봤다는 거예요. 성인에게서 강간을 당하는 내용이었다고. 아이들을 강간하는. 자기 것보다 내용이 훨씬 더 잔혹해서 자기도 보기가 힘들었다고. 그러니까 자기는 아무것도 아니라고. 그 파렴치한 짓을 그렇게 합리화하려고 했었죠."

아이들이 강간을 당한다는 말에 태석이 자리에서 일어나 최민정 경사의 옆으로 다가가 물었다. 그녀는 고개를 들어 태석을 바라보았다.

"최 경사도 그 영상을 보았어요?"

"아니요. 함경민의 말만 들었죠."

"그런데, 그게 미순이와 선미라는 걸 어떻게 알죠?"

"짧게 영상을 보내준 놈이 그랬대요. 그때 그 아이들이라고."

"그때 그 아이들?"

"네. 그래서 그 아이들이 누구냐고 물었더니 콜드케이스라고 그랬대요."

"콜드케이스?"

태석이 무슨 의미냐는 듯 그녀의 얼굴을 바라보았다. 뒤에 있던 진욱이 의자를 당겨 테이블로 다가왔다.

"장기미제사건을 그렇게 부르죠. 오랫동안 해결되지 못한 범죄사건을 콜드케이스라고 칭합니다. 또는 오리무중에 빠진 사건을 가리키거나요. 그런 제목으로 영화나 소설도 있죠. 영상을 보여준 놈이 콜드케이스라는 용어를 썼다면 수사 중인 사건이라는 걸 알고 있었다는 얘긴데요."

"맞아요. 그래서 그 영상을 받기 위해 다른 영상 여러 개를 보내주었대요. 함경민이."

"선배님, 그럼 혹시 그놈이 보낸 영상이 남아 있어요?"

은하가 호기심에 물었다.

"아니, 저장이 되지 않는 앱을 이용한데다가 함경민이 체포되면서 모두 삭제했어. 놈이 만들어놓은 방들도 모두 없어졌고. 안타깝게도 포렌식으로 복원이 되지 않았지. 확실한 건 함경민이 보았을 때 수위가 너무 세서 자기가 보기에도 거북스러웠다고 했어. 대신 그런 초자극적인 걸 찾는 사람이 또 있으니까 받으려고 했는데 그놈이 보내주지 않았대."

"그럼 놈은 함경민에게 빈 미끼로 물고기를 받아간 꼴이네요."

"결과적으로 그렇게 된 거지. 함경민 말로는 자기도 아이들 등쳐먹었지만 자기를 등쳐먹은 놈은 처음이라고 했어. 그놈은 자기보다 더한 놈이라고. 적어도 자기는 아이들 몸은 건드리지 않았다면서 말도 안 되는 비교를 했으니까. 둘 다 나쁜 놈인데 자기가 조금 덜 나쁜 놈이라는 거지. 팀장님이 찾는 사람이 그 사람이 맞다면 함경민보다도 나쁜 놈인 거죠."

"그 정도 거래를 할 정도면 휴대전화나 인터넷 사용이 능숙해야겠는데요?"

태석이 최민정 경사에게 물었다.

"네, 그렇죠. 메신저 앱인 디스코드나 텔레그램 같은 걸 이용해 최대한 익명성을 지켜내야 하니까요. 경찰 수사에 걸려들지 않게 보안이 잘되는 앱을 사용할 정도는 된다는 거죠."

"함경민에게 아이들 사진을 보여줘보죠. 맞다면 영상 보내준 놈을 찾으면 되잖아요. 선배님, 그놈을 찾을 수 있어요?"

"나도 놈이 보내줬다는 영상이 범죄하고 연관이 되어 있을 것 같아 추적을 했는데 잡아내지 못했어. 아직 내 실력이 거기까지는 미치지 못하니까. 그래서 첩보를 제출했던 거고. 그러다 첩보를 받았던 수사관님이 개인 사정으로 일선으로 나가시면서 사건은 흐지부지 종결됐어."

최민정 경사가 돌아가고 짧은 회의가 이어졌다. 아이들의 미제사건이 의외로 쉽게 해결될 수도 있을지도 모른다는 기대가 높아졌다. 최민정 경사의 제보는 결정적 증거가 될 수도 있었고 사건의 실마리를 풀 열쇠이기도 했다. 모두 그녀의 제보에 눈빛이 빛나기 시작했다.

가장 먼저 함경민을 찾는 것이 급선무였다. 만약 그가 보았던 영상 속 아이들이 미순과 선미라는 게 확인된다면 사이버수사대에 다시 수사 의뢰를 할 수 있을 것이다. 최민정 경사는 함경민이 교도소에 있을 것이라고 했지만, 교도소 수감여부를 조사해보자 존재하지 않았다. 이미 출소한 상태였다.

"팀장님, 6개월 전에 출소했는데요. 형을 1년밖에 안 받았습니다."

"1년? 겨우? 어린아이들에게 그런 범죄를 저질러놓고?"

은하가 화가 난다는 듯 소리를 질렀다.

"우리나라는 아직 멀었습니다. 양형 기준을 도저히 이해할 수가 없어요. 반성하고 있다, 합의했다, 초범이다, 나이가 어린 학생이다, 이런 말도 안 되는 것으로 낙엽 같은 형을 내리잖아요. 거기다 전관 출신 변호사를 들이밀면 판은 넘어가게 되는 거고. 판사들 지들 아이들이 그 꼴을 당해봐야 하는 건데."

"판사님 아이들이 그런 꼴을 당할 리가 없지. 얼마나 애지중지 품안에서 키우겠어. 피해자들처럼 어려운 가정에서 부모의 보살핌이 부족한 곳을 놈들은 찌르고 들어간다고. 놈들은 방어막이 약한 애들만 골라서 공격해. 쉽게 노출되고 쉽게 뚫리거든."

# 9

태석은 함경민의 주소지인 파주로 차를 몰았다. 체포되기 직전까지 함경민은 어머니와 같이 살았다. 어머니는 부동산 일로 집 밖에만 있었고 반대로 아들은 몇 년째 집 안에서 나오지 않았다. 놈이 안에서 무엇을 하는지 어머니는 관심조차 없었다. 다만 돈을 달라고 하지 않는 아들이 대견할 뿐이었다. 놈은 아이들을 껌처럼 질경질경 씹어 단물을 모두 빨아먹고 나면 쓰레기통에 처박았다. 아이들이 알몸으로 씹힌 채 말라 죽어가는 모습을 동영상으로 찍게 하고, 그것은 다시 협박의 도구가 되었다. 놈이 더 자극적이고 더 불쾌한 영상을 요구하면 영혼이 붙잡힌 아이들은 따를 수밖에 없었다. 인터넷상에서 신으로 존재하던 놈은 어느 날 방으로 들이닥친 경찰관들에게 체포되었고 그가 가지고 있던 휴대전화와 컴퓨터는 압수되었다. 경찰이 집을 뚫고 들어오는 동안 놈은 최대한 많은 영상을 삭제했다. 그래도 놈의 컴퓨터에서는 수많은 불법 영상이 발견되었다. 그것을 끊임없이 유료사이트에 올리기도 하고 개인 간 비밀방을 만들어 수입을 올리고 있었다. 그중에서 어린아이들을 협박해 제작한 동영상이 가장 비싼 값에 팔리고 있었다. 절대 잡히지 않을 거라고 장담하던 놈이 법정에 서자 어미가 세워준 변호사가 옆에서 그를 측은하게 바라보며 변호했다. 어릴 적부터 혼자 있었고 왜곡된 성인식이 미성년의 나이에 잘못 새겨진 것으로 충분히 개전의 정이 있다는 게 변호인의 말이었다. 그래서 그런지 법은 그를 위험하다기보다 그저 철없는 이십 대로 보았다. 피해자를 살펴야 할 법은 가해자에게만 집중했고, 결국 피해자의 눈물보다 가해자의 반성문 열 장에 더 감동을 받았던 모양이다. 놈은 겨우 1년 형을 받았을 뿐이다. 피해자 중 열여섯 살의 여중생 미로는 아파트 옥상에서 스스로 목숨을 버렸는데. 겨우 1년이라니. 목숨을 버리고 싶은 아이가 미로뿐이었을까. 놈의 범죄사실을 받아 읽어본 태석은 숨을 쉬기 어려웠다. 이런 놈에게 김동수를 물어야 한다니 살인마에게 길을 묻는 꼴이었다.

"어머니, 함경민을 만나러 왔습니다."

"우리 경민이를 왜?"

아파트 현관문을 열어주는 여자는 술에 취해 있었다.

"아드님에게 물어볼 말이 있습니다. 잠시 시간을 내주시죠."

"아들놈이 어디에 있다고. 그 어린놈이 어디에 있다고!"

여자는 오히려 어린 아들이 어디에 있는지를 물었다. 어디에서 왔느냐고 묻지도 않았다. 경찰일 것을 짐작을 했고 더 이상 아들을 찾지 말아달라고 했다.

"왜요? 아드님을 찾아오는 사람들이 많나요?"

"피해자라는 족속들이 주구장창 찾아왔지. 우리 아들 앞길을 막을라고. 나쁜 놈들. 지들 자식년들이 몸 관리 못 한 걸 왜 우리 아들한테 그래! 지 자식 그렇게 키운 게 누군데. 왜 우리 아들 탓을 해! 왜!"

술에 취한 그녀의 이성은 심하게 비틀려 있었다. 피해자들이 아들의 앞길을 막다니. 아직도 인터넷에 아이들의 영혼이 피눈물을 흘리며 유령처럼 떠다니고 있다는 것을 모를 리가 없는데. 아이들 목숨이 짓밟혔음에도 어미는 여전히 '우리 아들' 타령이었다. 그녀의 왜곡된 사랑이 괴물을 만들었는지도 모른다. 어쩔 수 없이 밖으로 나와 관리실로 갔다.

"혹시 저 602호에 있는 함경민 있잖아요. 지금 거기 살고 있나요?"

"함경민요? 애기들 동영상 만든 그 뻔뻔한 새끼 말이요?"

경비원도 호감을 가지고 있지는 않아 보였다.

"쓰레기 같은 새끼죠. 어린아이들한테 그런 짓을 했으니. 쳐죽여도 싸지. 그래서 천벌을 받았지. 경찰이 안 해주니까 하늘이 해버리잖아."

"무슨 말씀이죠?"

"그 새끼 죽었어요. 몇 달 전쯤 되었나. 교통사고로."

"교통사고로 죽었다고요?"

"출소하자마자 죽었어요."

놈이 죽었다는 말에 힘이 빠졌다. 나쁜 놈이기는 하지만 살아 있어야 했다. 놈에게 그때 보았던 아이들이 이 아이들이 맞느냐고 물어야 하는데 죽어버렸다니. 마지막 속죄하는 맘으로 아이들의 사진을 봐달라고 하려고 했었다. 그때 오은하 형사에게서 전화가 왔다.

"팀장님, 현장에 도착하셨어요?"

"음."

"함경민이 6월에 죽었습니다. 출소하고 얼마 안 돼 차량에 치여 현장에서 사망했답니다."

"음, 알고 있어. 그거 사건처리 했을 거니까 서류 좀 받아놓아."

"네, 알겠습니다."

너무도 허무하게 끝이 나버렸다. 다시 아이들이 물처럼 태석의 손에서 빠져나가버렸다.

태석은 사무실에 돌아와 함경민의 변사기록을 훑어보았다. 장소는 파주의 한 골목길로 함경민의 집 근처였다. 밤에 혼자 집으로 돌아가던 중이었다. 운전자 권환규가 트럭을 몰고 가다가 전방부주의로 사고를 냈다고 했다. 그는 서울에서 슈퍼를 운영하고 있었다.

*

꽃은 그렇습니다

3학년 1반 권미로

겨우내 혼자서 웅크리고 있던 꽃이 피었습니다

외로웠던 꽃이 봄에게 인사를 합니다

햇볕도 바람도 모두 꽃에게 인사를 합니다

꽃은 이제 외롭지 않습니다

나비가 꽃을 보려 아지랑이 사이로 날아옵니다

꽃에게 나비가 인사를 합니다

꽃도 인사를 합니다

꽃은 꿀을 내주고 나비는 살이 쪄어 갑니다

꽃은 그렇습니다

미로는 시를 잘 썼다. 학교 문학동아리 회장이기도 했다. 백일장 대회에 나가 쓴 시 〈꽃은 그렇습니다〉로 장원을 했다. 봄을 서정적으로 잘 표현했다는 심사평과 함께 사람들로부터 큰 박수를 받았다. 그러나 미로는 조금도 기뻐하지 않았고 오히려 점점 이상해져갔다. 단순히 사춘기라고 치부하기에는 그 정도가 심한 편이었다. 학교에 갔다가 집에 오면 방에 들어가 나오지 않았다. 항상 스마트폰을 끼고 살았고 잠시라도 손에서 멀어지면 불안해했다. 혹시 누가 휴대전화를 볼까 늘 잠금장치를 해놓았고 비밀번호도 수시로 바꿨다. 엄마는 그런 미로가 걱정스러웠다.

"미로야, 왜 그렇게 방에만 박혀서 살아. 거실로 좀 나올래?"

"싫어."

미로는 밖으로 나오지 않았고 방문은 굳게 잠겨 있었다. 밖에 나올 때라곤 밥 먹을 때와 화장실 갈 때가 전부였다. 그런 모습을 지켜보던 엄마는 지방에서 일하는 남편에게 전화를 걸어 하소연을 했다.

"속상해 죽겠어요."

"왜 또?"

"미로가 방에만 있어. 밖으로 통 나오지 않고. 학교에서 무슨 문제가 있는지 알 수가 없네. 학교에 한번 찾아가볼까?"

"사춘기니까 그렇겠지. 내가 문자 보내면 잘 받던데."

"당신하고는 문자 해? 나하고는 하지 않는데."

"가끔 해. 지금은 뭐해?"

"또 방에 들어가 있지."

"알았어. 내가 전화해볼게."

아빠는 미로에게 전화를 넣었다. 집에 있는 걸 아는데도 전화를 받지 않다니. 답답한 마음에 메시지를 보냈다.

─미로야, 아빤데 전화 받을 수 없어? 힘들거나 마음 상한 일 있으면 아빠에게 문자 남겨놓을 수 있겠니?

메시지를 보낸 지 한 시간쯤 지나 답장이 왔다.

─미안해. 아빠. 괜찮아요.

그렇게라도 답장을 해줘서 아빠는 다행이라고 생각했다. 그날 저녁 미로는 편지를 써놓고 집을 나갔다. 어디로 갔는지 찾을 수도 없었다. 경찰은 가출한 아이들이 서로 모여 생활하는 가출팸 사이트를 중점적으로 확인을 했다. 아빠는 지방 일을 그만두고 딸을 찾기 위해 집으로 들어왔다. 그러고는 전단지를 들고 딸이 있을 만한 곳을 찾아 헤매기 시작했다. 그러다가 범죄피해실종자협회를 찾아가 도움을 요청했다. 그곳에서 만난 사람들과는 불과 몇 분 만에 한 가족이 된 것처럼 친해졌다. 편안했다. 모두 같은 아픔을 가진 사람들이라 닫혔던 마음이 쉽게 열렸다. 미로처럼 사춘기를 앓던 여자아이들도 여럿 있었다. 아빠는 지방으로 일을 하러 가지 못하게 되자 주변에서 돈을 끌어모아 작은 슈퍼를 열었다. 아내에게 슈퍼를 맡기고 아빠는 미로를 찾아다녔다. 반년 가까이 전단지를 들고 찾아다닐 때쯤 미로를 찾았다는 연락을 받았다. 미로는 정신이 나간 모습으로 경찰서에 앉아 있었다. 아빠를 보고도 반가워하지도 울지도 않았다. 경찰은 부모를 모셔놓고 충격을 받지 말라는 당부부터 했다. 그리고 미로의 영혼을 빼앗아간 일이 벌어졌다고 했다. 이미 가출 전부터 이어오고 있었으며 그것이 가출을 결심한 이유이기도 했을 거라고 경찰은 설명했다. 두 사람을 폐쇄된 공간으로 데려가 영상을 보여주었다. 절대로 외부로 흘러가서는 안 되는 미로의 영상은 누군가의 노예가 되어 조종을 당하는 모습이었다. 영상 속의 딸은 옷을 모두 벗고 시키는 대로 하고 있었고 그것을 스스로 찍고 있었다. 알몸인 딸은 울면서도 거부하지 못하고 지시하는 대로 할 수밖에 없었다. 놈의 눈알이 알몸인 미로를 핥아대고 있었다. 미로는 부모님에게 제발 영상을 보내지 말라고 울면서 빌고 있었다. 그가 노리는 게 그거라는 걸 알면서도 시키는 대로 더 가학적이고 더 자극적인 행동을 보여줘야만 했다. 그런데 가장 무서운 것은 그 영상이 인터넷에서 계속 떠돌아다니고 있었고 지워지는 것은 불가능하다는 것이었다. 놈들은 그것을 박제라고 불렀다. 아빠는 순간 이성을 잃었고 엄마는 비명을 지르고 오열을 하다가 바닥에 쓰러졌다. 넋이 나간 딸이 가엾기만 했다. 딸을 산부인과에 데려가 진단을 하고 집으로 데려왔다. 질벽에 상처가 있었고 임신은 하지 않았다. 어린아이가 감당하기엔 고통스러웠을 상처라고 의사는 말했다. 그리고 몸보다 마음을 다친 게 더 큰 상처라고 부모를 위로했다. 저녁을 먹고 잠자리에 들자 미로는 아빠에게 말을 건넸다.

"아빠, 많이 보고 싶었어요."

"아빠도 우리 딸이 돌아와서 고마워."

"아빠, 미안해요."

"괜찮아. 힘드니까 오늘은 깊이 푹 자자. 늦잠 자도 되니까 자고 싶은 만큼 자. 그리고 깨어나면 아빠랑 엄마랑 함께 미로 옷 사러 가자. 예쁜 옷도 사고 맛있는 것도 사먹자. 미로에게는 아빠하고 엄마가 있잖아. 무슨 일이 있어도 우리가 널 지켜줄 거야. 우리 미로에게는 아무 일도 없었어. 자고 나면 그렇게 될 거야. 비비디바비디부. 알았지?"

"네, 아빠."

미로에게 일어난 일이 모두 사라지기를 바라며 미로의 이마에 입을 맞추고 방을 나왔다. 그것이 미로의 마지막 모습이었다.

태석은 함경민의 피해자인 미로의 변사사건 보고서도 해당 경찰서에 공람을 요청해 받아보았다. 자살을 선택할 수밖에 없었던 미로와 딸을 잃고 살아가고 있을 부모 모두 안타까웠다. 미로의 영혼을 파괴한 그놈이 죽은 것은 아파트 경비원의 말대로 심판을 받은 게 맞아 보였다. 그런 파괴자에게 정보를 얻으려 했던 자신의 절박함도 처량하게 보였다. 교통사고 보고서와 변사사건 보고서를 책상에 올려놓고 이제 어떻게 해야 할지를 고민했다. 그런데 두 서류에 이상한 점이 있었다. 변사사건은 서울 중부경찰서에서 마무리를 했고, 교통사고는 파주경찰서에서 마무리를 했다. 파주경찰서의 교통사고 피의자의 이름은 권환규였고, 유족 조서를 받았던 중부경찰서에 미로의 아버지 이름은 권일중이었다. 그런데, 두 사람의 주민번호가 같았다. 어떻게 된 거지?

*

구치소 주차장에는 차들이 가득 들어차 있었고 면회실에도 가족들을 면회하기 찾아온 면회객들로 가득 차 있었다. 태석은 정수와 함께 보안점검을 받고 두 평 남짓 공간의 접견실 의자에 앉아 임춘석을 기다렸다.

잠시 뒤 그가 하늘색 재소자복을 입고 들어왔다.

"또 오셨네요."

"몸은 좀 어떠세요?"

"그냥, 그렇죠 뭐."

태석은 먼저 건강부터 물었다.

"사모님은 누가 돌보시나요? 혼자 있기 힘들 텐데."

"그러니께요. 나보다 마누라가 더 걱정이죠. 다행히 처형이 올라와서 돌보고는 있는데 언제까지 있어줄지 모르잖아요. 정상이 아니니까. 요양병원을 알아보라고는 했는데요."

남편이 여기에 와 있는 것조차 아내는 인지하지 못했다. 며칠 전 처형이 아내와 함께 면회를 왔을 때도 아내는 미순이가 집에 오지 않았다며 찾으러 가야 한다고 했다. 돌아갈 때가 돼서야 정신이 돌아왔는지 아내는 울기 시작했다. 같이 죽었어야 했는데.

"근디, 오늘은 무슨 일로 오셨대요?"

"김동수에 대해서 좀 더 알고 싶어서요. 임춘석씨가 알고 있는 김동수에 대해 말씀을 좀 해주실 수 있을까요?"

"그런 거, 다 말했는데요. 몇 번이나."

"수사서류에 있는 것 말구요. 거기에는 김동수를 왜 죽였냐, 어떻게 죽였냐만 나와 있어요. 그것보다 그 전에 있었던 일을 알고 싶어서요."

태석이 알고 싶은 것은 김동수에 대한 정보였다. 그를 죽이기 위해 찾아다녔다면 그동안 모아놓은 정보가 있을 터였다.

"길성이 형 장례식장에 다녀와서부터네요. 그때 하 형사님도 봤잖아요."

"그때 술이 좀 되셨던 것으로 기억하는데요."

"계속 술로 살았죠. 세상이 불공평하더라구요. 죽인 놈은 떳떳하게 살고 있고 피해자 가족들만 힘들게 살고. 정신이 나간 아내를 볼 때마다 미치겠더라구요. 길성이 형님처럼 나도 죽어버릴려고 했죠."

임춘석은 죽은 유미의 아버지 정길성이 떠오르는지 잠시 눈을 감았다.

"죽은 형님을 생각하면 유미를 돌봐주지 못한 게 한스럽네요. 얼마 전에 혼자서 면회를 왔더만요. 내가 막 뭐라고 했네요. 내가 헌 일을 왜 니가 혔다고 허냐고요. 가가 더 어른 같더만요. 한참을 울고 갔네요. 미안혀서 나도 울고. 왜 이렇게 돼버린 것인지."

아내 앞에서 나오지 않던 눈물이 유미를 보자 터져나왔다. 죽은 미순이가 찾아와 위로를 하는 것 같았다. 놈을 죽이는 데 도움을 받으려 범죄피해실종자가족 모임에도 나갔다. 그렇게 4년을 찾아다니다 강성빌딩 앞 도로에서 그를 찾은 것이다. 심장이 쿵쾅거렸고 눈이 뜨거웠다. 놈이 건물 안으로 들어가자 바로 따라서 들어갔다. 조금만 빨리 따라갔어도 엘리베이터를 함께 탈 수 있었는데, 놓치고 말았다. 엘리베이터가 7층에 멈추었다. 맘이 급해 어찌할 바를 몰랐다. 내려오던 엘리베이터는 다시 3층에서 멈추어 내려올 생각을 하지 않았다. 어쩔 수 없이 계단으로 뛰어 올라갔다. 7층에 오르자 말굽 스토퍼로 문을 반쯤 열어놓은 곳이 있었다. 조심히 안으로 들어갔다. 벽에 몸을 기대고 안쪽을 살폈다. 땀이 물처럼 흘러내렸고 손에 쥔 칼이 미끌려 떨어뜨릴 뻔했다. 벽에 붙어 욕실에 들어간 놈이 나오기를 기다렸다. 잠시 뒤 누렇게 기름진 얼굴에 뱃살이 비대하게 늘어진 놈이 밖으로 나왔다. 4년 동안을 찾아다니던 개새끼가 거기에 있었다. 심장이 터질 것 같았고 가슴에 품고 있던 칼이 징징거렸다. 당장 달려가 놈을 찌르라고 칼은 계속해서 울어댔다. 확실히 죽이기 위해서는 기다려야 한다고 차가워진 심장은 칼을 달랬다. 놈은 알몸에 샤워가운만 걸치고 거실을 돌아다니더니 병에 든 숙취해소제를 들이켰다. 턱으로 흘러내려 손으로 닦으면서 TV를 켜 포르노를 틀었다. 와인바에서 잔에 술을 따르다가 어지러운지 비틀거렸다. 곧장 소파 뒤 거실 침대로 갔다. 놈은 침대에 눕자마자 곧바로 코를 골기 시작했다. 신발을 신은 채로 중문을 넘어 안으로 들어갔다. 칼은 이미 밖으로 나와 놈의 심장을 노렸다. 다가가는 동안 놈의 코 고는 소리는 더 커졌고 인기척을 전혀 느끼지 못했다. 바로 옆까지 다가가 놈의 얼굴을 내려다보았다. 놈의 얼굴은 더 살이 찌고 기름져 있었다. 징징대는 칼을 더 이상 말릴 수 없었다. 칼은 그가 움직이는 게 아니라 저 스스로 움직이고 있는 것 같았다.

"김동수! 김동수! 일어나봐!"

"으음……"

"우리 딸을 왜 죽였어? 왜?"

"으음……"

"개새끼야! 죽어!"

아이들과 길성이형 내외의 복수였다. 그의 심장을 향해 칼은 거침없이 들어갔다. 쑤욱 소리를 내며 칼은 안으로 밀려들어갔고 허억 공기 빠지는 소리가 놈의 목에서 들려왔다. 놈이 몸을 웅크리고 목에 걸린 숨을 간신히 뱉어냈다. 더 깊이 넣으려 칼을 뺐다 다시 밀어넣을 때 놈은 버둥거렸고 피가 튀었다.

"그런데 빌딩에는 어떻게 간 겁니까?"

"그냥 주변을 서성이다가 간 거죠."

"그렇게 우연히 만나기는 거의 불가능해요."

"그냥 간 겁니다. 진짜예요."

"아니요. 누군가의 도움 없이는 불가능해요."

"나 혼자 찾았고 나 혼자 죽인 거라니까요."

"그가 김동수라는 것을 어떻게 확신합니까? 닮은 사람일 수도 있는데. 임춘석씨는 그가 김동수라고 알고 갔던 겁니다. 혼자서는 알 수 없어요. 저에게 숨기는 게 있어서는 안 됩니다."

"아이고, 왜 형사님에게 숨겨요. 말도 안 되죠."

임춘석은 고개를 흔들며 계속해서 부인했다. 그건 변할 것 같지 않았다.

"그럼 김동수가 병에 든 음료를 먹는 걸 보았습니까?"

"네, 그것을 마시고 침대로 갔어요."

"병을 어디에 두었는지 기억하세요?"

"병요? 그게 중요한가요? 저번에는 안 물었는데요."

"확인할 게 좀 있어서요."

"침대 가림막 같은 그 위에 올려놓았던 것 같은데요. 그걸 마시고 쓰러지듯 누웠어요."

정확하지 않은 기억에 자신이 없었지만 목소리에는 힘이 들어가 있었다.

"임춘석씨의 기억은 정확합니다. 거기에 있었습니다."

접견을 마치고 임춘석은 돌아갔다. 태석이 굳은 얼굴로 정수에게 말했다.

"임춘석씨가 모르는 사이 살인에 가담한 사람이 더 있을지도 몰라. 아니면 숨기고 있든지. 숨기고 있다는 말이 맞을지도 모르고."

의혹

# COLD CASE 7

**일시 및 장소**
2017. 12. 29. 02:00경 경기도 안산시 구인동 별빛노래방

**실종자**
문진경(38세, 여, 노래방 도우미)

**용의자**
김동식(42세, 남, 회사원, 폭력전과 2범)

**개요**
노래방 도우미로 일을 하고 있는 실종자는 일을 마치고 술에 취한
상태로 귀가하던 중 연락두절. 버스정류장까지의 행적은 확인됨.
혼자 살고 있으며 만남을 하고 있는 남자 없음

**특이점**
마지막 손님 김동식과는 알지 못하는 사이로 연관성 확인하지 못함.
평소 실종자가 서울에서 일을 하고 싶다고 말했다는 지인들의 진술
확인. 가출 의심

**종결**
2018. 2월 미제사건으로 종결, 실종아동등 프로파일링 시스템
등록(여청계 관리)

**담당경찰서 및 겁찰청**
경기남부청, 수원지검 안산지청

# 10

태석은 현장을 확인하기 위해 김동수의 부인에게 연락을 했다. 여러 번 전화를 걸었지만 받지 않아 음기 메시지를 집어넣었다.

—서울청 미제전담팀 하태석 팀장입니다. 강성빌딩 7층에 대하여 재감식을 하고 싶어서 연락드렸습니다. 전화 부탁합니다.

"왜 다시 보려고 하는 거죠?"

바로 전화를 걸어온 부인은 인사도 없이 물었다. 목소리에는 짜증이 묻어 있었다.

"현장에 감식이 빠진 부분이 있습니다."

"이미 범인은 잡히지 않았던가요? 그런데 뭘 더 감식을 하려고 하는 거죠?"

"남편분의 사망에 의구심이 있어서는 안 되지 않겠습니까?"

"죽음에 의구심은 전혀 없어요. 안 된다고 한다면요?"

"법원에서 압수영장을 받아야겠죠?"

"……"

부인은 한동안 말이 없었다.

"듣고 계신가요?"

"지금 당장 하세요. 내일 인부들이 들어가 짐을 들어내야 하니까요."

"사모님 한 가지만 더 물어볼게요. 남편분 오피스텔에 컴퓨터가 있나요? 노트북이나."

"몰라요. 한 번도 가보지 않았으니까요. 그 더러운 곳을 왜 가요."

"더러운 곳이요?"

"가보면 알걸요?"

부인은 그대로 전화를 끊었다. 경찰과는 잠시도 이야기를 하고 싶지 않다는 투였다. 누구보다 김동수가 죽기를 바라는 사람 중에 하나라는 것에는 의심의 여지가 없었다.

태석은 현장으로 출동하며 과학수사팀에게 현장으로 나와줄 것을 요청했다. 차를 대고 관리실로 가자 연락을 받았다며 경비원이 따라와 문을 열어주고 서둘러 돌아갔다. 사람이 죽은 곳에 오래 머물려 하지 않았다. 거실로 들어가자 피 냄새는 모두 사라졌고 핏자국은 바닥에 굳어서 검게 변해 있었다. 1, 2차 감식을 하고 난 거실은 정돈되지 않은 채 그때 그대로 남아 있었다. 김동수가 죽은 침대 아래를 보자 왜 부인이 더러운 곳이라고 했는지 알 것 같았다. 거기에는 섹스 도구가 한가득 들어 있었다.

"완전 성야수네요. 미친 새끼."

정수가 여러 개의 딜도를 들어 보이며 말했다. 태석은 사진을 꺼내 물기 자국이 있던 위치에 다가가 비교하며 살폈다. 희미한 먼지가 마른 드링크액의 점성에 달라붙어 있었다. 저기에 분명 김동수에게서 나온 마약 성분이 있을 것이다. 태석은 과학수사 직원들이 빨리 와주기를 기다렸다. 그러나 시간이 지나도 그들은 오지 않았다. 정수가 답답해 과수대에 전화를 넣었다가 답변을 듣고 황당해했다.

"형님, 이미 종결된 사건이라며 감식을 해줄 수 없다는데요. 이미 두 번이나 했다고요."

"뭐? 무슨 말도 안 되는 소리야!"

"저도 지금 황당해서요. 인원이 없다는 것도 아니고 아예 못 해준다는데요."

태석이 과수대장에게 전화를 넣었지만 그는 원론적인 이야기만 했다. 인원도 없을뿐더러 종결된 사건에는 진출하지 않는다고 했다. 사건번호도 부여받지 못한 사건에는 감식을 해줄 수 없다는 답변만 되풀이했다. 사건이 진행 중이라고 설명을 해도 소용이 없었다. 잠시 생각에 잠겼다가 형사과장에게 전화를 넣었다.

"과장님, 미제팀의 하태석 팀장입니다."

"누구?"

과장은 태석의 목소리를 알아차리지 못했다.

"미제전담팀에 하태석 팀장입니다."

"어, 하 팀장이 무슨 일로?"

"감식을 좀 했으면 하는데요."

"감식? 감식을 하는 데 무슨 문제가 있나?"

형사과장은 아무것도 알지 못한다는 말투였다.

"김동수의 주거지를 다시 한번 감식해보려고 하는데요."

"거기는 이미 광수대에서 종결하지 않았나? 왜 끝난 사건을 들쑤시는 거야?"

"종결된 사건이기는 한데, 미순이 선미 사건과 연관성을 확인하기 위해 필요해서요. 과수팀에 부탁을 했더니 해줄 수 없다고 해서 이렇게 전화를 드리는 겁니다."

"과수팀도 뭔가 사정이 있겠지. 이미 끝난 걸 또다시 들여다보는 게 말이 안 된다고 생각하는 건 아닐까. 나는 그렇게 생각이 되는데. 아무튼 자네가 이해를 좀 해주게. 그리고 다음부터는 직접 전화하지 말고 지원팀을 통해서 하는 게 좋겠어. 오늘은 그냥 그대로 하고."

형사과장은 태석의 부탁을 들어주면서 한편으로 불쾌한 속내를 비쳤다. 감히 총경에게 그딴 일로 전화를 하다니. 하태석은 버릇이 없었다.

"뭐래요?"

"응, 보내준대."

"근데, 표정이 왜 그래요?"

"뭐가? 표정이 그러긴 뭐가 그래."

태석은 정수의 의심을 뒤통수로 받으며 주변을 살폈다. 냉장고를 열어보고 쓰레기통도 뒤져보았지만 빈 드링크병은 찾을 수 없었다. 분명누군가 그것을 가져간 것이다. 한 시간쯤 지나자 과수팀 요원 두 명이 감식장비를 어깨에 메고 현관으로 들어섰다.

"규석이 또 네가 왔나?"

"형님이 있는 거 알았으면 안 오는 건데."

"거짓말하네. 형이 있으니까 왔구만."

정수는 규석과 서로 농담을 주고받았다.

"팀장님, 어디를 감식할까요?"

"이쪽으로 오시죠."

태석은 두 감식요원을 가벽으로 데려갔다. 그리고 당시 현장사진과 함께 가벽 위에 있었을 물기 자국을 가리키자 규석은 채취키트로 물기 자국을 문질러 성분을 수거했다.

"저번에 왔을 때 우리는 이거 보지도 못했는데."

"그러게요. 저번에 미제팀에서 사진을 들고 왔더라고요. 이거 본 적 있냐고. 근데 봤어도 뭐, 필요가 있었을까요?"

"글쎄, 해달라고 하니 해주긴 하지만."

감식을 하면서 두 사람은 고개를 갸웃거렸고 이것이 증거가 된다고 해도 김동수의 사건과는 아무 관련이 없을 거라는 데 의심이 없었다.

"이건 바로 국과수에 의뢰를 할게요."

"그래, 신속하게 좀 해줘라. 그리고 너 이리 좀 와봐."

정수가 규석의 팔을 잡아 구석으로 끌고 갔다.

"왜 안 나오려고 했던 거야? 감식 못 나온다고."

"뭐요?"

"모르는 척 말고 빨리 말해."

"형님만 알아요."

"알았어, 인마."

*

구내식당은 영업을 마치기 위해 정리 중이었다. 마지막 배식구로 가서 식판에 밥을 받았다. 반찬이 거의 떨어져 남은 건 김치와 오징어무침이 전부였다. 밖에서 먹고 올걸 그랬다는 정수의 푸념에 태석은 그냥 웃기만 했다. 퇴근해 집에 가서 먹으라고 태석은 말했지만 정수는 저녁만 같이 먹어주고 퇴근하겠다고 우겼다.

식사를 하고 올라오자 진욱이 퇴근하지 않고 남아 있었다. 그는 여전히 태석이 수사한 김동수 사건을 들여다보고 있었다. 책상에는 검찰청에서 복사해온 서류가 쌓여 있었고 그것의 마지막 뭉치가 손에 들려 있었다.

"다녀오셨어요?"

"퇴근한다면서 왜 아직 그러고 있어?"

"팀장님 서류를 보고 있었습니다."

"서류를 다 본 것 같은데, 이제 김동수가 범인 같지?"

정수가 여전히 의구심을 가지고 있는 진욱에게 물었다. 태석의 수사를 의심하는 진욱이 맘에 들지 않았다.

"김동수의 체포를 검찰은 왜 받아들이지 않았던 거죠?"

"……"

태석이 진욱을 말없이 바라보았다. 질문의 의도가 궁금했다.

"검찰이 승인을 했어야 했다는 의미로 물어보는 거니?"

"네, 조금 미비하기는 하지만요."

"미비한 게 뭐지?"

미비하다는 내용이 뭔지 궁금했다. 그러나 무엇보다 진욱이 태석의 수사에 공감을 하고 있다는 데에 만족했다.

"우선, 시체를 찾지 못했잖아요. 사망했다는 근거가 없으니 확인될 때까진 실종상태인 거잖아요. 가족들도 실종상태이기를 더 바랄걸요. 죽었다는 것보다는."

"그래서 찾으려고 한 거잖아. 새벽까지 계속 뒤지고 뒤졌다고. 근데 못 찾았어. 지금까지도. 그런데 진욱이는 아이들이 그때 살아 있었을 거라고 생각하는 거냐?"

정수가 끼어들었다.

"그런 의미가 아니고요. 제 말은 승인을 해주려면 확실하게 아이들을 김동수가 데려갔다는 증거가 있어야 하는데 없잖아요. 의심만 있지. 사실 서류를 보다보니까 저도 의심이 아니라 확신이 들기는 했지만요. 만약 그때 검사에게 더 긴 설명을 했더라면 승인을 해줬을 것 같기도 한데요."

"설명을 들으려 하지 않았어. 전화도 받지 않았으니까."

정확하게는 받지 않았다기보다는 회피하는 게 맞았다. 당직자는 전달을 해주겠다는 말이 전부였고 찾아와도 만날 수 없다는 말만 들었다. 처음부터 승인을 해줄 맘이 없다는 듯이.

"이제 팀장님의 수사가 맞았다는 걸 인정하나?"

정수가 턱짓을 하며 진욱에게 물었다.

"뭔가 팀장님의 수사를 방해하고 있었다는 느낌을 받았습니다. 팀장님이 수사를 계속해서는 안 된다는 압박이 있는 것처럼 느껴집니다. 지방으로 내려보낸 거나 사건 자체를 모두 다른 팀에게 맡겼다는 것도요. 그리고 곧바로 종결이 됐다는 것도 이상합니다. 김동수에 대한 재수사도 따로 없었고요."

진욱이 서류를 모두 검토해보고 낸 결론이었다. 누군가가 태석을 끌

어내리고 미제사건으로 결론을 내려고 한 것이라는 의구심을 벗겨낼
수 없었다. 그리고 그것이 자기가 했던 임춘석과도 연결이 되는 것에 부
담을 느끼기 시작했다.

"그래서, 우리 형님이 다시 왔잖니. 진욱아, 네가 많이 도와줘야 된다."

정수가 웃으며 말했고 태석의 표정은 담담했다.

"김동수의 통신내역을 확인해야 할 것 같다."

휴대전화를 찾기 위해 필요한 절차였다. 통화내역을 보면 김동수가
언제까지 휴대전화를 가지고 있었는지는 확인이 될 것이다. 그리고 그
가 마지막에 통화한 사람이 누구인지도 확인할 수 있을 터였다.

"지금 신청한다고 영장이 나올까요? 이미 사건은 종결되었는데요."

"그니까 진욱이 네가 사건할 때 해놨으면 이런 일이 없잖아. 왜 신청
안 한 거야?"

"……"

정수가 태석을 대신해 물었다.

"몇 번을 말씀드립니까. 그때 했으면 좋았겠지만 불필요했다고요."

"했으면 좋았다면 했어야지. 일부러 안 한 건 아니지?"

"무슨 말씀이세요, 그게?"

정수의 비꼬는 말에 진욱이 짜증 섞인 말로 대답했다.

"정수는 그만해. 그리고 이제라도 해야지. 늦었지만 확인해야 해. 정
수야, 네가 신청해."

말을 듣자마자 정수는 책상에 앉아 서류를 만들 준비를 했다.

"퇴근하고 내일 해."

"아니요. 만들어놓고 퇴근할게요."

"선배님, 저보고 일부러 그런 거 아니시죠?"

"그거 아니니까. 걱정하지 말고 퇴근해. 나도 형님만큼이나 확인하고 싶은 놈이니까."

태석과 진욱이 몇 번을 더 퇴근하고 하라고 해도 정수는 서류를 만들겠다고 남았다. 둘은 어쩔 수 없이 정수를 남겨놓고 사무실을 나왔다.

"술 한잔 하자. 밥도 안 먹었을 텐데."

"들어가봐야 하는데요."

"한 잔만 하고 가자. 내가 너 밥 한번 사주고 싶어서 그래."

태석은 가겠다는 진욱을 데리고 가까운 고깃집을 찾았다. 사람들이 제법 있었고 고기 탄 연기가 자욱했다. 구석에 앉아 원형 탁자에 연탄을 놓고 고기를 구웠다. 석쇠에 갈매기살이 올라가자 연기가 피어올랐다. 고기 타는 소리가 냄새보다 더 고소하게 퍼졌다. 진욱의 잔에 술을 붓고 태석이 자기 잔에 따르려고 하자 진욱이 병을 빼앗아 잔을 채워주었다. 아주머니는 반찬을 깔고 고기를 한번 뒤집고 돌아갔다.

"내 수사에 동의해줘서 고맙다."

"완전히 동의한 건 아닙니다. 어쨌든 잘못해서 쫓겨나신 거잖아요."

"그렇긴 하지."

건배를 하고 소주잔을 비웠다. 고기가 구워지는 동안 태석은 연거푸 소주잔을 꺾었다. 연기가 많아지며 고기가 누렇게 익어갔다. 진욱이 가위와 집게를 잡고 고기를 잘랐다.

"결혼은 언제하려고?"

"아직 좀 더 있다가요."

"왜? 여자친구가 없냐?"

"네? 없게 보여요?"

"응. 없어 보여."

"없어요."

진욱은 간단하게 답했다.

"연애할 생각은 있나?"

"그냥 그래요."

"은하 어떠냐? 활달하고 적극적이던데. 예쁘기도 하고."

"관심 없습니다."

"여자가? 은하가?"

"둘 다요."

"그럼 언제? 승진하고?"

"승진은요? 아직 생각 없어요."

"경찰관치고 승진에 관심 없는 놈 없다."

"저는 예외로 해두죠. 승진보다 일이라고."

"일이 아직도 서툴러."

"네?"

"서툴다는 말 몰라?"

"네."

진욱의 목소리가 작아졌다. 태석은 술잔을 비우고 더 이상 묻지 않았다. 경찰대 출신이 계급에 관심이 없다는 말이 가볍게 들리지 않았다. 승진 없이 수사실무자로만 10년을 보냈다는 것도 보기 드문 일이었다.

"내 서류 다 봤으면 이제 뭐를 해야 할지 알겠는데?"

"네?"

"김동수가 범인이라는 증거를 찾아야지. 콜드케이스가 아니라 마침표를 찍어줘야 하지 않겠냐? 그래야 임춘석씨도 자기가 한 일에 덜 미안할 거 아냐. 아이들도 그렇고. 임춘석씨는 네가 직접 조사를 했잖아. 얼마나 김동수에 대한 증오가 가득한지도 알았을 것이고 딸에 대한 그리움도 보았을 텐데. 애비가 되면 다 그런 거다. 상대 얼굴도 제대로 쳐다보지 못하는 사슴 같은 사람도 야수로 변할 수가 있어."

"팀장님도요?"

"글쎄, 생각해보지는 않았다. 그런데 그런 경우를 겪기는 했어. 내 동생 때하고 또……"

동생 미숙과 지선을 생각했다. 그때의 분노가 임춘석의 심정과 다르지 않을 것이다.

"동생요?"

"응, 여기서 쫓겨나 고향에 내려갔을 때 박창기라는 또라이가 있었어. 그놈이 내 동생을 죽이려고 했거든. 그래서 나도 그놈을 죽이려고 했어."

"그 사건 알고 있습니다. 동생분은 지금 어떠세요?"

"많이 좋아졌어. 아직도 사람을 무서워하기는 하지만 말이야. 특히 성인 남자를."

"똑같은 일을 또 당한다면요?"

"글쎄, 장담을 못하겠네. 검거를 하는 것이 맞는데……"

태석은 피를 흘리던 미숙의 모습이 떠올랐다. 그때의 흥분상태를 이성으로 누르는 것은 힘들 것 같다는 생각이 들었다. 비워진 잔에 진욱이 술을 따랐다.

251

"뭘 할까요?"

"설명했잖아. 우선 휴대전화를 찾아야 한다고."

"누가 가져갔으면 그것을 그대로 가지고 있겠어요? 이미 처분해버렸지. 그런 바보가 있을까요?"

"네가 그걸 어떻게 알아?"

"네? 제가 가져간 사람이라면 그렇다는 거죠."

"가져간 건지, 잃어버린 건지 모르는데. 넌 왜 가져간 거라고 단정하느냐는 말이야. 네 말대로라면 이 사건에 제3자가 있다는 말인데. 그러면 네 수사가 잘못된 거 아니야? 자백하는 거야? 수사 잘못했다고? 혹시 너한테 코치하는 사람이 따로 있었냐? 임춘석을 범인으로 해서 빨리 검찰에 송치하라고."

태석의 갑작스런 질문에 진욱은 당황했다. 당황하는 모습을 태석은 고개를 갸웃거리며 의심을 하는 척하다가 곧바로 미소 띤 얼굴로 바꾸었다. 그러고는 다시 소주잔을 들이켰다.

"농담이야 인마. 왜 놀래?"

"안 놀랐어요."

진욱은 어색한 웃음을 지으면서 대답을 했다. 어색한 표정을 짓게 만든 태석이 미안하다는 듯 진욱에게 잔을 내밀었다.

"너 과장의 낙하산이라고 하던데. 맞냐?"

"……"

다정한 말투에 가시가 들어 있었다. 진욱은 조금 전보다 더 어두워졌다. 낯빛이 붉어진 채로 태석이 따라준 술잔을 먹지 못하고 그대로 탁자에 내려놓았다.

252

"대답하지 않아도 된다. 내가 과장이라도 나를 감시할 사람은 있어야 하겠지. 또 어떻게 사고를 칠지도 모르니까. 그런데 왜 나를 지켜보는 거야? 수사 열심히 하겠다고 온 사람을. 네가 보기에는 과장이 왜 나를 감시하라고 한 것 같냐?"

"……"

진욱은 대답하지 못했다. 태석이 알고 있었다는 데에 발가벗겨진 듯이 당황했다. 미제팀에 가고자 했던 것도 아니었고 그럴 의도도 전혀 없었다. 다만 경찰대 대선배의 지시를 따랐을 뿐이다.

"내가 미제팀으로 온다고 할 때부터 반대를 했다면서. 절대 와서는 안 된다고."

"그런데 어떻게 오셨어요?"

"빽 썼지. 과장이 반대를 하는데 어떻게 오겠냐. 그보다 윗사람을 잡아야지."

"저도 잘 모르겠는데 과장님이 예민해요. 팀장님에 대해 모두 알고 있습니다. 처음 상견례 때 모르는 척하는데 좀 어색했어요. 아랫사람으로 인해 자기가 욕먹는 것을 극도로 싫어하는 스타일이라고 말해두면 될까요? 팀장님 말대로 승진에 욕심이 있는 사람이니까 밑에서 잘못하는 걸 보지 못하는 거죠."

"욕먹는 거 좋아하는 사람이 누가 있겠냐."

태석은 다시 술잔을 들이켜고 고기를 자르지 않고 큰 덩어리를 우걱우걱 씹었다. 침이 새어나오는 것을 손바닥으로 슥 닦아내었다. 상관들이 자신을 싫어하는 데는 이골이 나 있었다.

"혹시 과장에게 보고할 일이 있으면, 나는 이 사건만 해결하고 다시 시골로 내려갈 것 같다고 해줘라. 이제 나이가 들어서 상사에게 대들 만큼 무모하지도 않고 그런 배짱도 없는 것 같다고. 옛날처럼 무대포로 무모하게 수사하지 않더라고 말이야. 사람 된 것 같다고 그래.”

“……”

“그리고 진욱아!”

“……”

태석이 물끄러미 진욱을 쳐다보았다.

“나는 니가 나를 좀 도와주면 좋겠다. 난 이 사건 꼭 해결해야 한다. 내 개인적인 복수가 아니야. 미안함에 대한 사과지. 처음 아이들의 사건을 하겠다고 덤빈 건 계급장 하나를 더 달아줄 거라는 사탕에 넘어갔기 때문이야. 시작이 잘못된 거지. 승진보다 일이라는 네 말이 그때의 나를 참 부끄럽게 만든다. 그때의 난 그렇게 사명감이나 정의감이 투철한 놈도 아니고 애민정신이 흘러넘치는 놈도 아니었어. 그냥 계급장 하나 더 달아준다는 말에 달려들었던 거지. 사건을 하면서 후회하기는 했지만 말이다. 그렇게 무모하고 무책임하게 덤벼들지 않았으면 이미 해결이 되었을지도 모른다. 콜드케이스가 아니라 그놈은 이미 검거가 되어서 형무소에 있었을 거야. 흉하게 죽지도 않았을 거고. 이제라도 바로잡고 싶다.”

“……”

여전히 진욱은 대답이 없었다. 그것으로 대답이 되었을지도 모른다. 태석은 다시 술을 삼켰고 진욱은 그의 빈 잔에 술을 따랐다. 그리고 그대로 자리에서 일어났다.

“먼저 들어가보겠습니다.”

"그래."

태석은 짧게 대답하고 잡지 않았다. 남은 소주를 맥주잔에 모두 따라 한 번에 입에 털어넣었다. 답변 없이 밖으로 나간 게 태석을 도와줄 수 없다는 의미 같기도 했다. 그러나 언젠가 태석의 진정을 알아줄 날이 있을 것이다. 태석은 그렇게 생각하기로 했다. 밖으로 나간 진욱은 가게 안을 뒤돌아보았다. 홀로 앉아 있는 태석이 너무 커 보였다. 다시 뒤돌아섰을 때 전화가 들어왔다. 진욱이 건조한 말투로 말했다.

"오늘 하태석 팀장은 김동수의 주거지를 찾아가 재감식을 했습니다. 그리고 김동수의 통신자료와 카드 사용내역을 확인하려고 합니다."

*

남은 술을 모두 비우고 국수 하나를 먹고 자리에서 일어났다. 사내는 많이 먹어야 힘을 쓴다는 어머니의 말이 생각나자 웃음이 났다. 국물에 한 잔을 더 할까도 생각했지만 내일 할 일이 너무 많았다. 골목을 비집고 들어온 가을바람은 기름기를 잔뜩 머금고 있었다. 사건이 마무리되면 여기 다시 와서 직원들과 회식을 해야겠다. 그리고 고향으로 내려가야지. 그렇게 되기를 바랐다.

정수는 규석에게 들었다며 현장감식을 방해한 것이 형사과장이었다고 알려주었다. 왜 앞에서는 챙겨주는 척하면서 뒤로는 수사를 방해하는 것일까. 진욱이 정답을 알고 있을 것 같아 기다렸지만 놈은 말없이 가버렸다. 골목을 따라 버스 정류장으로 걸어갔다. 미숙이는 잘 있을까. 오랜만에 전화를 하려고 하는데 벨이 울렸다.

"우리 태석이 잘 있냐? 형이 보고 싶지는 않구?"

"뭔 소리야, 인마. 내가 널 왜 보고 싶어해?"

술에 취한 근식이 혀가 돌아간 목소리로 태석을 찾았다.

"이 새끼 거짓말이 많이 늘었네. 서울 가더니 늘었어!"

"무슨 거짓말?"

"내가 보고 싶지 않다는 게 거짓말이지 인마. 속으로는 엄청나게 보고 싶은 거지."

"술을 얼마나 많이 먹은 거야? 옆에 대준이 있지? 바꿔봐."

"너 그거 어떻게 알았어. 귀신인데."

근식은 일이 끝나고 대준과 함께 술을 먹고 있었고, 미숙도 남편을 찾아 호프집으로 왔다. 두 사람은 이미 술에 취해 있었다.

"오빠!"

미숙이 대준에게 주려는 전화를 빼앗았다.

"왜 동생을 안 찾고 지웅이 아빠를 찾는 거야? 그러기야 오빠!"

"니가 없는 줄 알았지. 대준이 그놈보고 빨리 집에 들어가라고 하려고 그랬지."

"그렇지? 그럴 줄 알았어."

"집에 일찍일찍 들어가라니까 거기서 뭐 하고 있대?"

"그러게, 말이야. 오빠가 좀 혼내줘. 오빠가 계속 감시를 해줘야 하는데 하지 못하니까 이러고 술을 먹네. 근데 오빠 잘 있지? 내가 한 잔소리 잊지 말고. 일 빨리 끝내고 내려와. 오빠 없으니까 지웅이 아빠가 내 말을 잘 안 들어."

미숙은 전화를 대준에게 바꾸었고 대준은 술에 취해 자리에서 일어나 고개를 연신 숙여가며 전화를 받았다. 형님에 대한 예의라면서 앉으라고 해도 앉지 않았다. 돌아가며 전화를 받다가 마지막으로 다시 근식이 안부를 물었다.

"태석아, 형이 서울에도 있었잖아. 도움받을 일 있으면 언제든 전화혀라이. 거그 지하세계의 형님들이 아직도 전화가 오고 나를 올라오라고 난리다. 그러고 언니 소개받고 싶으면 전화하고. 거기 아직도 나를 못 잊는 언니들이 있으니께."

"그놈의 언니는 대체 어디에 몇 명이나 있는 거냐?"

"이놈, 형이 있다면 있는 거여. 구체적으로 묻지는 말고. 그러고 이달 말에 형이 서울에 한번 올라갈지도 모르니께 그때 시간 비워두고. 서울 언니들 보게 해줄 테니께."

또다시 근식의 허세를 듣고 전화를 끊었다. 그래도 고향 친구가 전화를 해주니 고마웠다. 미숙에게도 하고 싶었던 전화라 모두 통화가 되어 더 좋았다. 정류장에 잠시 앉아 있자 버스가 들어왔다. 버스에 타고 다시 전화기를 만지작거렸다. 지영이 수업을 받고 있을 시간이다.

—수업 중이지? 아빠는 퇴근 중. 수능이 얼마 남지 않았으니까 파이팅! 용돈 필요하면 말해. 돈 아끼지 말고. 먹고 싶은 거 있으면 먹으면서 공부해야지.

태석은 메시지 앞에 1이 사라지기를 기다렸다. 공부 중이라는 것을 알면서도 혹시나 보지 않을까 싶어 화면을 계속 바라보았다. 곧 1자가 사라지고 답장이 왔다.

—아빠, 조심히 들어가요. 용돈은 아직 필요 없어. 수업 중 이따 전화
할게요.

—이런, 어서 공부해.

—ㅎㅎ


태석은 미소를 지으며 전화기를 주머니에 넣었다. 버스에서 잠시 졸
다보니 도착을 했다. 돈을 좀 더 주더라도 경찰청 앞에 원룸을 얻을 걸
그랬다. 어디를 가나 돈이 문제였다.

방에 들어가자 태석을 기다려주던 오랜 어둠이 불빛에 쫓겨났다. 시
간은 자정을 넘기고 있었다. 전화한다고 했는데. 다시 문자를 남겨볼까.
그때 전화가 왔다.

"아빠, 집에 가는 중."

"수업 끝나고 들어가는 길이야?"

"응."

"좀 늦었네."

"모르는 문제가 있어서 선생님에게 물어보느라고."

"늦었는데 배는 고프지 않고?"

"편의점에서 김밥 한 줄 사가지고 먹고 가는 중이에요."

"늦었는데 엄마가 마중 나오니?"

"내가 무슨 초등학생도 아니고. 엄마는 일이 있어서 나보다 더 늦을
걸. 아빠 피곤하니까 빨리 자요. 나도 한 정거장만 더 가면 돼."

"아저씨라도 나오라고 하지."

태석을 그를 아저씨라 불렀다.

"그런 걱정은 하지 않아도 되시네요. 하태석님."

"그래 그럼, 조심히 들어가고."

전화가 끊겼는데 왠지 불안했다. 자정이 넘은 시간이었고 애엄마라도 기다려주면 좋을 텐데. 수연에게 전화를 넣고 싶었지만 너무 늦은 시간이었다. 전화를 해봤자 핀잔만 들을 것이다. 새남편이 마중을 나가줄까. 전화번호라도 있으면 전화를 해볼 텐데. 그러면 무슨 오지랖이냐고 뭐라고 하겠지? 몇 번을 뒤척이며 잠을 이루지 못했다. 서울에 올라와 가까이에 있다보니 걱정이 더 늘었다.

—집에 도착. 잘 자 아빠.

메시지가 도착하자 그제야 태석은 잠들 수가 있었다.

\*

박진욱 형사와 오은하 형사는 영업용 택시 사업소를 찾아가기 위해 차에 올랐다.

"어제 팀장님하고 한잔하셨어요?"

"어떻게 알았어요?"

"우리 사무실 돌아가는 일이야 제 손바닥이죠. 무슨 이야기 했어요?"

"별 이야기 없었는데요."

"정말요? 그럼 팀장님이 술은 얼마나 드셨어요? 많이 드셨어요?"

"오 형사님은 팀장님을 좋아하는 것 같아요. 매일 팀장님 얘길 물어보는 걸 보면."

"팀장님이시니까 그렇죠. 혼자 계시니까 안돼 보이기도 하고."

"저도 혼자예요."

"무슨 말이에요? 박 형사님은 젊잖아요. 팀장님은 나이도 있고 또 혼자시잖아요. 누가 챙겨주는 사람도 없이. 그래서 걱정스러우니까 그렇죠. 그런데 티가 나요? 제가 좋아하는 게?"

"오 형사님은 감정을 숨기지를 못하는 것 같아요. 저번에도 그렇게 말을 막하더니."

진욱은 저번에 눈치보지 않고 거침없이 물었던 은하의 말투가 생각났다.

"그렇기는 하죠. 제가 팀장님을 좋아하는 건 저와 같이 근무하는 팀장님으로서 존경하고 신뢰하고 뭐 그렇게 따른다는 것이죠. 그렇게 이해하면 될 것 같네요."

"저도 그렇게 생각하고 있었어요. 그렇게 설명하는 게 오히려 오버 같기도 하고."

"네? 사람 떠보는 거예요?"

"아니요. 오해하지는 마세요. 농담이에요."

진욱은 장난을 진심으로 받아들이려 하는 은하에게 사과했다.

"그런데, 박 형사님은 김동수가 아이들과 관계있다고 믿지 않으시죠?"

"왜 그렇게 생각해요?"

"느낌이 그래요. 팀장님이 그렇다고 계속 주장을 하니까 그냥 따라가는 것 같은 느낌. 그냥 시키는 대로 두고 보자라고 하는 느낌. 따르기는 하는데 믿음은 그렇게 없는 느낌."

창밖을 바라보며 은하는 무심한 듯 말을 뱉었고 진욱은 그런 그녀의 얼굴을 고개 돌려 쳐다보았다. 이 여자가 왜 이래라는 표정이다.

"아니요. 저도 팀장님을 믿고 따르기로 했어요. 어제 팀장님이 자기를 믿어달라는 말이 진심으로 느껴졌어요. 팀장님이 빚이 있는 것도 아닌데 너무 큰 빚을 진 사람처럼 힘들어하시더라고요."

"정말요? 그럴 줄 알았어. 저도 열심히 도울게요. 저는 아직 수사를 잘하지는 못하지만 가르쳐만 주시면 열심히 할게요. 그럼 택시기사를 만나면 뭐라고 해야 해요?"

진욱이 태석을 믿는다고 하자 은하는 자기가 신뢰를 받은 것처럼 좋아했다.

"김동수 상태가 어떠했는지, 휴대전화를 하는 것을 보았는지, 기타 등등 물어보는 거죠."

어느새 택시 조합에 도착했다. 주차장으로 들어가자 여러 대의 택시들이 정비를 하기 위해 대기 중에 있었다. 휴게실에는 기사들이 커피를 마시고 있었고 구석에서는 담배를 피우고 있었다. 사무실 문을 열자 여직원이 둘을 맞았다.

"전화드렸었는데요. 서울청 직원입니다."

"경찰관인가요?"

"네, 4528번 차량을 운전하는 기사님을 만나고 싶은데요."

"며칠이죠? 그 차 운행하시는 분이 세 분이라서요. 교대로."

"9월 10일 자정쯤요."

오은하 형사가 그날의 날짜와 시간을 알려주자 여직원은 컴퓨터에서 그날 택시를 배당받은 기사를 검색했다. 그러고는 이름을 찾아 전화를 걸었다. 그러자 휴게실에서 담배를 피우던 기사 가 전화기를 꺼내들었다.

"저분이에요. 현경수씨요."

여직원은 휴게실에서 전화기를 받아 든 삼십 대 초반의 남자를 가리켰다. 진욱이 휴게실로 들어가 담배를 물고 있는 남자에게 다가갔다.

"여기는 사람들이 많은데 밖에서 이야기를 좀 하시죠."

"네? 네."

남자는 놀란 듯 긴장한 모습을 보였다. 밖으로 나오자 신분증을 보여 주고 경찰임을 알렸다.

"확인할 게 있는데요."

"뭘요?"

"휴대폰 때문에요."

"잠시만요. 담배 하나만 더 피우구요."

남자는 긴장된 얼굴로 다시 휴게실로 들어가려 했다. 은하가 그를 잡고 사건을 설명하려 하자 진욱은 그녀의 팔을 당기고 고개를 저었다. 설명할 것이 아니라 그의 설명을 듣는 게 나을 것 같았다. 안에 들어간 남자는 어쩔 수 없다는 듯 밖으로 나왔다.

"저는 몇 개 없어요. 몇 번 하지도 않았는데. 경표 형한테 저도 배운 거라고요."

"몇 대나 있는데요?"

"다섯 대요."

"그전에 처분한 건요?"

"여덟 대요."

"그럼 다섯 대는 지금 가지고 있어요?"

"네."

그의 말에서 진욱은 그가 손님들이 두고 내린 휴대폰을 모아 처분하고 있다는 것을 눈치챘다. 예전에 같은 내용으로 택시기사들을 조사한 적이 있었다. 아마도 현경수는 휴대폰 처분 때문에 경찰이 찾아온 것으로 알고 지레 겁을 먹고 자백을 한 것이다. 초범이라 경찰에 익숙지 않은 게 다행이었다.

"현경수씨, 그 휴대폰 지금 어디에 있어요?"

"제 차예요. 이제 어떻게 되는 거죠?"

"우선, 휴대폰을 확인해보죠."

남자는 두 사람을 데리고 자기 차로 갔다. 그리고 트렁크 안 상자에서 휴대전화기 다섯 대를 꺼내놓았다. 그중에 김동수의 휴대전화가 있기를 바랐다.

"언제부터 모은 거죠?"

"한 달 전부터요."

"9월 10일 자정에 라일락에서 손님 태웠죠?"

"네."

*

라일락은 아직 영업 전이었다. 영업에 방해가 되지 않는 시간에 찾아가야 그래도 도움을 받기 쉬웠다.

"영장 만들고 몇 시에 들어갔나?"

"집에 가니까 12시가 다 되었던데요. 내일이면 발부되지 않을까요?"

"신용카드도 같이 넣었지? 그 새끼 어디에서 그렇게 결제하고 다녔는지 알아야지."

"당연히 넣었죠. 그런데 진욱이하고는 이야기해보셨어요?"

"뭐?"

태석은 모른 척 되물었다.

"뭘 모른 척해요? 한잔하면서 물어봤겠구만."

"그냥 술 한잔 한 거 가지고. 다음에 얘기하자. 내가 거기에 그렇게 신경 쓰는 것도 아니고."

"그렇죠. 형님이 자기 감시한다고 수사할 거 안 하는 것도 아니고. 그래도 일은 하려고 하대요. 아침에 은하하고 택시기사 만나러 가는 것 보면요."

"나는 택시보다 기원이가 간 강성빌딩 주변 CCTV가 더 신경이 쓰인다. 기원이가 혼자서 힘들 것 같으면 네가 좀 도와줘라. 거기서 뭔가 나오지 않을까 하는 생각이 들어."

"뭐가요?"

태석은 정수의 질문에 잠시 생각에 빠졌다.

"임춘석씨 말고 누군가 안에 들어간 것 같단 말이야."

"유미가 들어갔잖아요."

"유미 말고 또 누군가 들어갔어. 아니면 그 전부터 있었던가. 드링크제하고 휴대폰, 노트북이 없어질 이유가 없잖아."

"경비원 양씨는 아니겠죠?"

"글쎄. 그걸 김동수 부인에게 넘겼다면 이야기를 했겠지. 하지 않을 이유가 없잖아. 그 사람도 그것 때문에 자기가 의심을 받고 있다는 것을 알 텐데. 김동수 부인도 그런 사실 없다고 하고. 이미 김동수가 죽었는데 가지고 있을 이유도 없잖아. 재산 문제가 해결이 돼버렸는데."

세 사람 외에 다른 사람이 김동수의 오피스텔에 들어갔을 것이라는 생각이 머리를 떠나지 않았다. 그것을 확인할 수 있는 게 CCTV였다. 택시기사와 주점에서 휴대전화를 가지고 있었던 게 확인된다면 그 생각은 더 무거워질 수밖에 없었다.

차는 신원호텔에 섰다. 사람들이 많았고 내국인보다 외국인들이 더 많았다. 호텔 뒤편에 위치하고 있었고 반지하에서 시작한 출입문이 지상까지 올라와 거의 2층 높이라서 한눈에 보아도 고급 주점이라는 것을 단숨에 알 수 있었다. 출입문에 가까이 가자 안에서 종업원이 나왔다. CCTV로 두 사람이 다가오는 것을 보고 있었던 모양이다. 종업원을 따라 커다란 출입문을 통해 안으로 들어갔다. 기다란 복도에 종업원들은 청소 중에 있었다. 맨 끝 방으로 두 사람을 안내했다. 문이 열리자 가운데에 사십 대 초반의 지배인이 테이블 좌측에 앉아 있고, 그 옆으로 좀 더 나이 많은 마담이 앉아 있었다. 천장 높은 곳에서의 조명이 어두웠다. 남자 지배인은 다부진 몸에 외모가 준수했고, 마담은 화장을 진하게 하고 짧은 원피스를 입고 있었다. 그녀는 빨간 입술에 얇은 담배를 물고 있었다.

"어서들 오시죠. 오전에 전화받은 마담 한미애입니다."

"지배인 유성민입니다."

두 사람은 나란히 인사를 했고 태석과 정수도 인사를 했다. 간단히 찾아온 이유를 설명하고 협조에 대해 감사인사를 건넸다.

"두 분이 가게를 모두 총괄 운영하고 계신가요?"

"네."

마담 한미애가 진짜 사장일 리는 없었다. 실질 오너가 따로 있고 그녀는 월급 사장일 가능성이 높았다.

"9월 10일에 근무를 했던 분도 두 분이 맞나요?"

"네, 같이 있었습니다."

지배인 유성민이 허리를 세우며 답변을 했다.

"두 분은 김동수씨를 알고 있습니까?"

태석이 두 사람에게 같이 묻자 둘은 서로 얼굴을 마주보며 뭐라고 대답을 할지를 고민하는 듯했다.

"가끔 오는 손님 중에 한 분입니다. 그날은 혼자 왔고요. 이미 어디선가 술을 많이 드셔서 술에 취해 있었습니다. 그 방이 바로 이 방입니다."

마담이 손으로 테이블을 가리키며 말했다. 방에 앉은 김동수와 유미의 모습이 아른거렸다.

"가끔 왔다면 전에도 몇 차례 온 적이 있다는 말씀이네요?"

"네, 작년 여름인가요? 그때는 자주 왔었습니다. 한 달에 서너 번 정도로 왔으니까요."

"특징이 있죠?"

"네."

마담은 알고 있다는 듯 한숨을 쉬었다.

"어린 여자들만 찾았습니다. 최대한 나이가 적어야 했으니까요."

"VIP였습니까?"

"음…… 반은 맞고 반은 틀려요."

"무슨 뜻이죠?"

"돈을 잘 안 내요. 같이 오신 분들이 내죠. 그분들이 검사고 변호사고 경찰 고위간부들이라고 하더라고요. 그분들이 내죠. 뭐가 약점을 잡혔

느지는 모르지만요. 그런데 혼자 올 때는 달라요. 자기를 모르느냐는 식이죠. 내가 어떤 사람하고 같이 왔는지 알지 않느냐. 그날도 돈 안 내고 갔어요. 그리고 한 번도 직원들 팁을 준 적도 없어요. 아가씨들에게는 팁을 조금 주는 것 같아요. 이상한 요구를 하면서요. 진상이죠. 거기다 어린아이들만 찾아요. 없는 줄 알면서도 미성년자를 요구할 때가 많아요. 진상 중에 진상이에요."

"들어주나요?"

"말도 안 되는 거 아시잖아요. 대신 어려 보이는 친구를 넣죠. 선미 같은. 그것 빼고는 다른 요구는 다 들어줘요."

마담은 싫지만 어쩔 수 없었다는 투였다.

"요구를 거절하지 못하나요?"

"거절 못 하죠. 같이 오는 사람들 레벨이 그런데. 왜 그런 진상하고 같이 다니는지는 모르지만요."

이번엔 지배인이 대답했다.

"누군데요?"

"누군진 모르지만 이전에 요구를 들어주지 않았다가 대대적인 단속을 당한 적이 있어요. 경찰들이 떼거지로 몰려와서 미성년자 찾는다고 난리도 아니었어요. 그때 면접 보러 온 애 중에 하필 미성년자가 있어서 애 먹었어요. 그래서 뭐가 있구나 생각했죠."

지배인은 김동수의 뒤에 든든한 백이 있다고 믿고 있었다.

"선미가 유미라는 것은 아시죠?"

"우리는 선미로 알고 있습니다. 그렇게 불렀으니까요."

마담은 유미라는 이름은 알지 못했다.

"유미가 김동수를 찾아 여기에 들어온 사실을 알고 있었습니까?"

"전혀 몰랐죠. 몇 번 묻기는 했던 걸로 기억해요. 선미가 경찰서로 잡혀가고 나서 김동수가 선미의 동생을 죽였다는 말은 들었습니다. 부모님들도 모두 사망했다고 하대요. 그 얘기를 듣고 나니까 얼마나 불쌍하던지."

마담은 유미가 안타깝다는 듯 입술에 힘을 주었다.

"그날 여기서 2차를 나갔죠?"

"네?"

마담이 놀라 지배인을 쳐다보자 그가 대신 대답을 했다.

"저희 업소에서는 2차에 대해 아가씨들에게 아무 터치를 하지 않습니다. 그것은 아가씨 스스로 결정하는 것이죠. 자유의사입니다. 마음에 들면 연애할 수 있는 거 아닌가요? 거기까지 저희가 관여할 수는 없지 않습니까. 저희는 가게 안에서의 일에만 책임을 집니다. 가게를 나가면 그 이후는 오롯이 아가씨의 책임입니다. 그 점은 분명히 해주시길 바랍니다. 만약 거기에 대한 조사라면 저희는 더 이상 협조할 수 없습니다."

지배인이 적극적으로 성매매 혐의에 대해 차단을 했다. 그들이 만약 성매매알선으로 입건이 된다면 업소는 물론 호텔에도 영향이 있었다.

"그럼, 어디까지 협조해줄 수 있죠? 저희도 협조하는 정도에 따라 알선 부분을 확인해야 하는지 하지 않아도 되는지 판단할 것 같은데요."

태석은 김동수 사건에 알선 부분은 필요하지 않았기 때문에 그것으로 협상의 여지를 넓혔다.

"뭘 원하시나요?"

"우선, 그날 김동수와 유미의 룸에 들어갔었던 직원을 만나고 싶습니다. 그리고 CCTV가 설치돼 있죠? 그 시간의 영상을 확인할까 합니다. 그리고 전에 함께 온 사람이 누구인지도 알 수 있는 영상을 보고 싶네요."

"잠시만요."

지배인이 시간을 달라고 요구를 하며 밖으로 나갔다. 결정을 해줄 사람은 따로 있어 보였다.

"직원은 괜찮은데…… CCTV 영상은 좀……"

룸으로 들어온 지배인은 영상에 불리한 자료가 있을 것을 염려했다.

"마담은 어떠세요?"

"법률적인 것은…… 우리 지배인이 결정할 겁니다."

마담은 지배인의 눈치를 살피며 결정하지 못했다.

"압수영장을 가지고 올까요? 그때까지 영상을 보존하고 계셔야 합니다. 인멸해서는 안 된다는 말씀입니다."

정수가 은근히 목소리를 높였다. 협조하지 않으면 강제로 가져가게 될 것이라는 협박이었다. 순순히 내놓으라는 말이지만 잘못 받아들였다가는 역효과가 날 때가 있었다.

"그러면 그렇게 하시죠. 영장을 가져오시면 넘겨드리겠습니다."

역효과가 바로 났다.

"알선에 대한 조사는 검토해보겠습니다. 저희도 영장을 가져와 강제수사를 한다면 즉시 알선까지 확인을 해야 할지도 모릅니다."

정수의 헛발질에 태석은 지배인의 눈치를 살펴 다른 협상카드를 내놓았다. 지배인은 태석을 유심히 바라보았다. 믿을 수 있느냐 없느냐를 가늠해보는 것 같았다.

"그렇게 하시죠. 그런데 제가 기억하기로는 석 달 전쯤 왔던 것 같은데 저희 CCTV는 보존기간이 1개월입니다. 마지막 그날도 존재하는지 확인해봐야 합니다. 그리고 보시다시피 룸에는 카메라가 없고 복도와 카운터에만 있습니다."

고개를 들어 천장을 보자 카메라는 없었다.

"카운터를 보는 것은 몇 개입니까?"

"두 개가 있습니다."

"두 개 모두 해주십시오. 복도를 같이 볼 수 있다면 더 좋겠네요. 그리고 출입문 앞쪽도요. 거기에도 설치가 되어 있던데요."

CCTV는 고화질에 여러 장소를 비추고 있었다. 업소 안에서 시비가 일어나거나 분쟁이 발생할 때를 대비해서였다. 잠시 후 룸 안으로 남자 웨이터가 들어왔다. 이십 대 후반의 남자는 하얀 얼굴에 키가 컸다.

"오랜만에 찾아왔습니다. 연락도 없었고요. 예전에 올 때는 전화를 해서 아가씨를 먼저 대기하도록 했는데요. 그날은 술에 많이 취해 있었습니다. 혼자서 왔고요. 오자마자 VIP룸인 이 방으로 안내했고 아가씨는 선미를 소개했습니다. 그건 마담이 정했습니다. 선미가 가장 어려 보이니까요. 또 제일 어린 친구로 요구를 했었고요. 두 사람이 들어가고 한 번 정도 들어갔던 것 같습니다. 선미가 대기실에 간 사이에 김 회장님이 급하게 전화통화를 하더니 밖으로 나와서 집에 가겠다고 했습니다. 서두르는 것 같았고요. 계산은 하지 않고 나갔고 대기하던 택시를 잡아드렸죠."

"누군가에게 전화를 받았다고?"

태석이 물었다.

"네, 화를 내는 것 같았어요. 거기 가만히 있으라고 했던 것 같았는데요."

270

퇴근 시간이 되자 차들이 밀리기 시작했고 네온에 불이 들어온 가게들이 많았다.

"전화로 누군가와 다툼이 있었다는 말이 큰 수확인데요."

"전화가 있었다는 것도 확인이 되었고 놈과 마지막 통화자일 가능성도 높지. 어쩌면 이 사건을 해결할 수 있는 열쇠가 될지도 몰라. 가장 중요한 인물인 거지. 통신자료를 받아서 확인한다면 빨리 풀릴 것도 같다."

사무실에 다 왔을 때 정수의 전화벨이 울렸다. 수사지원팀 서무의 전화였다. 그는 차분하게 영장이 기각되었음을 알려주었다. 정수가 만든 영장은 아침 일찍 다른 서류들과 함께 검찰청으로 들어갔다. 그러나 압수영장은 법원으로 가지도 못하고 검사의 책상에서 막혔다. 김동수와 아이들의 연관성에 소명이 부족하고 또 이미 사망했다는 것이 이유였다. 김동수가 화를 내며 나갔다는 종업원 말에 실마리가 있을 거라고 생각하고 있었는데 확인할 수 있는 길이 막혀버렸다. 서울청 주차장에 도착할 때까지 태석은 아무 말이 없었다. 7년 전 김동수의 체포를 승인하지 않을 때의 모습이 다시 떠올랐다. 엘리베이터를 타고 사무실에 도착할 때까지도 침묵은 계속되었고 직원들이 테이블에 앉아 기다리는 동안에도 기각된 영장에서 빠져나오지 못하고 있었다. 얼마의 시간이 흐르고 나서야 태석은 정신을 차릴 수 있었다.

"정수야, 오늘 종업원이 말한 것 있지?"

"뭐요?"

"김동수가 통화를 하면서 나갔다고 했잖아."

"그런데요?"

"종업원의 진술을 근거로 통신을 다시 신청해봐. 김동수가 죽기 직전에 누구와 통화를 했다면 그건 가장 중요한 단서가 될 것 같은데."

"그것도 어차피 김동수 관련이잖아요. 우리 수사는 아이들인데."

정수는 태석이 사건에 너무 몰입해 억지를 쓰고 있음을 지적했다.

"모르는 것은 아닌데 한 번 더 신청해봐."

"네, 다시 신청해보겠습니다."

태석의 간절함을 알기에 정수는 영장을 재차 신청하기로 했다. 아이들을 확인하기 위해서는 피할 수 없는 수사였다. 정수의 말에 태석의 얼굴색이 돌아왔다.

"오늘 하루 고생했어. 진욱이는 택시기사 소득이 있었어?"

태석이 박 형사에게 물었다.

"네, 어쩌면 저희가 가지고 온 전화기 중에 김동수의 전화기가 있을 수도 있습니다."

"뭐?"

태석이 놀라 눈이 커졌다. 진욱이 상자에서 전화기 다섯 대를 꺼내놓았다. 택시기사 현경수에게서 임의제출을 받아 압수한 것이다.

"택시기사는 손님이 흘리고 간 전화기를 가지고 있다가 이를 업자에게 대당 이십만 원씩을 받고 팔아왔습니다. 저번 달에도 여러 대를 넘겼다고 합니다."

"저희가 갔을 때 휴대전화라고 하니까 깜짝 놀라서 자기가 스스로 내놓은 거예요. 도둑이 제 발 저린 거죠."

"그런데 이중에 김동수 것이 있는 게 확실해?"

태석은 휴대전화 다섯 대를 내려다보며 물었다.

"그게 좀 불확실합니다. 택시기사가 확실하게 기억을 하지 못하더라고요. 택시를 탔을 때 김동수가 누군가와 전화를 한 것은 기억이 나는데 그 사람이 떨어뜨리고 간 건지 아니면 다음 손님이 떨어뜨리고 간 건지 모르는 거죠."

"혹시 대화 내용은 기억이 난데?"

"잘 기억나지 않는답니다."

"빨리 디지털포렌식계에 의뢰를 해서 김동수 것이 있는지 확인해."

"네, 서류는 이미 만들어놓았습니다. 가져다주기만 하면 될 것 같습니다."

"택시기사는 어떻게 할까요?"

"휴대폰 주인이 확인되면 강력팀에 인계해. 그쪽에서 절도혐의로 수사하도록 말이야."

만약 압수물에 김동수의 휴대전화가 있다면 아이들의 영상이 있을 수도 있었다. 그렇다면 그렇게 고대하던 미순과 선미의 사건을 해결할 수 있을 것이다. 태석의 얼굴에서 영장이 기각되었을 때의 모습이 조금은 희미해졌다.

"팀장님, 그럼 현장주변 CCTV는 어떻게 할까요. 디지털분석이 끝날 때까지 기다려볼까요?"

혼자서 CCTV를 수집해온 최기원 형사가 조심스럽게 말을 꺼냈다. 하루 종일 돌아서 그가 모은 영상은 사십 개 정도 되었다. 강성빌딩 주변으로 상점과 사무실 등에 설치된 CCTV를 모두 끌어모은 것이다.

"아니, CCTV는 계속 확인을 해야지. 가져온 것은 혼자서 보기 힘드니까 각자 나누면 한 열 개 정도 되겠지? 시간 나는 대로 확인을 하자고. 그리고 힘들겠지만 시간이 지나면 영상이 지워지니까 그 전에 주변으로 최대한 찾아놔봐. 부족하면 진욱이하고 은하가 도와주고."

"우선은 제가 확인해보겠습니다. 시간대별로 구역별로 정리를 하는 것은 혼자서 작업하는 것이 낫습니다. 여럿이 하면 분산돼서 오히려 정리하는 데 힘듭니다."

"그럼, 기원이가 계속 수고 좀 해줘."

영상을 다운로드하는 것은 금방이지만 그것을 확인하는 데는 방대한 시간이 필요했다. 영상 속에서 찾고자 하는 모습은 단 몇 초에 불과하기 때문에 잠시라도 한눈을 팔거나 속도를 높였다가는 지나쳐버리기 쉬웠다. 기원이 가져온 영상의 분량은 최소 오백 시간은 넘었고 그 안에 확인할 시간은 단 몇 초에 불과했다. 기원은 우선 혼자서 모두 정리를 하기로 했다. 아쉽게도 다섯 대의 전화기에는 김동수의 것은 없었다. 전화기는 피해자를 찾아 모두 돌려주었고 택시기사는 절도혐의가 인정되었다. 정수가 재신청한 영장은 또다시 기각됐다.

라일락에서 가져온 영상 속에서 김동수는 술에 취한 상태로 혼자서 영업장으로 들어왔다. 비틀거리기는 했어도 완전히 중심을 잃을 정도는 아니었다. 그가 들어오자 마담이 나가 맞았고 웨이터가 따라붙었다. 유미가 룸으로 들어간 지 얼마 되지 않아 밖으로 나왔고 바로 이어서 김동수가 전화를 하면서 밖으로 나왔다. 돈을 내지 않고 나가는 김동수에게 지배인은 드링크제를 주었고 김동수는 그것을 들고 나갔다. 드링크제는 어디에서 왔을까. 영상을 뒤로 돌리자 김동수가 들어오고 나서 얼마 지나지 않아 검은색 헬멧을 쓴 퀵서비스가 들어와 지배인에게 주고 나가는 장면이 잡혔다.

"친구분이 들어갈 때 술 깨라고 주는 것이라고 하면 알 거라고 했습니다."

지배인은 퀵을 기억하고 있었다. 친구는 누구일까. 사건에 끼어 있는 제3자가 있다.

*

박주민 교수는 서울청 근처 커피숍에 와 있었다. 약속 시간보다 삼십 분 전이다. 간담회가 너무 일찍 끝이 났고 저녁까지 먹고 나서도 시간이 남았다. 간담회가 늘어질 것으로 생각하고 늦은 시간 약속을 잡은 게 하 팀장에게 미안했다. 처음 그를 알게 된 것은 6년 전이다. 모르는 번호의 전화를 받을까 말까 망설이다가 받았던 전화기 너머로 걸걸한 목소리 의 남자가 자기를 경찰관이라고 소개를 했다. 그리고 대뜸 연쇄살인사 건에 대해 분석을 의뢰했다. 이미 범인인 주경철은 유치장에 수감이 된 상태인데 그가 범인이 아닌 것 같다며 다른 연쇄범을 찾아야 한다고 했 다. 그의 부탁을 거절할까 망설이다가 명령과 같은 단호함에 그만 넘어 가고 말았다. 이미 잡힌 살인범이 있는데 밖에 또 있다니 믿기 힘든 말 이었고 황당하기까지 했다. 생각해보면 참 예의 없는 부탁이었다. 그럼 에도 들어주길 잘했다는 것은 결론적으로 그의 생각이 맞았기 때문이 다. 박 교수도 이미 검거된 주경철이 범인이라는 선입견을 가지고 분 석을 하다가 점점 태석의 말에 빠져들었고 그의 분석이 틀리지 않았다 는 것을 알았다. 그래서 또다른 연쇄살인범이 있다는 가정으로 그가 보내준 자료를 분석했고 다행히 그녀의 도움으로 태석은 정상규를 검거할 수 있었다. 박 교수는 태석이 의뢰했던 자료와 자신이 분석한 자료를 가지고 학생들에게 수업을 진행하고 있었다. 정상규와 주경철을 인터뷰했던 일까지 첨부해 수업을 해서인지 학생들에게 꽤 인기가 좋았고 방송에도 여러 차례 얼굴을 내비쳤다. 복잡한 사건이나 잘 풀리지 않는 사건이 발생했을 때 종종 방송국에서 연락이 왔다. 피해자의 심리상태를 묻기도 하고 피의자의 행동을 분석해달라고 요구하기도 했다. 그럴 때마다 그녀는 카메라 앞에서 이를 분석해주었고 그것은 수사자료로 활용이 되기도 했다. 그래서 그런지 그녀의 인지도는 꽤 높아진 상태였다. 이후에도 계속해서 태석의 의뢰에 상의를 하면서 여러 어려운 사건을 해결해냈고 그건 또 자료로 사용이 되었다. 태석의 덕분이라 그에게 한턱을 낸다고 여러 차례 이야기를 했는데 기회가 없었다. 오늘 기회가 되면 그 보답을 하고 싶었다. 이번에도 갑자기 연락이 왔다. 예전부터 서울에 올라가면 연락을 주겠다고는 했었다. 그러나 정작 서울에 와서는 내려갈 때쯤 전화를 해 만날 수가 없었다. 이번에도 일 때문에 왔다가 내려가려고 하는가보다 생각했었다. 그런데 이번엔 전과 달랐다. 서울청 미제전담팀의 팀장으로 발령을 받아 올라왔고 사건에 대해 의논할 것이 있다며 간담회 진행 중에 연락이 왔다. 그리고 바로 저녁에라도 만나야 한다고 했다. 전에도 늘 그랬었던 것 같다. 상대방의 스케줄을 고려하지 않는 일방적인 약속. 마치 명령과도 같은 말투. 그러나 그것이 불편하거나 기분이 상하지는 않았다. 그건 태석의 스타일이었고 그게 매력이기도 했다.

밤 9시가 다 되어 짧은 머리에 떡 벌어진 어깨의 중년 남자가 커피숍

안으로 들어왔다. 덩치는 여전히 컸다. 다만 나이가 들어서 그런지 예전에 보았을 때보다 인상이 많이 유해졌다. 그때는 첫인상이 날카롭고 화가 난 듯 차갑게 보였었다. 모든 일에 불만이 쌓여 있어 보였고 말을 걸었다가는 곧바로 물어뜯길 것 같은 인상이었다. 그러나 지금은 중년의 여유가 있어 보였고 인상도 따뜻하게 변해 있었다. 박 교수가 손을 들어 표시를 하자 태석도 반가운 듯 손을 들어 인사를 했다.

"팀장님, 어서 오시죠."

"박 교수님 오랜만입니다. 그동안 잘 계셨죠?"

둘은 반갑게 악수를 나누었다.

"그러게요. 이게 얼마 만이죠? 작년 여름에 보고 올해 처음인 것 같은데요. 여대생 납치사건 때 뵙고 보지 못했잖아요. 1년도 넘었네요."

"그동안 제가 일을 잘 안 했다는 거겠죠?"

"무슨 말씀을요. 저 없이도 유능하게 일을 잘 처리하셨다는 거죠."

"교수님은 방송에서 가끔 보고 있습니다. 역시 화면보다 실물이 나으신데요."

"하 팀장님이 농담도 하시고 확실히 전하고 달라졌어요. 여유도 있으시고 인상도 좋아지시고. 중년남으로 매력이 있는데요. 요즘말로 꽃중년이라고 하던데요."

"꽃중년은 무슨…… 계속할까요? 박 교수님도 전보다 훨씬…… 꽃처럼 우아하고……"

"아니에요. 그만하시죠."

태석의 어색한 농담이 계속될 것 같아 박 교수는 말을 끊었다. 태석은 그녀의 말을 덕담으로 들었겠지만 거기엔 박 교수의 진심이 약간 끼어 있었다. 그러나 그가 눈치채지 않기를 바라면서 웃음으로 대신했다. 박교수가 일어나 커피를 주문하고 받아왔다. 태석이 사겠다고 했지만 그녀가 먼저 카운터로 가 카드를 내밀었다.

"서울에 오셨으니까 제가 사야죠. 다음에 광주에 가면 팀장님이 사세요."

"그러죠. 그런데 당분간은 계속 서울에 있어야 하는데 그럼 교수님이 계속 사시는 건가요?"

"네, 그럴게요. 팀장님은 충분히 그럴 자격이 있으시니까요."

태석의 말에 박 교수는 흔쾌히 대답을 했다. 커피를 한 모금씩 마시고 그녀가 먼저 용건을 물었다. 이렇게 갑자기 또 만나자고 한 것은 분명 일이 있기 때문이다.

"무슨 일로 갑자기 보자고 하신 거죠? 전에도 이렇게 일방적으로 보자고 하셨기는 하지만요."

"그랬던가요. 사과드려야겠네요. 이번에도 무작정 불러내서요. 지방에 있었다면 전화로 했겠지만 서울에 계시는데 그래도 만나서 이야기를 하는 게 나을 것 같았습니다."

"농담이었어요."

난처한 표정을 짓는 태석에게 오히려 박 교수가 미안해했다.

"교수님, 미순이와 선미 사건 아시죠? 7년 전에 발생한 사건요."

"당연히 알죠. 미제사건으로 남아 있잖아요. 그 사건 때문에 팀장님이 내려가신 거구요. 뉴스에도 났었고. 제가 다른 사건은 몰라도 팀장님 관련된 사건은 다 알고 있어요. 저도 수업을 할 때 한 번씩 예를 들기도 하죠. 그런데요?"

태석은 전담팀에서 그동안 진행했던 내용을 설명했다. 7년 전에 있었던 일부터 그리고 오늘 만남까지. 박 교수는 진지하게 설명을 들었고 노트를 꺼내 내용을 적어가면서 귀를 기울였다. 고개를 끄덕이기도 했고 펜을 볼에 붙이고 의문점을 보이기도 했다.

"김동수가 범인이라는 것은 정황증거와 심증만 있을 뿐 객관적인 증거는 없다는 말씀이잖아요. 아이들의 시체도 발견이 되지 않았고. 당시에 의견을 냈던 프로파일러들의 자료를 제가 가지고 있는 것 같은데요. 제 기억으로는 그 당시 프로파일러들이 분석했던 범인의 모습과 김동수는 거리가 있었던 것으로 기억합니다. 제가 다시 한번 분석을 해보겠습니다. 그런데, 가장 중요한 점은 아이들의 시체를 찾는 게 우선이겠네요. 아이들은 아직 실종상태잖아요. 사건은 살인사건이 아니라 실종사건인 거잖아요. 그게 아니면 사체 없는 살인사건이 되는 거구요."

"김동수는 아이들을 분명히 어딘가에 묻었을 겁니다. 강에 버렸다면 그때 발견이 되었을 테고요. 강에 유기했을 것으로 예상하고 수색을 얼마나 많이 했었는데요. 해양경찰들까지 협조를 해서 강 하구를 따라 바닷가도 수색을 했었으니까요."

"우선, 사체도 찾아보는 데 신경을 써야 하실 겁니다. 지금은 이슈가 되지 못하고 있지만 만약 아이들의 사체가 나온다면 올해 가장 큰 사건이 될 가능성이 있습니다. 지원도 지금보다는 배 이상으로 늘 것이고요. 사람들의 관심 사안이 어디냐에 따라 경찰의 지휘부는 움직이게 돼 있잖아요. 그게 경찰의 생리이기도 하고요."

박 교수는 아이들의 사체를 찾는 것이 더 우선일 거라는 의견을 내놓았고 태석도 거기에 동의했다. 그런데, 사체를 어디에서 찾을 수 있을까. 지금까지도 못 찾았는데. 이미 7년이 흘러버린 지금 사체를 찾는다는 것은 거의 불가능에 가까웠다.

"팀장님이 생각했던 장소와 완전히 다른 장소일지도 모릅니다. 전혀 예상하지 못했던 장소요. 김동수의 생활반경을 벗어난 곳이요."

박 교수는 아이들의 사체가 기존에 수색했던 곳을 완전히 벗어날 수 있다고 분석했다.

"그때 변호사들을 만나보시는 것은 어떠세요. 이미 김동수가 사망을 했으니 당시 김동수의 진술을 일부라도 알려주지 않을까요? 범죄와 관련된 것이고 공익적 이익이 더 큰 사안인데 이제 와서 군이 숨길 필요가 없잖아요. 만약에 김동수의 범행을 알고 있다면요. 그때 변호사들이 김동수와 입을 맞추려면 사실을 알아야 하지 않을까요? 전부는 아니어도 일부라도 설명을 했을 가능성이 있어요. 김동수가 끝까지 거짓말을 했을지는 모르지만요."

"충분히 가능성이 있습니다. 그때 변호를 했던 그 사람들은 김동수의 범행을 알고서도 보디가드처럼 그를 감쌌던 느낌이었으니까요. 왜 그 생각을 못 했죠? 임춘석씨의 변호인도 저를 만나고 싶다고 했습니다. 그 변호인도 임춘석씨를 변호하기 위해서는 김동수의 사건을 어쩔 수 없이 가지고 가야 합니다. 만나볼 필요가 있겠습니다. 역시 박 교수님의 도움을 많이 받는데요. 그래서 제가 뵙고 싶었던 겁니다. 뭔가 풀어갈 실마리를 주잖아요."

태석은 그녀와의 대화로 해야 할 일을 찾게 되었다. 아이들의 사체를 다시 한번 수색을 해보는 것과 그 당시 변호를 했던 변호사를 만나보는 것이다. 그들은 무언가 알고 있을 것이다. 이야기를 하다보니 시간이 점점 깊어가고 있었다.

"요즘은 어떻게 지내고 계세요? 항상 바쁘시죠?"

사건에 대한 이야기를 마치자 태석이 일상에 대해 물었다.

"네, 경찰교육원에 가끔 출강을 나가기도 하고 방송도 하구요. 그중에 저희 학교 학생들을 가르치는 일을 가장 많이 하고 있지만 제 나름대로 연구도 하고 있습니다."

"연구요?"

"네, 법최면을 하고 있습니다. 각 청에 법최면수사를 진행하시는 과학 수사 직원분들이 계시잖아요. 저도 거기에 호기심이 생겨서 법최면을 연구 중이고 논문도 쓰고 있는 중입니다. 며칠 전에는 법최면을 진행한 적이 있습니다."

"사건 관련된 최면인가요?"

"네, 인천과 경기도 쪽에서 실종사건이 계속 발생하고 있어요. 모두 여성이구요. 단순가출로 결론이 난 것도 있는데 범죄와 연관이 있을 것으로 의심되거나 확실한 것은 열 건이 넘습니다. 기간도 굉장히 길고요. 거의 10년 정도."

"최근에 더 많은가보죠?"

"1년에 한 건 정도가 의심됐는데 올해는 벌써 세 번째예요. 인천하고 광명시에 있는 노래방에서 도우미를 하던 여자들인데 일주일 사이를 두고 연속으로 새벽에 사라졌어요. 모두 단순가출로 종결했다가 수사로 전환한 거죠. 범죄와 연관된 게 확실해요. 그래서 이전 것까지 모두 분석을 해보니 거의 10년째 열 건 이상이라는 사실을 확인했어요."

"모두 동일범으로 보시나요?"

"그건 아직 모르겠어요."

"최면은 누구를 한 것이죠?"

"실종자와 마지막까지 같이 있던 여성분요. 술에 취해서 거의 기억을 하지 못하는데 의심스러운 차가 있다고 해서요. 승합차요."

"기사가 나갈 수도 있겠는데요?"

경찰의 수사에 진전이 없을 때면 여지없이 언론은 물어뜯고 질타를 한다. 수사팀은 곤욕을 치르고 이제 언론의 수사지휘를 받으며 눈치보는 수사를 해야만 한다.

"아직요. 범인을 자극할 수도 있다는 내부결론 때문에 공개수사는 논의 중에 있습니다. 최근에 세 건 정도가 몰아서 발생을 했고 피해자들의 행방은 알 수가 없어요. 그래서 주변인들을 상대로 실종자와 관련된 기억을 찾아내고 있습니다. 아무래도 시간 속에 묻힌 기억들이 있거든요. 자기도 모르는 사이에 자기가 알고 있는 무의식중의 인식을 찾아가는 겁니다."

"큰 사건인데 전담팀이 꾸려져서 수사를 진행하고 있겠네요."

그 정도의 사안이라면 이미 오래전부터 수사가 진행이 되었을 것이고, 대규모 전담팀이 구성되어 수사를 하고 있을 터였다. 피해자는 드러난 것보다 더 있을 수도 있었다.

"그렇죠. 이미 1년 전부터 실종전담팀을 구성해서 진행하고 있습니다. 본부를 중앙경찰서에 마련했고 인천과 경기도에서 직원들을 충원했어요. 올 8월에 규모가 더 커졌고 본부로 승격시켜 본부장도 총경급으로 올렸던데요."

"용의자는요?"

"그게 보이지 않고 있어요. 분명 차량을 이용해 납치를 했을 것으로 예상되는데 그걸 확인하는 게 너무 힘든 것 같습니다. 철저하게 감시망을 분석해서 빠져나가는 놈입니다. 제가 직접 수사를 하는 것은 아니지만 놈의 실체가 잘 보이지 않습니다. 한 놈인지 아니면 두 명 이상인지 그것도 아니면 모방범죄가 여러 건인지 그것조차 확인이 안 되고 있습니다. 저는 한 명일 것이라고 보는데 수사본부에서는 두 명 이상일 것으로 보고 있습니다. 여자를 쉽게 납치하기 위해서는 최소 두 명이 있어야 한다고 보고 있는데 여성의 심리는 두 명 이상일 때는 거리를 두거든요. 한 명일 가능성이 더 높아요. 워낙 사안이 커서 공개를 하지 못하고 있는데 조만간 언론에 노출이 될 겁니다."

"최면으로 확인된 것은 있나요?"

"승합차를 본 건 기억하는데 그 외에는 아무것도 기억하지 못해요. 그런데 그 승합차도 범죄와 연관이 있다고 보기 어렵구요."

박 교수는 해결이 되지 않는 그 사건에 대해 답답해하고 있었다.

"하 팀장님이 김동수 건을 해결하시고 그쪽으로 합류를 하시는 것은 어떠세요. 어차피 거기도 장기미제사건들인데요. 그쪽 수사본부장에게 하 팀장님 얘기를 하기도 했어요. 일이 해결이 잘 안 되니까 관심을 보이시던데요."

"저를 너무 과대평가하시는 거 아니에요? 아직 여기 사건도 해결하지 못하고 있는데요. 그쪽에도 유능한 형사분들이 많이 투입됐을 테니 조만간 해결이 되겠죠."

"저도 그랬으면 좋겠네요."

태석은 민망한 듯 웃음을 보였다. 설명을 듣다보니 어느새 자정에 가까운 시간이 되었다. 박 교수는 좀 더 태석과 대화를 하고 싶었지만 아침 일찍 제주도로 세미나를 가야 하기 때문에 어쩔 수 없이 말을 마쳐야 했다. 가게도 문을 닫기 위해 마무리를 하고 있었다. 이야기를 할수록 태석은 매력 있는 남자였다. 개인적인 것도 묻고 싶었지만 그것은 예의가 아닌 것 같아 다음으로 미루었다.

조력

# COLD CASE 8, 9

**일시 및 장소**
2019. 4. 8. 02:00경 경기도 광명시 하정동 탬버린노래방
2019. 4. 15. 03:00경 인천시 은정동 봄봄노래방

**실종자**
권미정(46세, 여) 강선주(42세, 여) 모두 노래방 도우미

**용의자**
불상

**개요**
노래방 도우미로 각각 일을 하고 있는 실종자들은 일을 마치고
집으로 귀가하던 중 사라짐. 모두 혼자 살고 있으며 가족의 신고는
없음. 노래방 업주들이 신고함

**특이점**
두 사람 연관성 확인하지 못함. 업주들은 모두 실종자들에게
선불금을 받지 못해 신고. 실종자들의 선불금 사기를 주장함

**종결**
2019. 7월 모두 단순가출로 종결. 실종아동등 프로파일링 시스템
등록(여청계관리)

**담당경찰서 및 검찰청**
경기남부청, 인천청, 수원지검 안산지청

## 11

남자는 노트를 꺼냈다. 노트는 오래된 듯 겉이 해지고 때가 타 있었다. 벌써 10년 가까이 쓰고 있는 노트에는 남자가 그려 넣은 도로 지도가 어지럽게 펼쳐져 있었고, 그 위에 빨간색으로 별표 표시가 있었다. 별 표시를 하지 않은 곳은 삼각형이나 당구장 표시로 그 위치를 써놓기도 했다. 그것들은 모두 도로 위에 만들어진 방범카메라들이거나 집으로 가는 길의 도로 옆 상가에서 설치해놓은 카메라들이다. 남자는 이렇게 카메라가 새로 설치된 곳을 일일이 확인하고 표시를 하는 것으로 한나절을 보냈다. 요즘 들어 부쩍 카메라들이 늘어나고 있었고 이것들의 눈을 피하는 것이 점점 어려워지고 있었다. 여자를 차에 싣고 카메라를 피해 집까지 오는 것을 계산하는 것은 그리 어렵지 않았다. 다만 시간이 많이 걸린다는 것이 문제였다. 저번에도 한 시간이면 집으로 오는 길을 돌고 돌아 무려 네 시간이나 걸려 왔다. 카메라의 확인을 피할 수 있는 기계가 없을까. 번호판이 가려지는 스프레이가 있다는 광고를 본 적이 있었고, 번호판을 기계적으로 접히게 하는 것도 있었다. 번호가 확인되지 않으면 추적을 피할 수도 있지만 오히려 표적이 될 수도 있다는 것을 남자는 알고 있었다. 5년 전이었던 것 같다. 그때 청계천에서 방범카메라 앞을 지날 때 자동으로 번호판이 접히는 장치를 구입했다. GPS에서 카메라가 있다는 방송이 나오면 버튼을 누르기만 하면 되었다. 그러면 번호판이 접혀 카메라가 찍더라도 번호 판독이 불가능했다. 한동안 그것으로 시범 운행을 여러 차례 하고 기다려보았다. 일부러 과속을 하고 주소지로 단속 우편물이 오는지를 기다렸다. 그런데 찾아온 것은 단속우편물이 아니라 경찰의 출석요구서였다. 자동차불법개조로 자동차관리법위반이라며 출석을 요구한 것이다. 그것만 믿었다가 꼬리가 잡힐 뻔했었다. 그래서 내린 결론이 카메라의 위치를 정확히 알고 피하자는 것이었다. 시간이 걸리더라도 그게 최선이었다.

남자는 하루 과업을 마치고 집으로 돌아왔다. 카메라를 살피는 일은 과업이라고 해도 될 만큼 쉬운 일이 아니었다. 개들이 차를 보고 짖어대다가 남자가 내리자 일제히 조용해졌다. 개들은 그렇게 해야 한다고 이제 길이 좀 들여진 것처럼 보였다. 들어오는 길에 편의점에 들러 맥주를 샀다. 신문을 사는 것도 잊지 않았다. 곧바로 은행나무 아래 의자에 앉아 지고 있는 해를 바라보았다. 시원한 맥주를 들이켜며 신문을 펼쳤다. 혹시 그녀들에 대한 기사가 났는지 사회면을 펼치고 살폈다. 노래방을 나온 그녀들은 모두 술에 취한 채 혼자였고 남자의 호의에 너무 쉽게 경계를 풀었다. 이쪽저쪽으로 넘겨보아도 기사는 없었다. 여자들이 없어진 사실을 아직 모를 수도 있다. 죽기 전 그녀들에게 물었을 때 모두 혼자 살고 있다고 했었다. 신고조차 해줄 가족이 없는 건 축복이라고 남자는 죽어가는 그녀들을 비웃었다. 그녀들이 쉬고 있을 농장을 쳐다보며 미소를 지었다. 맥주가 차갑고 달았다.

*

엘리베이터 12층 문이 열리자 바로 안내데스크가 나왔다. 데스크 뒤로 복도가 길게 뻗어 있고 양쪽으로 사무실이 늘어서 있었다. 마치 빌딩 전체가 변호사들로 가득 찬 것 같았다.

"안녕하십니까? 무엇을 도와드릴까요?"

"최우석 변호사님을 만나러 왔습니다. 2시에 약속을 했는데요."

"네, 서울청에서 오신 하태석 팀장님이시죠. 저를 따라 오세요."

여직원을 따라 안쪽을 들어가자 복도 끝에 최 변호사의 사무실이 있었다. 노크를 하고 문을 열자 기다리고 있었다는 듯 책상에 앉아 있던 최 변호사가 반갑게 자리에서 일어났다.

"어서 오시죠. 최우석 변호사입니다."

"네, 서울청의 하태석 팀장입니다."

"앉으시죠. 만나 뵙고 싶었습니다. 여기 차 좀 내오지."

여직원은 차를 준비하겠다는 인사를 하고 나갔다.

"팀장님을 만나뵙게 되어 영광입니다. 서울에서 오래 일을 하시다가 지방으로 내려가셨다구요. 그게 김동수 건 때문이라고 하던데요."

"네, 맞습니다."

"은평경찰서에 있으셨다고 그랬죠? 그때가 언제인가요?"

"2000년부터 2012년까지 있었습니다."

"그때도 계속 수사를 하셨었나요?"

"네, 처음에는 경제팀에 있다가 강력팀으로 넘어가 근무를 했습니다."

"제가 2010년 마지막에 서부지검에 있었습니다. 후배들은 아직 많이 남아 있죠. 그때 형사사건을 많이 했었으니까 팀장님 사건도 송치를 받아서 했을 가능성이 있겠는데요."

최 변호사는 태석과 교감을 갖기 위해 예전 검사 시절 이야기를 꺼냈고 태석도 그가 검사로 태석의 서류를 넘겨받아 수사를 했을지도 모른다는 말에 친근감을 느꼈다. 여직원이 차를 내오고 서로 덕담을 주고받았다. 초면에 어색함을 풀려고 최 변호사는 노력했다.

"임춘석씨가 김동수를 죽인 이유는 그가 아이들을 죽였다고 믿기 때문입니다. 김동수가 죽인 게 맞습니까?"

최 변호사는 인사를 마치자 곧바로 물었다.

"네, 김동수가 아이들을 죽였습니다."

태석은 망설임 없이 대답했다.

"그런데, 공식적으로 확인된 내용이 아니잖아요. 법정에서 양형을 따질 때 그게 가장 큰 변수가 될 것 같은데요. 엉뚱한 사람을 죽였다고 한다면 동정이 아니라 비난이 더 심할 겁니다. 형량도 늘어날 거고요. 그러나 지금으로서는 임춘석씨가 의심만으로 사람을 죽였다로 결론이 날 가능성이 높습니다."

"그래서 지금 아이들 사건을 집중적으로 하고 있습니다. 김동수가 범인이든 아니면 다른 사람이 범인이든 찾아내야죠. 그러나 저는 김동수라고 확신합니다."

"팀장님이 확신하는 이유가 무엇입니까? 제가 법정에서 증인으로 신청한다면 객관적으로 납득을 시킬 수 있겠습니까?"

"……"

태석은 잠시 고민에 빠졌다.

"제가 증인을 서야 된다면 그게 언제쯤 될까요?"

"임춘석씨가 구속된 상태라서 재판은 신속히 진행이 될 겁니다. 다음 주부터 재판이 시작되는데 어떻습니까? 증인으로 서기에는 너무 빠른가요?"

"네, 촉박합니다. 사실 지금은 시간이 너무 오래되었고 증거나 증인을 찾아내기가 굉장히 어렵습니다. 7년 전 그때와 같은 상황이 아닙니다. 그래도 최대한 노력을 해보겠습니다. 변호사님이 최대한 재판을 끌어준다면 결론을 내서 증인을 서도록 하겠습니다."

"알겠습니다. 가능하다면 제가 팀장님에게 맞추어보겠습니다. 그때는 꼭 증언을 해주셔야 합니다. 그리고 김동수가 범인이라는 증거를 제시해주셔야 하구요."

"장담할 수는 없지만 최선을 다하겠습니다. 그래서 그런데 7년 전에 김동수를 담당했던 변호사들을 만나보려고 합니다. 이미 김동수가 사망을 했고 살인이라는 범죄와 연관이 되어 있다면 변호사 윤리에도 벗어난 일이기에 대답을 해주지 않을까 생각합니다."

오기 전 김동수를 변론했던 변호사가 양우철과 한기수 두 명이라는 것을 확인했다. 그중에 한기수 변호사는 사무실이 어디에 있는지 알 수가 없었다.

"한기수 변호사가 어디에 있는지 확인 좀 부탁드리겠습니다."

"그러죠. 변호사협회에 가입이 되어 있을 테니 우리 사무장님이 빠른 시간에 확인해줄 겁니다. 이제 보니 사무장님이 하 팀장님을 만나고 싶어합니다. 아마 나가시면 기다리고 있을 겁니다. 하 팀장님을 알고 있다고 하던데요."

자신을 안다는 말에 태석은 고개를 갸웃거렸다. 대형 로펌에서 일을 하고 있는 사람 중에 아는 사람은 아무도 없었다. 최 변호사는 태석을 이끌고 사무장의 사무실로 갔다. 그러고는 직접 문을 열어주며 안에 있던 유영한 사무장을 불렀다.

"사무장님, 여기 서울청에 하태석 팀장님입니다."

"아이고, 태석이 아니냐!"

"아니 이런! 형님이 여기에 계셨어요?"

"그럼, 말씀들 나누십시오."

최 변호사는 두 사람을 남겨놓고 돌아갔다. 유영한 사무장은 자리에서 일어나 태석을 반겼고 태석도 오랜만에 그를 보자 성큼 사무실로 들어가 그의 손을 잡았다. 거의 10년 만이었다. 태석이 서울에 올라왔을 때 같은 팀에서 3년 정도 같이 일을 했었고 유영한 사무장이 승진을 해 경찰서를 옮기면서 자연스럽게 만나지 못했다.

"형님 얼굴이 왜 이렇게 늙었어요. 못 본 사이에 흰머리도 많아지고."

"그런가? 세월을 어떻게 이기겠냐. 너도 많이 늙었구만."

"형님보다는 덜하지. 어디 아픈 건 아니에요? 안경도 쓰네. 두꺼운 거를."

"나이 들면 다 그래."

영한은 많이 늙어 있었다. 흰머리가 머리의 반을 차지했고 주름도 깊어져 있었다.

"여기서 일한 지 한 5년 정도 되었지. 내가 왜 그렇게 경찰에 목을 매고 있었는지 모르겠다. 명퇴하고 여기로 바로 들어왔어. 거기에 계속 있었으면 더 늙었을 거야. 그래도 경찰에서 20년 넘게 수사를 했던 게 있어서 그런가 여기서도 먹히더라고. 태석이 너도 나이가 있으니까 생각해봐. 경찰 수사 그거 뭐 별거 있냐? 거기에 있을 때는 수사가 천직이고 그게 다인 줄 알았는데 나와 보니까 아무것도 아니더라. 대접도 못 받고 까딱 잘못하면 감찰에, 민원인 등쌀에 살아나기 힘들잖아. 수사? 그거 노가다야. 누가 노가다꾼을 챙겨주겠냐. 내가 알아서 살아야지. 네가 당해봐서 알잖아? 조직이 얼마나 냉철한지. 그곳은 절대로 끌어안지 않아. 도려내는 곳이지."

"그런가요? 그래도 잘 버티고 있잖아요."

"너도 잘 생각해봐. 내가 여기 자리 있나 알아봐줄까? 민간조사자 자격인 탐정도 법으로 인정이 될 때가 곧 올 거야. 변호사들과 협업을 하면 그 시너지가 굉장할걸. 너 정도의 실력이면 여기서는 대환영이지. 질리도록 파고드는 게 너잖아. 여기에 그런 사람이 필요하거든."

"실력이야 형님이 최고였죠. CCTV 하나는 기가 막히게 땄잖아."

"그랬나? 그러고 보면 옛날에 너하고 일할 때 재미있었다. 조폭들 잡을 때 겁도 없이 싸움에 끼어들기도 하고 종로인데 을지로인 척 속여서 잡기도 하고 그랬잖아. 이제 다 옛날 일이다. 지금은 힘도 없고 무서워서 그런 일 못 해. 너도 퇴직 후를 생각해야지."

유영한 사무장은 경찰을 나오기 잘했다는 듯 설명을 했다. 공무원 정년을 거의 앞둔 나이이지만 이곳에서는 정년이 따로 없었고 오히려 그 경력이 더 인정을 받았다.

"형수님은요?"

"와이프? 몸이 좀 좋지 않아서. 병원에 있어."

"어디가 안 좋은데요?"

"우울증이 좀 있어. 그건 그렇고, 우리 변호사님 괜찮지?"

말을 피하자 태석은 더 이상 묻지 않았다.

"무료변론을 한다면서요. 대단한데요. 인상도 좋고요."

"사람이 워낙 좋은 분이라. 임춘석씨 소식을 알렸더니 당장에 변론을 하겠다고 하더라고 그러기 쉽지 않은데. 대표님이 그럴 것까지 있냐고 했는데 자기 시간을 빼서 하겠다고 하는데 대표도 뭐라고 할 거야. 할 말 없는 거지. 오히려 로펌에는 홍보 효과도 있으니까 더 좋은 것이기도 하고. 그런데, 한기수 변호사? 이 사람은 왜?"

"확인할 게 있어서요. 형님이 경찰서를 옮기고 한 3년쯤 지나서 우리 서에서 아이들이 실종된 사건이 있었어요. 담당자가 저였고요."

"그게 지금 우리 변호사님이 하고 있는 사건하고 관련된 거잖아."

"맞아요. 한기수가 변호인 중 한 명이에요. 한 명은 대전에 있어서 확인이 되는데 그 사람은 아무리 뒤져도 없더라고요. 그래서 부탁을 하는 거죠. 협회에 연락처가 있을까 해서요."

"내가 한번 알아봐줄게. 뭐 어렵지도 않겠구만."

"역시 형님은 예전이나 지금이나 남의 부탁 잘 들어주는 것은 여전해요. 그때 후배들 어려운 사건들 받아서 대신 많이 해주었잖아요."

"그랬던가. 그거에 비하면 이건 부탁도 아니지, 인마."

유영한 사무장은 주차장까지 따라 나와 태석을 배웅했다.

"태석아, 사실 여기 재미는 없어. 책상에서만 일하는 법률사무소하고 필드에서 뛰어다니는 형사 때하고 같냐. 술맛도 그때가 훨씬 맛있었다.

일 끝나면 소주나 한잔하자. 옛날 생각하면서 먹으면 되지. 정수도 같이 일한다니 그 새끼도 같이 보자. 내가 그 새끼 신임 때 수사하라고 끌고 왔잖아."

"그러죠. 그럼. 형님이 잘 사는 것 보니까 좋네."

"그래, 형이 도울 일 있으면 언제든 연락해라. 나도 부탁할 일이 있을지 모르니까. 영업사원이잖아."

"영업사원 맞네."

영한이 태석에게 명함을 건넸다. 오랜만에 예전 동료를 만난 태석은 기분이 좋았다. 최우석 변호사를 만나길 잘한 것 같아 그와 약속한 법정에서의 증언을 꼭 지켜주고 싶었다. 로펌을 나와 몇 시간 후 영한에게서 전화가 왔다.

"태석아, 한기수 변호사 대한민국에 없다. 캐나다에 있는데 3년 전에 이민을 갔네."

"연락처 같은 것은 없나요?"

"없지. 거기 가서 다 새로 만들었을 건데."

*

"팀장님 국과수로부터 연락이 왔습니다."

오은하 형사가 국과수로부터 온 감정서를 프린트해서 태석에게 건넸다. 감정물인 드링크제에서 흘린 것으로 추정되는 액체에서는 향정신성의약품인 플루니트라제팜이 검출되었고 그건 김동수의 사체에서 나왔던 약물과 동일했다. 당시 김동수의 사인에 대해 약물의 출처를 그가 평소에 먹던 수면제에 두었었다. 수면제를 과다복용한 것이라고 추정한 것이다. 아가씨를 불러 성관계를 하려고 했었다면 약을 먹을 이유가 없었다. 오히려 술을 깨려고 했을 것이다. 그런데 플루니트라제팜은 수면제로 사용하더라도 그 강도가 매우 높기 때문에 소량만 사용해야 한다. 그런데 그의 사체에서 나온 양은 적지 않은 양이었다.

태석은 곧바로 국과수로 전화를 넣었다. 감정서를 작성한 독성학과 윤태영 박사와 통화하고 싶다고 하자 곧바로 그와 연결되었다. 감정서 번호를 불러주자 박사는 컴퓨터를 열어 감정 내용을 확인했다.

"박사님, 이 의약품이 어디에 주로 사용됩니까?"

"보통은 마취과에서 쓰죠. 수술실에서요. 아니면 중증 환자의 통증 완화를 위해서 소량이 사용되기도 합니다. 주로 암환자나 중증외상환자에게 사용하죠."

"이게, 80밀리리터 드링크제에 들어 있었습니다. 그렇다면 이것을 한꺼번에 모두 먹었을 때는 어떤 반응을 보입니까?"

"80밀리리터 드링크제에 섞여 있었다고 하더라도 실질적으로 이 의약품의 농도가 얼마인가가 중요합니다. 그런데 김동수의 사체에서 나온 양으로 보아서는 아주 심각한 정도는 아닙니다. 다만 김동수의 혈액에서 혈중알코올농도가 0.1퍼센트를 넘었기 때문에 만취상태에서 같이 먹었다면 거의 즉시 쓰러졌을 겁니다. 잠에서 깨어나는 데도 하루 이상은 걸렸을 거고요. 다른 의도를 가지고 준 것은 맞는 것 같은데요."

플루니트라제팜을 술과 함께 섭취했다면 노약자나 심장이 약한 사람의 경우에는 쇼크사를 일으킬 수도 있었다.

"김동수가 평소에 먹던 약에서도 같은 성분이 검출되었습니다. 드링크에 섞인 것을 확인하기 전에요. 그때는 박사님이 조금 전 말씀드린 것과는 차이가 있습니다."

"그때는 혈액에서 발견된 성분 분석에만 치중했을 겁니다. 사건 개요에 드링크제를 먹었다는 것은 없었고 그가 먹었던 수면유도제가 첨부되었을 뿐입니다. 그러니 수면제에서 검출된 것으로 결론을 내는 것은 당연한 결과입니다. 처음 부검 당시에 팀장님이 말한 드링크제에 대한 설명이 있었다면 소견에 첨부가 되었을 것입니다. 정상적으로 먹은 것이 아니니까요."

드링크제 하나로 부검했을 때와는 전혀 다른 양상의 결과를 분석했다. 그건 김동수의 사망에 임춘석만 있다는 것이 아니라는 것을 증명해주었다. 이제 이것을 누가 무슨 의도로 주었느냐를 확인해야 한다. 그리고 풀리지 않은 의문이 하나 더 있었다.

"박사님, 한 가지 물어볼 게 있는데요."

"네, 말씀하시죠."

태석은 김동수의 부검 소견서를 들고 물었다.

"임춘석이 김동수를 칼로 찔러 살해했을 때 말입니다. 주저흔과 유사한 자상이 세 차례 있고 그다음에 심장 깊은 곳까지 찌른 것으로 나와 있습니다. 그런데 그게 가능할까요? 세 번을 찌르는 동안 아무리 약물에 취해 있다고 해도 대항을 하거나 피했을 것으로 보이는데요. 바닥에 칼을 떨어뜨린 자국도 있고요. 저는 피의자를 잘 알기에 그것은 불가능하다고 생각합니다. 한번 더 분석을 부탁드리겠습니다."

"음…… 이미 분석이……"

"부탁드리겠습니다. 박사님 한 번만 더 봐주시죠."

"검시과와 상의해서 확인해보겠습니다."

윤 박사는 이미 분석이 끝난 것을 재차 의뢰하자 기분이 썩 좋지 않았다. 계속되는 부탁에 형식적인 대답이 이어졌다.

전화를 끊고 난 후 다시 드링크병으로 화제를 돌렸다.

"임춘석의 의도를 알고 있는 사람이 아닐까요?"

"무슨 뜻이지?"

정수의 말에 태석이 이유를 물었다.

"우연이 아니라면 말이죠. 임춘석이 김동수를 쉽게 죽일 수 있도록 움직이지 못하게 만들어준 겁니다."

"김동수가 쓰러지는 바람에 쉽게 죽이기는 했잖아요."

최기원 형사도 왜 그렇게 되었을지에 대하여 한마디 거들었다.

"어렵게 죽이든 쉽게 죽이든 임춘석이 죽이려 한 것은 맞아. 정수와 기원이의 말대로라면 약까지 먹여서 그를 도와주었다는 것은 그가 확실히 죽기를 바란 거야."

"확실히 죽기를 바랐다면, 안 죽으면 죽일 수도 있다는 건가요?"

이번에는 오은하 형사가 무심코 내뱉었다. 그러자 이 말을 곧바로 태석이 받았다.

"은하의 그 말이 맞을 수 있어."

"네? 제 말이 맞다구요?"

"맞아. 드링크병이 없어졌어. 누군가 경찰이 오기 전에 들어갔다는 이야기지. 그리고 그가 죽지 않았다면 죽이려고까지 했을 거고."

오은하 형사는 자신의 추리가 맞을 수 있다는 태석의 말이 칭찬 같아 깜짝 놀랐다. 임춘석과 유미 외에 들어간 사람으로 확인된 사람은 단 한 사람뿐이다.

"양천수씨요?"

오은하 형사가 경비원 양씨를 지목했다. 그러자 최기원 형사가 말을 받았다.

"만약에 김동수의 부인이 그를 죽이려고 했다면요. 재산문제로 두 사람 사이에 다툼이 심하고 김동수는 집까지 나온 상태였잖아요. 김동수도 그녀에 대한 증오심이 있을 거구요. 양씨가 의심스럽다면 이런 가정이 어울릴 것 같은데요. 김동수의 부인이 김동수를 죽이려고 임춘석을 사주했고, 임춘석이 그를 죽이고 나오자 경비원 양씨가 들어가 죽었는지 확인을 하고 뒤처리를 위해 증거물인 드링크를 가지고 나왔다. 어때요?"

"부인은 이미 이혼을 준비 중이었고 그의 오빠가 그녀를 도와 차명으로 된 김동수의 부동산을 자신들의 소유로 만들기 위해 소송을 준비 중에 있었잖아요. 그가 죽어준다면 고스란히 부인의 재산이 되는 거죠. 이미 꽤 많은 사망보험금까지 챙겼을 텐데요."

"그럴싸한데요."

정수가 기원과 은하의 추리를 듣고 고개를 끄덕였다.

"아니, 지금 우리는 김동수의 살인사건을 해결하려는 게 아니잖아요. 아이들을 죽인 김동수에 대해 수사를 하자고 한 거잖아요. 지금 수사가 산으로 가고 있습니다."

김동수의 수사가 잘못되었다고 이야기가 진행되자 박진욱 형사가 발끈하고 나섰다. 이미 사건은 그의 손을 떠나 선고를 기다리고 있었다.

"진욱이 말이 맞아. 우리는 김동수가 저지른 아이들 살인사건을 하고 있는 거야. 사건도 이미 끝이 났고. 진욱이가 우려하는 것은 당연해. 그런데 다만 그것을 확인하다보면 그의 사망에도 의구심이 없어야 해. 나도 임춘석씨가 아이들을 죽인 살인자를 죽인 것으로 결론이 나기를 바래."

"팀장님!"

"됐고, 진욱이는 캐나다에 있는 한기수 변호사를 찾아봐. 연락할 수 있는 길이 뭐가 있는지도 생각해보고. 거기서 변호사를 하고 있을지도 모르니까 홈페이지가 있는지도 확인해보고."

✱

아파트 초인종이 수도 없이 울렸다. 고미현이 사무실에 나오지 않고 전화도 받지 않자 고석현은 그녀의 아파트로 찾아왔다. 초인종이 울릴 때마다 포메라니안 두 마리가 계속해서 짖어대었다. 초인종에 반응이 없자 이번엔 현관문을 두드렸고 개들은 현관으로 뛰어가 짖어대기 시작했다. 만나기 싫다고 몇 번을 말해도 그는 막무가내였다.

"만나기 싫다는데 왜 자꾸 찾아오는 거야?"

"그러니까 재산을 정리를 하자고. 너 혼자 그렇게 할 거야?"

"이미 그건 끝났잖아."

"뭐가 끝나? 김 서방이, 아니지, 김동수 그 새끼가 죽었다고 끝난 거 아니야. 빨리 문 열어. 문 열고 이야기해."

고석현은 평소에 부르던 김동수의 호칭을 곧바로 바꾸었다.

"싫으니까 그냥 가라고."

"정 그렇게 못하겠다면 내가 아파트 앞에 써 붙일 거야. 재산 때문에 남편을 살해한 여자라고, 내가 하는지 못하는지 봐봐."

고석현은 휴대전화로 사진을 보냈다. 사진을 열어본 그녀는 곧바로 문을 열어주었다. 광고사에서 이미 제작한 것으로 보이는 플래카드에는 '돈에 눈이 멀어 남편을 죽인 살인자'라고 적혀 있었고 칼에 핏물이 흘러내리는 그림까지 집어넣었다. 그게 아파트에 붙는다고 생각하자 끔찍했다. 곧바로 문을 열었고 그는 씩씩거리며 안으로 들어왔다. 개들이 따라오며 짖어대자 발로 걷어찼다.

"왜 우리 애들한테 화를 내!"

"시끄러우니까 방에 가두어놔."

고미현은 어쩔 수 없이 개들을 방에 넣어놓고 문을 닫았다. 그러는 사이 고석현은 긴 복도를 지나 거실로 가 소파에 누웠다. 그리고 거실 이곳저곳을 훑어보다 기분 나쁘다는 표정으로 고미현을 바라보았다. 김동수가 죽기 전까지 두 사람은 한편이었다. 김동수가 고미현의 명의로 해놓은 부동산을 어떻게 하면 그들의 것으로 만들 수 있을지 함께 고민하고 계획을 짰었다. 그러나 김동수가 죽어버리자 그런 수고는 더 이상 필요가 없었다. 의도하지 않게 너무 쉽게 일이 해결돼버린 것이다.

"오빠가 왔는데 커피라도 한 잔 타봐라. 너 손님들 올 때 많이 탔었잖아."

"지랄하네. 오빠가 타 먹어. 지금까지 내가 탄 커피가 얼마나 되는데. 그 지겨운 것을 또 타."

"플래카드 붙인다?"

고석현은 부동산 중개소를 운영할 때 고분고분했던 고미현을 떠올리며 비아냥거렸다. 고미현은 플래카드라는 말에 어쩔 수 없이 커피를 탔다. 커피포트에 물이 끓자 인스턴트커피를 꺼내 잔에 쏟아넣었다. 그리고 커피잔에 침을 뱉고 끓는 물을 부었다.

"침 뱉은 거 아니지? 그때 너 김동수 그 새끼 커피에 침 많이 뱉었잖아."

"못 믿겠으면 먹지 말든가."

"믿고 먹어야지. 넣었어도 먹을 거고. 이미 몸까지 섞은 사이 아니야."

"미쳤네. 몸을 섞인 언제 내가 오빠하고 몸을 섞어. 다시는 그런 말 하지 마."

"그래, 그럼 안 섞은 걸로 하자. 너도 그게 좋겠지."

고석현은 커피를 가져온 그녀의 치마 속으로 손을 집어넣었다.

"그만해, 그래도 남들은 우리가 친남매인 줄 안다고."

"말 잘했네. 그러니까 친남매끼리 그러지 말고. 그 새끼 죽은 건물은 나에게 넘기라고. 그럼 우리 깨끗하게 끝나잖아."

"딴 거 줬잖아!"

김동수는 조금 멍청했다. 죽을 때까지도 고미현과 고석현이 친남매라고 생각했으니 말이다. 결혼 전부터 두 사람은 업자들 사이에서도 친남매로 통했었다. 고석현은 그녀가 김동수와 결혼을 할 때 모든 일에 친오빠로 행세를 했고 이름에 얼굴까지 닮아 더 그랬다. 김동수는 부동산 고객 중의 한 명이었다. 김동수가 전부인과 이혼소송을 하고 위자료로 속을 썩일 때였다. 김동수는 부동산을 아내에게 위자료로 빼앗기지 않기 위해 타인 명의로 부동산을 처리하려고 했고 그 대행을 고미현이 해주었다. 그녀는 그의 부동산을 처분해주었고 명의신탁한 부동산이 모두 가격이 오르면서 꽤 괜찮은 이익을 가져다주었다. 고미현을 가까이할수록 그의 재산은 점점 늘어났고 전 아내에게 갈 뻔한 건물도 그대로 지켜낼 수가 있었다. 무엇보다 그녀의 외모가 나이에 비해 동안이라는 것이 주요했다. 어려 보이는 외모는 김동수의 성적 취향에 딱 맞았다. 그

것이 처음부터 두 사람의 전략이라는 것을 멍청한 김동수는 알지 못했다. 그와 결혼을 하고 재산명의를 고미현으로 돌리고 이혼을 하는 것이 목적이었다. 김동수와 결혼은 했어도 고석현과의 관계는 끊지 않았다. 김동수의 변태적인 섹스 스타일을 견뎌내기 힘들었기에 더 그랬다. 약에 취할 때가 많았고 폭력적이고 가학적인 섹스를 원했다. 항상 영상을 촬영하고 그것을 억지로 보도록 했다. 거기다 어린아이 옷을 입혔고 아이 목소리를 내라고 강요했다.

"애기처럼 울어. 울으라고! 시발년아!"

"왜 그래요?"

"왜 그래요가 아니고! 애기처럼 울면서 도망을 가라고!"

재산을 가로채기 위해 그것까지도 고미현은 감내했다. 그러던 중에 그와는 절대로 같이할 수 없는 일이 벌어지고 말았다. 그것은 미순과 선미의 실종사건 용의자로 그가 체포가 된 것이다. 그녀는 그의 행태로 봐서 충분히 그럴 수 있을 것이라고 짐작했다. 약에 취한 김동수라면 가능한 일이었다. 그래서 그가 체포되어 형을 살기를 바랐다. 형을 사는 동안 소송을 하고 그의 재산을 정리하면 그동안의 결혼생활을 일부 보상받는 거라고 생각했었다. 그런데 놈이 무혐의로 풀려나버렸다. 친구들이 법조계에 깔려 있다더니 맞는 말이었다. 그가 풀려난 후 그를 엮기 위해 동영상을 찾아보려 그의 휴대전화를 몰래 뒤졌지만 발견하지 못했다. 김동수는 바보가 아니었다. 분명 그는 촬영을 했을 것이다. 그가 죽고 난 뒤에도 사람까지 시켜 찾아보았지만 찾지 못했다. 그의 오피스텔에는 아무것도 없었다.

"괜찮았어? 그 새끼같이 변태 짓 안 하니까."

"헛소리하고 있네. 빨리 그 사진이나 지워. 그거 보면 내가 진짜로 그 새끼를 죽인지 알겠어. 그럼 오빠도 힘들어지는 거라고."

"알았어. 그럼 그 건물은 넘겨주는 거다?"

"생각해보고."

침대에서 나온 고미현이 샤워룸으로 가자 알몸을 한 채 고석현은 그곳까지 따라 들어왔다. 고미현이 씻는 동안 또다시 그녀를 건드렸다. 그의 꺼지지 않은 성기는 계속 힘쓰기를 바라고 있었다.

"그만하고 사진이나 지우라고. 그 영상도 지우고. 그거 허락 없이 찍은 거라서 오빠 처벌받을 수 있어."

"니가 건물을 줘야 지우든가 말든가 하지. 그리고 니가 신고하면 우리 관계가 다 들통나는데 괜찮아?"

고미현은 그가 관계를 할 때 몰래 촬영을 한다는 것을 알고 있었다. 그건 고미현의 고민이었고 언젠가 손절해야 할 대상이었다.

"남편 죽은 지 얼마나 됐다고 건물을 넘겨? 그렇지 않아도 경찰들이 찾아와서 어수선하구만."

"경찰이 왔다갔어?"

"그래, 꼬치꼬치 캐묻는 게 이상해. 오빠 말대로 우리를 의심하는 것 같기도 하고."

"이미 그 새끼 죽인 놈은 교도소에 갔잖아."

"그대로 끝을 내야 하는데 이상하게 묻고 다니네. 감식도 새로 또 하고. 아마 양씨한테 부탁한 것 때문에 그런 것 같애."

고미현은 양천수에게 부탁했던 게 마음에 걸렸다. 그가 경찰에 이야기를 했다면 충분히 의심을 할 수도 있었다. 며칠 전에 찾아온 경찰은 부탁한 이유를 꼬치꼬치 캐물었다. 답변을 하지 않겠다고 했지만 그게 더 이상할 것 같아 대충 둘러댔다. 이혼하는 데 쓰려고 했다고. 그게 맞기도 했다.

"죽을지 알았으면 그 새끼한테 부탁도 안 했지. 그 새끼 은근히 날 좋아하는 것 같던데. 전화를 해서 안부를 묻더라고."

"뭐! 그놈이?"

"눈빛 보면 알아. 나를 좋아하는데다 내가 지 엄마 병원비까지 주니까 환장을 하지. 거지근성에다 성욕까지 있다니까. 그 새끼 눈깔이 이상해."

"니가 사람 다룰 줄 아는구나. 그런데 경찰까지 찾아왔다면 이제 손절해."

"그럴려고. 오빠가 좀 떼어줘. 그런 거 잘하잖아."

✱

양우철 변호사는 대전에 있었다. 고속도로에서 올려다본 늦은 가을 하늘이 맑았다.

"형사님, 김동수가 범인이 맞습니다. 당시에 우리에게는 모두 사실대로 진술을 했고요. 변호를 해야 했기에 어쩔 수 없었습니다. 그가 제시한 금액에 잠시 눈이 멀었습니다. 그때는 왜 그랬는지 모르겠네요. 죄송합니다. 제가 법정에서 김동수에 대해 증언하겠습니다. 사실 아이들은 김동수가 살해했습니다. 이렇게 늦게 진술한 데 대해 유가족과 죽은 아이들에게 깊이 사죄의 말씀을 드립니다. 여기 김동수가 찍어놓은 영상도 있습니다."

"뭐 하나?"

"이렇게 답변을 하면 얼마나 좋을까 생각하구요."

정수의 연기처럼 양우철 변호사가 그렇게 답변을 해주기를 빌었다. 두 사람은 대전의 법원 앞 공용주차장에 주차를 했다. 양우철 변호사의 사무실은 법원 건너편 건물 2층에 있었다.

"실례합니다. 변호사님 좀 만나러 왔는데요."

"상담하실 건가요?"

"아닙니다. 서울청에서 왔는데 여쭤볼 게 있어서요."

여직원은 경찰이라는 말에 자리에서 일어나 변호사 사무실로 들어갔다. 그런데 들어간 지 꽤 시간이 되었는데도 그녀는 나오지 않았다. 자리에 앉으라는 말조차 하지 않고 들어갔기에 두 사람은 어색하게 서서 대기를 했다.

"들어오시라는데요."

"네."

양 변호사는 달가워하지 않는 얼굴로 두 사람을 소파에 앉혔다. 안경 낀 얼굴에 키는 작았고 태석보다 서너 살은 어려 보였다. 태석은 그의 얼굴을 유심히 바라보았다. 그때 그 변호사가 맞았다. 김동수의 옆에서 경호하듯 변호를 했던 그 얼굴이다.

"무슨 일로 오셨죠?"

"변호사님 오랜만입니다. 벌써 7년 되었네요."

"네? 저를 알고 계십니까?"

"7년 전에 서울에 계셨잖아요. 김동수씨 사건으로 한기수 변호사님하고 함께 변호를 했었고요. 그때 제가 경찰서에서 긴급체포를 했을 때 항의 많이 하셨잖아요. 방어권을 무시한 불법이라고요."

“아……”

양 변호사는 기억이 난다는 듯 안경 너머로 태석을 유심히 살폈다.

“덩치가 컸던 것은 확실히 기억이 나는데요.”

“혹시 서울에서 연락받지 못했습니까. 최우석 변호사님으로부터요.”

“아니요. 받지 못했는데요.”

최 변호사가 미리 연락을 줄 것으로 알았다. 그런데 그의 표정은 방문 이유가 궁금한 게 아니라 경계하는 눈빛이었다.

“변호사님, 김동수가 사망했습니다. 알고 계시죠?”

“아니요. 전혀요. 그 사람이 사망했나요?”

“네, 그렇다면 제가 설명을 드리겠습니다.”

태석은 범인이 당시 실종되었던 미순의 아버지라고 알려주었다. 당시에 수사가 제대로 이루어졌다면 김동수의 살인혐의를 밝힐 수 있었고, 칼에 찔려 죽는 일은 발생하지 않았을 것이라고 했다. 양 변호사의 얼굴은 납득할 수 없다는 듯 붉게 변했다.

“무슨 말씀을 하시는지 전혀 알 수가 없네요. 형사님은 무슨 근거로 김동수가 아이들을 살해했다고 주장을 하시는 겁니까? 마치 제가 수사를 방해한 것처럼 말씀을 하시는데 저로서는 불쾌하다는 말씀을 드리고 싶네요.”

“김동수를 조사할 때 바로 옆에 계셨잖습니까. 김동수가 제 질문에 답변을 제대로 하지 못하고 얼버무릴 때 대답을 하지 못하도록 막았었잖아요. 마치 알고 계셨던 것처럼요. 변호사님, 김동수는 죽었습니다. 더이상 그를 변호할 이유가 없다는 말입니다. 이제 사실을 말씀해주세요. 그때 김동수가 아이들을 죽였다는 것을 변호사님께는 말했죠? 아니면 말하지 않더라도 충분히 알 수 있었지 않았습니까?"

"그렇게 억지로 꿰맞추지 마세요. 이거 실례 아닙니까? 사전 약속도 없이 무작정 찾아와서 제가 범죄를 숨긴 것처럼 말씀을 하시다니요."

"이제라도 사실을 확인하자는 겁니다. 아시는 걸 말씀해주세요."

"없다고요."

"그럴 리 없습니다. 분명히 김동수는 말을 했을 겁니다."

"몰라요!"

"변호사님!"

"무슨 말을 하라는 겁니까?"

"사실을 말하라고요!"

"사실을 말했잖아요. 말을 한 게 없다고."

"거짓말입니다."

"거짓이라니요? 말이 지나친 거 아닙니까?"

"뭐가 지나칩니까? 계속 거짓말을 하는데!"

"거짓말이라니요?"

"기억해보세요!"

"뭘 기억해요?"

양 변호사는 성질이 난 듯 말투가 날카로워졌고 태석도 마찬가지로 흥분한 상태였다.

"형님 좀 참으세요. 너무 흥분했어."

정수가 태석을 막아섰다. 예전 그 모습이 다시 나올까 걱정되어 태석의 손목을 잡았다. 태석은 그제야 자신이 감정을 통제하지 못하고 있다는 것을 알았다.

"죄송합니다. 변호사님. 제가 너무 흥분했네요."

"거듭 말씀드리지만 저는 아는 것이 없습니다. 그때 김동수씨가 무죄라고 생각했기 때문에 그렇게 변론을 한 것이고요. 경찰과 검찰에서도 그렇게 결론을 냈잖습니까. 이것은 오히려 죽은 사람에 대한 명예훼손입니다. 유족들이 안다면 심각한 문제가 될 수도 있다는 걸 알려드리고 싶네요. 이것으로 더 드릴 말씀은 없는 것 같습니다. 돌아가십시오."

양 변호사는 출입문을 열고 두 사람이 나가주기를 기다렸다. 다시 사정을 해볼까. 너무 흥분해서 그의 기분을 상하게 한 것은 아닐까. 어쩔 수 없이 태석과 정수는 일어나야 했다.

"안녕히 가십시오."

"변호사님, 다시 한번 생각해주십시오. 그때 김동수에게 전혀 미심쩍은 점이 없었습니까? 그와 아이들 사이에 아무 연관이 없다고 자신할 수 있습니까? 그의 차에 아이들이 없었다고 양심을 걸고 아니라고 답할 수 있는지 묻고 싶습니다."

문을 잡고 있는 양 변호사에게 물었다. 태석은 양심이라는 말에 그의 마음이 움찔하기를 기대했다. 잠시 동안이지만 그의 눈빛이 흔들리는 것 같았다. 이윽고 그가 마른 입술에 침을 바르고 말했다.

"아닙니다. 아니라고요."

곧바로 문이 닫히고 잠금장치가 돌아갔다. 어쩔 수 없이 계단을 내려올 수밖에 없었다. 횡단보도를 건너면서도 태석은 사무실에서 눈을 떼지 못했다.

"정수야, 다시 가서 말해보면 안 될까?"

"안 돼요."

"내가 말하는 데 실수한 거 있었냐? 아니지?"

"실수한 게 없다니요? 다짜고짜 몰아붙이더구만. 그렇게 밀어붙이면 말하려다가도 안 하겠네. 형님 성격이 좀 바뀐 줄 알았는데 지금 보니까 아니네. 옛날 성미가 아직 남았네."

"그러니까 다시 가본다고. 사과도 다시 하고."

"소용없어요."

정수는 뒤돌아서려는 태석을 끌고 차로 갔다. 차에 올라타서야 정신이 들었는지 태석은 말이 없었다. 차는 다시 서울로 향했다.

"죄송해요. 내려올 때 헛소리를 해서 그런가봐요."

"정수야, 그런데 아까 말야. 내가 최우석 변호사에게 연락받지 못했냐고 하니까 양 변호사가 아니라고 했잖아."

"그렇죠."

"그런데 최우석 변호사가 누구냐고 왜 묻지 않았지? 알고 있더라도 왜 자기에게 전화를 하냐고 물어야 하는 거 아니냐?"

"글쎄요. 그렇기는 한데요. 왜 그랬을까요?"

"최우석 변호사를 모른다면 그렇게 대답하는 게 이상한 거 아니야?"

# 12

다음날 태석은 남부구치소로 향했다. 임춘석은 이제 제법 구치소에 적응한 모습이었다. 얼굴도 전보다 밝아졌고 행동도 자연스러웠다. 살인을 했다는 것을 받아들였고 이제 이곳에서 오랫동안 살아야 한다는 것을 깨달은 모습이다.

"아직도 확인할 것이 있는가요?"

"거기에 어떻게 간 겁니까?"

태석은 안부도 묻지 않고 곧바로 물었다.

"그게 무슨 말이세요? 제가 몇 번을 말씀드렸는데요."

"임춘석씨, 다시 물을게요. 거기에 어떻게 간 겁니까?"

"……"

임춘석은 대답하지 않았다. 대신 그의 눈빛이 변했다. 평온하던 눈빛이 사라지고 경계와 공격의 눈빛으로 바뀌었다.

"왜 대답을 못 하세요?"

"나는 형사님이 저를 보자고 한다기에 좋은 마음으로 나왔는데 왜 그러신데요? 저번에 다 말을 했다니까요."

"어떻게 갔는지 말을 해달라는 겁니다."

"……"

또다시 대답이 없었다.

"임춘석씨!"

"왜 그게 궁금한데요? 내가 몇 번을 얘기를 해도 그게 그렇게 궁금해요? 왜 궁금하냐구요!"

임춘석이 자리에 벌떡 일어나며 소리를 질렀다. 전혀 예상하지 못했던 상황이었다. 순하기만 하던 그가 갑자기 돌변했다.

"형사님은 지금까지 뭐 했어요? 김동수가 우리 미순이 죽이고도 잘 살고 있을 동안 뭐를 했냐고요? 고향 가서 편하게 놀았잖아요. 그런데 지금 어떻게 갔냐구요? 그게 그렇게 중요해요? 내가 김동수를 죽였다는 게 중요하지. 내가 죽였다고! 어떻게 간 게 뭐가 중요해요! 뭐가 중요하냐구요!"

"잠깐 임춘석씨, 흥분하지 마시구요."

정수가 끼어들어 말려보려고 했다.

"그 새끼를 내가 죽였다고. 형사들이 아무것도 안 할 때. 누가 도와줬든 도와주지 않았든 내가 죽였다고. 그게 뭐가 중요한데! 다시는 날 찾아오지 마요. 면회는 하지 않을 테니까. 하 형사님도 똑같은 놈이여. 다리 뻗고 잘 자다가 이제 와서 형사인 척 동정하는 척허지 마요. 하 형사님도 아무것도 안 한 사람이니까."

그리고 그는 뒤로 돌아 직원을 불렀다. 문이 열리자 그는 곧바로 등을 돌렸다.

"잠깐만요. 범죄피해실종자협회에는 언제부터 나가게 되었습니까?"

"……"

태석의 말에 그가 잠시 멈칫했다. 그러고는 뒤돌아 태석의 눈을 노려보고는 그대로 대답 없이 들어가버렸다.

＊

한남동에 있는 한마음빌딩 12층 컨벤션센터에서 범죄피해실종자협회 창립 4주년 행사와 함께 간담회가 열렸다. 시장은 물론 국회의원과 경찰청장까지 자리를 했다. 참석하지 못한 정치인들은 화환을 보내 대신 축하를 했다. 전국에서 모여든 회원들은 좌석을 모두 채우고도 남아 복도에까지 빼곡히 들어찼다. 협회장의 인사말이 끝나고 지역구 국회의원과 경찰청장의 축사가 이어졌다. 정복을 착용한 경찰청장이 단상에 올라 인사말을 했다.

"먼저 범죄피해실종자협회의 창립 4주년을 진심으로 축하드립니다. 그리고 전국에서 모이신 실종자 가족 여러분들의 가볍지 않은 걸음에 감사를 드립니다. 저희 경찰청은 실종자 가족분들의 애타는 마음을 알기에 15만 경찰 모두 한마음이 되어 가족의 소재를 확인하기 위해 노력하고 있습니다. 5년 전부터 각 경찰서마다 실종팀을 신설해 장기실종자들에 대한 소재를 파악하는 데 주력하고 있고, 더 나아가 가족분들의 DNA를 채취하여 이를 데이터베이스화를 진행하여 해외 또는 무연고 사체 발견 시 사용하고 있습니다. 저희 경찰은 실종자가 사망한 후라도 가족의 품으로 돌아갈 수 있도록 전 경찰력을 집중하여 최선을 다하겠습니다."

가족들을 찾기 위해 노력을 하고 있다는 청장의 인사에 참석자들은 큰 박수를 보냈다. 가족을 찾는 데 가장 영향력을 가지고 있는 정부기관은 경찰청이었다. 발로 뛰는 협회 회원들에게 있어 전국망을 통해 수사를 진행하는 경찰은 어느 단체보다 든든한 후원자였다. 그가 내려와 복도로 나가자 뒤따라가 부탁을 하는 사람들도 있었다. 경기도에서 발생한 실종사건 가족들이 플래카드를 만들어 청장 앞에 서기도 했다. 수행 비서가 그들이 작성한 탄원서를 서둘러 받고 청장에게 접근하지 못하도록 앞을 막아섰다. 청장은 최선을 다하겠다는 말로 형식을 차리고 행사장을 빠져나갔다.

"경찰청장님께서 어렵게 자리를 해주셨는데요. 나가시면서도 우리 실종자 가족들의 절박한 사정을 잘 아시고 최선을 다해주시겠다는 말씀을 하셨습니다. 다시 한번 박수로 감사의 인사를 드리겠습니다."

청장이 나가면서 어수선해진 장내를 사회자가 정리했다.

"오늘 모이신 가족들은 범죄와 연관이 되어 실종이 된 분도 계시고 잠시 아이의 손을 놓아 수십 년째 이별을 하고 계신 분도 있으십니다. 여기 최근 미국에 입양이 되어 살던 스티브 존슨씨가 30년 만에 가족을 찾았습니다. 유전자 검사를 통해 가족을 만난 존슨씨와 우리 회원이신 김성애 여사님을 모십니다."

환갑이 넘은 여성은 삼십 대 중반의 미국인의 손을 잡고 단상에 올랐다. 단상에 오르면서부터 그녀는 울고 있었고 아들은 그런 어머니를 따뜻한 눈으로 바라보았다.

"여러분, 절대 포기하지 마십시오. 저는 아이를 잃은 30년이 넘는 세

314

월 동안 단 한 번도 포기한 적이 없습니다. 우리 아이가 밥은 먹고 다니는지, 어디에서 잠은 잘 자는지, 누구에게 두들겨 맞고 있는 것은 아닌지…… 그 오랜 세월 내내 그 생각뿐이었습니다. 차라리 죽었다는 소식을 들었다면 그런 걱정은 하지 않았을 텐데요. 그래도 어딘가에 내 핏줄이 살아 있을 것이라고 간절히 믿고 기도하는 마음으로 지금까지 견뎌냈습니다. 무엇보다 제가 견딜 수 있었던 것은 저와 같은 마음인 회원님들의 걱정과 안부 덕분이었습니다. 그것이 저를 포기하지 않게 했고 견딜 수 있게 해주었습니다. 저는 아들이 살아 있을 것이라는 믿음을 한 번도 의심해보지 않았습니다. 절대로 포기하지 마십시오. 여러분들이 노쇠하여 찾아가지 못하면 여러분들의 아들이, 딸이 찾아올 것입니다. 우리 아들처럼요. 반드시. 사랑한다, 기정아."

어머니는 아들을 바라보았고 아들도 어머니의 마음을 듣고는 더 많은 눈물을 흘렸다.

"아이 러뷰 맘."

옆에 서 있던 그는 엄마를 끌어안았다. 그리고 통역을 통해 그의 소감을 전했다.

"저는 미국에 갔을 때 부모님과 다른 외모에 많은 방황을 했습니다. 사춘기에 접어들어서부터 나를 낳아준 친부모가 따로 있다는 것을 알았고 그들이 원망스러웠습니다. 나를 버려 이 먼 타국까지 오게 했구나라고요. 저는 방황을 했었고 약과 술에 빠져 방탕한 생활을 하기도 했습니다. 그런데 그런 나를 감싸준 것은 미국인 부모님이었습니다. 그들은 저를 위해 헌신해주었고 위로해주었습니다. 성인이 되어 결혼을 하고 가족을 가졌을 때 저는 드디어 부모님을 이해할 수 있었습니다. 분명히 어디선가 저를 그리워하고 안타까워하고 있을 것이라는 것을 아이를 낳자 이해할 수 있었습니다. 그 믿음은 맞았습니다. 시장에 갔다가 저를 잃어버린 어머니는 그동안 눈물 속에서 살고 계셨습니다. 단 하루도 단 한 시간도 저를 잊지 않았다고 했고, 부모가 된 저는 그 말을 믿지 않을 수 없습니다. 30년이 넘는 긴 세월 동안 흘렸을 그 눈물을 이제라도 닦아드릴 수 있어 행복합니다. 저와 어머니를 만날 수 있도록 도와주신 협회에 감사를 드립니다. 어머니 사랑합니다."

가족의 상봉을 지켜보는 회원들은 모두 하나가 되어 눈물을 흘렸다. 그리운 자식을 찾고 부모를 만난 듯 모두 한마음으로 가슴이 뜨거워졌다. 그들은 각자의 회원이 아니라 한 가족처럼 보였다. 이어서 사회자는 새로 가입한 회원을 소개했다. 아이를 잃어버린 지는 4년이 되었으며 범죄와 관련됐을 것으로 매우 의심이 되는 가족이라고 설명했다. 임춘석은 힘겹게 단상으로 올랐다. 여기에 오기까지 너무 힘이 들었다는 듯 그의 얼굴은 거뭇했고 주름이 깊게 파여 있었다.

"흠흠…… 죄송합니다."

임춘석은 헛기침을 하고 단상에 놓인 물을 삼켰다. 어디서부터 어떻게 말을 해야 할까. 이런 자리에 서본 적도 서려 한 적도 없었다.

"제 딸 이름은 임미순입니다. 4년 전 실종이 되었을 때 딸의 나이는 초등학교 5학년이었으니까 열두 살이었겠네요. 실종되지 않았다면 지금쯤 어엿한 중학생이 되어 있을 것입니다. 그날 저는 공장에서 야간작업을 하고 있었습니다. 자정쯤에 아내에게서 전화가 왔습니다. 미순이가 들어오지 않는다구요. 다행이었던 것은 친구랑 같이 사라졌다는 거였습니다. 둘이 같이 있으니까 조금은 안심을 했습니다. 아침이 되어 퇴근할 때도 들어오지 않았더라구요. 경찰에 신고를 했는데 집으로 온 경찰은 학교로 바로 갔을지 모르니까 조금 더 기다려보자고 하더군요. 그런데 우리 딸은 학교에 가지 않았고 집에도 오지 않았습니다. 그렇게 사라져 지금까지도 돌아오지 않고 있습니다. 그때 정말 열심히 일해주신 형사님이 있습니다. 우리 딸 수사를 하다가 징계를 먹고 멀리 시골로 쫓겨났고 아내와도 이혼을 했다고 합니다. 그 형사님이 쫓겨난 후 경찰은 더 이상 수사를 하지 않고 있습니다. 우리 딸은 누군가에 의해 납치되었고 살해되었습니다. 다만 아이의 시체를 찾지 못해 아직도 장기실종사건으로 처리되어 미제로 남아 있습니다. 그러나 저는 범인을 알고 있습니다. 그의 이름은 김동수입니다. 그는 경찰관도 건드리지 못하고 건드렸다가 오히려 그 경찰관의 신세를 망치도록 만든 거대한 악마입니다. 저는 지난 세월 동안 술로 살았습니다. 딸을 잃고 삶의 의욕을 잃어버린 채 죽은 껍데기로만 살았습니다. 그러나 지금은 다릅니다. 제겐 목표가 생겼습니다. 저는 제 딸을 죽인 그놈 김동수를 찾아서 죽일 겁니다, 반드시. 그게 제가 죽기 전의 목표입니다. 그를 죽이고 나면 저도 따라서 죽을 겁니다. 그래서 우리 딸아이 만나러 갈 겁니다. 지난 긴 세월 혼자 있었을 텐데 제가 찾아가서 지켜줘야죠."

그의 말에 사람들의 얼굴이 굳어졌다. 사연에 공감을 했고 마지막 그가 한 말에는 감동을 했다. 그러면서도 범인을 안다면 왜 경찰이 잡지 않는지 의문이 생길 수밖에 없었다.

"임춘석씨, 오늘 처음 인사를 하는데 상당히 감정이 격하신 것 같습니다. 그런데, 이런 의문이 생기네요. 저뿐만 아니라 모두들 그러실 텐데요."

무슨 질문이 나올지 알고 있다는 듯 임춘석은 고개를 끄덕였다.

"왜 살인범을 경찰이 잡지 않는가라는 것이죠. 그가 범인인데."

임춘석은 한동안 생각에 잠겼다. 그리고 그의 감정이 복받쳐오르고 있다는 것을 청중들은 알 수 있었다.

"그놈이 범인이라고 수십, 수백 번 경찰서를 찾아가 말을 했습니다. 그러나 경찰들은 증거가 없다는 이유로 단 한 발자국도 나가지 않았습니다. 그가 범인이 아니라면 진짜 범인이라도 잡아서 내 딸을 돌려줘야 할 것 아닙니까. 그런데 지금까지 아무것도 하지 않고 있습니다. 그래서 제가 끝을 내려고 하는 것입니다."

"범인이 아닐 수도 있잖아요."

"그 사람이 범인이라고! 시발!"

"임춘석씨, 진정하시구요."

"그 새끼가 범인이라니까!"

갑자기 장내가 조용해졌다. 만약 내 아이를 누군가 죽였다면 나는 어떻게 할 수 있을까. 모두 임춘석의 용기에 뜨거운 박수를 보냈다.

"그 사람이 범인이 맞다면 내가 도와줄게요. 아니, 우리가 도와주겠습니다. 경찰이 못하면 우리가 하면 되지."

"그래요. 임춘석씨, 그 사람을 죽이겠다면 우리가 도와줄게요. 그놈을 죽입시다."

"아니, 진정들 하시구요. 너무 흥분을 하신 것 같습니다. 그럼 다음은 오늘 행사를 준비하신 안치수 본부장님의 인사말씀을 듣겠습니다."

사회자는 서둘러 임춘석을 단상 아래로 내려보내고 분위기를 수습했다.

*

임춘석의 면회를 다녀온 지 사흘이 지났다. 그동안 수사에 진전은 없었다. 양우철 변호사를 만난 것도 임춘석을 만난 것도 모두 도움이 되지 않았다. 양우철 변호사의 말에 이상한 점이 있었지만 확인하는 것은 어려웠다. 거기다 한기수 변호사를 찾아야 하지만 캐나다에 있는 그를 찾을 길은 없어 보였다. 진욱과 은하가 김동수의 부인을 만나봤지만 역시 별 소득이 없었다. 경비원 양씨는 경찰 진술을 하고 해고되었다며 억울함을 호소했지만 도와줄 수 있는 길은 없었다. 양씨가 김동수의 부인에게 사적으로 연락을 하자 선을 넘었다는 것이 해고의 이유였다. 그 후로도 몇 번 더 연락을 했다가 고석현에게 쌍욕을 들어야 했다. 사건을 시작한 지 한 달이 넘어가고 있었지만 태석의 가설이 풀리기에는 시간이 더 필요해 보였다. 함경민의 교통사고 처리내역과 임춘석의 진술서를 살펴보고 범죄피해실종자협회로 향했다. 가을비가 부슬부슬 차창을 때렸고 와이퍼가 조심스레 물기를 닦았다. 낙엽들이 떨어지기 시작했다.

"임춘석씨 만날 때 그 협회는 왜 물어보신 건데요? 뭐가 있어요?"

"함경민 있지? 동영상 찍어 팔아먹은 놈. 그놈이 죽었잖아."

"죽었죠. 교통사고로."

"너 혹시 2년 전인가 브라질에서 살인피해자의 아버지가 법정에서 피의자를 칼로 찔러 살해한 사건 들어본 적 있냐?"

"들어본 것 같기는 해요. 임춘석씨가 그 케이스잖아요. 그런데요?"

"법정에 칼을 어떻게 가지고 들어갔겠냐? 검색을 하는데."

"숨겨서 들어가나요? 그래도 검색대 엑스레이에 걸릴 텐데. 그게 아

319

니라면 검색에서 통과를 시켜주면 되죠. 서로 짜고."

"맞아. 그렇게 도와준 거야. 칼을 알고도 통과를 시켜준 거지. 검색요원이 친구였거든. 그의 속사정을 알고 있으니까. 그렇게라도 복수를 하라고 눈을 감아준 거야."

"그런데 그게 무슨 상관인데요?"

"혹시 협회가 그 친구 같은 역할을 하는 것은 아닌가 하는 생각이 들어서."

"설마요. 근거가 있어요?"

태석의 말에 정수는 그럴 수가 있냐는 표정으로 태석을 바라보았다.

"임춘석씨 말고 의심스러운 사람이 있어. 바로 미로의 아버지 권일중씨. 함경민이 교통사고로 죽었을 때 사고차량 운전자의 이름이 권환규야. 미로의 아버지 권일중과는 이름이 다르지. 그런데 같은 사람이야."

"그게 무슨 말이에요?"

"권환규와 권일중 두 사람 주민번호가 일치해. 동일인이라는 거지. 개명을 한 거야. 수사에서 걸러내지 못했어. 경기청과 서울청. 법원도 각각 다르거든. 공조가 될 수 없었어. 교통사고로 결론이 나기는 했지만 그게 아닐 가능성이 높아."

"네? 살인사건이라는 말이에요?"

정수가 놀라서 고개를 돌려 물었다. 태석의 말대로라면 피해자의 아버지가 피의자를 차로 밀쳐 죽였다는 것이었다.

"우연한 사고일 가능성도 완전히 배제하지는 못하지만 결론은 미로의 아버지가 미로를 괴롭혔던 놈을 죽인 거라고. 거기다 교통사고로 징역 10개월의 형만 선고받았을 뿐이야. 합의까지 했다면 집행유예로 나올 수도 있었어. 아마 미로 아버지는 합의 의사가 전혀 없었을 거야."

"그게 확인이 안 될 수가 있을까요?"

"글쎄, 발견하기 어려웠을 수도 있어."

"그럼, 그 사건하고 임춘석의 사건이 연관이 있다는 말이에요?"

태석의 지금까지 설명은 두 사건에도 누군가 개입이 되어 있다는 의미였다.

"두 사람의 공통점이 있어."

"범죄피해실종자협회요?"

"맞아. 일종의 조력자일 가능성이 있다는 거지. 모두 협회 회원이었어."

미로가 사망하여 유족 조서를 꾸밀 때 권일중은 딸의 죽음에 대하여 설명을 하다가 자신이 협회의 도움을 받은 적이 있다고 진술했다. 가출을 해 행방을 알 수 없을 때 그녀를 찾는 데 도움도 주었고 적지 않은 생활비까지 마련해주었었다. 그런데 함경민이 사망을 했을 때 개명한 이름의 권환규는 함경민을 전혀 모르는 사람으로 진술을 했다. 딸 미로와의 연관성을 전혀 진술하지 않았고 경찰도 연관성에 대하여 확인하지 못했다. 거기다 교통사고는 과실범이기에 가족들까지 구체적으로 파고들 범위가 아니었다.

차는 한마음빌딩 지하주차장으로 들어갔다. 그곳 6층에 범죄피해실종자협회 사무실이 있었다. 엘리베이터를 타고 내리자 오른쪽으로 강당이 있고 왼쪽으로 사무실이 있었다. 6층 전체를 협회가 사용하고 있어 규모가 크고 재정이 탄탄해 보였다. 복도 양쪽으로 가족을 만나 기뻐하는 모습과 이를 보도한 신문 기사들이 전시되어 있었다. 태석은 사진을 살피며 안쪽으로 걸어 들어갔다.

"무슨 일로 오셨죠?"

"서울경찰청에서 왔습니다. 협회장님을 만나고 싶은데요."

"협조 공문 있을까요?"

"아니요. 공문은 가지고 오지 않았는데요. 있어야 만날 수 있나요?"

여기를 찾아오면서 공문도 없이 왔나요, 라고 묻는 듯 여직원의 표정이 굳어졌다.

"급하게 오느라고 준비를 못 했는데. 부탁 좀 드리겠습니다."

그러자 그녀는 굳은 표정으로 자리에서 일어났다.

"협회장님은 안 계시고 본부장님은 계세요."

"그럼 본부장님을 좀 뵙고 싶은데요."

여직원은 본부장실로 들어가 허락을 받고 안내를 했다. 본부장은 두 사람이 들어오자 자리에서 일어나 친근하게 인사를 건넸다.

"어서 오십시오. 여기 앉으시죠."

본부장 안치수는 두 사람을 넓은 소파로 안내했다. 그러고는 명함을 꺼내며 자신을 소개했다. 태석도 명함을 건네며 물었다.

"안치수 본부장님은 여기서 얼마나 일을 하셨습니까?"

"4년 정도 되었습니다. 협회 설립된 건 7년 되었고요."

"협회 사무실이 굉장히 크네요. 생각했던 것보다요."

"그런가요. 자주 행사가 있기도 하고, 국내뿐 아니라 해외에서도 문의가 들어오니까요. 어쩔 수 없이 사무실이 크고 직원도 여럿이 있습니다."

"해외에서도 문의가 들어오는가보죠?"

정수가 감탄하며 물었다.

"네, 해외 입양을 갔던 친구들이 문의를 해오죠. 자신의 뿌리를 찾기

위해서요. 그리고 자기가 어떻게 입양을 오게 되었는지 그 과정을 궁금
해하기도 하고요. 그중에는 범죄와 관련되어 떠밀려가듯 간 친구들도
있습니다. 저희는 그런 분들도 돕고 있습니다."

"범죄피해자들이 많이 찾아오나보죠?"

"종종 찾아오십니다. 성인들 중에서도 가출로 의심이 되기는 하는데
범죄와 연관된 것은 아닌가 하고 상담을 받으러 오는 분도 있죠. 그런데
무슨 일로 오셨죠?"

경찰관이 직접 사무실을 찾아오는 일은 흔한 일이 아니었다.

"임춘석씨가 여기 회원으로 되어 있던데요."

그의 이름이 나오자 본부장은 눈을 치켜들어 태석을 보았다.

"회원으로 계시죠. 얼마 전에 해서는 안 될 일을 한 것으로 알고 있습
니다."

"그 소식을 어떻게 들으셨죠?"

"당연히 회원이니까 알고 있죠. 자주 찾아오시던 분이 오지 않으니
까요."

태석의 질문에 그는 잠시 당황했다가 곧바로 넘어갔다. 언론에 노출
이 되지 않은 사건인데 어떻게 그가 알고 있을까 태석은 의아했다.

"회원들에 대하여 일일이 모니터링을 하시나보죠?"

"회원들 신상에 관해선 저희가 확인을 하죠. 임춘석씨 같은 경우 사무
실에 자주 나왔거든요. 나오지 않으니까 저희가 확인을 해본 거죠. 그런
데, 무슨 문제가 있나요?"

"임춘석씨가 살인을 한 건 알고 있겠네요?"

"네. 협회에도 소문이 파다하게 났습니다. 어떻게 그런 일이 일어날

수 있는 것인지. 너무 안타깝습니다. 그래서 저희는 어떻게 그분을 도울 것인가 상의 중에 있습니다."

"혹시 임춘석씨에게서 그런 징후는 없었나요? 살인을 준비한다든지 아니며 이곳에서 정보를 얻으려고 노력을 했던 일이 있었는지요? 예를 들자면 김동수의 거주지를 확인하고 싶어했다든지."

그를 살해하기 전에 분명 회원들에게 정보를 얻으려고 하거나 그를 죽이겠다는 말을 남겼을 가능성이 있었다. 이곳에서 3년간 회원으로 있었다면 충분히 가능성이 있었다.

"아니요. 전혀요. 제가 알기로 임춘석씨는 매우 조용한 사람이었습니다. 딸에 대한 그리움이 많기는 했지만 겉으로 표현을 많이 한다거나 주변 사람에게 도움을 요청한 적도 없습니다. 가끔 사무실에 나와 차 한잔 하고 다른 실종자 가족들과 잠시 이야기를 하고 가는 게 전부였던 것 같습니다. 식사 때는 저희가 식사 대접도 해드렸고요."

"임춘석씨가 자기 속마음을 이야기한 사람은 없을까요?"

"글쎄요. 워낙 조용한 편이라서. 처음 찾아왔을 때 제가 면담을 했던 것으로 기억합니다. 따님이 범죄로 인한 피해를 입었다고 했죠. 실종상태인데 사실은 살해당한 것이라고 하더군요. 자세하게는 말하지 않았습니다. 대충 그렇게 이야기를 했던 것 같습니다. 오히려 숨기려고 했던 것 같기도 했으니까요. 그렇지만 그런 경우라도 저희는 성심껏 도움을 주고 있습니다. 소식지도 분기마다 한 번씩 보내드리고 있습니다."

"소식지가 있나요?"

소식지라는 말에 태석은 귀가 쏠렸다. 최근 호를 부탁해 한 권을 받았다.

"그런데, 범죄피해로 실종된 가족들이 많이 있습니까?"

"그럼요. 최근에 경기도와 인천 쪽에서 발생하고 있는 실종자들의 가족들이 많이 찾아오고 계십니다. 이전에도 그쪽에서 여러 가족들이 찾아오셨죠. 조만간 저희 협회에서 기자회견을 가질 예정입니다."

"기자회견요?"

"네, 저희는 이미 많은 피해자가 나왔기 때문에 공개수사로 전환을 해야 된다고 주장을 하고 있는데, 그쪽 수사팀에서는 피해자들이 살아 있을 가능성이 있기 때문에 피해자들의 안전을 생각해서 비공개로 진행을 해야 된다고 주장을 하고 있습니다. 저희도 그 부분에 대해서 조심스럽기 때문에 입장이 정리되면 어떻게든 표현을 하려고 합니다. 수사에 더 집중을 하라는 일종의 항의나 시위가 될 수 있겠죠. 아직까지 아무런 단서를 찾지 못하고 있으니……"

본부장의 표정은 비장했다. 그는 경찰의 수사가 답답하다는 속마음을 숨기지 않았고 수사를 독려할 방법이 무엇인지 찾고 있는 듯했다.

"권일중씨 아시죠?"

"권일중씨요?"

본부장은 잠시 생각에 잠겼다. 그러다가 기억이 난다는 듯 고개를 끄덕거렸다.

"혹시, 미로 아버님 아니신가요?"

"맞습니다."

"저희가 미로를 찾기 위해서 전국에 전단지를 돌리고 경찰서도 여러 차례 방문을 했었습니다. 찾는 데 거의 반년이 걸렸던 것으로 기억합니다. 회원분들이 많이 고생을 하셨죠. 미로가 그런 끔찍한 일을 당하고 있었고 가족들에게 그 고통을 보여주기 싫어 도망을 갔었다는 것을 나중이 되어서야 알았습니다. 더구나 비극으로 일이 끝나버렸죠."

안타까운 일이었다. 목숨을 버릴 만큼 심각할 거라고는 부모조차 생각하지 못했다. 악마의 손아귀에서 빠져나오지 못하고 있었다는 건 그녀가 죽고 나서야 알게 되었다.

"권환규씨는요?"

"권환규씨요? 그게 누구죠?"

전혀 기억이 나지 않는다는 표정으로 고개를 저었다.

"미로를 강요해 동영상을 촬영하도록 한 함경민을 살해한 범인입니다."

"그런 일이 있었군요."

"아실 텐데요. 권환규씨가 권일중씨라는걸요."

"네? 무슨 말씀인지……"

"그렇게 도움을 주고 있었다면서 이름이 바뀐 사실을 모를 수 있을까요? 권일중씨가 정보기관도 아닌데 어떻게 함경민이 출소하고 집이 어디인지 알겠습니까? 적어도 협회에서 정보를 제공해주지 않았을까라는 의심을 해보는데요."

"무슨 의미로 말씀을 하시는지 모르겠지만 저희는 정보기관이 아닙니다. 단지 피해자 가족들을 돕는 단체일 뿐입니다. 저희가 무슨 권한이 있다고 그런 정보를 구해서 알려준다는 말입니까? 상당히 불쾌한 말씀이시네요."

안치수 본부장이 눈살을 찌푸리며 대답했다.

"그럼 회원 명단을 받아볼 수 있을까요? 확인을 하고 싶은데요."

"회원 명단을요? 그건 다수의 개인정보가 들어가 있기 때문에 드릴

수가 없습니다."

"그럼 협회 구성원들은 가능한가요?"

"……"

본부장은 대답 없이 물끄러미 태석을 바라보았다. 어쩔 수 없이 태석은 사무실을 나올 수밖에 없었다.

"협회에서 좋은 일을 많이 하던데. 형님이 생각하신 거랑 달라요?"

돌아가는 차 안에서 정수가 물었다.

"범죄피해를 입었던 가족들이라면 도움을 받기도 하겠지. 이야기를 할 수 있는 것만으로도 위로가 되니까."

"그런데 권환규에 대해선 전혀 모르는 눈치던데요."

"아니야, 알고 있어. 모르는 척한 거지."

권환규에 대해 물었을 때 본부장의 눈이 흔들리는 것을 태석은 놓치지 않았다. 더구나 회원 명단이나 협회 구성원에 대한 확인도 모두 거절했다.

✱

"자네가 거기를 왜 가지?"

"임춘석씨가 협회에 자주 나간 사실이 있습니다. 그래서 확인을 하려고 간 겁니다."

"그거하고 협회 회원 명단하고 무슨 상관인데?"

"……"

형사과장은 협회에서 돌아온 태석을 사무실로 불렀다. 태석이 들어오기 전부터 그의 얼굴은 붉어 있었다.

"아이들 실종사건하고 협회가 무슨 상관이냐고?"

"임춘석씨가 도움을 받았기 때문에 혹시 아는 것이 있는지 확인을 하러 간 겁니다. 그곳에서도 실종사건을 알고 있으니까요."

"거기는 순수하게 실종된 가족들을 찾아주기 위해 노력하는 단체야. 알고 있어?"

"그런데, 과장님은 제가 거길 찾아간 것을 어떻게 알았습니까? 거기 회원이신가요?"

협회에서 돌아오자마자 과장이 태석을 부른 것이 이상했다.

"거기는 경찰청에서 도움을 주고 있는 단체야. 행사 때 청장님도 참석을 하시고 나도 수행을 위해 방문한 곳이라고. 왜 거기를 범죄단체 취급을 해?"

"범죄단체 취급을 한 게 아닙니다. 다만 회원이 얼마나 되나 확인을 해보려고……"

"그러니까 그 회원이 몇 명인지를 자네가 왜 궁금해하냐고. 사건 관련된 것만 하란 말이야. 쓸데없는 거 하지 말고."

"그래서 찾아간 겁니다."

"근거가 뭐야? 가져와봐."

"임춘석씨가 거기 회원입니다."

"그게 무슨 문젠데? 딸이 실종되니까 거기 나가서 도움을 받은 건 당연한 거 아니야? 그리고 그 사건 끝난 지가 언젠데 아직도 거기에 매달려 있어. 아이들 사건하고 실종자협회하고 무슨 상관이 있어 경찰을 돕고 있는 단체를 건드리냐고! 거기가 아이들을 숨기고 있나? 알고 있다면 진즉에 협조를 했겠지."

"……"

태석은 어떤 대답도 그가 바라는 대답이 아니라는 것을 알았다.

"아이들 관련 실종사건만 하라고. 이미 박진욱 경위가 사건 종결했잖아. 그러면 그 사건이 어떻게 종결이 되었는지 알 거 아니야. 그거하고 협회하고 무슨 상관이 있다고 거기를 가서 배 놔라 감 놔라야. 자네가 뭔데? 공문도 없이 무작정 찾아가지고 말이야. 수사를 해봤다는 사람이 그따위로 수사하나? 벌써 그쪽에서 불법감시를 하냐고 난리잖아."

"……"

"나가봐! 두 달 내로 성과 없으면 각오해!"

태석이 돌아가자 곧바로 연락을 했던 모양이다. 태석의 방문이 그렇게 거북했던 것일까. '과장님이 김동수와 관련이 있으십니까?'라고 묻고 싶었지만 참았다.

"과장이 왜 찾아요?"

"……"

"수사상황 알려달래요? 왜 진척이 없냐고?"

"……"

태석은 정수의 물음에 아무런 대답도 하지 않았다. 대신 박진욱 형사를 바라보았다. 그는 컴퓨터 모니터를 뚫어져라 바라보고 있었다.

"진욱아."

"네?"

박진욱이 고개를 돌려 태석과 눈이 마주쳤다.

"은하랑 잠깐 이리 와볼래?"

태석은 진욱과 은하를 불렀다. 진욱이 쭈뼛거리며 은하와 함께 태석에게 다가왔다. 태석은 그를 물끄러미 쳐다보다가 포스트잇을 찢어 거기에 이름을 적었다.

"진욱아, 은하하고 같이 가서 권일중씨 접견하고 와."

"권일중씨요?"

"응, 미로의 아버지야. 성남교도소에 있어."

"지금은 권환규다. 개명을 했거든."

태석은 그를 왜 만나봐야 하는지 두 사람에게 설명해주었다. 왜 이름이 권환규로 바뀌었는지와 함경민과의 관계를 확인하도록 했다.

"진욱아."

"네?"

"이제 얼마 안 남았다."

"……"

박진욱은 무슨 뜻인지 알겠다는 듯 말을 아꼈다.

전화(轉化)

# COLD CASE 10

**일시 및 장소**
2016. 01. 14. 19:00경 경기도 이천시 만영동

**실종자**
고윤미(23세, 여, 경리직)

**용의자**
배중성(54세, 남, 공장장)

**개요**
기계조립 공장 경리실에 근무하는 실종자가 퇴근 후 귀가하던 중
사라짐. 어머니와의 갈등으로 가출 의심. 평소 다툼이 잦음

**특이점**
어머니와 딸이 동시에 용의자와 연인관계로 의심됨. 경남 창원에서
일을 하고 있다는 소문이 있음. 강간사건으로 배중성을 수사했으나
증거불충분으로 종결

**종결**
2016. 6월 미제사건으로 종결. 실종아동등 프로파일링 시스템
등록(여청계에서 관리)

**담당경찰서 및 검찰청**
경기도 이천경찰서, 수원지검 여주지청

# 13

그날 이후로 윤미는 집에 들어오지 않았다. 엄마는 자기와 다투고 집을 나간 윤미가 정말 자기가 싫어 돌아오지 않는 것인지 믿을 수 없었다. 모두 공장장 배씨 때문이다. 엄마와 배씨가 만나기 시작한 것은 1년이 넘었다. 혼자서 딸 윤미를 키운 엄마는 등산복 제조공장에서 불량제품을 확인하는 검수 일을 10년 넘게 해왔다. 그녀만큼 불량제품을 잘 잡아내는 직원이 드물었고 동료 중에서도 고참이었다. 그러나 남편 없이 혼자서 딸을 키우고 있다는 사실이 그녀를 늘 자신 없게 했다. 그녀는 키가 작은데다 뚱뚱하기도 했다. 그건 그녀가 어릴 때부터 가지고 있던 콤플렉스였다. 남자직원들은 놀리기 일쑤였고 여직원들도 함부로 했었다. 그래서 더 악착같이 일했고 윤미와 행복하게 살기를 바랐다. 다행히 윤미는 죽은 아빠를 닮아 키가 작지 않았고 뚱뚱하지도 않았다. 그런데 윤미와 조금씩 틀어지기 시작한 것은 사장의 사촌동생이라는 나이 오십의 배씨가 공장장으로 오면서부터였다. 집이 같은 방향이라는 이유로 그는 퇴근 무렵이면 엄마를 기다려주었다. 기다리지 않아도 된다고 했는데도 그는 그렇게 했다. 그도 아내 없이 지낸 지 10년이 넘었다면서 혼자 딸을 키운 엄마가 남 같지 않다고 했다. 혼자서 자식 키운다는 건 흉이 아니며 자랑스럽게 생각해야 한다고 했다. 처음 그 말을 들었을 때 엄마는 울 뻔했다. 그렇게 고맙게 이야기를 해주는 남자가 지금까지 없었기에 더 그랬다. 더구나 배씨는 자신을 놀리던 사람들과 전혀 달랐다. 남의 눈치를 보지 않고 그녀를 보살펴주었고 진짜 남편인 것처럼 다정했다. 그래서 그랬는지 엄마는 너무 쉽게 그에게 몸과 마음을 주고 말았다. 공장장이 엄마와 그렇고 그런 사이라고 소문이 나도 그는 개의치 않았다. 누가 뭐라고 해도 계속 함께할 것이라는 그의 말에 엄마는 감동을 받았다. 그런데 딸이 문제였다. 윤미가 전문대를 졸업하고 취업을 하기 위해 공장 경리직에 원서를 넣었을 때 가장 힘을 써준 사람은 공장장 배씨였다. 그는 윤미를 친딸처럼 예뻐해주었다. 집에서 같이 식사도 하다보니 엄마와 아빠 그리고 딸이 있는 단란한 가족처럼 보였다. 엄마가 야간근무 때가 되면 배씨가 윤미를 집에 데려다주었다. 엄마는 친아빠처럼 딸을 보살펴주는 배씨가 고마웠다. 그런데 시간이 지날수록 윤미가 배씨를 멀리했다. 그가 집에 오는 것도 싫어했고 차를 태워주는 것도 부담스러워했다. 왜 그러냐고 엄마가 물었지만 배씨와 함께 차에 오른 윤미는 아무 대답도 하지 않았다. 그러면 윤미를 대신해 배씨가 대답할 때가 많았다.

"윤미는 내가 엄마랑 함께 다니는 게 싫으니? 아직도 아저씨가 남처럼 보여? 미정씨, 우리 그냥 같이 살까요? 진짜 한 가족이 되어 살면 윤미가 그런 걱정을 하지 않을 것 같은데요. 저에 대한 부담도 없고."

"진짜요? 윤미야, 엄마가 아저씨랑 합쳐서 살까? 그래도 될까?"

"……"

윤미는 말이 없었다. 그날 이후로 엄마는 윤미를 설득하기 위해 많은 노력을 했다. 아빠 없이 살아온 15년이 너무 힘이 들었다면서 이제는 누군가에 기대어 살고 싶다고 했다. 그때도 윤미는 답이 없었다. 그러다 그날이었다. 윤미의 생일이었고 눈이 내리던 날이었다. 아저씨와 함께 집에서 저녁을 먹자고 약속까지 했었다. 그러나 윤미는 집에 들어오지 않았다. 전화도 되지 않아 사무실에 전화를 했을 때 당직 근무자는 윤미가 이미 퇴근을 했다고 알려주었다. 배씨도 오지 않았다. 다시 당직실에 전화를 했을 때 배씨와 딸이 나간 시간이 같다는 사실을 알게 되었다. 배씨에게 전화를 하자 그는 갑자기 일이 생겨 못 갈 것 같다고 했다. 엄마는 불안했다. 배씨에게 눈이 멀자 딸도 질투의 대상이 되었다. 엄마의 남자와 밤을 보내다니. 어떻게…… 배씨와 같이 사는 걸 반대하는 이유가 있었다. 뜬눈으로 밤을 보내고 공장으로 갔을 때 배씨는 사무실에 나와 있었다. 어제 우리 딸과 무슨 일이 있었냐고 묻자 그는 황당하다는 반응을 보였다. 친구를 만나 술을 마시느라 집에 못 간 건 미안하지만 윤미는 보지 못했다고 했다. 엄마는 경찰에 실종신고를 하고 집을 살피다 편지를 발견했다. 편지를 읽고 그 즉시 엄마는 배씨를 고소했다. 배씨가 자신에게 접근한 건 윤미를 건드리기 위한 거였다. 엄마가 없을 때를 노려 배씨는 윤미를 집에 데려다준다며 차에 태워 강간을 했고, 모두 이십여 차례에 걸쳐 집과 차에서 강간을 당했다고 편지에 쓰여 있었다. 행복해하는 엄마 때문에 말하지 못했다고. 그러나 증거가 딸의 편지뿐이었기에 수사는 증거불충분으로 종결되었다. 이유는 윤미의 직접 진술이 없기 때문이었다. 배씨는 윤미와 사귄 거라고 진술했다. 경찰은 윤미의 행방을 찾으려 했으나 확인하지 못했다. 경찰은 윤미가 강간사건으로 인해 가출한 것으로 추정했고, 엄마는 배씨가 딸을 데려가 죽인 거라고 주장했다. 창원에서 윤미를 본 적 있다는 소문도 있었고, 시간이 지나도 여전히 종적이 묘연하자 사람들은 윤미가 엄마와 배씨를 질투하다가 거짓으로 편지를 쓰고 가출을 한 것이라고 수군거렸다. 배씨는 경찰 수사에서 풀려난 후 공장을 그만두고 서울로 이사를 갔다. 엄마는 딸을 찾다가 범죄피해실종자협회를 찾아갔다. 그러고는 배씨에 대해 묻기 시작했다. 1년이 지나 배씨는 변사체로 발견되었다.

*

박진욱과 오은하 형사는 성남교도소로 향했다. 접견요청서를 교도소로 보내고 전화로 확인까지 한 다음에 출발했다.

"어제요, 팀장님이 얼마 안 남았다는 말이 무슨 뜻이에요?"

"네?"

"어제 그랬잖아요. 박 형사님에게요. '진욱아, 이제 얼마 안 남았다' 이렇게요."

"음…… 곧 일이 마무리될 수 있지 않느냐 그런 의미 아닐까요?"

은하가 태석의 말투를 흉내내며 묻자 진욱이 망설이다 답했다.

"아니요. 저는 팀장님이 떠나신다는 느낌으로 들렸어요. 사건이 마무리되면요. 그게 얼마 남지 않았다는 뜻 같았고요."

진욱은 팀장이 자신을 경계한다는 것을 오은하 형사가 눈치챌까 조심스러웠다.

"그럴 리가요. 발령받은 지 얼마나 되었다고요."

"그렇기는 한데. 팀장님이 처음 오실 때부터 자기는 아이들 실종사건 때문에 왔다고 했잖아요. 거기다 동생분도 오래되기는 했어도 범죄피해자로 돌봐주어야 한다고 했었어요. 고향에 내려가야 한다고. 그 말이 생각나서요."

"빨리 서둘러서 이 사건을 끝내자라는 말일 거예요."

"그러면 좋지만요."

"왜요? 팀장님이 다른 곳으로 가는 것이 싫으세요?"

"당연하죠. 팀장님 팬인데. 계속 같이 계시면서 저에게 수사기법도 많이 알려주셔야죠."

"제가 가르쳐줄게요. 우선 범죄사실 쓰는 방법부터 연습하죠."

"됐거든요."

대화의 주제는 다시 '이 사건이 끝나면 태석이 떠날 것인가'로 돌아갔다. 실랑이하듯 말을 주고받는 사이 두 사람은 성남교도소에 도착했다.

서류를 제출하고 교도관의 안내를 따라 접견실로 이동을 했다. 몇 차례의 철문을 지나 칸막이가 설치된 접견실 의자에 앉아 권환규가 들어오기를 기다렸다. 오 분 정도가 지나자 하늘색 재소자복을 입은 권환규가 들어왔다. 그는 왜 경찰이 자신을 다시 찾는지 의아해하면서도 마음은 편안해 보였다.

"무슨 일로 오신 거죠?"

"사고 때문에 찾아왔습니다. 저희는 서울청 미제사건전담팀에 근무하고 있습니다."

"사고처리는 이미 끝이 났는데요. 항소도 포기했고. 그런데 왜 서울청에서 저에게 무슨 볼일이 있는 겁니까?"

"미로 때문에 찾아왔습니다."

"……"

권환규는 순간 입을 꾹 다물었다. 교통사고와 미로는 아무 상관 없는 거였다. 사고조사를 하는 동안에 그는 가족관계에서 어떠한 설명을 한 사실이 없었고 경찰도 물어보지 않았다. 그런데 왜 서울청에서.

"함경민을 알고 계시죠?"

"누구요?"

"함경민요. 미로를 괴롭혔던 그놈 말입니다."

"……"

또다시 말이 없어졌다. 그리고 이들이 찾아온 이유를 알고 싶었다. 왜 찾아온 것일까. 두 사람의 얼굴을 살피며 의도를 파악하느라 침묵이 길어졌다. 권환규는 이곳에서 미로의 아버지가 아니라 그저 슈퍼를 운영하는 자영업자다. 트럭을 몰고 골목길을 가다가 술에 취한 사람을 발견하지 못하고 뒤에서 받아 사망에 이르게 한 운전자일 뿐이었다. 경찰도 검찰도 그리고 법원도 한 번도 그에게 미로 아버지가 아니냐고 물은 적이 없었다.

"저는 모르는 일입니다. 함경민이라면 저의 운전부주의로 사망한 사람을 말하는 것 같습니다. 그게 아니라면 저는 알지 못합니다."

"미로 아버님, 저희는 아버님을 다시 법정에 세우기 위해 찾아온 것이 아닙니다."

"……"

권환규는 그게 아니면이라는 눈빛으로 두 사람에게 물었다. 왜 지금에 와서 형을 살고 있는 그에게 함경민을 묻고 있는 것인가.

"아버님 혼자서 함경민의 위치를 알 수는 없습니다. 경찰에서 피의자의 신상을 절대 알려줄 리가 없고, 누군가의 도움 없이는 절대 불가능한 일이죠. 누굽니까? 함경민의 위치를 알려주고 개명까지 하게 해서 경찰의 의심을 피할 수 있도록 도와준 사람이."

"저는 무슨 말을 하시는 건지 전혀 모르겠습니다. 저는 단지 일 때문에 운전을 하고 가다가 실수로 술에 취한 사람을 치었을 뿐입니다. 이만 돌아가시죠."

그가 대화를 거부하고 자리에서 일어나려 했다.

"미로가 가출했을 때 범죄피해실종자협회에 나가셨죠?"

"……"

"그 사람들이 뭐를 도와주었습니까? 그렇게 하라고 시키던가요?"

"……"

"미로 아버지?"

"돌아가십시오. 누구의 도움을 받았든 받지 않았든 저는 운전을 하다가 부주의로 사람을 죽였고, 그에 대한 책임을 여기에서 지고 있는 겁니다. 미로와는 아무 상관이 없습니다. 어쩌다 우연히 사고를 냈는데 그게 그놈이었을 뿐입니다."

"재수사가 들어갈 수도 있습니다."

"만약 그렇다면 벌을 받아야겠죠."

권환규는 더 이상의 대화를 거부하고 돌아갔다. 재차 면담을 요청해도 응할 것 같지 않았다.

현장 CCTV 녹화 영상을 모두 가져와 분석을 하던 최기원 형사가 태석을 불렀다. 뭔가 찾아낸 것 같은 목소리였다. 기원은 다른 사람들이 일을 하는 동안 김동수 빌딩 주변의 CCTV를 모두 뒤져 백여 개의 영상을 찾아냈다. 열 개의 USB메모리를 가지고 인근 가게와 주택을 찾아다니며 현장화면을 다운로드했다. 기원은 빔프로젝터를 이용해 벽에 현장화면을 띄워놓고 설명했다.

"저게 어디 화면이지?"

"강성빌딩 뒤편에서 약 200미터 정도 떨어진 곳입니다. 원룸 건물에 외부를 비추는 CCTV가 여러 대 있더라고요."

최기원 형사가 보여주는 화면의 시간은 자정이 조금 넘었을 때였는데, 유미가 도착하기 전이었다.

"멀어서 실루엣만 보이지만 여기, 남자가 뛰어가듯 걸어갑니다."

"가방을 멨네?"

"그렇죠. 등에 백팩을 멨습니다. 만약에 이 남자가 김동수를 찾아갔고 노트북과 휴대폰을 들고 나왔다고 가정한다면 그냥 손에 들고 나왔을까요. 사람들이 다 보라고요?"

그 말에 정수는 눈을 더 가까이 모니터로 가져가 가방을 보았다. 그러나 아무리 보아도 얼굴은 식별이 되지 않았다.

"저 남자가 가는 방향이 김동수의 건물 쪽인가?"

"네, 삼십 분 후에 반대로 나오는 모습이 확인이 됩니다. 지금으로서는 가장 가능성이 높은 사람입니다. 팀장님이 찾는."

기원은 남자가 건물 방향으로 갔다가 반대 방향으로 가는 장면을 순차적으로 보여주었다. 약 삼십 분 후에 남자가 걸어가는 모습이 있었다. 어디서 왔는지는 알 수 없지만 분명히 김동수의 빌딩 방향으로 갔다가 다시 돌아나오고 있었다. 가방의 중량감을 정확히 확인하긴 어렵지만 조금 무거워진 것처럼 보였다.

"어디서 왔고 이후에는 어디로 가지?"

"그건 아직 확인하지 못했습니다. 영상이 많은데 모두 확인하는 데 시간이 좀 더 걸릴 것 같습니다. 가져오는 것은 어렵지 않았지만 이 많은 분량을 눈으로 모두 확인하는 작업은 며칠 가지고는 엄두도 나지 않습니다. 실시간으로 계속 보고 있어야 하는데요. 앞뒤로 한 시간씩 두 시간은 봐야 하니까 가져온 거 모두 확인하려면 어림잡아 이백 시간은 있어야 합니다."

이미 얼마 전에 영상을 전해주어 팀원들이 나누어 확인을 하고 있었다. 박진욱 형사와 오은하 형사가 함께 분석을 하고 있었지만 시간이 너무 오래 걸렸다.

"그 사람이 계속 걸어왔을까? 그렇다면 근처에 사는 사람이겠지만 그게 아니라면 분명 차가 있을 거야."

정수는 그의 뒤를 쫓다보면 분명 차가 나올 거라고 판단했다. 차가 나온다면 인적사항을 확인하는 데 조금 더 수월해질 것이다.

"그래서 차가 있을 것을 생각해서 구역을 더 넓혀서 확인을 해보려고요."

기원은 다시 CCTV 속으로 들어가 남자를 쫓기 시작했다.

*

남자는 건물에 올라갈 때와 내려올 때 모두 계단을 이용했다. 그곳에는 CCTV가 없었고 관리실과도 거리가 있었다. CCTV가 없는 건 김동수가 경찰 조사를 받고 나서 생긴 결벽증 때문이라는 것을 알고 있었다. 지긋지긋한 수사를 마치고 돌아온 그는 모든 CCTV를 걷어냈고 설치하기로 한 것도 모두 취소했다. 덕분에 남자는 쉽게 몸을 숨기고 그곳으로 올라갈 수가 있었다. 임춘석이 들어가는 것을 계단 입구에서 몸을 숨기고 지켜보았다. 그는 안에서 김동수를 죽이고 있었다. 딸의 복수를 위해 칼을 들어 그의 심장에 찔러넣었다. 겁을 먹은 임춘석은 헐레벌떡 밖으로 뛰쳐나와 엘리베이터를 타고 도망쳤다. 그가 내려가자 남자는 천천히 김동수의 숙소로 들어갔다. 팔꿈치까지 꽉 조이는 라텍스 위생장갑을 끼고 등에는 백팩을 멨다. TV에서는 알몸의 남자와 여자가 뒤섞여 연애를 하고 있었다. 여자는 어렸고 남자는 그녀를 학대하고 있었다. 김동수는 완전한 변태 새끼였다. 어린아이를 집으로 불러 가학 포르노를 틀어놓고 그 짓을 하다니. TV 소리는 계속해서 신음소리를 들려주고 있었다. 김동수는 침대 위에 널브러져 있었다. 임춘석이 잠든 그를 죽이지 않을 이유가 없었다. 그가 얼마나 놈을 죽이고 싶어하는지 알고 있었기에 그를 죽이기 쉽게 만들어주었다. 그가 들어갔을 때 김동수는 약에 취해 잠에 빠져 있었을 것이고 깨어나기 힘들었을 것이다. 남자는 죽은 김동수를 피해 서재 안으로 들어갔다. 김동수의 몸에서 멀리 떨어지고 싶었고 이곳에서 빨리 벗어나기를 바랐다. 옷걸이에 걸린 김동수의 바지 속에서 열쇠뭉치를 꺼냈다. 놈이 숨기고 있던 그것은 책상에 잠금장치

안에 들어 있었다. 열쇠로 문을 열자 안에는 여러 개의 대용량 USB가 있었고, 남자는 그것을 모두 쓸어 가방에 넣었다. 책상 위에 올려진 노트북도 가방에 담았다. 남자가 찾아온 이유가 거기에 있었다. 밖으로 나가면서 열쇠를 다시 바지에 넣고 놈의 휴대전화를 챙겼다. 그런데 갑자기 일이 틀어졌다. 거실을 지날 때 엘리베이터가 열렸고 누군가 복도로 나오는 소리가 들렸다. 남자는 다시 서재로 들어가 몸을 숨겼다. 그곳에서 거실을 살폈다. 교복을 입은 여자아이는 거실로 들어와 주변을 두리번거렸다. 그녀도 김동수를 죽이고 싶었던 걸까. 그녀는 조심스럽게 널브러진 김동수에게 다가갔다. 주변을 살피는 그녀의 시선을 피해 남자는 벽으로 붙어 몸을 숨겼다. 포르노 소리가 계속해서 들려왔다. 얼마후 그녀는 김동수를 보고 비명을 질렀다. 그 비명은 잠시 계속되다가 밖으로 도망치듯 빠져나갔다. 죽은 김동수를 본 것이다. 그녀가 나갔으니 곧 경찰이 올 것이다. 남자도 서둘러 나가야 했다. 나가면서 가벽 위에 올려진 드링크병을 챙겼다. 출입문을 닫을까 하다가 그대로 두었다. 여자가 와서 진술을 할 때 오류가 있어서는 안 되었다. 여자가 오지 않았다면 문을 잠갔을 것이고 시간이 오래 지난 후에 발견되기를 바랐을 것이다. 남자는 서둘러 계단으로 내려가 뒷문으로 빠져나갔다. 차까지는 한참을 걸어야 했다. 모자를 눌러쓰고 사전에 알아둔 모든 CCTV를 피해 골목길을 돌아 차로 갔다. 트렁크를 열고 그곳에 가방을 던져놓았다. 차에 올라타자 남자의 숨이 더 가빠졌다. 뭉쳤던 긴장이 한꺼번에 풀리자 온몸이 떨려왔다. 사람을 죽이다니. 마치 자신이 죽인 것처럼 머리가 뜨겁고 손이 떨리기 시작했다. 장갑을 벗었는데도 그의 손에 붉은 피가 묻어 있는 듯 뜨거웠다. 남자는 차를 무작정 몰았다. 어디로 가는지도 알지 못한 채였다. 편의점에 들러 소주 두 병을 샀다. 그러고는 재개발 지역 허름한 건물 안으로 들어가 구석 주차장에 차를 세웠다. 남자는 괴로웠다. 직접 손에 피를 묻히진 않았지만 그를 살해하도록 해줬기 때문에 자신이 죽인 거나 진배없었다. 어쩌면 실패할지도 모른다고, 그러면 어쩔 수 없이 자신이 그를 죽이려고 맘먹고 있었다. 자꾸 눈앞에 김동수의 얼굴이 떠올랐다. 그가 죽어가며 내뱉은 낮은 신음소리가 귀에서 맴돌았다. 심장까지 밀고 들어간 칼에 눌려 목으로 빠져나가는 바람 소리가 남자의 심장에서도 나는 것 같았다. 소주 두 병을 운전석에 앉은 채로 모두 마셔버렸다. 그것으로나마 죽은 김동수를 떨쳐내고 싶었다.

당분간 차를 숨겨놓고 차와 가져온 영상을 어떻게 할 것인가를 고민해볼 것이다. 동영상은 가장 중요했다. 그 새끼가 쓰레기라는 것을 세상에 알릴 수 있었다. 그러나 그것보다 우선 경찰의 수사를 피해야 했다. 경찰이 그렇게 우습게 수사를 하지는 않을 것이다. 다만 임춘석이 검거되면 더 이상 수사는 진행되지 않을 것이다. 그렇게 하기로 돼있어도 어떤 변수가 발생할지 모른다. 남자는 주머니에서 전화기를 꺼냈다.

"김동수는 죽었다."

"임춘석씨가?"

"응. 그런데 문제가 있다. 그 방에 딴 사람이 들어왔어."

"누군데?"

"여자아이야. 아마 김동수가 불렀을 거야."

"너를 봤니?"

"아니."

"그럼 걱정하지 마. 임춘석이 체포되면 수사는 그걸로 마무리될 거야."

"그래, 알았다."

"영상은?"

"다 가져왔으니까 걱정하지 마."

전화를 끊고 남자는 깊은 잠에 빠져들었다. 급하게 들이켠 소주 두 병이 남자의 몸을 꽉 붙잡고 놓아주지 않았다.

계속된 악몽에 남자는 일어나지 못했다. 남자는 아무리 발버둥을 쳐도 김동수의 방에서 빠져나올 수 없었다. 임춘석은 김동수를 죽이지 못하고 도망쳐버렸다. 이어서 여자아이가 들어와 김동수를 또 죽였다. 그러나 그녀도 죽이지 못하고 빠져나가자 남자는 바닥에 떨어진 칼을 들어 김동수의 심장을 찔렀다. 칼이 들어가지 않자 몸으로 칼 손잡이 끝을 눌러 집어넣었다. 놈이 칼을 밀어올리려 하자 몸에 힘을 더 주었다. 칼끝이 김동수의 등을 뚫고 침대를 찔렀다.

"개새끼야, 니가 왜 여기 있어? 왜?"

"그냥 죽어 개새끼야! 쓰레기 같은 새끼!"

놈이 죽지 않고 비명을 질렀다. 그래서 더 깊이 집어넣었다. 그래도 놈은 죽지 않았다.

"그만하세요. 이미 죽었어요."

놈을 죽이고 있는 남자에게 여자아이가 와서 말렸다. 그제야 남자는 멈추었고 그녀는 손에 묻은 피를 닦아주었다.

"빨리 도망쳐! 어서!"

남자는 여자아이에게 소리를 질렀다. 그러나 그녀는 도망가지 않았다. 여자아이의 손과 옷은 온통 피투성이였다. 그래서 더 도망치라고 소리쳐도 가지 않았다. 그녀는 울기만 했다. 괜찮다고 해도 그랬다. 그러다 주머니 안에서 계속 울려대는 전화벨에 잠이 깼다. 아침이었다.

"여보세요?"

"충앙경찰서입니다. 지금 오실 수 있습니까?"

"당연히 가야죠. 지금 바로 가겠습니다. 어디로 가면 되죠?"

남자는 차를 그곳에 그대로 두고 택시를 탔다.

# 14

협회에서 가져온 정기간행물의 겉표지에는 '한 가족'이라는 제목을 달고 가족들의 웃는 모습이 그려져 있었다. 그렇게 가족들이 모두 모여 함께 웃는 날이 있기를 바라는 마음 같았다. 내용은 피해 가족들이 올린 수기들로 채워져 있었다. 남은 가족들의 사진을 올린 것도 있었고 피해로 인해 겪었던 힘든 삶의 흔적을 어떻게 지워나가고 있는지에 대한 짧은 만화도 있었다. 뒤로 가면서 협회의 사업 내용과 후원 내용 등이 나열되어 있었다. 그러나 후원은 빈약했다. 개인들이 정기후원을 하고 있기는 하지만 소액이었다. 목돈을 댈 수 있는 기업의 후원이 있는 것도 아니었다. 그런데 어떻게 사무실을 그렇게 큰 것을 사용하고 있지. 한 층을 모두 협회에서 사용하고 직원도 많이 있었던 것을 보면 재정이 얇아서는 절대 이루어질 수 없었다. 다른 큰 후원자가 있을 것이다. 태석은 협회 사무실에서 보았던 홍보사진을 기억해내려고 했다. 그때 언론사에 보도가 난 것들도 많이 있었다. 인터넷 검색창에 범죄피해실종자협회를 입력했다. 그런데 사진이 없다. 이렇게 비워질 수가 있나?

"뭐 하세요?"

"협회 말이야. 저번에 갔을 때 언론기사 난 것도 있고 홍보사진도 찍어서 걸어놓은 것 같은데 검색을 해보니까 없네."

"제가 한번 찾아볼까요?"

정수가 나서서 검색을 해봤지만 아무것도 없었다. 홈페이지에도 기본적인 사진만 있을 뿐 이전에 있던 홍보 관련 사진은 모두 삭제된 듯 보이지 않았다.

"직접 물어보지 그러세요."

"명단 달라고 할 때 눈빛 봤잖아. 경찰이 찾아온 것을 그리 달가워하지 않는다고. 그런다고 영장을 받을 상황도 아니고. 거기다……"

"거기다 뭐요? 왜 말을 하다 멈춰요?"

"그렇다는 얘기야."

형사과장이 또 부를지도 모른다는 말이 입에서 맴돌았다.

"그럼, 제가 한번 찾아보게 할까요? 후배 놈이 사이버수사 쪽에 있는데. 포탈업체에서 오랫동안 근무를 하다 특채로 들어왔어요. 형님도 알 텐데요. 예전에 우리 같이 술도 몇 번 먹었어요. 정배 말이에요. 아시죠?"

"응, 정배 알지."

정수는 곧바로 전화를 걸어 협회 관련 내용을 검색해달라고 요청했다. 저녁 무렵 관련 내용을 메일로 보냈다는 연락이 왔다. 정수는 보내준 사진을 넘겨보다 고개를 갸웃거렸다.

"형님, 이상한데요. 여기 이 사람이 왜 여기 있는 거죠?"

태석과 직원들이 정수의 말에 그의 컴퓨터로 모여들었다. 그리고 컴퓨터 화면에 실려 있는 사진을 보고 태석도 고개를 갸웃거렸다.

'최우석 변호사?'

후원자들의 사진이었고 그중 제일 가운데에 자리를 하고 찍은 사람이 있었다. 그는 바로 최우석 변호사였다. 협회 후원자라면 임춘석이 거기 회원이라는 것을 알 수 있지 않았을까. 변호를 하려면 그 부분을 확인하지 않을 이유가 없었다. 그런데 그런 말이 일절 없었다.

"최 변호사가 왜 여기에 있지? 후원자인데 임춘석을 모를까요?"

"단순히 후원만 한다면 모를 수도 있죠."

오은하 형사가 그럴 수도 있다는 투로 말했다. 그런데 굳이 숨길 필요가 있었을까. 일부러 사진을 치운 것 같은데. 태석은 선배인 유영한에게 전화를 걸었다. 그에게 묻는다면 최 변호사에게 말이 들어가지 않고 물을 수 있을 것이다.

"형님, 태석입니다."

"그래, 태석아. 소주 한잔하게?"

유영한 사무장은 태석이 전화를 주어 반갑다는 듯 목소리가 밝았다.

"그게 아니구요. 뭐 좀 여쭤보려구요."

"뭐야? 좋다 말았잖아. 형이 술 한잔 사게 해줘라."

"알았어요. 제가 일 끝나면 형님한테 제일 먼저 연락할게요."

"약속했다. 그래 뭔데?"

"최우석 변호사가 실종자협회에 후원을 하고 있죠?"

"야, 너 그거 어떻게 알았냐? 그거 비밀로 했을 건데."

"그러니까 형님한테 살짝 물어보는 거죠."

"뭐야, 우리 최 변호사가 알면 안 되는 거야?"

"그런 건 아닌데 굳이 알릴 필요는 없죠."

"알았다. 그래 알고 싶은 게 뭐냐?"

영한은 태석의 의도를 알았다는 듯 흔쾌히 질문에 대답했다.

"언제부터 그랬어요? 후원금이 상당할 것 같은데요."

"우리 로펌에서만 아는 거니까 다른 곳에는 이야기하지 마라. 그 양반, 소문나는 거 굉장히 싫어하니까."

"알았어요."

"상당히 많은 액수를 한다고 들었어. 초창기에 대부분의 돈을 그 사람이 냈을걸. 자기 사비까지 모두 끌어다가 썼다고 하던데. 협회 만들고 직원들 월급하며 지역에 지부까지 만들었으니까. 지역 사무실 보증금이랑 임대료도 모두 최 변호사가 내고 있을 거야. 그래서 돈이 될 만한 사건은 가리지 않고 맡아서 했지. 욕먹는 사건도 많이 하고. 정확히는 얼마를 후원했는지는 몰라. 워낙 조용한 성격이고 외부에 알려지는 것을 꺼리니까. 대충 듣기로는 수십억이 넘는 것 같다고 하더라. 자기가 만들기는 했는데 한 번도 회장을 한 적은 없어. 알려지기를 싫어하니까."

"최 변호사가 그 단체를 만들었다는 말인가요?"

"그렇지. 그러니까 돈을 거기에 다 쓴 거지. 집도 처분해서 작은 전셋집에 살고 있을걸."

"왜 그렇게 무리하면서까지 후원을 하는데요?"

"너 모르는구나. 딸이 실종되었잖아. 7, 8년은 되었을 거다. 딸 찾는데 목숨 건 사람이야. 협회를 만든 것도 오로지 딸을 찾으려고 그런 거야. 감투를 쓰려고 한 게 아니고. 주위에서는 모두 죽었다고 생각하고 있는데 최 변호사만 살아 있을 거라고 믿고 있어. 딸을 못 잊는 아버지 맘이지. 그래서 임춘석씨 변론도 무료로 하는 것이고."

"이해가 되네요."

태석은 갑자기 최 변호사가 측은해졌다.

"납치가 되었을 거라고 생각하고 있어. 인천 경기 쪽에 일어나고 있는 실종사건하고 관련이 있을 거라고 생각하고 거기에 온통 신경을 쓰고 있잖아. 그쪽에서 무연고 시신이라도 나오면 그 사람 바로 달려가. 딸인가 싶어서. 거기다가 부인까지 죽었잖아."

"부인두요?"

"응, 3년 전에. 암일 거야. 아마 실종된 딸에 대한 스트레스일 거다. 딸 때문에 거의 정신을 놓고 살았다고 하더라고. 가족을 잃게 되면 다 그렇게 된다고 하더라. 나도 거기에 가끔 나가서 일을 도와주고 있어. 좋은 일 하는 거잖아."

"형님은 뭘 도와주는데요?"

"상담 같은 거 해주지. 범죄로 가족을 잃었다거나 그래서 삶이 힘든 사람들이 있거든. 측은한 사람들이 많아. 그래서 찾아오거든. 내가 이야기 잘 들어준다."

"좋은 일 하시네요."

"아무튼 내가 한 이야기는 못 들은 걸로 해라. 혹시 다음에 최 변호사 만나도 말이야."

"알았어요."

전화를 끊고 한동안 태석은 말이 없었다. 그는 왜 알리지 않았을까. 자기 회원이기 때문에 변론을 한다고 말하면 됐을 텐데. 자기도 딸을 잃어봐서 그 맘을 안다고.

"팀장님, 여기 이것도 보시죠."

"뭔데?"

한기원 형사가 태석에게 건넨 것은 미로의 아버지 권일중의 변호인 선임계였다.

*

태석과 정수는 오전 회의를 마치고 최 변호사의 사무실로 향했다. 그를 만나 임춘석의 변론을 하게 된 경위를 확인하고 싶었다. 변론을 했다면 그가 딸에 대한 복수를 했다는 것을 충분히 알았을 것이다. 그는 협회 회원이었으니까. 차가 주차장에 도착했을 때 박진욱 형사로부터 전화가 왔다.

"팀장님, 한기수 변호사가 한국에 있습니다. 캐나다 국적이라 출입국 관리소에서 확인해주는 데 시간이 걸렸습니다. 조회를 해보니까 얼마 전에 들어왔어요. 그런데 오늘 1시에 캐나다로 돌아가는 비행기가 예약되어 있습니다. 지금 바로 가면 잠시라도 만날 수 있을 것 같은데요."

"연락처 같은 거 없어?"

"그런 거는 없죠. 무조건 가서 만나야 할 것 같은데요."

"그래, 알았어."

정수는 운전대를 돌려 인천공항으로 향했다. 시간은 벌써 10시가 되어가고 있었다. 1시 비행기라면 이미 수속을 밟고 대기를 하고 있을 수도 있었다. 그렇게 되면 만나기가 더욱 어려워지기에 더 서둘렀다. 시내를 간신히 통과하고 공항고속도로를 속도를 무시하고 달렸다. 간신히 시간에 맞추어 출국장 도로에 태석이 내려 뛰어 들어갔고 정수는 주차를 하고 달려갔다. 게이트에는 캐나다행 탑승객들이 안내를 받아 보안 검색대 안으로 들어간 후였다.

"1시 비행기 탑승객이 모두 들어갔나요?"

"거의 끝났습니다."

"사람을 좀 찾는데요? 한기수 변호사라고. 잠시만 안에 들어가면 안 될까요?"

"그건 안 되고요. 위쪽으로 가시면 출국장 안을 볼 수 있습니다. 거기 서 찾아보시는 게."

"알겠습니다."

태석은 말이 끝나기도 전에 그녀가 말한 곳으로 달려가려고 몸을 돌렸다.

"저를 왜 찾으시죠? 제가 한기수인데요."

마침 게이트로 다가오던 한기수 변호사가 태석의 다급해하는 모습을 지켜보고 물었다.

"한기수 변호사님? 혹시 저 알아보시겠습니까? 예전에 김동수 변론 하셨잖아요. 그때 사건담당 형사였던 하태석 팀장입니다."

"그런데 무슨 일이시죠?"

"잠깐 이야기를 좀 해도 될까요?"

"시간이 얼마 없는데요. 출국장으로 들어가야 해요."

한기수 변호사는 시계를 내려다보고 다시 공항 직원을 바라보았다. 직원도 시간이 얼마 남지 않았다는 눈치를 주었다. 태석의 말이 빨라졌다.

"변호사님, 7년 전에 미순과 선미 실종사건이 있었죠? 그때 용의자로 김동수를 체포했을 때 변호하셨잖아요. 양우철 변호사님하고 같이요."

"네, 기억합니다. 그때 덩치 좋으시던 형사님이시군요. 그것을 아직도 수사하고 있나요? 형사님도 대단하시네요. 그런데 저에게는 다시는 기억하고 싶지 않은 사건인데요. 그 때문에 제가 변호사를 그만두었습니다."

한 변호사는 그때를 기억하기 싫다는 표정이었다.

"기억하기 싫다면 혹시 김동수가 범인이라는 것을 알고 있었던 것은 아닙니까?"

"그건 아니었고요. 변호를 하면서도 속으로는 형사님의 수사에 동의를 하고 있었거든요. 김동수씨가 거짓말을 하고 있다는 것을 느끼고 있었지만 그를 변호해야 한다는 게 너무 힘들었습니다. 그때는 제가 너무 어렸고 선배 변호사의 지시를 따르지 않을 수 없었거든요."

"김동수를 그때 실종자의 아버지가 죽였습니다. 칼로 찔러서요."

"네? 정말요?"

한기수 변호사의 눈이 커지며 얼굴이 붉어졌다.

"안타깝네요. 혹시 그때 복도에서 마주쳤던 아버님이 그분 아니신가요?"

"맞습니다."

"이런…… 저도 힘들었습니다. 악마도 변호를 받을 권리가 있다고 하지만 저는 그 정도까지 하고 싶지는 않았습니다. 형사님이 수사하신 게 맞았다고 생각했으니까요. 그때 확실히 매듭을 지었더라면 그런 일까지는 없었을 텐데요."

그날 임춘석은 슬픔과 분노에 찬 눈으로 김동수를 지켜보고 있었다. 김동수가 차에 올라 경찰서를 빠져나갈 때까지 그는 비를 맞고 서 있었다.

"김동수가 아이들을 죽였다는 것을 밝히려고 합니다. 변호사님이 혹시 알고 있는 내용이 없을까요?"

"없습니다. 말씀드렸지만 저는 형사님이 수사하신 것에 동의하는 정
도였고 김동수씨의 결백을 의심한 게 전부입니다. 도움이 되지 못해 죄
송합니다. 이만 가봐야 할 것 같은데요."

"김동수라고 의심할 만한 정황이나 말은 없었습니까?"

"없었습니다. 죄송합니다."

"아닙니다. 그래도 그때 제 수사를 믿어주셨다니 제가 놀랄 일이네요.
검찰도 믿어주지 않았는데요."

출국 시간이 다 되어 이쯤 할 수밖에 없었다. 더 이야기를 하고 싶어
도 불가능했다. 한 변호사는 캐나다 연락처를 전해주고 보안검색대 안
으로 들어갔다. 뒷모습을 바라보던 태석이 아쉬운 표정으로 돌아설 때
였다.

"형사님!"

보안검색대 앞으로 가던 한 변호사가 태석을 불러세웠다.

"도움이 될지 모르겠는데. 그때 변호를 했던 사람은 저와 양우철 변
호사 두 사람만 있던 게 아닙니다. 실질적인 변호는 다른 분이 하셨습니
다. 선임계 없이 변론을 하신 거죠."

"그게 누굽니까?"

변호인이 또 있었다는 말에 태석의 눈이 커졌다.

"최우석 변호사님이 하셨습니다. 그분이 검찰 출신이잖아요."

"최우석 변호사요? 부성로펌에?"

"알고 계시네요. 부성으로 이름이 바뀌었죠."

"정말로 최우석 변호사가 맞습니까? 김동수를 변호했던 사람이?"

"네. 그분이 저보다 더 잘 아실 겁니다. 그분에게 물어보시죠."

"그러면 안 되는데…… 양우철 변호사는 그런 말 하지 않았습니다."

"양우철 변호사요? 모를 리가 없는데요."

한 변호사는 고개를 갸웃거리며 검색대 안으로 들어갔다. 태석은 그를 뒤따라 안으로 들어가려다 직원에게 가로막혔다.

"변호사님, 하나만 더요. 혹시 제가 폭행으로 들어간 것도 최 변호사와 관련이 있을까요?"

태석이 늘 가장 궁금해하던 게 그거였다.

"그건 최 변호사님이 알고 있겠죠. 그런데 설마 그렇게까지 했을까요."

양우철 변호사가 최우석 변호사에 대해 얼버무린 이유를 알 것 같았다. 그는 그날 최우석 변호사에게 전화를 받은 것이다.

＊

최우석 변호사가 김동수를 변호했다는 말에 태석은 망치로 머리를 두들겨 맞은 듯 멍했다. 태석이 쫓겨나는 데 빌미가 되었던 독직폭행 징계가 어쩌면 최 변호사가 꾸민 일일지도 모른다는 생각이 들었다. 그는 왜 김동수를 변호했고 또다시 임춘석을 변호한 것일까. 더구나 그는 임춘석이 자기가 만든 협회의 회원이라는 것도 밝히지 않았다.

"임춘석이 협회 회원이라는 것을 알고 있었을 거야."

"그럼 그가 김동수를 죽이고 싶어한다는 것도 알고 있었겠는데요."

"그렇지. 그가 죽일 걸 알았고 실제 죽이니까 변호를 한 거지."

"왜요? 굳이 그렇게까지 할 필요가 있을까요? 김동수를 변호까지 했는데요."

"……."

그 이유를 알 수가 없었다. 최 변호사를 만나기로 한 계획은 변동이 불가피했고 우선 최 변호사를 알아야 할 것 같았다.

차는 사무실로 향했다. 회의 탁자에서 태석은 진욱의 얼굴을 쳐다보았다. 그가 아직도 태석의 일을 형사과장에게 보고하고 있을까. 그를 데리고 회의를 하는 게 맞을까. 태석은 잠시 망설이다가 말을 꺼내었다.

"정수야, 니가 정리를 한번 해볼래?"

"그럴까요? 그럼 지금까지 수사 상황을 정리해보겠습니다. 김동수가 9월 10일에 살해를 당했습니다. 범인은 구속 수감된 임춘석이구요. 임춘석을 변호한 사람은 부성로펌의 최우석 변호사입니다. 무료변론을 했고요. 그런데 그런 그가 7년 전 김동수를 변호했습니다. 그건 한기수 변호사가 확인을 해주었습니다. 변호인 선임계 없이 사이드 변호를 한 것이고 핵심 변호인이었을 겁니다. 당시 검찰에 몸을 담고 있다가 나온 지 얼마 되지 않았고 두 명은 경력이 짧은 후배들이었으니까요. 그러니까 당시 김동수를 혐의 없음으로 만들어낸 사람이 최 변호사라는 것입니다. 최 변호사와 김동수의 관계를 확인할 필요가 있을 것 같습니다. 그리고 참고할 것은 최 변호사는 범죄피해실종자협회의 창립자라는 사실입니다. 임춘석씨는 거기 회원이었고요. 우리가 의심하는 것은 임춘석이 김동수를 죽이고 싶어했었다는 것을 최 변호사가 알았을 것이고, 그것을 용의주도하게 도와주지 않았나 하는 점입니다. 방조혐의가 의심된다는 말입니다."

"아이를 죽인 사람을 변호하고 다시 그 사람을 죽인 사람을 변호한다는 말이 되네요."

은하가 말이 되지 않는다는 듯 물었다.

"말하자면 그렇게 되는 거지."

"그렇다면 아이들의 실종에 대해서 가장 잘 아는 사람이 최 변호사겠네요? 모든 비밀을 그가 알고 있을 것 같은데요. 최 변호사에게 직접 확인을 해보죠."

기원이 물었다. 당시에 변론을 했었다면 누구보다 내용을 잘 아는 사람은 그일 수밖에 없었다.

"그게 그렇게 간단한 게 아니야. 최우석은 변호사야. 어떤 식으로든 자기변론에 능한 사람인데 우리가 의심을 한다는 내용을 알려줄 필요는 없어."

정수가 기원의 질문에 답을 해주었다.

"그럼, 팀장님은 최 변호사가 아이들 사건과 연관이 있다고 보시는 겁니까? 그래서 그가 김동수를 몰래 변론한 거라고요?"

"글쎄, 거기까지는 생각해보지 않았는데. 그런 불행한 일까지는 없어야겠지. 나는 적어도 최 변호사가 그런 쓰레기는 아니라고 생각하고 있거든. 지금까지는."

기원의 질문에 태석은 안타까운 표정으로 답했다. 최 변호사가 김동수를 도운 이유가 아이들과 연관돼 있기 때문이라면 그것처럼 불행한 일은 없었다.

"진욱이는 질문이나 의견 없니?"

진욱은 조용히 듣고만 있었다.

"네."

"그럼, 진욱이가 최 변호사에 대해 알아봐. 김동수를 변론했다는 게 이해가 되지 않잖아. 그의 출신부터 현재, 그가 변론했던 내용까지 모두 확인해서 보고해. 특히 김동수와 공통점이 있을지도 몰라. 모임을 같이 했었다든지 말이야. 그리고 은하는 최우석 변호사 사진을 찾아서 모두 프린트해봐. 그가 혹시 이전에 업소에 김동수하고 함께 왔던 사람이 맞는지 물어봐야겠어. 기원이는 CCTV 계속 확인하고. 김동수의 오피스텔에 들어간 사람이 분명히 또 있어. 그가 최 변호사와 관련이 있을 수도 있고."

(2권에 계속)

# 소녀가 사라지던 밤 1

1판 1쇄 발행  2022년 6월 10일

지은이 · 박영광
펴낸이 · 주연선

**(주)은행나무**
04035 서울특별시 마포구 양화로11길 54
전화 · 02)3143-0651~3  ∣  팩스 · 02)3143-0654
신고번호 · 제 1997-000168호(1997. 12. 12)
www.ehbook.co.kr
ehbook@ehbook.co.kr

ISBN 979-11-6737-181-2 (04810)
      979-11-6737-180-5 (세트)

• 매드픽션(Mystery And Drama Fiction)은 문학성과 대중성을 함께 갖춘 작품을 소개하는
은행나무출판사의 장르문학 브랜드입니다.